Dans les bras d'un Fortune

Enivrantes promesses

ALLISON LEIGH

Dans les bras d'un Fortune

éditions HARLEQUIN

Collection : PASSIONS

Titre original : HER NEW YEAR'S FORTUNE

Traduction française de MARIEKE MERAND-SURTEL

HARLEQUIN®
est une marque déposée par le Groupe Harlequin
PASSIONS®
est une marque déposée par Harlequin S.A.

Photos de couverture
Homme : © S. HAMMID/CORBIS
Paysage : © BEN KLAUS/GETTY IMAGES/ROYALTY FREE
Réalisation graphique couverture : C. ESCARBELT (Harlequin SA)

© 2013, Harlequin Books S.A. © 2014, Harlequin S.A.
83-85, boulevard Vincent-Auriol, 75646 PARIS CEDEX 13.
Service Lectrices — Tél. : 01 45 82 47 47
www.harlequin.fr
ISBN 978-2-2803-1272-1 — ISSN 1950-2761

- 1 -

La Saint-Sylvestre. Nuit de mystère.

Tout comme *elle* était mystérieuse. Belle. Ensorcelante. Absolument énigmatique.

Sa chevelure auburn tombait en cascade dans son dos, caressant sa peau dorée révélée par la robe noire insolemment échancrée qui moulait sa silhouette déliée. L'intense regard bleu marine de son compagnon était rivé sur son visage, et glissa vers ses lèvres tandis qu'elle y portait son verre. Un martini peu corsé, comme elle l'avait demandé. Elle reposa le cocktail et se pencha plus près de lui, d'humeur coquine. Sous la table, elle sortit un pied de ses escarpins aux talons vertigineux et fit glisser ses orteils le long de sa cheville…

— Excusez-moi, mademoiselle. *Mademoiselle ?*

Le fantasme tournoyant dans la tête de Sarah-Jane Early éclata comme une bulle de savon, et elle fixa son attention sur l'homme en smoking qui s'impatientait devant son poste d'hôtesse. Elle n'était pas là pour rêvasser, mais pour répondre aux besoins des invités à la réception de mariage qui se déroulait au Red, le fameux restaurant mexicain, privatisé pour la soirée. Aussi s'empressa-t-elle de sourire.

— Oui, monsieur, que puis-je pour vous ?

L'homme tira sur son nœud papillon et jeta un coup d'œil furtif sur le côté.

— M'expliquer comment me rendre au Red Rock Inn, marmonna-t-il d'un ton pressé, à moitié dans sa barbe.

Pourtant, il n'avait nul besoin de baisser la voix. Depuis trois heures, la musique rendait toute conversation quasi impossible. Elle lui indiqua la direction de l'hôtel. Il prit le temps de la remercier avant de tendre la main vers la femme qui l'accompagnait.

Le couple quitta le restaurant en hâte, l'homme ayant passé un bras possessif autour de la taille de la femme. Il était évident pour qui les observait qu'ils étaient impatients de se retrouver seuls.

Sarah-Jane savait que cela ne servait à rien d'envier un couple amoureux, sous peine sinon de risquer de passer sa vie dans un état d'envie permanent. Pourtant elle soupira, en se massant les pieds.

Fantasmer sur des talons vertigineux était une chose, les porter en était une autre. Elle regrettait de ne pas avoir autre chose aux pieds, ses escarpins noirs par exemple. Certes, la paire en question avait près de dix ans, achetée sur l'insistance de sa mère qui avait décrété que Sarah-Jane devait porter des chaussures décentes pour sa remise de diplôme de fin d'études secondaires. Mais ils étaient en cuir, pas trop hauts et en bon état, puisque rarement portés depuis.

Elle baissa les yeux vers ses stilettos. Pour être honnête, la seule chose qu'ils avaient en commun avec ses vieux escarpins, c'était leur couleur noire. Elle tourna un pied dans un sens, puis dans l'autre, et poussa un nouveau soupir. Maria Mendoza avait insisté pour qu'elle les mette, et ils étaient réellement superbes. Le daim velouté au noir aussi dense que la nuit se mariait mieux que ses chaussures confortables à la robe moulante qu'elle portait.

Penser à la robe la poussa à tirer sur l'ourlet, comme si elle pouvait l'allonger de quelques centimètres. Mais la robe continuait de lui arriver à mi-cuisses. Elle ne pouvait rien pour l'ourlet, pas plus que pour le décolleté qui exposait trop ses seins à son goût. Si elle n'avait pas été aussi dévouée à Maria, non seulement propriétaire du Red avec son mari,

José, mais également de la boutique de tricot où Sarah-Jane travaillait *vraiment* en tant que directrice adjointe, jamais elle n'aurait arboré une tenue aussi indécente en public. Elle se sentait bien plus à l'aise dans les polos et pantalons cargo qu'elle portait à The Stocking Stitch. Ces tenues ne lui valaient certes aucun prix d'élégance, mais au moins elle ne s'exposait à aucune remarque désobligeante.

Son regard revint au bar du restaurant, où avaient migré de nombreux invités. La plupart étaient encore là, bien qu'Emily Fortune et Max Allen, son mari tout neuf, aient déjà quitté la réception. Ainsi que les invités plus âgés, laissant les jeunes poursuivre la fête.

Aucun d'eux n'était habillé de manière incorrecte.

Comment en aurait-il été autrement quand la mariée faisait partie de la riche famille Fortune ? Tous ceux qui, ce soir-là, avaient franchi le seuil du restaurant semblaient sortis d'un magazine de mode.

Malgré elle, ses doigts tripotèrent l'ourlet de sa robe.

— Sarah-Jane.

En entendant son nom, elle tourna la tête. Marcos Mendoza lui faisait signe depuis la cuisine. Il dirigeait le Red, mais ayant lui aussi épousé une Fortune, laquelle s'avérait être la petite sœur de la mariée, il assistait également à la réception. Elle quitta son poste et se hâta vers lui, un sourire aux lèvres.

— Oui, Marcos ?

— Je crois que tu peux t'en aller. La soirée de réveillon n'est pas terminée, tâche d'en profiter un peu.

— Je me suis arrangée pour rester ici toute la soirée, objecta-t-elle sans cesser de sourire.

De fait, rien de plus excitant ne l'attendait chez elle. Sa colocataire, Felicity, passait le réveillon ailleurs, et quant à elle, aucun homme séduisant n'avait jamais eu envie de célébrer quoi que ce soit en sa compagnie, à commencer par le nouvel an. Au moins, en aidant Maria, elle faisait quelque chose de productif.

— Maria tenait à ce que vous participiez tous au mariage en tant qu'invités plutôt qu'en tant que membres du personnel. Je peux encore me rendre utile dans la cuisine ou d'une autre manière.

Marcos lui adressa un sourire amusé.

— Ma foi, je ne vais pas refuser une aide de bonne volonté. Mais tu ne servirais à rien en cuisine vêtue comme tu l'es.

Invité ou pas, il restait en mode patron. Il balaya le restaurant des yeux, puis hocha la tête.

— Cindy est débordée au bar. Si ça ne t'ennuie pas, prends un plateau et commence à ramasser les verres vides.

— Ça ne m'ennuie pas, assura-t-elle.

Au contraire, elle était contente. S'occuper valait mieux que rester plantée là et laisser son esprit vagabond inventer des fantasmes idiots d'homme sans visage qui n'avait d'yeux que pour elle.

Ignorant ses pieds douloureux, elle slaloma entre les tables bondées en direction du bar. Il aurait fallu être aveugle pour ne pas remarquer la rangée d'hommes installés devant, mais elle resta concentrée sur sa nouvelle tâche. Cindy, la barmaid engagée par Maria pour la soirée, paraissait en effet débordée, lui jetant à peine un coup d'œil quand elle s'empara d'un plateau avant de retourner dans la salle. En quelques minutes, elle avait rempli le plateau de verres abandonnés et se dirigeait vers la porte battante de la cuisine. Elle dut repasser devant les hommes alignés le long du bar, et l'un d'eux lui tendit son verre sans la regarder.

— Tenez, mon chou.

Même par-dessus la musique, elle perçut l'accent du Sud de sa voix grave. Elle saisit le verre d'un geste automatique, détournant timidement les yeux, puis son regard croisa l'homme aux cheveux blond cendré assis sur le tabouret voisin, à qui il était demandé :

— Wyatt, comment ça, vous ne rentrez pas à Atlanta ?

Ne voulant pas se montrer indiscrète, elle continua vers la cuisine. Comme le plateau était trop lourd pour être porté d'une seule main, elle se retourna, poussant la porte battante de la hanche.

Elle ne put s'empêcher de jeter un coup d'œil sur les hommes au bar. C'est elle qui les avait installés à leurs tables respectives à leur arrivée, aussi savait-elle qu'ils étaient tous apparentés à la mariée. Ils étaient cinq, vêtus du même smoking noir qui leur allait comme une seconde peau. Tous plus séduisants les uns que les autres. Bien qu'ils soient venus non accompagnés, ils ne quitteraient probablement pas la réception seuls, songea Sarah-Jane.

Comme s'il avait perçu son intérêt, le blond assis près de celui qui lui avait tendu son verre tourna les yeux vers elle. Il avait dénoué sa cravate argentée et semblait impatient de l'enlever complètement.

L'air se bloqua dans sa poitrine, et la porte qu'elle n'avait qu'entrouverte se rabattit brusquement, heurtant ses fesses. Elle sursauta, sentant ses joues s'empourprer.

Mais l'homme qui avait paru la regarder droit dans les yeux se contenta de lever son verre et d'en vider le contenu, reportant son attention sur ses compagnons.

Il ne l'avait pas du tout remarquée.

Se trouvant idiote, Sarah-Jane franchit la porte battante et vida le plateau avec l'aide de l'adolescent chargé de la vaisselle. Qu'est-ce qu'elle croyait ? Des hommes comme le blond installé au bar n'accordaient pas de second regard à des femmes comme elle. Pas de regard sérieux, en tout cas.

Ils ne l'avaient jamais fait. Ne le feraient jamais.

Ce rappel en tête, elle prit le plateau vide et regagna la salle pour continuer à débarrasser.

*
**

— Il y a eu un changement de plan, répéta Wyatt d'un ton patient à son cousin Michael, qui le fixait avec agacement. Nous restons à Red Rock.

Il chercha du regard le soutien de ses trois frères. D'abord Asher, puis Shane, et enfin Sawyer. Leur décision était déjà prise, et ses frères avaient beau enchaîner les verres depuis qu'ils se trouvaient au bar, les choses n'en étaient pas pour autant remises en question.

Pas de retour à Atlanta : c'était certain.

Asher finit par hocher la tête. Sawyer aussi. Le hochement de Shane fut un peu plus long à venir.

— C'est ce qu'on a dit, marmonna-t-il, même si cela ne semblait guère l'enchanter.

Wyatt adorait ses frères. Mais si l'un d'entre eux devait se ranger du côté de leur père, ce serait Shane.

Comme s'il avait entendu ses pensées, ce dernier lui décocha un coup d'œil puis, d'un mouvement de la tête, montra son verre à la jolie barmaid. Sans un mot, la grande blonde lui resservit une rasade de whisky avant de continuer à préparer des cocktails qu'attendait une serveuse.

— Tu veux me faire croire que vous avez subitement décidé tous les quatre de prendre des vacances non prévues ? demanda Michael, incrédule. Et quitter JMF Financial en même temps ? Il y a un mois, tu te plaignais de ne pas pouvoir prendre deux jours pour venir assister au mariage d'Emily.

Il y a un mois, un peu moins même, Wyatt et ses frères marchaient encore sur un terrain solide. Grâce à leur père, ce n'était plus le cas.

— Il ne s'agit pas de vacances, rétorqua-t-il d'un ton catégorique. Nous ne rentrons pas, point final.

Michael fronça les sourcils, autant troublé par cette déclaration que par le changement de plan. Il n'aimait pas être tenu à l'écart, mais Wyatt n'avait pas envie d'expliquer les raisons ayant motivé leur décision. En tout cas, pas ici, à la réception d'Emily, où le volume de la musique rendait la moindre conversation plus publique que ce qu'il aurait souhaité.

— Qu'est-ce que vous avez l'intention de faire ? Traîner dans le coin et vous trouver des épouses ? railla Michael. On dirait que c'est ce que font tous les membres de la famille qui restent plus de quelques jours à Red Rock. Ils se passent la corde au cou.

— Ah non, sûrement pas ! protesta Sawyer.

Il avait vingt-sept ans, deux ans de moins que Wyatt, et la perspective d'un mariage lui était aussi éloignée qu'à Wyatt. Shane, lui aussi, secoua la tête. Quant à Asher… Il avait déjà vécu un divorce. Il se contenta de fixer son verre sans un mot.

— Mais enfin, qu'est-ce qu'il se passe ?

Wyatt, la mâchoire si contractée qu'elle en était doulou- reuse, détourna les yeux du visage déconcerté de son cousin et de ceux, stoïques, de ses frères. L'hôtesse qui les avait installés continuait de se déplacer entre les tables, remplis- sant son plateau de verres vides. Il observa le balancement de ses hanches harmonieuses tandis qu'elle disparaissait derrière la porte battante de la cuisine. Si elle semblait de taille moyenne, plus petite que la barmaid, tout le reste de sa personne, de ses cheveux auburn brillants noués sur la nuque à ses pieds aux talons vertigineux, n'avait rien de moyen ni d'ordinaire.

Durant la soirée, l'observer l'avait agréablement distrait quand il avait senti son humeur s'assombrir.

— On ferait peut-être mieux de rentrer à Atlanta, suggéra Shane. Fermer la porte a un côté définitif. Admets-le.

Wyatt regarda son frère aîné. A trente-deux ans, Shane était directeur général de JMF Financial. Un échelon plus haut que Wyatt, mais son avenir dans l'entreprise était tout autant un enjeu pour lui que pour ses trois frères.

— On en discutera plus tard.

— Mais…

— Il a raison, intervint Asher d'une voix calme. Ce n'est pas l'endroit.

Lorsque Asher, deuxième de la fratrie, prenait la parole, ce qui arrivait rarement, il était souvent la voix de la raison.

— Vous avez tous perdu l'esprit, grommela Michael. Quoi qu'il se passe, vous allez tourner le dos et abandonner tout ce que vous avez bâti à JMF ? Pour rester à Red Rock ?

Il secoua encore la tête devant ce qu'il considérait comme une décision incompréhensible. Il était le plus âgé du groupe, et, cousins ou pas, avait l'habitude de mener la barque. Mais il décida de ne pas argumenter et, d'un geste, indiqua à la barmaid de le resservir.

La jolie blonde faisait bien son travail. Efficace et discrète. Wyatt comptait lui laisser un bon pourboire. Elle l'aurait amplement mérité.

L'hôtesse passa de nouveau, et il la suivit machinalement des yeux. Si la barmaid avait un physique de sportive, à l'inverse, l'hôtesse était une bombe sublimement carrossée, toute en courbes voluptueuses.

Il préférait d'ordinaire les grandes femmes athlétiques comme la barmaid. Pourtant il se surprenait à apprécier les formes capiteuses de l'hôtesse. Il était bien plus agréable de l'admirer que de ressasser le gâchis qu'ils avaient laissé à Atlanta. Un gâchis dont ses frères et lui n'étaient pas responsables, mais avec lequel il leur faudrait vivre.

La barmaid s'arrêta devant lui.

— Vous êtes sûr de ne pas vouloir quelque chose de plus fort, monsieur Fortune ?

— Je vais m'en tenir au soda, merci, répondit-il.

Il savait depuis longtemps qu'en matière d'alcool il ne pourrait rivaliser avec ses frères.

— Vous êtes le capitaine de soirée ?

— Ça m'arrive.

A ce stade, ni ses frères ni son cousin ne semblaient

disposés à cesser de boire, et il risquait donc d'avoir à assumer ce rôle ce soir aussi.

— Dites-moi si je peux vous offrir autre chose, insista la jolie blonde, et l'expérience lui souffla qu'elle ne parlait pas seulement d'un verre.

Pourtant, son message délivré, elle s'affairait déjà de nouveau. Il se retourna pour s'accouder au bar. La barmaid ne l'intéressait pas. Ni elle ni personne, d'ailleurs.

Du coin de l'œil, il aperçut une chevelure auburn et la suivit du regard.

— On a peine à croire qu'Emily soit mariée, déclara Michael d'un ton songeur près de lui.

Wyatt acquiesça. Sa carriériste de cousine s'était autant consacrée à FortuneSouth Enterprises que son frère Michael. Comme Wyatt et ses frères, ses cousins s'étaient très tôt impliqués dans l'entreprise de leur père, basée à Atlanta. Mais FortuneSouth était dans le secteur des télécommunications, tandis que le père de Wyatt, James Marshall Fortune, avait fondé une société financière, JMF. Dans la famille, personne n'ignorait que James et son jeune frère John se haïssaient. James n'avait même pas pris la peine de venir assister au mariage de sa nièce.

Tout le monde savait aussi que les deux frères étaient faits du même bois — des travailleurs acharnés avec la soif de réussir chevillée au corps. Une réussite qu'ils avaient obtenue à maintes reprises.

Cependant, John n'avait jamais osé faire un coup semblable à celui que James, le père de Wyatt, venait de faire à ses fils. Pas à sa connaissance, du moins. Emily avait démissionné de FortuneSouth, comme ses frères et sœurs avant elle, Michael excepté, qui s'étaient installés à Red Rock par amour.

— La malédiction de Red Rock, murmura Michael, dont les pensées suivaient manifestement le même cours que

celles de Wyatt. Les mariages s'enchaînent sans disconti-
nuer. De quoi ficher la trouille à un homme.

— Les mariages ne sont pas toujours une malédiction,
objecta Asher.

Michael leva un sourcil ironique.

— Il y a combien de temps que tu as signé les papiers
de ton divorce, déjà ?

— Certains mariages marchent, riposta Asher.

Ils devaient hausser la voix pour couvrir le volume de
la musique.

— Lis les statistiques. De nos jours, la plupart se soldent
par un divorce. Tu n'es pas près de me voir faire ma demande
avec un genou à terre. Non que j'aie quoi que ce soit contre
les femmes, note bien, ajouta Michael en s'adossant au bar
pour regarder les jeunes danseuses qui se trémoussaient
avec insouciance sur la piste.

Wyatt se rendit compte qu'il cherchait des yeux l'hôtesse.
Dommage qu'elle travaille au lieu de se trouver elle aussi sur
la piste de danse. Mais il ne la vit pas. Peut-être avait-elle
terminé son service et était-elle partie.

Il envisagea d'en faire autant, mais se ravisa. La réception
tirait sur sa fin. Ses frères et Michael avaient bien arrosé la
soirée. A présent, ils parlaient de poursuivre la Saint-Sylvestre
quelque part en ville, si possible en agréable compagnie.

Plus de musique, d'alcool ou de femmes n'intéressait pas
Wyatt. Ce qui l'intéressait, c'était la vérité qui se cachait
derrière la trahison inexplicable de son père. Une vérité
que ce dernier n'avait pas été disposé à livrer jusque-là.

— Dernière tournée, messieurs, annonça la barmaid.

Malgré des heures de travail sans faiblir, elle se montrait
toujours aussi pleine d'entrain.

— On s'en va, mon chou, lui répondit Michael, un
sourire charmant aux lèvres.

Prenant un verre propre sur le bar, il y glissa plusieurs
billets de banque avant d'ajouter :

— Trouvez-vous un gars chanceux à embrasser à minuit.

La blonde fit une moue chagrine.

— Minuit est passé depuis une heure, *mon chou*.

Wyatt réprima un sourire mais, comme à son habitude, Michael s'en tira par une pirouette.

— Minuit sonne chaque nuit, énonça-t-il de sa voix traînante.

— C'est juste, admit la barmaid, encore plus amusée, avant de repousser le verre vers lui. Et ceci n'est pas nécessaire ce soir, monsieur Fortune.

Elle s'adressa ensuite à l'attention du reste du groupe :

— Vous comptez prendre un taxi, ou le capitaine de soirée se charge de vous ?

— Un taxi, répondit Wyatt sans laisser le temps aux autres de répondre.

L'hôtesse venait de resurgir de la cuisine, et sa hâte de quitter les lieux diminua. Il désigna son verre à la barmaid.

— Vous voulez bien m'en servir un dernier ?

— Pas de problème.

Elle lui versa un nouveau soda, qu'elle accompagna d'un sourire, puis retourna honorer le flot des ultimes commandes.

— Tu comptes traîner encore un peu ici ? lança Michael avec un regard entendu.

Les frères de Wyatt se dirigeaient déjà vers la sortie. Asher s'arrêta un instant pour parler à l'hôtesse sexy, sans doute pour lui demander d'appeler un taxi.

Une fois de plus, Wyatt regarda son dos à la peau laiteuse, révélé par l'échancrure affolante de sa robe moulante.

— Ça sera plus tranquille ici que n'importe où vous déciderez d'aller, répliqua-t-il.

Michael eut un petit rire.

— J'ai bien vu ce qui t'a distrait toute la soirée. Je ne pense pas qu'une fin de soirée tranquille soit vraiment ce que tu as en tête.

Les doigts de Wyatt se crispèrent autour de son verre.

Il était plus simple de laisser son cousin croire qu'il restait à cause de la jolie hôtesse plutôt que de lui expliquer le gouffre qui se creusait en lui. Après ces quelques jours de festivités, il avait juste envie qu'on lui fiche la paix.

— Pas « ce qui », Mike. « Qui » tout court. Il s'agit d'un être humain.

— Peu importe, tant qu'elle réussit à te dérider, sans que tu termines un genou à terre à faire ta demande.

Wyatt fit la grimace. Son cousin savait pertinemment que le mariage n'entrait pas plus dans ses projets que dans les siens.

— Qui sait, peut-être qu'au passage tu reviendras à la raison sur le fait de rentrer à Atlanta, termina Michael.

Puis il tendit le bras par-dessus le bar pour repousser le verre contenant le coquet pourboire destiné à la barmaid, avant de saluer Wyatt d'une tape sur l'épaule et de quitter le restaurant.

Malgré l'alcool qu'il avait ingurgité, son pas était aussi sûr que d'habitude.

Wyatt soupira en regardant le groupe franchir la porte. Il n'était pas question qu'il reconsidère sa décision de ne pas retourner à Atlanta. Son père avait obstinément refusé d'expliquer ses actes concernant l'entreprise familiale. Dès lors, il s'agissait d'un point de non-retour, au propre comme au figuré. Wyatt était dans son droit, et son père avait tous les torts. Comment qualifier autrement la décision de James de vendre JMF Financial dans leur dos ?

Il termina lentement son verre, perdu dans ses pensées. Lorsque le DJ arrêta enfin ses platines, il ajouta sa contribution au pourboire de la barmaid. Elle lui adressa un sourire aimable teinté d'une pointe de regret.

Il feignit de ne pas le remarquer. Il n'était pas intéressé, voilà tout. A son tour, il quitta le restaurant et sortit dans la nuit froide. Il n'avait pas eu besoin de saluer les membres de la famille : tous étaient partis, et il les reverrait le lendemain au brunch organisé à l'hôtel. Sa mère lui avait rappelé le brunch à trois reprises, comme si elle soupçonnait, fort justement d'ailleurs, que lassé des festivités, l'envie lui prendrait de ne pas y assister.

Sa voiture de location faisait partie des rares véhicules encore présents sur le parking. Il s'installa derrière le volant, sans démarrer, le regard dans le vide.

Ses frères et lui n'avaient pas encore informé leur mère qu'ils ne rentreraient pas. Inutile d'être grand clerc pour deviner qu'elle n'en serait pas ravie. Clara ne s'était jamais impliquée dans la gestion de JMF. En revanche, elle avait toujours été très présente dans la vie de ses enfants, et que ceux-ci soient désormais des adultes menant leur propre vie n'y changeait rien.

Wyatt fourragea ses cheveux, massa sa nuque tendue. Compte tenu des agissements de leur père, ce non-retour était la seule décision sensée. Mais comment l'annoncer à leur mère, qui pensait qu'ils regagneraient tous Atlanta après le brunch. Il fallait absolument le lui annoncer.

— Monsieur ? Vous voulez un taxi, tout compte fait ?

Tiré de ses pensées, Wyatt leva la tête.

L'hôtesse auburn se tenait près de la voiture, un châle rouge éclatant autour des épaules. Elle était légèrement penchée en avant, et bien que l'unique source de lumière provienne du plafonnier, il remarqua son front soucieux. Il ne savait pas où donner du regard, sur ses yeux sombres ou sur le décolleté spectaculaire offert à quelques centimètres de son visage. Aucune bague n'ornait les doigts qui maintenaient le châle. Il décida de focaliser son attention au-dessus de la ligne de son cou, ce qui n'était guère facile.

— Vous suivez toujours vos clients jusqu'à leur voiture ?

Consciente du coup d'œil dédaigneux que l'homme venait de jeter à son décolleté, Sarah-Jane resserra plus étroitement le châle sur ses épaules.

— Uniquement ceux qui ont bu et veulent conduire quand même, rétorqua-t-elle.

Conserver un ton détaché constituait une véritable prouesse, car elle n'avait jamais fait ce type de démarche de sa vie. Mais elle n'abandonnerait pas Maria et José Mendoza. L'homme séduisant qui la fixait, l'air sombre, avait joué les piliers de bar avec ses compagnons durant des heures. Elle ne voulait même pas envisager la responsabilité du restaurant s'il conduisait en état d'ivresse.

Encore que, elle devait l'admettre, même sous cette faible lumière, il n'avait pas l'air ivre du tout.

Soudain, il sortit de la voiture et se planta devant elle.

Elle déglutit nerveusement, recula d'un pas, et vacilla sur ses hauts talons.

Aussitôt, il saisit son coude pour l'empêcher de tomber. Il la dépassait d'une demi-tête. Quant à ses épaules, elles étaient si larges qu'elle avait l'impression que les siennes étaient étroites.

— C'est vous qui avez besoin d'un taxi, à mon avis.

Il se moquait d'elle. Elle se dégagea et recula à nouveau d'un pas prudent.

— Le sol est inégal, plaida-t-elle.

— Alors, faites attention. Ce serait vraiment dommage qu'il arrive quelque chose à vos belles chevilles.

Décidément, oui, il se moquait.

— Ce serait vraiment dommage qu'il arrive quelque chose à cette belle voiture que vous ne devriez pas conduire, riposta-t-elle.

Un instant, il leva les yeux vers le ciel d'un noir d'encre. Lorsqu'il baissa de nouveau le regard sur elle, ce fut en souriant ouvertement. Mais avant qu'elle se barricade derrière des défenses en béton, il lui tendit la main.

— Wyatt Fortune. Et à part un whisky et un peu de champagne, j'ai bu du soda toute la soirée. Mais je peux marcher le long d'une ligne droite pour vous le prouver, si vous le voulez.

Sarah-Jane contempla la main offerte. Certes, elle avait passé la moitié de la soirée à l'observer en cachette. Mais c'était réellement pour le bien de tout le monde qu'elle l'avait abordé en le voyant assis seul et immobile dans sa voiture. Il n'avait même pas refermé sa portière.

Et voilà que maintenant ce type sublime voulait lui serrer la main ? Le temps d'en prendre conscience, elle en eut la paume moite. Elle agrippa le châle que Maria lui avait fourni en plus de la robe et des chaussures. Si elle restait plantée là, il finirait par la trouver grossière. Une impression qu'elle ne voulait donner en aucun cas.

Dans l'intérêt de Maria, bien entendu.

Elle déglutit de nouveau, puis prit la main qu'il lui tendait. Ses doigts s'enroulèrent autour des siens, et une brusque chaleur envahit son bras.

— Ce n'est pas si terrible, si ?

C'était une torture. Le souffle court, elle attendit qu'il la lâche, mais il n'en fit rien. Il continua de la fixer, le regard sûr et visiblement tout à fait sobre.

— Comment vous appelez-vous ?

Elle sentit son visage s'empourprer jusqu'aux oreilles.

— S… Savannah.

Le nom était sorti tout seul, et ses joues rougirent de plus belle.

Il caressa du pouce le dos de sa main.

— Un beau nom. Une belle ville. J'y suis allé plusieurs fois. Vous êtes originaire de là-bas ?

Seigneur, comment ce nom lui était-il venu ?

— Euh, non. C'est là que… mes parents se sont rencontrés.

Deuxième mensonge. Ses parents étaient peut-être bien allés à Savannah, en Géorgie, à un moment donné de leur vie, mais ils ne s'y étaient pas rencontrés. C'était à Houston, où ils vivaient toujours.

— Alors, Savannah, pourquoi travaillez-vous le soir de la Saint-Sylvestre au lieu de faire la fête ?

Elle mit le frisson qui la parcourut sur le compte de la fraîcheur nocturne, et non de la manière dont il effleurait tout doucement sa main de son pouce. Elle retira sa main. Son air légèrement contrarié devait être le fruit de son imagination. Une imagination débordante à force d'avoir rêvassé presque toute la soirée. D'avoir fantasmé être la belle Savannah, et non la banale Sarah-Jane.

— Mon petit ami n'est pas en ville, répondit-elle.

Encore un gros mensonge. Qu'est-ce qui lui prenait ?

Il hocha la tête avec une grimace.

— J'aurais dû savoir qu'il y avait un petit ami. Ce qui le tient éloigné doit être sacrément important.

— Pourquoi ?

La question jaillit malgré elle.

— Aucun homme sain d'esprit n'abandonnerait une superbe femme comme vous un soir comme celui-ci s'il peut l'éviter.

Elle tritura l'étole de cashmere, cherchant désespérément une réponse.

— Vous rentrez chez vous ?

Comme elle acquiesçait, il sourit, puis parcourut des yeux le parking, à présent désert.

— Où est votre voiture ?

— Je suis à pied.

— Je peux vous ramener ?

Elle sentit sa bouche s'assécher. Elle refusa d'un signe de tête, même si, à l'intérieur d'elle, quelque chose bondissait de joie.

— Vous êtes sûre ? Je promets que vous ne risquez rien. Même si ça n'en avait pas l'air tout à l'heure, je laisse à mes frères le soin de boire. Je suis aussi sobre qu'un juge. Si on s'embrassait, ajouta-t-il avec un petit sourire, vous ne sentiriez que le goût de ma bouche.

Si ? Elle en resta bouche bée.

— Mais votre petit ami n'apprécierait sans doute pas.

Elle faillit s'étrangler. Dieu merci, il n'avait pas demandé comment s'appelait le petit ami inexistant.

— Non, sans doute pas.

— Sérieusement, cela dit, vous ne devriez pas marcher seule dans la rue à cette heure-ci.

— Je n'habite qu'à quelques minutes d'ici. Tout ira bien.

— Et vous ne tenez pas à monter dans la voiture d'un inconnu.

Elle rougit de nouveau, car la pensée ne lui avait même pas traversé l'esprit.

Subitement, il reprit sa main sur le dos de laquelle il déposa un baiser.

— Dans ce cas, faites bien attention en rentrant, Savannah. Et bonne année à vous.

Il dénoua complètement sa cravate, la jeta sur la banquette de la voiture avant de s'installer derrière le volant.

— Vous aussi, parvint-elle à articuler.

Mais elle savait qu'il ne l'avait pas entendue. Il avait déjà démarré et s'éloignait dans sa voiture coûteuse.

Elle ne put s'empêcher de penser qu'elle venait de gâcher son unique chance avec cet homme sublime. Sa chance *et* celle de l'inexistante Savannah.

- 2 -

— Pourquoi ne l'as-tu pas laissé te raccompagner ? demanda le lendemain matin Felicity, la colocataire de Sarah-Jane, en la fixant d'un regard brouillé.

Sarah-Jane emplit un mug de café qu'elle poussa vers son amie. Elle-même s'était posé la question une bonne dizaine de fois.

— Wyatt Fortune est un inconnu, répondit-elle. Je ne monte pas dans la voiture d'inconnus.

Felicity leva les yeux au ciel, puis gémit, plaquant une main sur son front. Elle s'empara du mug.

— C'est un Fortune, marmonna-t-elle, comme si cela expliquait tout. Il est évidemment digne de confiance.

Si une nuit agitée n'avait guère aidé Sarah-Jane à se remettre de cette rencontre inattendue, elle avait au moins recouvré son bon sens habituel au lever.

— C'est ce qu'on dit toujours quand un serial-killer est arrêté. « Il paraissait tellement digne de confiance. »

Pourtant, elle ne doutait pas un seul instant que Wyatt Fortune le soit.

Felicity enfouit le nez dans son café brûlant, puis s'adossa à sa chaise.

— Divin, soupira-t-elle. Rappelle-moi déjà pourquoi je tenais tant à aller à cette fête anti Saint-Sylvestre ?

Comme elle, Felicity avait tenu coûte que coûte à faire quelque chose la veille au soir. Pour son amie, il s'agissait surtout de tourner la page sur la fin brutale de sa dernière aventure sentimentale, quelques semaines plus tôt.

— Aucun des types présents n'était intéressant ?

— Personne ne m'a proposé de me raccompagner, en tout cas.

Felicity se redressa et posa le menton sur son poing. Petite blonde menue aux yeux bleus, elle était aussi différente de Sarah-Jane qu'on pouvait l'être. Plus jeune de trois ans qu'elle, qui en avait vingt-sept, elle était sa meilleure amie.

— Franchement, c'était déprimant. Je pensais que ce serait une bonne façon de célébrer le nouvel an. De faire quelque chose d'un peu différent. Tout compte fait, c'était une grosse fiesta comme une autre. D'ailleurs, j'ai trop mangé. Et trop bu. Déprimant, je te dis, conclut-elle avec une grimace.

— Au moins, tu n'as pas passé ta soirée à t'inventer des prénoms.

Les deux filles n'avaient pas de secrets l'une pour l'autre. Sarah-Jane avait déjà raconté ses piteux mensonges à Felicity.

— Savannah, énonça cette dernière d'un ton rêveur. Je devrais composer un nouveau chocolat appelé « Savannah ». Qui aurait l'air complètement innocent de l'extérieur, mais dès que tu mords dedans… un petit goût sexy et malin.

Sarah-Jane ne put s'empêcher de rire. Felicity était confiseuse. Elle comparait volontiers les friandises qu'elle confectionnait aux objets animés de son entourage.

— Une chose est sûre, je ne me sentais ni sexy ni maligne hier soir, indiqua-t-elle.

Elle termina son café, pensant avec nostalgie à la crème et au sucre qu'elle y ajoutait avant. Mais elle avait abandonné l'un et l'autre depuis des mois. Tout comme de nombreuses autres choses qu'elle adorait. A la place, elle s'était mise aux légumes vapeur, aux viandes maigres et au jogging. Le résultat, c'était une Sarah-Jane plus mince de douze kilos, ce qui ne l'empêchait pas de regretter la crème et le sucre dans son café tous les matins.

— Je me sentais idiote, reprit-elle. Pour commencer, porter cette robe que Maria m'a prêtée…

— Tu étais sublime, assura Felicity.

— Je ressemblais à un cochon enroulé dans une couverture.

Même avec ses yeux rougis, Felicity eut soudain l'air sévère et pointa un doigt sur Sarah-Jane.

— Pas du tout. Tu as une silhouette que beaucoup de femmes tueraient pour avoir, et cette robe la mettait en valeur. Et sors immédiatement ta mère de ta tête.

Sarah-Jane fit la moue. Elle était bien certaine que personne ne la regardait jamais avec envie. Perte de poids ou pas, ses seins et ses fesses restaient trop volumineux. Néanmoins, le commentaire de Felicity sur sa mère fit mouche. Yvette Early était excessivement critique envers elle-même, tout comme envers sa fille.

— J'ai parlé comme elle ?

— Oui, exactement comme elle.

Sarah-Jane regarda par la fenêtre de la cuisine de leur petit duplex. Le ciel était d'un bleu fabuleux.

Du même bleu que les yeux de Wyatt Fortune.

— Je n'arrive pas à croire que je lui aie menti !

— Pourquoi l'as-tu fait ?

— Je ne sais pas, répondit-elle d'un ton pensif. Je n'avais pas envie d'être la banale Sarah-Jane, j'imagine.

— Tu n'es pas banale !

— Certains surnoms collent à la peau.

— Plus maintenant, protesta Felicity. Cela dit, on a tous envie d'être quelqu'un d'autre, parfois. Moi, j'aimerais être un top model brésilien. Et m'appeler Marguerite.

Malgré sa pâleur, Felicity avait un sourire contagieux.

— Marguerite et Savannah, articula Sarah-Jane. Des femmes mystérieuses et intrigantes.

— Parfaitement. Mais la bonne vieille Felicity Thomas

ne boira plus jamais de margarita, ajouta-t-elle en enfouissant sa tête entre ses bras, sur la table.

— J'en doute ! répliqua Sarah-Jane, pince-sans-rire.

Néanmoins, compatissant à l'état de son amie, elle monta chercher de l'aspirine dans leur salle de bains commune. De retour dans la cuisine, dont la décoration chaleureuse devait plus à la créativité qu'à la dépense, elle lui tendit les comprimés.

— Peut-être te sentirais-tu mieux si tu mangeais quelque chose, suggéra-t-elle. Un croissant, par exemple ?

Felicity pouvait en manger des dizaines sans dégâts sur sa silhouette de fée Clochette.

— Je me sentirais mieux si on me tirait une balle dans le crâne, gémit Felicity, avant de relever brusquement la tête. Oh ! zut, quelle heure est-il ? J'ai une livraison à faire à La Casa Paloma dans une heure.

— Même le jour de l'an ?

— Oui.

Felicity fit un effort suprême pour paraître en meilleure forme. Elle se frotta les joues. Cligna plusieurs fois les yeux. Le résultat ne fut guère convaincant.

— Quand Wendy Fortune-Mendoza te commande des chocolats pour le brunch post-mariage du nouvel an, reprit-elle, tu ne refuses pas. Et il n'y a pas de jour férié ni de gueule de bois qui tiennent.

Puis elle reposa la tête entre ses bras croisés sur la table.

— Ta livraison est prête ? demanda Sarah-Jane.

Son amie répondit d'un grognement affirmatif.

— Tu veux que je te conduise ?

Redressant la tête, Felicity lui décocha un coup d'œil flou.

— Tu es la meilleure amie du monde, tu sais ça ?

— Et réciproquement, répliqua Sarah-Jane en souriant. Va prendre une douche. Si les chocolats doivent être livrés dans une heure, on n'a pas de temps à perdre. Il faut passer les prendre à la boutique, n'est-ce pas ?

La boutique de Felicity, True Confections, partageait le local d'une brûlerie de café.

Felicity acquiesça, puis se leva péniblement et quitta la cuisine d'un pas flageolant. Après avoir rincé leurs tasses, Sarah-Jane monta à son tour enfiler un jean et le pull en cashmere bleu vif que lui avait offert son amie à Noël. Elle le trouvait bien trop échancré, mais le porterait au moins une fois pour ne pas vexer Felicity. Puis elle tressa ses cheveux en une natte et redescendit.

Felicity fut prête elle aussi assez vite, et toutes deux firent un crochet par la boutique, où Sarah-Jane chargea les adorables ballotins turquoise contenant les friandises sur la banquette arrière de sa petite voiture hybride. Si la circulation à Red Rock était le plus souvent fluide, en ce jour férié elle était quasiment inexistante. Peu après, Sarah-Jane se garait devant le luxueux hôtel. Hélas, malgré la brièveté du trajet, sa colocataire s'était avachie encore plus sur son siège, le teint verdâtre. Elle avait l'air assez mal en point.

— Et si je livrais les ballotins à ta place ? proposa Sarah-Jane.

— Plus jamais boire, gémit Felicity, les paupières closes.

— Reste là. Où faut-il les porter ?

— Dans la cuisine.

— Je peux passer par le hall ?

— En principe, on est censé faire le tour et entrer par la porte de service, mais c'est trois fois plus long. Et à tout prendre, je préfère que la commande arrive à temps. De toute façon, ajouta Felicity en ouvrant un œil, tu ne ressembles pas à un livreur.

Sarah-Jane trouvait qu'elle ne ressemblait pas non plus à une cliente potentielle de l'hôtel, mais elle n'avait plus le temps de s'en soucier. Il ne restait que quelques minutes pour que les chocolats figurent à temps sur la table des desserts.

Quand Felicity lui eut indiqué où se trouvait la cuisine, elle empila avec soin les ballotins et pénétra dans l'hôtel. Le hall était entièrement décoré pour les fêtes de fin d'année. Elle contourna un gigantesque sapin orné de boules de verre doré, planté au beau milieu de la pièce et entouré d'immenses cadeaux factices multicolores. D'après Felicity, elle devait prendre le couloir à gauche des ascenseurs. Elle venait de les repérer lorsque les portes s'ouvrirent.

Wyatt Fortune en sortit.

Elle sentit sa respiration se bloquer et faillit lâcher son précieux chargement.

Bien que cela parût impossible, il était encore plus beau que la veille. Peut-être en raison de sa tenue décontractée, vieilles bottes usées, jean délavé et pull bleu, dans lequel ses épaules semblaient encore plus larges que sous le smoking qu'il portait à la réception. A moins que ce ne soit à cause du soleil qui projetait des reflets dorés dans ses cheveux blonds.

Il était… magnifique. Le simple fait de le voir la troublait considérablement.

Il avait les yeux fixés sur l'écran de son téléphone portable, et avant qu'il l'aperçoive, elle pivota sur ses talons, pressant les cartons contre sa poitrine. Et se précipita vers la jeune femme qui se tenait à l'extrémité de la réception.

— Excusez-moi, haleta-t-elle. Est-ce que quelqu'un de la cuisine pourrait venir prendre ces chocolats, s'il vous plaît ? Ils sont destinés au brunch de la famille Fortune.

Le visage de la réceptionniste, qui avait commencé par secouer la tête, s'éclaira à l'audition du nom magique.

— Donnez-les-moi. Je m'en occupe personnellement.

— Merci beaucoup, dit Sarah-Jane avec reconnaissance.

Elle lui tendit les ballotins, puis se mit des œillères mentales et s'éloigna vers la sortie.

Ne regarde pas de l'autre côté du sapin, ne cherche pas Wyatt Fortune des yeux, sors directement !

Ses tennis couinaient un peu sur le sol carrelé.

— Savannah ?

Il existait une autre Savannah ? Une vraie ?

Mais elle savait que non, car c'était la voix de Wyatt qui avait crié le prénom. Elle la reconnut avec une certitude absolue. Les portes du hall s'ouvrirent. Sa voiture n'était qu'à quelques mètres, sur le parking…

— Savannah. Attendez !

Son cœur battait dans sa poitrine comme si elle venait de courir son premier marathon. Lentement, elle se retourna. A grandes enjambées, Wyatt contournait le sapin de Noël et ses monceaux de paquets.

Elle déglutit et frotta ses mains moites sur son jean.

Il s'arrêta à quelques pas d'elle. Un léger sourire flottait sur ses lèvres.

— Je suis heureux de voir que vous êtes rentrée entière, hier soir.

— Et vous n'avez pas encastré votre voiture dans un poteau électrique, répondit-elle, la bouche sèche.

— Qu'est-ce que vous faites ici ?

Tout compte fait, le bleu de ses yeux était encore plus lumineux que celui du ciel. Avec son regard rivé sur son visage comme un laser, elle perdait tous ses moyens, y compris la faculté de parole. Il n'avait pas dû la voir remettre les ballotins à la réceptionniste.

— Je déposais quelque chose pour une amie.

— C'est un signe, vous savez ?

— Quoi donc ?

— De tomber l'un sur l'autre.

Il jeta un coup d'œil derrière elle et enroula soudain ses longs doigts autour de son coude.

Elle sursauta, puis sentit ses joues s'empourprer en se rendant compte qu'il l'écartait seulement du passage pour laisser entrer des gens.

— Je ne savais pas que vous logiez ici, déclara-t-elle.

Aussitôt, elle se sentit idiote. Pourquoi l'aurait-elle su ?

Il n'avait pas lâché son coude, et la chaleur de ses doigts la brûlait à travers son pull.

— Toute la famille est là. Mes frères et moi occupons deux suites.

Jamais elle n'avait séjourné dans un hôtel comme La Casa Paloma. Ni dans aucune suite d'hôtel, d'ailleurs. L'évocation de ses frères lui rappela la pauvre Felicity, qui attendait dans la voiture.

— Comment vont-ils ce matin ?

Wyatt ne cessait de parcourir son visage des yeux.

— Ils ont mal aux cheveux, c'est le moins qu'on puisse dire. Dînez avec moi ce soir, lança-t-il de but en blanc en pressant son coude.

L'incrédulité la submergea.

— Pardon ?

— Dîner. Vous savez ce que c'est ?

— Mais… vous me connaissez à peine.

Son sourire s'élargit, amenant de fines lignes au coin de ses yeux.

— Raison de plus pour dîner avec moi, exquise Savannah. Ce sera la meilleure façon de faire connaissance.

Savannah.

— Donnez-moi au moins une chance de concurrencer le petit ami assez stupide pour vous laisser seule le soir du nouvel an, ajouta-t-il.

Elle aurait voulu que le sol s'ouvre sous ses pieds et l'engloutisse tout entière.

— Euh, il a disparu de la scène.

— Tant mieux. Un type comme ça mérite d'être plaqué.

— Qu'est-ce qui vous dit que ce n'est pas *lui* qui m'a plaquée ?

Elle se sentait totalement dépassée. Elle parlait d'un petit ami qui n'avait jamais existé. Et même s'il avait existé, ce serait plus vraisemblablement elle qui serait plaquée que le contraire.

— Si c'est le cas, il est encore plus idiot que je ne le pensais. Mais si vous avez besoin d'une épaule sur laquelle pleurer, je suis volontaire.

Son pouce caressait le creux de son bras, ce qu'elle trouvait extrêmement troublant. Comme chacune de ses paroles.

— Je ne pleure pas, indiqua-t-elle, désarmée.

— Encore mieux. Alors, vous dînez avec moi ?

Encore mieux ? Le petit ami n'existait pas ! Ni Savannah ! *Refuse*, la somma sa voix intérieure.

— Je… hum. Avec plaisir.

— 7 heures ? suggéra-t-il, un sourire dans les yeux.

Dis non ! Dis non !

— Parfait.

Elle ne savait pas comment ils en étaient arrivés là, mais, subitement, ils se trouvaient tout près l'un de l'autre.

— Et pourquoi pas un brunch aussi, tout de suite ?

— Pardon ? bredouilla-t-elle, totalement perdue.

— Je dois me rendre à un brunch et je suis déjà en retard. Les festivités du mariage. A peu près tous ceux qui étaient à la fête hier sont de nouveau là aujourd'hui. Sauf les mariés. Ils ont eu assez de bon sens pour partir dans un endroit où ils seront seuls. Accompagnez-moi, insista-t-il en baissant la voix. Rendez la chose supportable.

Elle se demanda si son cerveau s'était mis en panne. Bien sûr qu'il assistait au brunch Fortune. Où elle pouvait difficilement se montrer. Maria Mendoza y serait sans aucun doute. Ainsi que Wendy Fortune et de nombreuses autres femmes susceptibles de reconnaître la Sarah-Jane du Stocking Stitch.

— Je ne peux vraiment pas. En fait, ma colocataire m'attend. Il faut que j'y aille.

A vrai dire, le besoin de fuir la taraudait. Elle pivota en direction de la porte, et il la lâcha enfin.

— Bon. Mais donnez-moi votre numéro de téléphone.

Je vous appellerai plus tard pour que vous m'indiquiez votre adresse.

— Je vous retrouverai ici, répondit-elle vivement. C'est plus simple. 7 heures, d'accord ?

Il la fixa avec curiosité, et elle frémit, saisie de culpabilité. Mais il se contenta d'acquiescer d'un air aimable.

— 7 heures, oui.

Craignant de proférer une nouvelle bêtise, elle sortit de l'hôtel presque en courant. Et ne se retourna qu'une fois arrivée à sa voiture. Wyatt avait disparu.

Elle soupira, le front posé sur le bord de la portière.

— Tout s'est bien passé ?

Malgré la température hivernale, Felicity avait baissé les vitres, ainsi que le dossier du siège passager, afin de pouvoir s'allonger au maximum.

— On peut le dire comme ça.

Felicity la dévisagea, une main en visière au-dessus des yeux pour les protéger de la lumière.

— Tu n'as pas laissé tomber les cartons, au moins ?

— Non, tout a été dûment livré, répondit-elle en se glissant derrière le volant. Je… suis tombée sur Wyatt Fortune. Il m'a invitée à dîner ce soir.

Felicity se redressa, et ce mouvement lui arracha une grimace.

— Et je suppose que tu as de nouveau refusé ?

Sarah-Jane eut un petit rire, encore horrifiée de ne pas l'avoir fait.

— Non, j'ai accepté. Même si ça revient à me tirer une balle dans le pied. Quand il apprendra que je lui ai donné un faux nom, il me prendra pour une dingue !

— Tu n'en sais rien.

— Oh ! je t'en prie. Tu accorderais la moindre chance à un gars qui aurait menti sur son prénom lors de votre première rencontre ?

Felicity fit la moue.

— Voilà, reprit Sarah-Jane. De toute façon, ça n'a pas d'importance. Mensonge ou pas, il est trop bien pour moi. Et je n'entendrai plus jamais parler de lui après ce soir.

La dernière fois qu'elle était sortie avec quelqu'un, elle était encore en fac. La fois d'avant, au lycée. Aucun des deux épisodes n'avait à proprement parler été une réussite.

— Si tu en es si certaine, pourquoi tu ne profites pas simplement de ta soirée avec lui, *Savannah* ?

— A ton avis, elle est au courant ?

Wyatt suivit le regard de son frère. Sawyer observait leur mère, Clara, assise avec leur oncle et leur tante à l'autre bout de la salle. Son mari, James, avait beau ne pas s'entendre avec son frère, Clara était trop civilisée pour que cela affecte son comportement lors d'un événement familial. Après tout, c'était le mariage de la fille de John et de Virginia qu'ils célébraient tous.

Agée seulement de cinquante-six ans, sa mère était comme toujours très élégante, et ses cheveux blonds, parfaitement coiffés. Un lourd nuage planait au-dessus de Wyatt et de ses frères depuis que James les avait convoqués dans son bureau juste après Noël pour leur annoncer qu'il vendait la société. Mais rien n'indiquait que leur mère soit au courant. Et si elle ne l'était pas, ce qui semblait être le cas, *pourquoi* leur père n'avait-il rien dit à sa femme ?

Que lui cachait-il ? Que leur cachait-il à tous ?

Wyatt détestait se poser ces questions, mais il n'y avait pas moyen de faire autrement. C'était le propre des secrets.

— Il faut lui annoncer qu'on ne rentre pas aujourd'hui, déclara Sawyer.

Au moins étaient-ils d'accord sur ce point. Lorsque ses frères avaient fini par se lever ce matin, ils s'étaient violemment disputés à ce propos, une fois de plus, jusqu'à ce que Shane, malgré sa gueule de bois, quitte la suite, mettant fin à la discussion. Il était néanmoins revenu à temps pour le brunch, mais Wyatt savait que son frère aîné acceptait mal la situation.

Lui aussi voulait comprendre les agissements de leur père. Mais il n'était pas disposé à rentrer à Atlanta en espérant que James s'explique. Leur père avait dit ce qu'il avait à dire, et en ce qui concernait Wyatt, c'était terminé.

Au moins Asher tenait-il bon, alors que, selon Wyatt, il avait une excellente raison de vouloir retourner à Atlanta. C'était le seul endroit que son fils de quatre ans, Jace, considérait comme chez lui. Wyatt supposait que le petit garçon s'adapterait. Il avait un père qui l'adorait, après tout.

L'attitude de Sawyer, cependant, restait plus ambivalente, oscillant entre l'accord prudent d'Asher et la réticence de Shane. Lequel, en ce moment même, fixait son assiette comme s'il avait envie de neutraliser ses œufs brouillés.

Leur mère embrassa Virginia puis se dirigea vers leur table. Sawyer leva sa tasse de café.

— Elle arrive.

— Rester à Red Rock est ton idée, Wyatt, rappela Asher. A toi de lui annoncer la nouvelle.

Quant à Shane, il quitta la table en marmonnant un juron. Wyatt le suivit des yeux.

— Qu'est-ce qu'il a ?

— Il est plus grincheux que jamais depuis ce matin, dit Sawyer. Peut-être n'a-t-il pas eu de chance avec la petite brune qu'il essayait de brancher quand on est rentrés à l'hôtel après la réception. En parlant de brancher, que s'est-il passé avec l'hôtesse que tu n'as cessé de regarder au restaurant ?

Avant qu'il puisse raconter qu'il était justement tombé sur Savannah dans le hall même de l'hôtel, leur mère arriva à leur table. Elle posa les mains sur ses hanches minces.

— Bien. Ça fait deux heures que vous faites bande à part avec l'air furieux. Maintenant, dites-moi ce qui se passe.

Asher haussa un sourcil en direction de Wyatt. Sawyer enfouit son nez dans sa tasse de café. Courageux, les frères.

— Nous ne rentrons pas à Atlanta aujourd'hui, déclara Wyatt sans détour.

— Quand, alors ? demanda Clara, étonnée, fixant chacun de ses fils l'un après l'autre.

— Nous ne rentrons pas, point final.

Clara pâlit un peu, peinée.

— C'est en rapport avec votre père, n'est-ce pas ?

Il s'agissait plus d'une affirmation que d'une question.

— On peut le dire comme ça, confirma Asher.

— Et Shane ?

— Il est d'accord, répondit Wyatt avec une conviction qu'il était loin de ressentir.

Clara soupira et prit la chaise laissée vide par Shane.

— Je savais qu'il se passait quelque chose. James… quelque chose le préoccupe aussi.

Elle avait détourné le regard.

— Il ne t'a pas informée de ses projets pour JMF ?

— Il m'a simplement dit qu'il comptait faire quelques changements. « Des changements qui n'ont que trop tardé », voilà comment il l'a exprimé, ajouta-t-elle en fixant de nouveau Wyatt.

Même s'il avait fortement soupçonné que sa mère ignorait tout, l'entendre le confirmer fut un choc supplémentaire, et il ne prit pas de gants pour formuler la situation en termes délicats.

— Vendre JMF à nos dépens est un peu plus qu'un changement.

— Vendre ! s'exclama-t-elle.

Un instant, elle resta décontenancée. Puis elle reprit ses esprits.

— Je suis sûre que votre père a une raison de faire ça.

— Je n'en doute pas, répliqua froidement Wyatt. Mais il n'a pas daigné nous l'exposer. Même pas à Shane. C'est très simple, maman. Papa n'a pas confiance en nous pour diriger JMF. Je ne vais pas rester à le regarder démolir tout ce qu'on a bâti.

— Et ton obstination a convaincu tes frères, j'imagine ? Wyatt, tu es aussi têtu que ton père, je t'assure.

— Oui, Wyatt est têtu, intervint Sawyer. Mais c'est papa qui nous tient tous à l'écart.

— Je ne me suis jamais mêlée de JMF, et je refuse de prendre parti tant que je n'aurai pas tous les éléments, déclara Clara.

— Bonne chance, marmonna Wyatt.

Est-ce que sa mère défendrait aussi âprement son mari si la mystérieuse raison de la vente était révélée un jour ? songea-t-il.

— Donc, vous comptez rester à Red Rock ? Je vais tous vous perdre, à cause d'un désaccord avec votre père ?

— Il est peut-être temps pour nous de prendre un nouveau départ, suggéra gentiment Asher.

Il jeta un regard éloquent à son petit garçon qui jouait avec d'autres enfants au fond de la salle. Jace avait passé la nuit au ranch de leur jeune sœur, Victoria, et de son mari qu'elle avait épousé dernièrement, et il semblait heureux comme un poisson dans l'eau au milieu de sa nouvelle bande.

Clara, elle aussi, observa le petit garçon. Wyatt s'en voulait de sa dureté, mais il se dit de nouveau que c'était leur père qui avait créé cette situation, pas ses frères ni lui. Au bout d'un moment, Clara s'éclaircit la gorge, puis elle se redressa et les regarda.

— Si James veut vendre la société, c'est son droit, déclara-t-elle calmement. Nous n'en restons pas moins une famille, et j'aimerais que vous vous en souveniez.

Il n'était pas étonné que sa mère prenne cette position. Et s'il n'avait pas été aussi furieux contre son père, il aurait même aimé qu'une femme le soutienne autant un jour.

Mais il était furieux.

— Dans ce cas, pourquoi ne pas le rappeler à papa aussi quand tu seras à la maison ?

Il s'attendait presque à ce qu'elle lui fasse faux bond.

Mais quand il sortit de l'ascenseur ce soir-là à sept heures tapantes, Wyatt repéra aussitôt Savannah assise sur le bord de l'un des profonds fauteuils du hall.

Pour la première fois depuis le brunch, il sentit sa tension se dissiper. Il oublia la migraine qui enserrait sa tête dans un étau. Oublia le nœud vrillé entre ses épaules.

Elle était là.

Savannah tournait le dos aux ascenseurs, ce qui lui permit d'étudier son profil en catimini.

Elle semblait nerveuse.

La veille, il avait deviné qu'il la rendait nerveuse. Opinion confirmée ce matin lorsqu'il était tombé sur elle dans le hall. Elle avait trituré fébrilement la chaîne dorée de son sac à main. Il s'était plus ou moins préparé à ce qu'elle ne vienne pas.

Mais elle était là.

Et il ne voulait pas qu'elle soit nerveuse.

Il la voulait, elle.

Il traversa le hall, et elle se retourna en entendant ses pas. Ses yeux sombres avaient une lueur mystérieuse tandis qu'elle se levait, repoussant une mèche de ses cheveux lustrés derrière son oreille. Il avait deviné qu'ils étaient longs, tombant en cascade magnifique jusqu'au milieu de son dos. Ses doigts se crispèrent quand il s'imagina en train de les toucher.

— Vous êtes là, dit-elle quand il la rejoignit.

Il ne put retenir un petit sourire.

— Vous pensiez que je ne me montrerais pas ?

— Cela m'a traversé l'esprit.

La veille, elle portait une robe noire qui moulait chacune de ses formes voluptueuses. Ce soir, une blouse blanche assez lâche sur une jupe marron qui tournoyait autour de ses bottes de cuir. Une tenue presque austère comparée à celle de la veille, mais qui ne la rendait pas moins attirante.

— Penser à cette soirée a été l'unique perspective réjouissante de cette journée, déclara-t-il.

Elle lui décocha un regard intrigué, mais ne répondit rien. Posant une main sur ses reins, il l'entraîna vers la porte.

— Je me suis dit qu'on pourrait aller à San Antonio. J'ai réservé dans un restaurant italien sur River Walk que m'a recommandé ma cousine Wendy.

— Je ne suis pas retournée à River Walk depuis la fac.

— Ce qui remonte à quand ? Deux ans ?

Malgré l'obscurité du ciel, il la vit rougir.

— Pas tout à fait, ironisa-t-elle. J'ai vingt-sept ans.

— Tant que ça ? répliqua-t-il sur le même ton, déterminé à la détendre. J'en ai deux de plus. Qu'avez-vous étudié ?

Sarah-Jane avait du mal à aligner deux pensées cohérentes. Wyatt ressemblait à une star de cinéma. Et comme si son physique d'Apollon ne suffisait pas, ses doigts creusaient un trou brûlant dans son dos. Chaque centimètre de son corps picotait.

— J'ai une maîtrise d'administration des entreprises de l'Université du Texas.

— Impressionnant. Je suis garé là-bas, indiqua-t-il en ôtant sa main de son dos.

C'était la même voiture que la veille, au Red. Elle s'étonna vaguement qu'il n'utilise pas les services du voiturier de l'hôtel. Mais après tout, si elle repensait aux vieilles bottes usées qu'il portait le matin, cela n'avait rien de surprenant.

Si riche et beau qu'il soit, Wyatt Fortune semblait vraiment avoir le sens des réalités.

Puis elle se souvint que « Savannah » saurait au moins mener une conversation avec un homme séduisant.

— Et vous… qu'avez-vous étudié à l'université ?

— En plus des filles ? rétorqua-t-il avec un sourire

charmeur. Les finances, au Massachusetts Institute of Technology.

— Impressionnant, lui retourna-t-elle.

Sous la lampe du parking, ses cheveux brillaient comme de l'or et ses yeux étincelaient. Il lui ouvrit la portière.

Elle s'installa sur le siège passager. C'était idiot, mais le geste l'avait charmée. Personne ne lui avait jamais ouvert la portière d'une voiture auparavant.

En revanche, cela devait arriver systématiquement à Savannah.

Sois Savannah juste un soir, s'intima-t-elle. Puis le fantasme prendrait fin.

— Jolie voiture, dit-elle en caressant le cuir du siège.

Elle avait un mal fou à s'empêcher de le boire des yeux.

— Honnête pour une location.

Elle se demanda quel type de voiture il conduisait habituellement, mais n'osa pas poser la question. Il risquait de penser que seule sa richesse l'intéressait, alors qu'en vérité elle se fichait comme d'une guigne de sa voiture.

— Expliquez-moi pourquoi une titulaire de MBA joue les hôtesses au Red ?

Sarah-Jane aurait voulu rentrer sous terre. Dans quel guêpier s'était-elle fourrée ?

— C'est juste un job, répondit-elle évasivement.

S'il apprenait la vérité, penserait-il, comme la plupart des gens, qu'elle gâchait son diplôme en travaillant au Stocking Stitch ?

— Au Red, poursuivit-elle, je vous ai entendu dire que vous restiez à Red Rock. Sans chercher à être indiscrète, bien sûr.

— Mais vous cherchez à changer de sujet, répliqua-t-il en lui jetant un regard amusé. Qu'est-ce que votre mère vous a appris sur les hommes ? Qu'ils aiment le mystère ?

Sa mère était la dernière personne à laquelle Sarah-Jane voulait penser en ce moment même.

— C'est le cas ?

Comme il s'arrêtait à un feu rouge, il la fixa droit dans les yeux.

Une fois de plus, sa respiration se bloqua dans sa poitrine.

— Disons que je commence à en voir l'attrait.

- 3 -

Convaincue que la soirée serait un désastre, Sarah-Jane eut l'impression que le trajet jusqu'à San Antonio fila comme l'éclair. Quand on les escorta à leur table surplombant la rivière, elle était si tendue qu'elle n'était pas sûre de pouvoir manger.

Elle ferait mieux de lui dire la vérité et de laisser tomber cette histoire idiote de Savannah. De toute façon, tôt ou tard, il serait furieux. Mais une fois chez elle, elle pourrait commencer à prétendre ne jamais avoir inventé ce stupide mensonge. Libre à elle ensuite de continuer à forger des fantasmes qui n'avaient aucune chance de devenir réalité.

— Jolie vue, murmura Wyatt en lui tenant sa chaise.

Sa voix paraissait caresser sa tempe. Elle frissonna et détourna rapidement les yeux vers la baie vitrée.

Elle en eut le souffle coupé sans que Wyatt y soit pour quoi que ce soit. La vue n'était pas simplement jolie, elle était spectaculaire.

Les arbres semblaient parés de lumières étincelantes — de toutes les couleurs de l'arc-en-ciel —, et leur reflet sur l'eau de la rivière explosait comme un feu d'artifice.

— C'est magnifique.

L'espace d'un instant, elle oublia tout, et imagina adapter ce flamboiement liquide à un motif de tricot. Lorsqu'elle releva les yeux vers Wyatt, elle s'aperçut qu'il la contemplait, elle, et non la vue. D'un regard calme mais insistant, avec ce léger sourire qui flottait souvent sur ses lèvres.

A l'évidence, la table n'était prévue que pour deux. Petite et ronde, recouverte d'une nappe de lin immaculée avec en son centre une bougie dans un lourd photophore de verre. Elle craignait de cogner ses jambes maladroites contre celles de Wyatt.

Ses nerfs déjà à vif se tendirent davantage.

Elle enroula ses doigts autour de la chaîne du sac à main, prêt de Felicity, qui avait jugé que sa vaste besace en cuir convenait mieux pour emporter ses projets de tricot pour la boutique que pour un dîner avec Wyatt Fortune. Vu le standing du restaurant, elle était contente d'avoir suivi le conseil de son amie. Néanmoins, elle ne se sentait pas assez habillée. Le pantalon et le pull noirs de Wyatt avaient probablement coûté une fortune, tandis que ce qu'elle portait avait été acheté en soldes au moins cinq ans plus tôt.

Wyatt incarnait son plus grand fantasme, alors qu'elle n'était qu'une imposture. Soudain, elle bondit sur ses pieds, pressant son sac contre son ventre.

— Tout va bien ? demanda Wyatt, sourcils froncés.

Elle acquiesça, les joues en feu.

— Excusez-moi un petit moment.

Il la fixa d'un air intrigué, mais resta assis.

— Si je commandais du vin ?

Elle hocha la tête, les pieds déjà en mouvement. Un coin de son cerveau tentait de calculer le prix de la course en taxi entre San Antonio et Red Rock.

— Vous avez une préférence ?

Il parlait du vin.

— Choisissez ce qui vous plaira, répondit-elle vivement.

Ses connaissances en vin ne rempliraient pas un dé à coudre, mais en boire un peu ne lui ferait pas de mal. Elle s'humecta les lèvres, plus certaine que jamais d'agir comme la plus grande imbécile de la planète.

— Excusez-moi, répéta-t-elle avant de s'échapper.

Par chance, les toilettes étaient vides. Elle agrippa les rebords du lavabo et expira à fond.

— Reprends-toi, intima-t-elle à son reflet dans le miroir.

Wyatt Fortune n'était pas un lycéen qui avait parié avec ses amis qu'il emmènerait la fille la plus improbable au bal de fin d'année, avant de coucher avec elle ensuite. C'était un adulte qui, pour une raison obscure, voulait passer la soirée avec elle.

Une soirée. Son unique chance en vingt-sept ans de prétendre ne pas être la banale Sarah-Jane.

Deux choix s'offraient à elle : soit prendre les choses comme elles venaient, être la Savannah de Wyatt juste pour un soir. Soit lui dire la vérité et mettre un terme à cette mascarade avant que les choses n'aillent plus loin.

La deuxième option apaiserait sa conscience, tandis qu'elle regretterait probablement jusqu'à la fin de ses jours de ne pas avoir opté pour la première.

Savannah. Ce n'était qu'un prénom, tenta-t-elle de se persuader, comme l'avait fait Felicity quand elle avait essayé de l'empêcher à tout prix d'appeler Wyatt pour annuler.

La porte des toilettes s'ouvrit sur deux femmes qui entrèrent en riant.

— Quelle importance si c'est juste une nuit ? disait la première, dont le regard passa sur Sarah-Jane comme si elle était invisible. C'est la nouvelle année, et je veux la commencer en m'amusant.

Chacune disparut derrière une porte. Sarah-Jane étudia de nouveau son reflet. Toute sa vie, la plupart des gens l'avaient traitée comme si elle était invisible.

Wyatt ne regardait pas Savannah comme si elle était invisible.

Ouvrant son sac, elle remit une couche de gloss pastel sur ses lèvres. Puis se lava les mains. Ensuite, le dos bien droit, elle alla rejoindre Wyatt.

Sarah-Jane n'aurait jamais la chance de vivre un fantasme. Mais, ce soir, Savannah allait le vivre pour elle.

Wyatt respira un peu mieux en voyant Savannah revenir. Lorsqu'elle fut assise, il lui proposa du vin.

— Volontiers, dit-elle.

— J'espère que vous aimez la nourriture italienne.

— J'aime la nourriture tout court.

Elle pinça légèrement les lèvres en détournant les yeux vers la fenêtre. Elle but une gorgée de vin.

— Mmm, fit-elle en lui décochant un bref regard de surprise. C'est bon.

— Content qu'il vous plaise.

Elle but une autre gorgée, le regard de nouveau tourné vers l'extérieur. Il détacha les yeux de la longue ligne de son cou. La blouse, trop lâche, commençait à glisser sur son épaule.

— On dirait que tous les arbres sont illuminés, murmura-t-elle.

Lui estimait qu'elle était bien plus intéressante à admirer que les arbres.

— Savannah ?

Une fois de plus, elle lui offrit un aperçu de l'ensorcelant éclat brun de ses yeux avant de les baisser.

— Oui ?

— Je vous rends nerveux ?

Il vit ses longs doigts serrer le pied de son verre. Elle avait des ongles courts, nets, vernis de rose pâle. Il trouva cela étrangement attendrissant. Et terriblement sexy. La dernière femme avec laquelle il était sorti arborait des griffes rouge vif. Elle était moyennement drôle et *jamais* nerveuse. Mais il était incapable de se souvenir de son prénom.

Tandis que Savannah avait quelque chose de vraiment inoubliable.

— Peut-être un peu, oui, admit-elle enfin après un long silence. Vous devez me trouver idiote.

— Je ne vous trouve pas idiote. Je suis ravi que vous soyez avec moi, et non avec les autres types assis ici et qui m'envient.

Elle lâcha un rire incrédule.

— Votre mère vous a envoyé à l'école des bonnes manières, ou quelque chose de ce genre ?

Il sourit. Sa mère était repartie à Atlanta comme prévu, après le brunch. Sûrement peu heureuse de ce que ses fils lui avaient annoncé avant son départ.

— Je crois qu'elle aurait bien aimé.

Comme le serveur s'approchait, il le congédia d'un bref regard. Le serveur comprit aussitôt.

Puis Wyatt remplit le verre de Savannah. Loin de lui l'idée de l'enivrer. Il voulait juste qu'elle surmonte sa nervosité. Puis il leva son verre, observant le liquide tournoyer sur la paroi avant de le porter à ses lèvres.

— Je croyais que vous ne buviez pas.

— Je ne cherche pas à rivaliser avec mes frères, rectifia-t-il.

Il reposa son verre. Leurs doigts n'étaient distants que de quelques millimètres.

— Vous avez des frères et sœurs ? demanda-t-il.

— Hélas, non.

Manifestement honteuse de sa spontanéité, elle rougit.

— Ni frères ni sœurs, poursuivit-elle. Quant à vous, quatre frères, je crois ?

— Trois. Le brun à côté de moi hier soir est mon cousin Michael. J'ai aussi une petite sœur, Victoria. Elle vit aussi à Red Rock.

Elle hocha la tête, comme si elle voyait soudain de qui il s'agissait.

— Exact. Elle est mariée à Garrett Stone.

— J'oublie tout le temps à quel point Red Rock est une petite ville. Vous les connaissez ?

— Pas vraiment. J'avais une él… une amie qui cherchait un foyer d'accueil pour son chien, et je me souviens d'elle me disant que Garrett l'avait pris chez lui.

— Voilà qui ressemble bien à Garrett, en effet.

Il se demanda ce qu'elle avait été sur le point de dire avant de se reprendre. Et pourquoi.

— Je n'en reviens toujours pas que Vic soit une femme mariée, dit-il. C'est notre petite benjamine.

Savannah se rapprocha de la table. De *lui*, se plut-il à songer.

— Et vous ? Où vous situez-vous dans la fratrie ?

— En plein milieu.

— Ça fait quelle impression ?

— Frustrante quand j'étais gosse. Soit assez grand pour être raisonnable, soit trop petit pour l'être. Sawyer est plus jeune que moi, Asher et Shane sont plus âgés.

Au moins était-il parvenu à la faire sourire.

— J'ignore ce que ça fait d'être le cadet de quelqu'un, mais grandir dans une grande famille doit être agréable. Vos frères et vous aviez l'air assez proches, hier soir.

— Proches sur certains plans, mais sans éprouver le besoin de vivre les uns sur les autres non plus.

— Pourtant, j'ai cru comprendre que vous aviez tous décidé de vous installer à Red Rock, non ?

— Pour quelqu'un qui n'écoutait pas, vous avez entendu beaucoup de choses.

Elle rougit de nouveau, si joliment qu'il ne put s'empêcher de sourire. Ni de glisser ses doigts entre les siens et les presser afin de la rassurer.

— Je vous taquine, se hâta-t-il d'ajouter.

Elle parut interloquée, mais ne retira pas sa main.

— J'imagine qu'avec tant de frères plus une sœur, vous êtes habitué aux taquineries.

Il accentua son sourire, effleurant de son pouce la peau douce de son poignet.

— Croyez-moi, Savannah, ce que j'éprouve pour vous n'a rien de fraternel.

Son regard croisa le sien, s'échappa timidement, puis revint.

— Je suis contente de l'entendre.

Il se rendit compte qu'il observait la courbure douce de ses lèvres, avec une envie furieuse de les goûter. Mais ils se trouvaient dans un restaurant bondé. Et il ne voulait surtout pas l'effrayer alors que la tension qui l'enveloppait comme un manteau commençait à s'alléger. A contrecœur, il lâcha sa main pour lui tendre la carte.

— Bon. Qu'est-ce qui vous tente ?

Dans la lumière vacillante de la bougie, ses yeux bruns parurent s'assombrir encore.

— Tout me plaît.

— Vous ne regardez pas la carte.

Les joues de Savannah s'empourprèrent davantage.

— Je sais, admit-elle d'une voix rauque.

Il ravala un petit rire. C'était incroyable ! Elle le troublait plus que si elle avait été blottie nue contre lui. A son tour, il prit la carte et considéra le menu sans le voir, tout à fait conscient que, cette fois, c'était elle qui l'observait en silence.

Par chance, comme s'il avait deviné que sa présence n'était plus intrusive, le serveur revint avec une assiette de bruschettas qu'il déposa sur la table. Savannah ne tarda pas pour passer sa commande, comme tant de femmes le faisaient, et choisit un bar aux aubergines. Quant à lui, il prit une pizza pepperoni.

— On aurait pu manger ça à Red Rock, remarqua Savannah en riant. J'ai le sentiment de faire une folie avec mon poisson.

Incapable de résister, il reprit sa main dans la sienne.

— Que voulez-vous ? J'aime les plaisirs simples dans la vie. En plus, Wendy m'a recommandé les pizzas. D'après elle, ce sont les meilleures du coin. Ne vous inquiétez pas, ajouta-t-il en baissant la voix. Je partagerai.

Elle éclata de rire, puis cacha aussitôt sa bouche derrière sa main libre.

— Ne faites pas ça, protesta-t-il. J'aime vous voir rire.

Elle retira sa main.

— Ma mère ne serait pas d'accord, répliqua-t-elle d'un ton léger. Elle dit que j'ai un rire de cheval.

Quelle mère disait une chose pareille à sa fille ? Peut-être le même genre que le père qui, après avoir élevé ses fils avec l'idée de leur transmettre un patrimoine, le leur ôtait sans crier gare, songea-t-il, l'humeur morose.

— Mieux vaut un rire généreux qu'un rire avare.

Savannah souriait toujours.

— Vous revoilà à l'école des bonnes manières. Vous cherchez à me charmer.

— La vérité n'a rien de charmant.

Jusqu'à très récemment, Wyatt aurait affirmé avoir été à l'école de la vérité auprès de son père.

— Surtout quand elle est déplaisante, renchérit-elle.

Il hocha la tête, tiré de ses pensées sombres par la courbure moqueuse de ses lèvres pulpeuses.

— Ce n'est pas du tout ce que je voulais dire.

Puis il déposa un baiser sur les jointures de ses doigts et la sentit se figer. Mais une seconde plus tard elle se détendit de nouveau et tendit la main vers son verre.

Le temps que le serveur apporte leurs plats, elle riait sans la moindre gêne ni retenue. Et lorsqu'il lui proposa une part de pizza, aussi bonne que l'avait promis Wendy, elle refusa d'un geste.

— J'en reste au poisson, déclara-t-elle fermement. Si je recommence à manger ce genre de choses, je ne vais plus pouvoir m'arrêter.

— Mais je vois bien que vous louchez dessus. Je sais reconnaître la faim quand elle se présente.

Elle le fixa entre ses longs cils.

— Qui vous dit que je louche sur la pizza ?

— Vous êtes dangereuse après un peu de vin.

Elle eut un petit sourire, comme un chat qui aurait lapé de la crème. Il avait le pressentiment que ce n'était pas une sensation qu'elle éprouvait très souvent, et il s'interrogea davantage à son sujet. Puis songea qu'il aimait bien être celui qui provoquait cette expression chez elle.

Lorsqu'ils eurent terminé le repas et la bouteille, Wyatt lui demanda si elle voulait rentrer à Red Rock ou se promener sur River Walk. Elle n'hésita pas.

— Allons nous promener.

Il prit sa main chaude, et ils partirent à pied. Ils s'arrêtèrent pour écouter un groupe de jazz dans un petit club bondé, traversèrent un pont où Savannah se pencha par-dessus le parapet pour observer le reflet des lumières dans l'eau, et quand elle frissonna sous la brise glacée, il l'entraîna dans une boutique ouverte malgré les fêtes et lui acheta une étole couleur ivoire.

La vendeuse disposa l'étole sur les cheveux auburn de Savannah avant de draper les pans autour de ses épaules avec une élégance décontractée.

L'espace d'un instant, Wyatt imagina Savannah vêtue d'ivoire, une autre sorte de voile encadrant sa magnifique chevelure.

Il sortit son portefeuille et régla l'achat, écartant l'absurde pensée de son esprit.

Aux anges, Sarah-Jane déambula quelques minutes dans la boutique, puis Wyatt lui reprit la main, et ils repartirent le long de la rivière, sans destination précise. Il réussit à la persuader de déguster des fraises enrobées de chocolat à la terrasse d'un café. Ils entrèrent dans différents clubs, écoutèrent de la musique ou des humoristes, et se mêlèrent même à la foule des pistes de danse alors qu'elle était une piètre danseuse.

Chaque fois qu'elle sentait son manque d'assurance revenir, elle se demandait simplement ce que *Savannah* ferait.

De toute évidence, Savannah intéressait Wyatt, et Sarah-Jane se glissait de plus en plus dans le rôle. Elle ne sursauta pas quand il l'enlaça et la tint contre lui tandis qu'ils traversaient les ponts d'une rive à l'autre. Et elle flirtait.

Oui, elle flirtait avec lui.

Et alors qu'elle buvait un irish-coffee dans un pub, l'encourageant à une partie de fléchettes improvisée, puis un autre verre de vin dans un bar sombre au fond duquel un homme roulait des cigares, cela devint de plus en plus facile.

Ensuite, lorsqu'ils franchirent un nouveau pont, qu'il la prit dans ses bras pour la faire tournoyer dans une valse lente, elle rejeta la tête en arrière et regarda le ciel, ne sachant plus très bien où finissaient les lumières des arbres et où commençaient les étoiles.

— C'est la plus merveilleuse soirée de ma vie, murmura-t-elle, vaguement consciente de bafouiller un peu… et s'en fichant malgré tout. Même Cendrillon n'a pas connu ça.

Il lui adressa un sourire indulgent et resserra son bras autour d'elle. Son souffle était chaud contre son oreille.

— Heureusement, votre carrosse ne s'est pas non plus transformé en citrouille à minuit.

Elle frissonna, troublée. Puis soupira d'aise.

— Le fantasme n'en est que plus parfait, dit-elle.

Puis elle leva les yeux vers lui.

— Merci de ne pas m'avoir fait faux bond.

— Mon chou, répliqua-t-il avec un petit rire, aucun homme sain d'esprit ne vous ferait faux bond. On m'a accusé d'un tas de choses, mais jamais de manquer de bon sens.

— Tout est bon en vous.

Elle laissa tomber sa tête sur son épaule et l'entendit rire de nouveau.

— Vous pensez être capable de retourner jusqu'à votre carrosse, Cendrillon ?

— Mmm. Tant que vous laissez votre bras autour de moi.

Tournant un peu la tête, elle huma l'espace entre son cou et son épaule, qui semblait juste conçu pour elle.

— Vous sentez si bon, murmura-t-elle.

Le café, songea-t-elle, légèrement brumeuse. Le café, les fraises au chocolat, et les rêves impossibles.

— Et vous, vous tenteriez un saint, lui retourna-t-il d'une voix douce. Vous êtes prête à rentrer ?

Elle acquiesça, et ils rebroussèrent chemin. Elle avait la tête qui lui tournait, mais à aucun moment elle ne s'inquiéta qu'il ne sache pas retrouver la voiture. Et de fait, en un rien de temps, il se penchait sur elle pour boucler sa ceinture avant de prendre place derrière le volant. Peu après, ils filaient sur l'autoroute, où seuls les phares perçaient la nuit noire.

Elle lui jeta un coup d'œil dans la pénombre.

— Je n'ai jamais passé de meilleure soirée de ma vie.

La pensée qui tourbillonnait dans sa tête avait franchi ses lèvres sans même qu'elle en prenne conscience. Elle sentit son regard sur elle et imagina qu'il souriait tendrement.

— Moi non plus.

— Vous êtes un homme bien, Wyatt Fortune, soupira-t-elle. Mais vous n'êtes pas obligé de dire ça.

— Je ne suis pas toujours un homme bien. Mais je suis un homme qui ne dit pas les choses qu'il ne pense pas.

Il trouva sa main à tâtons et embrassa ses doigts.

— Qu'avez-vous fait qui ne soit pas bien ?

— Hormis m'en prendre à mon petit frère et à ma petite sœur parce que je ne pouvais pas en faire autant avec mes frères aînés ?

— Vous n'étiez qu'un enfant. Toute votre famille doit vous trouver parfait aujourd'hui.

Il reprit sa main et agrippa le volant.

— Pas exactement.

Déçue qu'il ait lâché sa main, elle l'enfouit sous la

sublime étole qu'il lui avait offerte. Elle connaissait assez les matières pour savoir que la fibre était exceptionnelle.

Elle se réjouit de ne pas avoir vu l'étiquette du prix. Devinant sa valeur, elle se serait sentie obligée de refuser pareille extravagance. D'ailleurs, elle aurait dû la refuser. Elle ne put s'empêcher de caresser l'ivoire soyeux. Elle enfonça le menton au creux du somptueux tissu en bâillant. Ce cadeau ne signifiait probablement pas grand-chose pour lui, mais elle le garderait précieusement.

— Toute ma vie, murmura-t-elle.

Wyatt l'entendit murmurer, mais ne comprit pas ce qu'elle avait dit. Il constata d'un coup d'œil qu'elle s'était endormie, les mains cramponnant l'étole comme un bébé sa couverture préférée. Il sourit, puis écarta une mèche de cheveux de sa joue.

Ses cheveux étaient doux comme de la soie ; sa peau, aussi lisse que le satin. Difficile de ne pas se laisser distraire en imaginant le reste de son corps.

Bientôt, les lumières de Red Rock apparurent, et il ralentit pour traverser la ville jusqu'à l'hôtel. Savannah ne se réveilla pas même lorsqu'il éteignit le moteur. Il effleura sa joue.

— Savannah, chérie. On est arrivés.

Elle entrouvrit ses yeux magnifiques.

— Hmm ?

— Il est temps de se réveiller, murmura-t-il. Donnez-moi votre adresse, que je vous reconduise chez vous.

Bien qu'il l'ait incitée à boire pour qu'elle se détende, il ne profiterait pas de la situation, quand bien même il trouvait cette jeune femme terriblement attirante. Il avait des principes, et celui-ci était inébranlable.

— Vous n'avez pas besoin de me ramener, objecta-t-elle en refermant les yeux. J'ai ma voiture.

Il caressa de nouveau sa joue.

— Vous n'êtes pas en état de conduire. Vous vivez près de Red, n'est-ce pas ? Ou préférez-vous rester ici avec moi ?

Ses yeux s'ouvrirent tout grands. Elle se redressa, se frotta les joues et regarda autour d'elle, prenant conscience qu'ils étaient sur le parking de l'hôtel.

— Rester ? répéta-t-elle, choquée.

A croire qu'elle n'avait jamais passé la nuit avec un homme…

— Je dormirai sur le canapé, proposa-t-il.

C'était le seul moyen de s'empêcher de la toucher, peu importe ce que lui dictait son code moral personnel. Car une fois sur place, tout pouvait arriver…

— Je vous porterais bien à l'intérieur, mais ça m'ennuierait que le personnel de la réception se fasse de mauvaises idées, poursuivit-il.

Elle luttait pour assembler deux pensées cohérentes. Wyatt lui demandait de rester.

Non.

Il demandait à *Savannah* de rester. Savannah, qui avait flirté, dansé et bu du vin et des cocktails. Savannah, qui n'habitait sans doute pas un petit trois-pièces meublé grâce aux vide-greniers.

Il y avait un taxi devant l'hôtel. Elle apercevait le chauffeur à l'intérieur. Elle se savait incapable de conduire. Soit elle donnait son adresse à Wyatt, soit elle prenait le taxi.

A moins qu'elle ne monte dans sa chambre avec lui ?

La question se posait-elle seulement ?

— Vous n'avez pas besoin de me porter.

Le sourire de Wyatt s'élargit, et elle sentit une vague brûlante l'envahir.

Marcher, néanmoins, s'avéra plus facile à dire qu'à faire. Elle sortit à grand-peine de la voiture, inspira une grande goulée d'air frais, puis sa tête se mit à lui tourner, et elle, à tanguer.

Wyatt la prit dans ses bras, tout contre lui.

Son cœur battait la chamade. Allait-il l'embrasser ?

Mais ce fantasme se volatilisa sous la révolte inquiétante de son estomac.

— Je crois que je ferais mieux de rentrer, finalement.

La dernière chose qu'elle souhaitait était que Wyatt la voie vomir. Savannah tenait sûrement mieux l'alcool…

— D'accord.

Comme il lui ouvrait la portière, elle refusa d'un signe.

— Il n'est pas question que vous conduisiez, Savannah.

— Je sais, admit-elle, tournant avec précaution la tête vers le taxi. Je vais prendre le taxi, là-bas.

Il resserra l'étole sous son menton, qu'il releva doucement afin de la regarder dans les yeux.

— Toujours la femme mystérieuse, n'est-ce pas ? Quelque chose que vous ne voulez pas que je voie chez vous ? Un petit ami encore dans les parages, tout compte fait ?

Elle secoua la tête, et le monde se mit à tourner dangereusement. Felicity avait raison. Plus jamais d'alcool !

— Quoi ? Non, pas du tout ! Il n'y a aucun petit ami, je vous assure.

Cela, au moins, était la stricte vérité.

Posant un bref baiser sur son front, il n'insista pas.

— Très bien. Le taxi. Attendez-moi ici.

Il l'adossa contre la voiture et traversa le parking à grandes enjambées en direction du taxi.

Elle n'était pas certaine qu'il l'ait crue au sujet du petit ami inexistant, mais quelle importance, de toute manière ? Savannah avait eu sa soirée. Et cette soirée était terminée. D'autant plus que Sarah-Jane menaçait de donner sa suppléante en spectacle.

Très vite, Wyatt revint, suivi du taxi. Il l'aida à s'installer pendant qu'elle essayait de ne pas se ridiculiser davantage en s'effondrant sur la banquette. Puis il l'emmitoufla dans l'étole, comme si elle n'était qu'une enfant.

— Je suis désolée d'avoir gâché la soirée, confessa-t-elle d'un ton misérable.

Il sourit avec gentillesse et repoussa une mèche de ses cheveux derrière son oreille. Son pouce frôla sa joue, et l'espace d'une seconde, elle oublia sa nausée croissante.

— Chérie, vous n'avez rien gâché du tout.

Il se pencha, et elle retint son souffle, certaine qu'il allait l'embrasser. Mais il se contenta de presser les lèvres sur son front. Puis il recula.

— Je vous appelle, promit-il avant de claquer la portière.

Ensuite, il la salua de la main et se dirigea vers l'hôtel. Sarah-Jane le suivit des yeux en soupirant.

— Quelle adresse, mademoiselle ? demanda le chauffeur.

Elle la lui indiqua et ferma les yeux.

Quelques secondes plus tard, ils s'éloignaient de l'hôtel. De Wyatt. De Savannah.

Tout comme Cendrillon, elle voyait sa soirée de fantasme prendre fin.

4

— Non, maman, je n'ai pas oublié l'anniversaire de papa, la semaine prochaine.

Assise à la table de la cuisine, son portable à l'oreille, Sarah-Jane abritait ses yeux de la lumière éclatante que la fenêtre déversait à flots.

— Tous ceux qui comptent seront présents, répéta Yvette pour au moins la dixième fois. Alors essaye de porter une tenue convenable, d'accord ?

La migraine de Sarah-Jane s'aggrava encore.

Le retour en taxi avait été miséricordieusement court, et quand le chauffeur s'était arrêté au pied de son appartement, alors qu'elle cherchait son porte-monnaie avec des doigts malhabiles, il lui avait dit que le gentleman avait déjà réglé la course.

Gentleman. Le mot décrivait Wyatt à la perfection. Il s'était comporté en gentleman du début à la fin, y compris dans sa promesse de « la rappeler. »

— C'est un barbecue, n'est-ce pas ? demanda-t-elle à sa mère. A moins que tu n'aies changé d'avis ?

— Pourquoi aurais-je changé d'avis ? rétorqua sèchement Yvette. Ça fait six mois que je programme cette fête ! Franchement, Sarah-Jane, il faut toujours que tu poses des questions idiotes. Oui, c'est un barbecue. A l'extérieur. Mais ça n'en sera pas moins de bon goût. Et je ne veux pas que tu arrives fagotée dans un vieux jean et un T-shirt informe.

Tout ce qui était important pour sa mère devait être de *bon goût*.

— Je mettrai une robe, promis.

Elle perçut presque le reniflement dédaigneux de sa mère.

— Eh bien, j'aurai quelque chose de correct pour toi ici, au cas où.

Sarah-Jane fit une grimace. Ce n'était pas sans raison qu'elle était heureuse des plusieurs heures de route qui la séparaient de chez ses parents, lesquels vivaient toujours dans la maison de Houston où elle avait grandi.

— Ce n'est pas la peine, maman. J'ai une robe parfaite.

Il lui fallait juste l'acheter, mais Felicity l'aiderait. Sa mère, qui ne l'avait pas vue depuis des mois, ignorait qu'elle avait perdu du poids. Encore que cela ne changerait rien. Depuis ses douze ans, quand ses seins avaient commencé à pousser, sa mère s'était échinée à la faire entrer dans des vêtements trop petits d'au moins trois tailles. Comme si, ce faisant, elle pouvait prétendre que Sarah-Jane avait la silhouette idéalement mince qu'elle-même avait toujours rêvé d'avoir.

— Barbara Curtis vient. Ainsi que Tiffany et Adriana.

— C'est sympa.

Barbara Curtis habitait la même rue que les Early. Aux yeux d'Yvette, elle et ses jumelles, Tiffany et Adriana, incarnaient la perfection absolue. Sarah-Jane n'avait de problème particulier avec aucune des trois. Les jumelles, deux classes en dessous d'elle au lycée, ne s'étaient jamais montrées désagréables envers elle. Mais elles n'avaient jamais évolué dans les mêmes cercles non plus. Tiffany et Adriana étaient extrêmement populaires. Belles. Extraverties.

Sarah-Jane, elle, n'était rien de tout ça.

— Elles viennent avec leurs petits amis, ajouta Yvette.

Ah ! Après la tenue de bon goût, on en arrivait au point crucial.

— Formidable.

— Ton père peut de nouveau t'arranger le coup avec le jeune Martin, de la banque.

Le jeune Martin avait dix ans de plus que Sarah-Jane et vivait toujours chez sa mère. Elle était sortie une fois avec lui. Elle n'était sortie avec personne depuis, à dire vrai. C'était trois ans plus tôt, pour faire plaisir à ses parents lors d'un séjour chez eux.

Il avait parlé de lui toute la soirée, et gentiment proposé de l'aider à choisir un « vrai » travail, sous-entendu pas dans une boutique de tricot. Lorsqu'il avait essayé de l'embrasser, elle avait tourné la tête et le baiser mouillé avait touché sa joue au lieu de ses lèvres. Elle avait eu l'impression d'être léchée par un chien baveux.

Une chose était sûre, elle n'avait pas désiré un baiser de Martin comme elle avait désiré un baiser de Wyatt.

— Je n'ai pas besoin que vous « m'arrangiez le coup », répliqua-t-elle.

— Dieu sait pourtant que tu ne viendras pas avec un petit ami de ton propre chef. Quand un homme t'a-t-il invité à dîner pour la dernière fois ?

— Hier soir, en fait.

Elle regretta aussitôt cet aveu, n'ayant aucune envie de subir un interrogatoire en bonne et due forme.

— Tu es certaine que tu ne veux pas que je vienne plus tôt pour te donner un coup de main ? enchaîna-t-elle immédiatement, désireuse d'éviter le sujet.

Au dernier comptage, sa mère avait convié cinquante personnes pour célébrer l'anniversaire paternel. Mais une fois de plus, Yvette refusa son aide.

— Non, je ne veux personne dans mes pattes. Où êtes-vous allés ? Comment l'as-tu rencontré ? Qu'est-ce qu'il fait ?

— Aucune importance, maman. Je ne le reverrai pas.

— Oh ! Sarah-Jane. Si seulement tu faisais un *effort*…

— Maman, désolée de devoir te laisser. Mais Felicity vient d'entrer, chargée comme une mule, et je dois l'aider.

Seule la seconde partie de la phrase était vraie. Mais ce prétexte pour mettre fin à la conversation tombait à pic.

Felicity passait la porte de la cuisine de biais, une pile de plaques de ballotins True Confections dans les bras.

— Ta mère ? articula-t-elle en silence.

Sarah-Jane acquiesça.

— Bonjour, madame Early, lança Felicity.

— Salue ton amie, marmonna Yvette. A la semaine prochaine. Vers 13 heures. Et souviens-toi. Une tenue…

— De bon goût, oui, termina Sarah-Jane à sa place. Je m'en souviendrai. Au revoir, maman. Je t'aime.

La seule réponse qu'elle obtint fut la tonalité de la ligne.

Elle reposa le téléphone et s'empara du sommet de la pile vacillante que portait Felicity.

— Je croyais que tu serais à la boutique toute la journée.

Felicity laissa tomber le reste des boîtes sur la table et souffla sur une mèche blonde qui lui tombait dans les yeux.

— J'ai fait tout ce que j'ai pu là-bas. Et je me suis dit que j'assemblerais les ballotins à la maison.

Maintenant que la Saint-Sylvestre était passée, Felicity préparait la frénésie de la Saint-Valentin.

— Quels merveilleux commentaires maternels t'a prodigués Yvette pendant son coup de fil dominical ?

— Toujours la même rengaine, répondit Sarah-Jane en haussant les épaules. Je dois m'acheter une robe pour la fête d'anniversaire de mon père.

— Mets celle que Maria t'a donnée pour la Saint-Sylvestre.

Penser à la Saint-Sylvestre la fit aussitôt repenser à Wyatt, et elle s'efforça de le chasser de ses pensées. En vain.

— C'est un barbecue à l'extérieur. Pas vraiment le genre de réception où porter une petite robe noire.

En souriant, Felicity s'assit en face d'elle, puis dégagea un espace sur la table en Formica pour commencer à plier un de ses ravissants ballotins.

— Ta mère n'en reviendra pas de voir tout le poids que tu as perdu.

Sarah-Jane n'avait pas particulièrement envie de penser à ça non plus. Nouvelle silhouette ou pas, sa mère ne la verrait pas différemment. Pourquoi le ferait-elle ? Sarah-Jane elle-même ne parvenait pas à se voir différemment.

Elle saisit une boîte et entreprit aussi de la mettre en forme.

— Alors, demanda ensuite Felicity. Wyatt t'a appelée ?

— Je t'ai dit que je n'attendais pas de ses nouvelles.

— Il a dit qu'il t'appellerait.

— Ils disent tous ça, non ?

Certes, son expérience en la matière restait des plus limitées, mais il y avait un détail non négligeable : il ne lui avait pas redemandé son numéro depuis la première fois, dans le hall de l'hôtel.

— Oui, reconnut Felicity avec une grimace. Mais tu pourrais l'appeler, toi. Tu n'as pas envie de le revoir ?

— Bien sûr que si. *Sarah-Jane* a envie de le revoir. Le problème, c'est qu'il ne connaît que Savannah. Jamais je n'aurais dû lui mentir, ajouta-t-elle après un soupir. Jamais je n'aurais dû sortir avec lui. C'était une erreur.

— C'était désagréable quand il dansait avec toi sur ce pont ? Ou quand il t'a offert ça ? demanda Felicity en désignant la magnifique étole drapée sur une chaise.

— C'était un fantasme, objecta-t-elle. Un fantasme absolument merveilleux. Mais peu importe ce que je souhaite, les fantasmes ne sont pas plus réels que Savannah. Il n'appellera pas. Il ne sait pas où j'habite. Et ce n'est même pas *moi* vraiment qu'il aurait envie de voir.

— Je parie qu'il te retrouvera, assura Felicity avec une conviction touchante. Tu verras. Red Rock n'est pas si grand, et un jour, Wyatt Fortune retrouvera ta trace, d'une manière ou d'une autre.

Elle sentit son ventre se nouer. Elle appréciait les propos

réconfortants de son amie, même si elle n'y croyait pas. Pas une seconde, elle n'imaginait que cette prédiction se réaliserait.

Elle avait eu sa soirée de fantasme en compagnie de Wyatt mais, à présent, elle était revenue sur terre, les deux pieds fermement ancrés dans la réalité.

— Bonjour.

En milieu d'après-midi, Wyatt s'arrêta devant la jeune hôtesse d'accueil postée à l'entrée du Red. Entre le rush du déjeuner et celui du dîner, la petite blonde, qui paraissait à peine âgée de dix-huit ans, pliait des serviettes de table.

— Je cherche Savannah. Vous savez quand elle prend son service ?

— Savannah ? répéta l'hôtesse en fronçant les sourcils. Désolée. Je ne connais personne de ce nom.

— Elle travaillait ici l'autre soir. Le soir de la Saint-Sylvestre.

L'expression de la fille s'éclaira, et le nœud à l'intérieur de l'estomac de Wyatt se desserra.

— Ah ! C'était sans doute une des extra embauchées par Mme Mendoza ce soir-là. Le restaurant était fermé, pour une réception privée.

— Exact. J'y étais.

Deux fossettes creusèrent les joues de la jeune hôtesse.

— Je peux me renseigner, si vous voulez bien attendre un moment. Voir si quelqu'un sait où la joindre.

— Je vous en serais très reconnaissant.

Elle disparut dans la salle à manger.

Wyatt expira à fond, piétinant nerveusement sur place.

Il s'en voulait terriblement de ne pas avoir demandé son numéro à Savannah. N'en revenait pas de l'avoir laissée filer entre ses doigts aussi facilement. Il pouvait comprendre qu'elle n'ait pas eu envie de lui donner son adresse. Même si, étant donné qu'elle avait été prête à monter dans sa chambre d'hôtel, pareille prudence l'étonnait. Leur connivence à San Antonio avait été si parfaite.

S'il avait eu les idées en place, il aurait au moins obtenu son téléphone… Mais chaque fois qu'il l'avait regardée, il en avait presque oublié jusqu'à son propre nom.

Pourvu qu'elle n'ait pas été trop malade. Pourvu qu'elle n'ait pas regretté d'être sortie avec lui, vu la manière dont la soirée s'était terminée. Il voulait finir ce qu'ils avaient commencé.

L'hôtesse revint, secouant la tête.

— Navrée, monsieur. Personne ne connaît de Savannah. Vous êtes sûr du prénom ?

— Certain. Merci quand même.

— Je peux poser la question à Marcos, le gérant, si vous voulez, proposa la jeune fille alors qu'il tournait les talons. Il ne sera là que ce soir, mais je pourrais lui téléphoner.

La jeune fille raisonnait mieux que lui. Evidemment. Elle parlait de Marcos Mendoza. Marié à sa cousine Wendy.

— Ce ne sera pas nécessaire. Je vais l'appeler moi-même.

Elle sourit, se demandant sans doute pourquoi il n'y avait pas pensé tout de suite. Une seule explication lui venait à l'esprit : Savannah l'avait tellement ensorcelé qu'il avait perdu son bon sens habituel.

Tout en retournant à sa voiture, il composa le numéro de Wendy, qui répondit aussitôt. Il entendait des rires aigus d'enfant en fond sonore. Elle lui passa Marcos, mais il ne l'aida pas davantage que la jeune hôtesse.

— Désolé, mon vieux. C'est Maria qui s'est occupée du personnel en extra. Mais si on l'a payée, ses coordonnées seront au bureau du restaurant. Je jetterai un coup d'œil ce soir.

Wyatt devrait encore prendre son mal en patience.

— Merci beaucoup, Marcos.

— Je t'en prie. Tu dis être sorti avec elle ? Mais elle ne t'a pas donné son numéro de téléphone ?

— Ta femme peut répondre de ma probité, Marcos. Je n'ai pas l'intention de harceler Savannah. Je veux juste lui parler.

— Très bien. Je verrai ce que je trouverai.

Les rires enfantins s'intensifièrent, et Wyatt supposa que Marcos tenait la petite MaryAnne dans ses bras en plus du téléphone. Après un dernier remerciement, il raccrocha.

Sans les joyeux éclats de rires, sa voiture parut soudain terriblement silencieuse. Il alluma la radio et quitta le parking. Au lieu de retourner à l'hôtel — auprès de ses frères, qui s'étaient moqués du fait qu'il ait passé des heures en compagnie de Savannah sans réussir à obtenir son numéro de téléphone —, il roula lentement dans le quartier du Red.

Sans savoir précisément ce qu'il espérait.

La voir marcher dans une des rues ? Elle n'avait pas de chien à promener, il le savait. Croiser sa voiture ? Il en ignorait le modèle, car il ne l'avait pas vue arriver la veille pour leur rendez-vous à l'hôtel.

Au bout du compte, aussi bredouille que le soir où il l'avait déposée dans le taxi, il rentra à l'hôtel.

Que cela lui plaise ou non, il en était réduit à attendre.

— Sarah-Jane, tu as une minute ?

Sarah-Jane leva la tête. Maria Mendoza, sa patronne, l'appelait depuis le seuil du petit bureau situé au fond de la boutique, où, à elles deux, elles assuraient le suivi de la tonne de paperasse nécessaire au fonctionnement du Stocking Stitch. Malgré ses soixante-dix ans, ses cheveux noirs étaient à peine striés de gris, et sa silhouette ronde toujours alerte.

Cependant, elle n'avait pas son sourire coutumier, et Sarah-Jane se sentit mal à l'aise.

— Bien sûr.

Elle poussa vers la cliente qu'elle conseillait le catalogue de modèles de tricot ouvert.

— Je reviens tout de suite, lui dit-elle.

Puis, tirant son polo beige sur les hanches, elle contourna les présentoirs de pelotes multicolores, remit au passage en place un des confortables fauteuils qui cernaient une table de travail dans la partie atelier, et rejoignit enfin Maria.

— Tout va bien ? demanda-t-elle à voix basse.

— *Si, si.*

Maria lui tapota le bras avec un bref sourire rassurant et l'entraîna à l'intérieur de la pièce, dont elle referma la porte. Il y avait un bureau au centre, surmonté d'un ordinateur qu'elles partageaient. Au lieu de prendre son siège habituel, elle s'appuya contre le mur, indiqua une chaise à Sarah-Jane et attendit qu'elle soit assise pour prendre la parole.

— J'ai reçu un coup de fil intéressant de Marcos.

— A propos du Red ? hasarda Sarah-Jane en étudiant le visage de sa patronne bien-aimée.

Elle se demandait ce qui pouvait être si important pour qu'il soit besoin d'en discuter en privé. En général, tout ce qui concernait les Mendoza ou leurs amis donnait lieu à des discussions interminables au sein même du cercle des tricoteuses. Si Sarah-Jane évitait de s'en mêler, elle était bien consciente que la boutique était un haut lieu de commérages.

— D'une certaine manière. Dis-moi, ma chérie, à quel point connais-tu Wyatt Fortune ?

Sarah-Jane se sentit pâlir.

— Euh, pas très bien. Pourquoi ?

Maria sourit. Elle ne semblait pas en colère, juste… amusée.

— Mais tu es bien allée avec lui à San Antonio il y a quelques jours ?

Sarah-Jane s'agita sur sa chaise. Le sang affluait en force à sa gorge et à ses joues, qui commençaient à la brûler.

— Eh bien, oui, en effet.

— Ah, tout va bien alors, s'exclama Maria, avant de se pencher en avant, les yeux soudain brillants. C'est un très bel homme, n'est-ce pas ? Ces cheveux blonds, ces yeux bleus… Il est… comment dire ? Très viril, pas vrai ?

Ignorant où la menait cette conversation, mais totalement mortifiée, Sarah-Jane ne put qu'acquiescer.

— Et si grand, avec des épaules si larges, continua Maria. Quand un homme comme ça vous prend dans ses bras, une femme se sent une femme.

— Hum… Maria, je ne…

— Il te cherche, *niña*.

Elle sentit l'excitation la gagner. Mais elle secoua la tête, incrédule.

— Marcos vous a dit ça ?

Maria se redressa, un immense sourire aux lèvres.

— Marcos m'a dit que Wyatt est passé au restaurant pour essayer de te trouver. Pourquoi lui as-tu rendu la tâche si difficile ? Il ne te plaît pas ?

— Bien sûr que si ! Mais…

— Alors pourquoi ne lui as-tu pas donné ton vrai nom ?

Rougissant de plus belle, Sarah-Jane se tassa sur sa chaise.

— Je suis désolée, Maria. Loin de moi l'idée de vous causer de l'embarras, à vous ou à quiconque au restaurant.

— De l'embarras ? répliqua Maria avec de grands gestes — elle s'exprimait beaucoup par gestes. Pourquoi serais-je embarrassée ? Tu crois que je t'ai envoyée à cette réception de mariage pleine de célibataires parce que je craignais que tu m'embarrasses ?

— Comment ça, « envoyée » ? Vous ne pensiez pas me lancer comme un appât au bout d'une ligne, quand même ?

— Un appât, ça sent mauvais. Toi, tu es une rose, et je trouvais bien que certains le voient.

De honte, Sarah-Jane se cacha le visage entre les mains.

— J'ai porté cette robe…, ces chaussures. Oh, Seigneur ! Je me suis rendue tout à fait ridicule !

— Pfff ! fit Maria. Tu as besoin d'un meilleur miroir, *niña*. Tu avais exactement l'allure qu'une ravissante jeune femme aux formes harmonieuses doit avoir. Et à l'évidence, ajouta-t-elle avec un grand sourire satisfait, Wyatt Fortune s'en est rendu compte. Mais, ce que je ne comprends pas, c'est pourquoi « Savannah » ?

De nouveau, elle se couvrit le visage de ses mains.

— Je n'aurais pas dû sortir avec lui, gémit-elle.

— A mon avis, tu n'aurais pas dû lui dire que tu t'appelais Savannah, corrigea Maria. On aurait tous compris plus vite qui il cherchait.

Puis elle se pencha pour écarter fermement les mains du visage de Sarah-Jane et la regarda dans les yeux avec gentillesse.

— Pourquoi as-tu fait ça ?

Déconfite, Sarah-Jane battit des cils, luttant contre des larmes inexplicables.

— Je… voulais être quelqu'un d'intéressant. Quelqu'un d'autre que la banale Sarah-Jane.

— La seule personne qui te voie banale, c'est toi.

Sarah-Jane savait qu'il était inutile de discuter ce point. Maria, tout comme Felicity, était trop loyale et une amie trop chère pour se montrer désagréable.

— Qu'est-ce que Marcos lui a dit ?

— Rien. Comme il ne trouvait pas trace d'une Savannah que j'aurais engagée pour la réception, il m'a appelée. Et j'ai rappelé Wyatt moi-même. Ce matin, en fait.

— Et ?

Sarah-Jane se sentit blêmir.

— Quand il a décrit la jeune femme qu'il recherchait — une beauté auburn avec de sublimes yeux bruns —, j'ai tout de suite fait le rapprochement.

— Il a parlé de moi dans ces termes ?

Sa voix était plus aiguë que d'habitude, mais elle n'avait pas pu se contrôler. Tout comme elle ne contrôlait plus les battements de son cœur.

Maria sourit avec indulgence.

— Il a peut-être ajouté « et une silhouette voluptueuse », aussi, mais je ne voudrais pas trop t'*embarrasser.*

Sarah-Jane tritura le col de son polo, essayant d'ignorer les sensations curieuses dans son ventre.

— Alors, vous lui avez dit. Que mon nom n'est pas Savannah.

Maria agita les mains et la fixa d'un air sévère.

— Ça, *niña*, tu le feras toi-même. J'ai juste promis de passer le message.

Sarah-Jane oscillait entre soulagement et déception. Il aurait été si facile que Maria en prenne la responsabilité à sa place…

Non. Elle se redressa sur sa chaise. Cela aurait été une façon lâche de s'en sortir. Elle avait beau avoir passé la majeure partie de sa vie à se fondre dans le paysage, elle n'en était pas lâche pour autant.

Elle dirait la vérité à Wyatt. Elle le devait à Maria. Les Mendoza et les Fortune étaient très liés.

— Je l'appellerai à son hôtel, déclara-t-elle.

Si tant est qu'il loge toujours à La Casa Paloma. Il y était deux jours plus tôt, mais cela ne voulait rien dire.

Maria sortit alors un papier rose plié en deux de sa poche.

— Tiens. Il m'a donné son numéro de portable.

Sarah-Jane déplia le papier et considéra les chiffres.

— Autant le faire tout de suite, ordonna Maria en indi-quant du doigt le téléphone démodé posé sur le bureau.

Dans son ventre, les sensations curieuses se transfor-mèrent en nœuds.

— Vous voulez que je l'appelle *maintenant*?

— Pourquoi reporter à demain ce qu'on peut faire le jour même? Je te connais. Je sais que tu finiras par te convaincre qu'il vaut mieux ne pas téléphoner. Et tu auras tort. Il veut de tes nouvelles, Sarah-Jane.

— Il veut des nouvelles de Savannah, objecta-t-elle.

Maria lui saisit le menton comme si elle avait sept ans et non vingt-sept.

— Une rose reste une rose, répliqua-t-elle d'une voix douce. Et tu ne sauras jamais si tu ne composes pas ce numéro.

— Vous êtes si bonne pour moi, Maria, murmura Sarah-Jane, les larmes aux yeux.

L'exquise femme lui tapota la joue en souriant.

— C'est facile d'être bonne pour quelqu'un comme toi, *niña*.

Puis elle quitta la pièce, refermant la porte derrière elle.

Sarah-Jane la fixa un moment, presque étonnée que Maria ne soit pas restée pour s'assurer qu'elle allait vraiment appeler Wyatt. Mais comment pourrait-elle ne pas le faire ?

Maria l'avait sans doute deviné.

Elle prit une grande inspiration et lissa le papier.

Wyatt l'avait cherchée.

Elle savait que quand il saurait la vérité, il s'éloignerait. Mais il l'avait cherchée *quand même*, et elle retint cette pensée un instant dans son cœur, laissant sa douceur la réchauffer.

Ensuite, elle composa lentement le numéro inscrit sur le papier, feignant de ne pas voir ses mains trembler.

Il répondit à la troisième sonnerie.

— Wyatt Fortune.

Le ton était brusque, mais sa voix, aussi grave et profonde que dans son souvenir.

Son ventre se noua. Elle agrippa le combiné du téléphone.

— Allô ?

Effrayée qu'il ne raccroche avant qu'elle trouve le courage de prononcer un mot, elle tenta d'avaler la boule qui obstruait sa gorge.

— Wyatt. C'est… c'est moi.

— Savannah.

La brusquerie avait disparu. Sa voix devint plus grave, onctueuse et riche.

— J'ai l'impression de vous avoir cherchée une éternité.

— Maria Mendoza vient juste de me donner votre message.

— Je m'en réjouis. Dieu sait qu'elle refusait de me donner *votre* numéro. On ne peut pas lui reprocher de vouloir vous protéger, j'imagine. Manifestement, elle pensait ce que tout le monde pense : si vous aviez voulu que je vous joigne, vous m'en auriez donné les moyens.

Elle regarda sans les voir les écheveaux de laine multicolores qui traversaient l'écran de l'ordinateur. Elle avait conçu l'écran de veille elle-même, tout comme le site du Stocking Stitch, qui permettait de télécharger gratuitement des modèles en ligne ainsi que d'autres programmes qu'elle avait également créés.

— Je n'y ai pas pensé. Du moins, je n'ai pas pensé que c'était important.

Elle percevait un murmure de voix en arrière-plan. Wyatt baissa encore d'un ton.

— C'était important. Mais je n'imaginais pas non plus que vous me fileriez entre les doigts comme ça. Vous m'avez obligé à me lancer à votre poursuite, Savannah, car je veux vous revoir.

Ses doigts tremblants trituraient le cordon du téléphone. Elle pouvait lui dire la vérité tout de suite, mais ce serait presque aussi nul que de ne pas la lui dire du tout.

— Vous logez toujours à l'hôtel ?

— Jusqu'à ce que certaines choses soient réglées, oui.

Il faisait sans doute allusion à son départ d'Atlanta pour Red Rock, bien qu'il n'ait pas été plus loquace sur ses projets durant la soirée qu'ils avaient passée ensemble qu'elle ne l'avait été sur sa réelle identité.

— C'est presque l'heure du déjeuner, indiqua-t-elle. Je pourrais passer vous voir quelques minutes.

D'ordinaire, elle prenait sa pause dans un parc voisin. Seule, avec pour compagnie les oiseaux en quête de miettes.

Wyatt eut un petit rire.

— Quelques minutes valent mieux que rien, mais j'envisageais quelque chose de plus… prolongé.

Il garda un instant le silence, mais aucune réponse ne réussit à franchir la gorge serrée de Sarah-Jane.

— Va pour le déjeuner, néanmoins, reprit-il. Il fait beau. Retrouvez-moi à la piscine. On mangera une salade.

Elle était certaine d'être incapable d'avaler quoi que ce soit. Elle lâcha un « d'accord » étranglé.

Si Wyatt le remarqua — comment ne l'aurait-il pas remarqué ? —, il était trop poli pour le souligner.

— On dit dans une demi-heure ? Une heure ? Je ne sais même pas si vous venez de loin, ajouta-t-il avec un rire plutôt dénué d'humour.

A Red Rock, aller en voiture d'un point à un autre n'était qu'une affaire de minutes. La distance entre la boutique et l'hôtel n'en demandait pas plus.

— Une demi-heure, parvint-elle à articuler.

Si elle attendait davantage, elle craignait de ne plus avoir le courage d'aller au rendez-vous.

— Donc, à tout à l'heure.

Et il raccrocha sans s'attarder. Déjà fatigué d'avoir dû lui courir après, sans doute. Qui le lui reprocherait ?

Certainement pas Sarah-Jane.

Wyatt ne s'était jamais considéré comme un homme impatient. Sa famille le jugeait têtu, ce qu'il ne pouvait nier. Mais têtu ne signifiait pas impatient.

Pourtant, assis sous un parasol devant une table au bord de la piscine cernée de luxuriants jardins pour guetter l'arrivée de Savannah par l'unique passage possible depuis le hall de l'hôtel, il ressentait une impatience extrême.

Ainsi que de *l'inquiétude*, soufflait une petite voix dérangeante dans sa tête.

Ignorant la voix en question, il but une gorgée de thé glacé. Que Savannah ait paru tendue au téléphone n'impliquait pas qu'il ait dû avoir une quelconque raison de s'inquiéter.

Alors pourquoi ne voulait-elle pas que tu la ramènes chez elle ?

Une fois de plus, il ignora la voix. Certes, il était en proie au doute depuis que son père avait annoncé son intention de vendre JMF, mais cela ne l'obligeait pas à douter également de Savannah.

Peut-être que c'est plus qu'un petit ami. Peut-être qu'ils vivent ensemble.

Il sortit son portable et vérifia le numéro avec lequel Savannah l'avait appelé. Il correspondait à « StockingSti ». C'était mieux que rien. Au moins savait-il désormais comment la joindre.

Toujours aucun signe d'elle…

Peut-être même un mari. Le fait qu'elle ne porte pas d'alliance ne voulait peut-être rien dire.

Avec un soupir fébrile, il consulta de nouveau son portable. Durant les vingt-cinq minutes suivant l'appel de Savannah, il avait reçu un coup de fil de sa mère — qu'il avait laissé basculer sur la messagerie vocale, ce dont il culpabilisait encore — et un de sa sœur, Victoria, qui organisait un déjeuner le lendemain avec ses frères.

Jusqu'ici, Vic n'avait pas donné son avis sur leur intention de rester à Red Rock mais, si quelqu'un devait les comprendre, ce serait elle. Bien que la plus jeune des cinq, elle avait mené ses propres batailles contre leur père durant des années, jusqu'à sa décision, huit mois plus tôt, de faire de son séjour à Red Rock une installation permanente.

Installation qui, bien sûr, avait beaucoup à voir avec le rancher qu'elle avait épousé.

— Salut.

Il faillit laisser tomber son téléphone dans son verre de thé. Comme il levait les yeux vers Savannah, toute pensée de ses frères, sœur ou parents s'évanouit.

Ses cheveux étaient ramenés en une queue-de-cheval soyeuse qui exposait la longue ligne de son cou. Elle portait un polo frappé d'un logo — « The Stocking Stitch » —, et il tenta de ne pas trop s'attarder sur les courbes pleines en dessous. Il se leva d'un bond pour l'embrasser sur la joue.

Rien qu'un effleurement des lèvres, mais il sentit autant la manière dont elle se raidit que le parfum de ses cheveux.

— Je suis heureux que vous soyez venue.

Elle refusait de croiser son regard tandis que ses doigts ajustaient nerveusement son polo trop large sur ses hanches.

Pas de raison de s'inquiéter ? Peut-être que le mari s'accompagne aussi d'enfants.

Sa voix se durcit malgré lui.

— Asseyez-vous. S'il vous plaît, ajouta-t-il plus gentiment comme elle tressaillait légèrement.

Elle obtempéra, et sa queue-de-cheval glissa en avant sur son épaule, venant s'enrouler autour des rondeurs capiteuses dissimulées sous le logo.

Il s'obligea à relever les yeux. Il avait toujours apprécié les jolies jambes. Longues et minces, attachées à des femmes longues et minces. Dieu sait si les superbes jambes galbées de Savannah lui avaient paru irréprochables le soir de la réception, révélées par la courte robe qu'elle portait. Mais ses autres courbes exerçaient sur lui une fascination embarrassante.

A vingt-neuf ans, il n'était pourtant plus un adolescent boutonneux découvrant la magie des seins féminins.

Visiblement, elle avait surpris sa gêne, car la peine

assombrit son regard brun, et elle rentra les épaules, comme pour cacher ce don du ciel.

Il envisagea de s'excuser mais, en réalité, il n'éprouvait aucune honte à apprécier sa beauté. En outre, il soupçonnait qu'apporter une attention supplémentaire à l'incident ne ferait que l'embarrasser davantage.

Le moment de vérité était venu. Il la regarda dans les yeux.

— Bon, finissons-en tout de suite, d'accord ? Qu'est-ce que vous me cachez, Savannah ? Un mari ? Une demi-douzaine de gosses ? Dites-moi, ensuite on prendra les mesures qui s'imposent.

5

— Quoi ? s'exclama Sarah-Jane, estomaquée. Je n'ai pas de mari ! Je n'ai même pas de petit ami. Je vous l'ai déjà dit.

Elle s'efforçait de garder un timbre de voix normal. Saisissant un verre de thé glacé qui lui était de toute évidence destiné, elle en but un bon tiers avant de le reposer. Aujourd'hui, les yeux de Wyatt étaient encore plus clairs que le ciel, et ils la traversaient comme un laser.

— Alors, qu'est-ce que vous me cachez ? insista-t-il. Si vous n'aviez pas envie de me revoir, il suffisait de me le dire. Cela ne m'aurait pas plu, précisa-t-il avec un sourire charmeur bien que dénué d'humour. Mais je suis grand. J'aurais accepté de vous laisser tranquille.

— Je n'ai pas envie que vous me laissiez tranquille.

Tout en lui clamait qu'il était « grand », de son cou puissant émergeant du col déboutonné de sa chemise anthracite aux angles nets de sa mâchoire.

Après une sorte de soupir soulagé, comme s'il avait cru qu'elle avait pensé le contraire, il prit sa main dans la sienne.

— Dans ce cas, expliquez-moi, Savannah, pourquoi j'ai le sentiment que vous cherchez à m'éviter ?

Le soleil brillait, implacable. De fines lignes dessinaient un éventail sur la peau bronzée au coin de ses yeux, et une ombre de barbe soulignait ses joues sculptées. Elle regarda sa main sur la sienne, ses longs doigts aux ongles coupés court, net. Pas de manucure pour lui, un simple coupe-ongles comme celui qu'elle utilisait elle-même.

Dis-lui tout simplement la vérité. La phrase tournait en boucle dans son esprit, entêtante, insistante.

— Je vous ai menti, avoua-t-elle enfin.

La main de Wyatt se figea par-dessus la sienne.

— Sur quoi ?

Comme ses épaules s'affaissaient, elle s'obligea à se redresser.

— Sur tout.

Sa voix était devenue rauque, aussi reprit-elle son verre de thé glacé.

Cette fois, il lâcha sa main. Puis mit des lunettes de soleil aviateur tirées de sa poche. Elle commença à trembler intérieurement, et se hâta de boire une nouvelle gorgée. Qu'elle avala de travers.

Il ne broncha pas. Se contenta de l'observer derrière les verres miroir, le regard invisible, l'expression neutre. Ses cheveux coiffés en arrière paraissaient plus châtains que blonds malgré le soleil.

— Je ne m'appelle pas Savannah, continua-t-elle, la voix toujours voilée. Juste Sarah-Jane.

Il fronça les sourcils, mais resta silencieux.

— C'est beaucoup plus banal. Sarah-Jane Early.

Voilà, c'était fait. Bientôt, elle pourrait s'enfuir.

L'opacité imperturbable des lunettes de soleil dévia très légèrement sur le côté.

— Et ?

Elle haussa les épaules.

— Et… rien. C'est tout. Je suis Sarah-Jane, directrice adjointe de Maria Mendoza au Stocking Stitch, expliqua-t-elle en montrant le logo sur son polo. Elle est propriétaire de la boutique, et je lui rendais service l'autre soir, en faisant l'extra durant la réception au Red.

Il remua sur son siège, et son blouson de cuir usagé s'ouvrit plus grand sur sa large poitrine.

Maria avait raison. Wyatt Fortune était très viril. Et très, très séduisant.

Elle reporta les yeux sur son verre, à présent vide et haussa de nouveau les épaules. Elles semblaient peser une tonne.

— Voilà la vraie moi. Je ne porte pas de belles robes, je ne vais pas dans des restaurants italiens et je ne danse pas sur les ponts.

Il inclina la tête un instant avant de se pencher vers elle. Du doigt, il baissa ses lunettes sur son nez, et ses yeux au bleu étincelant la scrutèrent par-dessus la monture.

— Permettez-moi de ne pas être d'accord, Sarah-Jane. Vous avez fait tout cela. A la perfection, même, ajouta-t-il avec un petit sourire.

Elle s'obligea à ne pas broncher, alors qu'elle avait l'impression d'être assise sur une fourmilière.

— Vous dites ça par pure gentillesse.

— Non. Je dis ça par pure honnêteté. Ce que je ne comprends pas, c'est ce besoin de me mentir sur votre prénom. Qu'est-ce qui cloche avec Sarah-Jane ?

Cette fois, il ôta ses lunettes, et son regard, comme son ton, exprimait une perplexité sincère.

Elle ouvrit la bouche pour répondre, mais aucun son n'en sortit. De toute façon, comment aurait-il compris ? Elle commença à se lever.

— Vous méritiez de savoir la vérité.

Il l'arrêta en la saisissant par le coude.

— Hé, attendez une seconde. Où croyez-vous vous sauver comme ça ?

— Je retourne à la boutique.

— Vous avez accepté de déjeuner avec moi, souvenez-vous, objecta-t-il en l'obligeant doucement à se rasseoir.

Décontenancée, elle le dévisagea.

— Je ne… Mais pourquoi voudriez-vous encore déjeuner avec moi ?

— Parce que vous avez les plus jolis yeux que j'aie

jamais vus, répondit-il sans la lâcher, avec ce léger sourire dont il était coutumier. Je me moque de votre prénom, Sarah-Jane. Vous pourriez vous appeler Gertrude, pour ce que ça m'importe. Savannah est une ville magnifique, mais Sarah-Jane vous va bien, je trouve.

Elle fit la grimace.

— La banale Sarah-Jane.

— A l'école, on m'appelait Wyatt La Thune.

Elle ignorait d'où surgit le fou rire, mais il franchit ses lèvres, et elle masqua aussitôt sa bouche de la main.

— Etre un Fortune n'est pas toujours facile, reprit-il tandis qu'une étrange lueur traversait ses yeux. Et je ne vois rien de banal à la Sarah-Jane devant moi.

Il finit par la lâcher et se cala au fond de son siège. Il n'eut même pas à lever la main pour appeler le garçon. Celui-ci se matérialisa près de la table.

— Que puis-je vous apporter, monsieur Fortune ?

Wyatt la consulta du regard. Elle n'avait même pas jeté un œil à la courte carte posée au centre de la table, et continuait de le fixer, l'air dérouté.

— Deux salades La Casa, commanda-t-il.

Elle eut un sursaut.

— Vous pourriez me mettre la sauce à part, s'il vous plaît ? demanda-t-elle.

— Bien sûr.

Le garçon s'éloigna en direction des cuisines.

— J'ai maintenant le numéro du Stocking Stitch enregistré dans mon téléphone, indiqua Wyatt. Et si vous me donniez un numéro personnel ? Ou une adresse ?

Il glissa vers Sarah-Jane une serviette en papier ainsi qu'un stylo pris dans son blouson. Prenant garde à ne pas déchirer le fragile support, elle y inscrivit ses coordonnées.

— Vous n'avez pas besoin de m'appeler ou de me rendre visite juste pour être gentil, murmura-t-elle en lui rendant les deux objets.

Il empocha le stylo, mais laissa la serviette à côté de son thé glacé. Il oubliait rarement un numéro une fois qu'il l'avait lu mais, là, il avait envie de le contempler. Puisqu'elle le lui avait enfin donné. C'était si réconfortant…

— Un tas de gens vous diraient que je ne suis pas toujours gentil.

— Je n'y crois pas.

Sous le soleil éclatant, ses yeux bruns prenaient des reflets dorés, et il en perdit presque le fil de la discussion.

— Attendez de rencontrer mes frères, vous en aurez la preuve.

A son grand regret, elle baissa les cils sur ses yeux splendides. Dépité, il poursuivit la conversation.

— En quoi consiste la tâche de la directrice adjointe d'une boutique de tricot ?

Aussitôt, son expression méfiante s'atténua.

— Tout ce que Maria a besoin que je fasse. Je m'occupe de l'inventaire, du stock, de l'approvisionnement, ce genre de choses. Je reçois les clientes, je donne des cours. J'anime le site, je me charge des commandes. Bref, tout ce qui se présente.

— Et Maria ? Elle fait quoi ?

— Elle embauche et elle licencie, répondit-elle en fronçant le nez. Je me suis essayée à la partie licenciement dernièrement. On a une fille qui nous donne un coup de main à mi-temps, l'après-midi, mais ça ne marche pas.

— Vous avez évoqué le problème avec elle ?

Comme elle semblait plus à l'aise pour parler de son travail que d'elle-même, il faillit lui demander des détails, mais il craignait de passer pour un fouineur.

— Oui, répondit Sarah-Jane, troublée. Plusieurs fois, même. Mais elle n'a pas modifié son comportement. Ce matin, Maria m'a demandé de m'en séparer. Mais je n'en ai pas le cœur. Je sais que son salaire est utile chez elle.

Elle a trois enfants, et les élève seule. C'est difficile. Je sais que c'est pour ça qu'elle a pris…

Elle s'interrompit, puis secoua la tête.

— Pardon, je ne devrais pas discuter de ça avec vous.

— Vous avez trop bon cœur, Sarah-Jane. Si cette fille vole — vous ne me l'avez pas dit, mais je le devine —, vous devez vous en séparer.

Soudain, le sujet lui semblait terriblement proche. Certes, son père ne leur avait pas volé JMF, mais c'était tout comme. En prenant la décision unilatérale de vendre, il avait refusé à Wyatt et à ses frères toute voix au chapitre concernant l'entreprise qu'ils avaient contribué à gérer, à développer et à rendre encore plus florissante. L'entreprise qu'ils avaient cru être leur avenir.

— Maria a raison de la renvoyer, reprit-il d'une voix plus dure qu'il ne le voulait. Il faut discerner le bien du mal. Il n'existe pas de zone grise entre les deux notions.

— Eh bien, rétorqua-t-elle, mal à l'aise, parfois j'aimerais qu'il y ait une raison de chercher ce gris.

Lui ne voyait aucune zone grise dans les agissements de son père. Heureusement, le serveur revint avec leurs salades, coupant court au débat. Regarder Sarah-Jane manger était bien plus agréable que penser à son père…

Il arrosa généreusement son assiette de sauce tex-mex. Sarah-Jane, remarqua-t-il, se montra plus parcimonieuse.

— C'est trop épicé à votre goût ?

— Pas du tout, répondit-elle en jetant un coup d'œil presque coupable vers la saucière en argent. Je suis texane et j'aime le piment.

Pour le prouver, elle piqua un piment Jalapeno au bout de sa fourchette et le croqua, un air de pur plaisir sur son visage expressif.

Une décharge d'adrénaline le traversa. Seigneur, aurait-il un jour l'occasion de partager du vrai plaisir avec elle ?

Elle n'avait mangé que la moitié de son assiette quand elle consulta sa montre.

— Je vais devoir retourner à la boutique. Un groupe de tricoteuses vient de San Antonio cet après-midi.

Il fit signe au serveur.

— Il n'y a pas de boutique de couture à San Antonio ?

— De tricot, corrigea-t-elle avec un sourire. Bien sûr qu'il y en a. Mais pas aussi bonnes que le Stocking Stitch. On a même un groupe qui fait tout le chemin depuis Dallas.

— Pour quoi faire ?

— Tricoter, évidemment ! répliqua-t-elle en riant.

— Et vous, vous tricotez ?

— Assez bien pour donner quelques cours.

Ses yeux pétillaient d'amusement.

— C'est votre mère qui vous a appris, je suppose ?

Le pétillement diminua un peu.

— J'ai appris le tricot et le crochet pendant mes études. La première fois que j'ai pris une paire d'aiguilles en main, je suis devenue accro.

— Vous tricotez quoi ?

— Ma foi, des écharpes et des bonnets ringards, répondit-elle, pince-sans-rire. C'est ce que vous pensez, j'imagine ?

De fait, il se sentit rougir.

— Vous seriez surpris de toutes les choses qu'on peut faire au tricot ou au crochet, ajouta-t-elle en riant.

Le serveur revint et Wyatt lui réclama l'addition.

— Bien sûr, monsieur Fortune. Voulez-vous que je mette le reste de vos salades dans une boîte à emporter ?

Il s'apprêtait à refuser, mais Sarah-Jane acquiesça.

— Volontiers, merci. C'était délicieux, mais je dois vraiment retourner travailler, à présent.

— Pas de problème, assura l'homme avant d'emporter leurs assiettes.

— Comme ça, je n'aurai pas de cuisine à faire ce soir, commenta-t-elle, ravie à cette idée.

— Gardez-le pour demain midi et dînez avec moi ce soir.

Aussitôt, le petit froncement réapparut entre ses jolis sourcils bruns.

— Je ne peux pas. Je donne un cours ce soir. Tous les mardis et les jeudis, en fait.

— Alors demain mercredi ?

Il la vit déglutir.

— J'ai promis à ma colocataire de l'aider à sa boutique demain, après le travail.

— Encore une boutique. Laissez-moi deviner. D'articles de couture ?

Un sourire remplaça le froncement de sourcils.

— True Confections. Les plus sublimes chocolats et friandises du monde. J'étais en train d'en livrer à l'hôtel quand vous êtes tombé sur moi, le matin du nouvel an. Votre cousine Wendy les avait commandés pour le brunch.

— Ce qui explique votre réticence à m'y accompagner lorsque je vous l'ai demandé ?

Elle baissa les yeux d'un air coupable, et son nez rosit.

— Ne me mentez jamais, murmura-t-il en effleurant du doigt la ligne délicate de ce nez. Maintenant je connais le signe qui vous trahira à coup sûr.

Elle évita son regard lorsque le garçon revint avec les restes emballés de leur repas. Elle le remercia, attendit qu'il reparte après avoir déposé l'addition, et leva timidement les yeux vers Wyatt. Puis elle repoussa sa chaise.

— Merci pour le déjeuner, Wyatt. C'était très agréable.

— Vous voilà de nouveau si polie. Ne pensez pas un instant que je ne me servirai pas de ceci, ajouta-t-il en désignant la serviette en papier avec ses coordonnées. Ce n'est pas parce que je n'ai pas réussi à vous coincer pour le dîner que j'ai l'intention de renoncer.

Elle leva les yeux au ciel.

— Je ne vois pas pourquoi vous voudriez me *coincer* pour quoi que ce soit.

Il ne put s'empêcher de sourire.

— J'ai pourtant une idée intéressante en tête, répliqua-t-il à voix basse, observant la couleur envahir son visage comme elle comprenait ce qu'il voulait dire.

— Vous avez vu l'heure ? dit-elle d'un ton nerveux. Je suis en retard. Merci encore pour la salade.

Puis elle pivota sur ses talons et s'éloigna en hâte.

Wyat rit doucement en regardant le balancement de ses hanches et de sa longue queue-de-cheval. Il la reverrait, c'était une certitude.

Tôt ou tard, elle apprendrait qu'il pensait toujours ce qu'il disait.

— Grands dieux ! s'exclama Felicity en scrutant l'écran de son ordinateur. Wyatt est même sorti avec la gagnante d'un concours de beauté de Géorgie.

Elle se retourna vers Sarah-Jane, assise sur le canapé devant son propre ordinateur portable, travaillant à la création d'un modèle de tricot.

— Ecoute ça, poursuivit-elle. « Le vice-président et génie financier de JMF Financial, Wyatt Fortune, escorte Georgianna Boudreaux sur le tapis rouge lors de la première de *Texas Made*. » Hé ! c'est le film avec l'actrice pour laquelle tu as réalisé un Bikini au crochet. Je crois que Georgianna Boudreaux a dû rendre sa couronne quand des photos d'elle entièrement nue ont été publiées sur internet.

— Génial, marmonna Sarah-Jane. Passer d'une reine de beauté à moi.

Elle voulait appliquer son motif « Lumières de River Walk » au pull entier et, jusqu'ici, le résultat ne la satis-faisait pas.

Sans doute parce que chaque fois qu'elle pensait à cette soirée sur la River Walk, elle pensait à Wyatt.

Ou que chaque fois qu'elle pensait à quoi que ce soit, l'image de Wyatt s'imposait à elle.

Il connaissait désormais la vérité sur sa stupide duperie. Mais même si elle avait à présent la conscience tranquille, cela n'empêchait pas l'inquiétude de la tarauder, comme une démangeaison.

— Wyatt doit retourner en Géorgie, c'est évident.

— Pourquoi « évident » ? demanda Felicity.

— Red Rock doit être des plus ennuyeux pour lui. Sinon pourquoi s'intéresserait-il à moi ?

— D'après ce que je viens de lire sur lui, il n'est pas du genre à faire quoi que ce soit par ennui. S'il ne voulait pas rester à Red Rock, pourquoi le ferait-il ?

Elle haussa les épaules, essayant en vain de se concentrer sur son motif informatisé.

— Qui sait ? Il n'a pas beaucoup parlé de lui, en fin de compte.

Wyatt La Thune. Il t'a dit ça, quand même.

Elle abandonna son écran pour aller voir la photo affichée sur celui de son amie.

— C'est bien lui.

Des éclatants cheveux blond foncé aux étincelants yeux bleus, de la courbe narquoise de ses lèvres parfaites à la stature athlétique, c'était Wyatt Fortune. Et la reine de beauté déchue à côté de lui n'avait rien de commun avec Sarah-Jane.

Elle retourna rapidement sur le canapé, mais l'image restait gravée dans sa tête.

Comme si elle avait besoin d'une preuve supplémentaire que Wyatt était trop bien pour elle ! Cela, elle le savait déjà.

Décidant d'arrêter ses essais de motif pour la soirée, elle éteignit son ordinateur, se leva et s'étira avec un soupir ostentatoire. Il était à peine 10 heures, et cela faisait une heure qu'elle était rentrée de son cours de tricot débutant.

— Je vais me coucher, annonça-t-elle.

— Pour rêver que tu t'envoies en l'air avec Wyatt Fortune ? suggéra Felicity avec un sourire malicieux.

— Non ! Pour une vierge convaincue, le sexe te préoccupe beaucoup, je trouve.

L'expression de son amie ne changea pas.

— Juste parce que je tiens à attendre le bon…

— Tu veux dire, celui qui t'épousera, la coupa-t-elle.

— Absolument, admit Felicity sans la moindre hésitation. Ce qui ne signifie pas que je n'y pense jamais. Et je sais très bien que tu essaies de changer de sujet. Ne me prends pas pour une idiote !

Sarah-Jane lui jeta à la tête un coussin décoratif, qu'elle avait tricoté, puis se dirigea vers l'escalier en lançant :

— Quel sujet ?

— Il va t'appeler, tu verras, rétorqua Felicity en attrapant le coussin au vol. Je le sens. Et tu sortiras de nouveau avec lui, je te le garantis !

Feignant de ne pas entendre, Sarah-Jane grimpa les marches quatre à quatre.

Elle avait déjà été l'objet d'amusement d'un homme dans sa vie. Certes, l'expérience remontait à près de dix ans. Mais une fois suffisait.

Si — un très grand *si* — Wyatt cherchait à la revoir, elle lui résisterait.

A condition de savoir comment s'y prendre.

— La Terre à Wyatt Fortune.

Wyatt regarda sa jeune sœur, qui l'observait d'un air interrogateur.

— Qu'est-ce que tu disais ?

Elle fit la moue et se tourna vers ses autres frères.

— Je vous avais bien dit qu'il n'écoutait pas.

Ils se trouvaient au Red, où leur sœur les avait rejoints pour déjeuner. En vérité, Wyatt n'avait rien suivi de la conversation qui se déroulait autour de lui. Il pensait à son déjeuner avec Sarah-Jane, la veille.

— Maintenant j'écoute, assura-t-il.

Victoria leva les yeux au plafond.

— Je disais que je peux vous montrer les environs si vous comptez sérieusement chercher un endroit où vivre.

— Nous y comptons sérieusement, déclara Asher. N'est-ce pas, Jace ? fit-il à l'attention de son fils, assis entre lui et Wyatt.

Le petit garçon opina.

— Je veux un jardin grand comme ça.

Il ouvrit largement les bras, manquant renverser son verre de lait, que Wyatt rattrapa à temps.

— Pour que mon cheval ait plein de place, ajouta l'enfant. Hein, papa ?

— On verra, bonhomme. Bois ton lait.

Jace fit la moue.

— Je veux vraiment un cheval.

Victoria se pencha vers lui en souriant.

— Tu te souviens de Trixie ? Garrett dit qu'elle va bientôt avoir des petits chiots. Peut-être que ton papa te laissera de nouveau dormir chez nous quand ils seront nés.

La tactique pour distraire l'enfant fonctionna à merveille. Son regard excité passa de sa tante à son père.

— Je peux avoir un bébé chiot ? demanda-t-il.

— Je ne sais pas, Jace. On verra.

— Il faudra attendre des semaines avant que les chiots puissent quitter Trixie, mon chéri, tempéra Victoria en rejetant ses longues boucles brunes par-dessus son épaule. Mais tu viendras nous voir très souvent, et tu les verras autant que tu voudras.

Jace soupira, momentanément apaisé.

— Je peux avoir du chocolat dans mon lait ? S'il te plaît ?

Asher acquiesça, hélant la serveuse.

— Alors, qu'est-ce que tu en dis ? lança Victoria à Wyatt,

tout excitée. J'adore l'idée que vous vous installiez à Red Rock. Laissez-moi vous aider à trouver l'endroit idéal. Quelle sorte de propriété vous souhaitez, les garçons ?

— Je ne suis pas du tout certain d'en vouloir une, indiqua Sawyer. Et toi, Shane ?

Leur aîné se contenta de hocher la tête et continua de chipoter dans son assiette.

— Regarde ce que tu voudras, finit-il par répliquer.

Les yeux bruns de Victoria revinrent sur Wyatt.

— Eh bien ?

Il hésita.

— Je ne sais pas.

Il avait remarqué que Shane était silencieux et distrait depuis plusieurs jours. Bien plus que le reste d'entre eux. Mais essayer de le faire parler s'avérerait aussi impossible qu'obtenir de James des explications sur son comportement à l'origine de tous ces bouleversements.

Il reporta son attention sur sa jeune sœur. Elle avait les cheveux aussi longs que de Sarah-Jane, mais leur brun sombre et brillant ne contenait pas le feu qui incendiait la chevelure de Sarah-Jane.

— Quelque chose de différent de mon appartement à Atlanta, reprit-il, autant pour écarter Sarah-Jane de ses pensées que pour répondre à Victoria.

Pourtant, il sentit aussitôt que sa formulation était juste. Déménager à Red Rock était une affaire de changements. De changements majeurs.

— Donc, une maison, conclut Victoria.

— Avec un grand jardin, précisa Jace.

— Moi, je ne veux pas de cheval, lui objecta Wyatt avec un petit rire.

Ou bien si, pourquoi pas ? Des chevaux ? Des chiens ? *Un enfant à lui, avec de magnifiques yeux bruns ?*

La réflexion surgit de nulle part. Il la chassa comme une mouche agaçante.

— Tu devrais, le morigéna Jace. Il y a rien de mieux qu'un cheval.

— Et tu continueras sans doute à penser ça jusqu'au jour où tu rencontreras ta première fille, ironisa Sawyer.

Asher le fusilla du regard.

— Les filles, c'est nul, déclara Jace.

— Pas toutes, objecta Shane, les surprenant tous.

Pas toutes, en effet, admit Wyatt en silence.

— J'ai parlé à papa ce matin, poursuivit Shane, changeant de sujet.

Wyatt n'était pas tellement étonné. C'était bien Shane, ça.

— Il a décidé de s'expliquer ? demanda-t-il. Il t'a annoncé qu'il avait changé d'avis ?

Lèvres pincées, son frère fit non de la tête.

— Quelle surprise, marmonna Wyatt.

— On ne peut pas tourner la page comme ça, Wyatt.

— Pourquoi ? rétorqua-t-il avec ombrage. On ne fait que marcher sur les traces de notre père. Lui, il la tourne sacrément facilement, pour autant que je sache. Sauf qu'il ne nous donne pas ses raisons.

— Ne parlons pas de papa, supplia Victoria. Je n'ai pas envie de gâcher ce déjeuner parfait.

Trop tard. Wyatt sortit son portefeuille et jeta sur la table de quoi régler sa part.

— Pars en repérage, et appelle-moi quand tu auras trouvé quelque chose d'intéressant, dit-il à sa sœur.

— Où vas-tu ?

— J'ai une course à faire.

— Ou la cour à faire à une femme, suggéra Sawyer en le provoquant du regard.

Les yeux de Victoria étincelèrent de curiosité.

— La cour ? A qui ? Une en particulier ?

— Non, fit Wyatt en fixant Sawyer avec colère.

Shane repoussa son assiette à moitié terminée.

— Tu parles. La petite bombe brune à belle poitrine qui travaille à la boutique de couture.

— De tricot, corrigea machinalement Wyatt, regrettant aussitôt de ne pas avoir tenu sa langue.

Et elle est auburn, tu es aveugle ou quoi ?

— Le Stocking Stitch ? demanda Victoria. Tiens donc ! Il est peut-être temps pour moi de me mettre au tricot.

— Garde ton nez de fouineuse loin de cette boutique et de Sarah-Jane, gronda Wyatt.

Mais sa sœur parut encore plus ravie.

— Wyatt, voilà une réaction des plus protectrices ! L'amour frappe une fois de plus un Fortune à Red Rock. La bénédiction perdure.

Sawyer s'esclaffa.

— Michael appelle cela « la malédiction de Red Rock ».

— Vous êtes tous cinglés, grommela Wyatt en tournant les talons.

— Tu ne diras pas ça quand les cloches de mariage sonneront de nouveau, lança Victoria d'une voix rieuse.

— Elles sonneront pour quelqu'un d'autre, assura-t-il avant de quitter le restaurant, ignorant les rires qui le poursuivaient.

Revoir Sarah-Jane valait nettement mieux que supporter ses frères et sœur, ou penser aux récentes péripéties de sa vie. L'image de la jeune femme, dans cette ravissante étole ivoire, l'autre soir sur River Walk, le hantait.

6

Sarah-Jane renversa la tête en arrière, savourant la caresse du soleil sur son visage. Malgré la fraîcheur, il brillait dans un ciel au bleu éclatant.

Elle aimait la végétation luxuriante du parc municipal, ses sentiers sinueux et ses bancs rustiques disséminés un peu partout. Le matin avant le travail, elle venait souvent courir là. Puis, pendant sa pause déjeuner, elle s'asseyait parmi les arbres et observait les canards nageant sur le petit lac artificiel, ou se joignait aux jeunes mères surveillant leurs enfants dans l'aire de jeux ; ou encore, comme aujourd'hui, elle s'installait au milieu d'une étendue d'herbe vert émeraude avec le soleil au-dessus de sa tête.

Un pépiement lui fit baisser les yeux sur les oiseaux qui sautillaient à quelques pas de son banc. Elle sourit et leur jeta une nouvelle poignée des graines qu'elle avait apportées. Les petites créatures brunes sautillèrent de plus belle, chacune tentant de chiper sa part avant les autres.

— De quelle sorte d'oiseaux s'agit-il ?

Surprise, elle laissa tomber quelques graines. Des oiseaux s'approchèrent courageusement pour les picorer autour de ses pieds.

Trop occupée à dévisager Wyatt, elle ne s'en rendit même pas compte.

— Aucune idée, répondit-elle d'une voix faible. Qu'est-ce que vous faites ici ?

— Je vous cherchais. Je suis passé à la boutique, on m'a dit où vous trouver. Je peux me joindre à vous ?

Quand il souriait, ses yeux souriaient aussi.

Totalement déconcertée, elle acquiesça.

Wyatt portait un jean délavé, une chemise blanche, et le même blouson de cuir que la veille, enroulé sous son bras sans la moindre précaution pour son prix sûrement faramineux. Elle inhala son exquise fragrance masculine quand il s'installa près d'elle.

Il désigna les oiseaux qui s'étaient éparpillés le temps qu'il s'asseye, avant de reprendre leur chasse au trésor.

— Vous avez de fidèles amis ici, on dirait.

Elle arracha son regard de la mèche dorée qui tombait sur son front et montra le sachet de graines presque vide.

— Ils sont fidèles tant que je leur apporte à manger. Ils s'en iront dès que les provisions seront terminées.

— Ils sont donc aussi cupides que gourmands.

Il plongea une main dans le sachet pour y prendre une poignée de graines. Leurs doigts se frôlèrent. Il jeta les graines au loin et les oiseaux bondirent en pépiant, puis se dispersèrent quand un volatile plus gros fondit sur eux. Un sourire aux lèvres, Wyatt ramena les yeux vers elle.

Surprise en train de l'observer, elle se sentit rougir.

— Le soleil est très fort aujourd'hui, dit-elle sottement.

Le sourire de Wyatt s'étira, incroyablement gentil, creusant les petites rides au coin de ses yeux.

— C'est agréable. Vous avez là un joli parc, Sarah-Jane, ajouta-t-il en balayant les alentours du regard.

Elle eut un petit rire nerveux.

— Oui, Red Rock a un joli parc municipal.

— Pour moi, ce sera toujours le parc de Sarah-Jane.

Un plaisir idiot l'envahit. Elle avait l'impression d'être encore la stupide lycéenne qui avait cru au discours du footballeur populaire qui venait soudain de la remarquer.

Elle jeta le reste des graines vers un minuscule oiseau.

Il piqua la plus grosse et s'échappa avec son butin avant qu'un congénère plus costaud ne la lui chipe.

— Vous venez les nourrir tous les jours ? demanda Wyatt.

Même sans le regarder, elle ressentait sa présence dans la moindre fibre de son corps…

— En général, oui. Enfin, sauf hier, évidemment.

— Ce que les oiseaux ont perdu, moi je l'ai gagné.

Avec un petit soupir, elle lui lança un coup d'œil en biais.

— Pourquoi persistez-vous à dire des choses comme ça ?

— Pourquoi persistez-vous à croire que je ne pense pas ce que je dis ?

Elle fronça les sourcils, à court de réponses. Du moins, de réponses qu'elle était prête à formuler à voix haute.

Comme s'il le devinait, Wyatt prit le récipient en plastique posé entre eux sur le banc.

— *Votre* déjeuner, je suppose ? Vous n'avez pas mangé grand-chose, vu ce qu'il reste.

— Assez pour faire le plein de laitue et de concombre.

— Je m'étonne de l'absence de pain, pour laisser vos amis à plumes le terminer à votre place.

— A eux les glucides inutiles plutôt qu'à moi, grommela-t-elle.

— Si j'en crois ce que je vois, vous ne semblez pas avoir besoin de vous soucier des glucides, inutiles ou non.

Plus embarrassée que jamais, elle tritura sa queue-de-cheval, puis la jeta par-dessus son épaule. Elle n'avait pas l'habitude des compliments, gentils mensonges ou pas.

— Vous n'auriez pas dit ça il y a quelques mois.

Sans la quitter des yeux, il cueillit une rondelle de concombre au milieu de la laitue et la croqua.

— Pourquoi ?

Qu'est-ce qui, dans le regard assuré de cet homme, la poussait à exprimer toutes ses pensées ?

— Rien. J'ai… juste perdu quelques kilos récemment.

Puis elle haussa les épaules, comme si cela n'avait pas la moindre importance.

— Je doute que cela ait été nécessaire, mais si vous vous sentez mieux dans votre peau, bravo.

La réaction de Wyatt la déconcerta. Décidément, avec lui, elle allait de surprise en surprise.

— Je pensais que je me sentirais différente, s'entendit-elle répliquer. Mais dans le miroir, je vois toujours la même fille.

Une fois de plus, les mots étaient sortis tout seuls.

— J'ai grandi de vingt-cinq centimètres en terminale. Jusque-là, l'adjectif le plus gentil pour me décrire était « maigrichon ». Je me sens encore un avorton à côté de mes frères.

— Mais c'est ridicule, s'exclama-t-elle. Je vous ai vus tous ensemble, et vous êtes le…

Elle s'interrompit avant de lâcher « le plus beau ». « Maigrichon » ne comptait nullement parmi les qualificatifs appropriés.

— On est toujours son critique le plus sévère, conclut-il avec un petit sourire.

— Je croyais que vous aviez étudié la finance, pas la nature humaine.

Le sourire s'élargit.

— Et les filles. N'oubliez pas les filles. En fin de compte, j'étais plus grand que la plupart d'entre elles.

— Même Georgianna Bourdeaux ?

Il haussa un sourcil.

— Comment la connaissez-vous ?

Seigneur, si seulement elle savait retenir sa langue !

— Ma colocataire m'en a parlé.

Après tout, ce n'était pas très éloigné de la vérité.

Wyatt se retint de sourire davantage. Tiens tiens, elle manifestait de la curiosité à son sujet. Elle avait beau prétendre le contraire, il le voyait bien dans ses yeux.

Il avait le sentiment de pouvoir lire la moindre de ses

pensées dans ses yeux sublimes. C'était à la fois perturbant et excitant. Perturbant, car cela mettait en évidence le fait qu'elle ne possédait pas la carapace protectrice dont il avait l'habitude. Elle restait méfiante. Mais, chez elle, la vulnérabilité prenait le dessus sur la méfiance, une vulnérabilité aussi sexy que troublante.

— J'aurais été bien plus grand que Georgianna si elle avait porté des chaussures normales au lieu de ces talons vertigineux qu'elle affectionnait.

Lors de ses rares sorties avec elle, jamais il n'avait éprouvé le mystérieux frémissement que lui procurait Sarah-Jane quand il la regardait dans les yeux.

— J'ai réellement envie de vous revoir, déclara-t-il. Reprendre là où nous nous sommes arrêtés l'autre soir, à San Antonio.

Elle détourna le regard tandis que ses doigts trituraient le sachet de graines vide.

— Mais si vous voulez qu'on prenne un nouveau départ, pas de problème, poursuivit-il. Si, pour l'instant, vous n'êtes prête qu'à me laisser m'asseoir sur ce banc avec vous pour nourrir les oiseaux, je m'en contenterai.

— Je croyais que vous vouliez m'emmener dîner.

Les joues en feu, elle porta une main à sa bouche, comme honteuse d'avoir laissé échapper ces paroles.

Elle était adorable ! En souriant, il repoussa derrière son oreille une mèche flamboyante échappée de sa queue-de-cheval. Ses doigts frôlèrent sa joue laiteuse, et il vit ses pupilles s'élargir avant que son regard le fuie de nouveau.

— Oui, je veux vous emmener dîner.

Et ailleurs. Partout. Y compris jusqu'à son lit, compléta-t-il en silence.

— Mais à mon avis, Sarah-Jane sera plus à l'aise en commençant par quelque chose de plus simple. Comme un déjeuner sur un banc dans un parc.

— Contrairement à Savannah, murmura-t-elle.

Son visage était si expressif qu'il le lisait comme un livre.

— J'ignore le pourquoi du comment de ce prénom, mais la femme avec laquelle je suis allé à San Antonio est la même que celle qui se trouve devant moi en cet instant.

Elle le fixa un instant, les yeux brillant d'une envie touchante.

— Vous le pensez vraiment ?

— Je le sais, voilà tout.

Puis, parce qu'il n'était pas sûr de pouvoir rester assis là une seconde de plus sans s'emparer de sa bouche, il se leva.

— Demain. Même parc. Même banc. Même heure. D'accord ?

Elle hésita, puis hocha la tête. Deux fois.

— D'accord, répondit-elle à voix basse.

— Oh ! mon Dieu, s'exclama Felicity en plaquant ses mains gantées sur son cœur, maculant son tablier de chocolat. Je n'ai jamais rien entendu de plus romantique. Il va te rejoindre au parc ! Imagine, un jour, quand vous fêterez votre anniversaire de mariage, tu raconteras à tes enfants que tu es tombée amoureuse de leur père sur un banc de parc municipal.

— Il s'agit d'un déjeuner ! objecta Sarah-Jane. Ne commence pas à imaginer n'importe quoi.

Elle hocha la tête d'un air sévère, comme si elle ne trouvait pas la proposition de Wyatt aussi romantique que son amie, et continua laborieusement à essayer de reproduire le petit « TC » en lettres anglaises dont Felicity marquait les chocolats qu'elles étaient en train de confectionner.

— Anniversaire de mariage, marmonna-t-elle. Tu respires trop de chocolat, à mon avis. Ça te monte à la tête.

— Et toi, tu n'en as pas respiré assez, riposta Felicity.

Cette dernière, qui réalisait cinq logos le temps qu'elle en trace un seul, vint lui prêter main-forte, et termina le plateau de chocolats en un clin d'œil. En le déposant auprès des autres sur le comptoir, elle ordonna :

— Allez, enlève tes gants et lave-toi les mains. On reviendra les emballer plus tard.

Elle-même ôta gants et tablier puis, comme Sarah-Jane ne bougeait pas, reprit :

— Eh bien ? Dépêche-toi, on n'a pas de temps à perdre.

— Pour faire quoi ? demanda Sarah-Jane, un peu effrayée.

— Du shopping. On a à peine une heure avant la fermeture des magasins.

— Je n'ai pas envie de faire du shopping. Je déteste ça.

Malgré ses protestations, elle se laissa entraîner par son amie, qui répliqua :

— Wyatt et toi n'aurez peut-être pas d'anniversaire de mariage à fêter un jour mais, demain, tu as un rendez-vous. Il est grand temps que tu dépenses dans des vêtements à ta *taille* un peu de cet argent que tu économises tous les mois.

Sarah-Jane baissa les yeux sur sa tenue. Elle portait encore son « uniforme » du Stocking Stitch, pantalon large et polo assorti.

— Qu'est-ce qui cloche dans mes vêtements ?

Felicity fit une grimace navrée et la poussa vers sa voiture, garée devant True Confections.

— Je vais t'énumérer tout ce qui cloche pendant que tu conduis. En commençant par le fait que ces polos étaient déjà trop larges avant que tu perdes du poids !

— Et si Wyatt ne vient pas, demain ?

— Il viendra, Sarah-Jane.

Si seulement elle était aussi confiante que son amie…

— Où va-t-on ?

— Pas au magasin discount, répondit Felicity d'un ton narquois. On va commencer par Charlene's.

Sarah-Jane suffoqua presque. Charlene's était la boutique huppée où s'habillaient des femmes comme Wendy Fortune.

— Même si je trouvais quelque chose qui m'aille, ce dont je doute fort, je n'ai pas les moyens d'un endroit pareil.

— Figure-toi que Charlene est passée m'acheter des chocolats cet après-midi. Elle fait ses soldes semestrielles. Et je te parie une semaine de vaisselle qu'elle aura quelque chose qui t'ira.

— D'accord. Mais tu vas perdre ton pari.

Felicity lui adressa un sourire de supériorité.

— Je ne crois pas.

Une heure plus tard, Felicity avait raison, et Sarah-Jane était épuisée après au moins deux douzaines d'essayages.

Pourtant, elle acheta plusieurs tenues, dont une robe, ainsi que diverses pièces d'exquise lingerie qu'elle avait cru ne jamais pouvoir porter un jour. Le simple fait de le pouvoir désormais justifiait une dépense aussi exorbitante. Et lorsque Felicity et elle quittèrent la boutique, elle songea que, même si Wyatt ne se montrait pas le lendemain au parc, elle avait au moins une robe pour le barbecue d'anniversaire de son père susceptible de satisfaire sa mère.

Le matin suivant, Sarah-Jane emballa son déjeuner en se demandant si elle devait tenter le sort et en prendre assez pour deux. En fin de compte, elle décida de se cantonner à sa portion de salade habituelle. Mais, au dernier moment, elle retourna sur ses pas préparer une seconde salade et ajouta deux pommes dans le sac.

Elle trouvait extraordinaire que Wyatt ait envie de partager son déjeuner somme toute très ennuyeux mais, s'il le faisait réellement, autant être préparée.

Puis, tirant les pans de sa nouvelle blouse rouge sur son nouveau jean noir moulant, elle se hâta vers The Stocking Stitch.

Ensuite, elle s'efforça, non sans mal, de rester concentrée sur son travail, au lieu de vérifier l'heure toutes les cinq minutes. Enfin, après une matinée interminable, les aiguilles de sa montre indiquèrent midi.

Essayant de masquer sa nervosité, elle entra dans le bureau où s'affairait Maria, et sortit son déjeuner du petit réfrigérateur niché au fond.

— Je vais au parc, annonça-t-elle d'une voix enjouée.

Maria ne leva pas les yeux des documents qu'elle étudiait.

— Passe un bon moment avec ton jeune homme, *niña*.

Décontenancée, car elle n'avait rien dit sur Wyatt, elle répliqua :

— Je ne comprends pas ce que vous voulez dire.

Maria se contenta de lui jeter un coup d'œil par-dessus la monture de ses lunettes.

— Tu portes des vêtements neufs. Pour une fois, tes cheveux ne sont pas relevés en queue-de-cheval. Et d'ailleurs, tu es ravissante. Tu prétends que ce n'est pas à cause de Wyatt Fortune ?

— Felicity m'a convaincue de faire quelques achats, marmonna-t-elle, embarrassée.

— Elle a bien fait, répondit Maria, de toute évidence amusée. Maintenant, file. Quand tu rentreras de déjeuner, j'irai à un rendez-vous.

— Je te promets de ne pas être en retard.

Nouveau regard par-dessus les lunettes.

— Sarah-Jane. Je pourrais régler ma montre sur tes horaires. J'espère que tu auras *envie* de quitter ton galant avec un peu de retard.

— Oh ! Maria…

Elle quitta la boutique avant que son impatience soit encore plus flagrante aux yeux de sa patronne.

Comme à l'accoutumée, elle se rendit au parc à pied et dut ralentir l'allure à maintes reprises. Pas question de courir. Déjà qu'elle avait à peine dormi la nuit précédente. Et qu'elle n'avait cessé de se relever pour sortir ses nouvelles tenues du placard, incapable de décider laquelle porter, voire d'en porter une tout court au lieu de ses frusques habituelles.

Une fois arrivée au parc, elle s'engagea dans une des

allées, en ralentissant encore l'allure. Son cœur battait la chamade.

Reste calme, s'il n'est pas là.

Elle longea le lac. Tira encore sur les pans de sa blouse. Contrôla que les boutons ne bâillaient pas sur ses seins. Mais la blouse lui allait à merveille et masquait complètement le soutien-gorge de dentelle blanche dessous. Rien ne débordait de son décolleté trop plantureux. Elle se sentait… presque normale.

Ce n'est qu'un déjeuner dans le parc.

Elle dépassa l'aire de jeux. Des enfants criaient et riaient.

Un simple après-midi normal. Pas de quoi en faire un plat.

Puis son cœur sembla s'arrêter net. Peut-être parce qu'il s'était décroché pour remonter dans sa gorge.

Non seulement Wyatt était venu, mais il était arrivé avant elle. Assis sur le banc, il lui tournait le dos. Mais elle aurait reconnu sa nuque n'importe où.

La tête lui tournait un peu. Se rappelant que respirer pouvait y remédier, elle inspira un bon coup. Elle était une adulte, nom d'une pipe ! Pas une lycéenne. Il était temps de s'en souvenir.

Agrippant son sac isotherme, elle contourna le banc. Le bataillon d'oiseaux qui sautillaient dans l'herbe s'envola, mais ils ne seraient pas partis longtemps, elle le savait.

— Vous êtes là, dit-elle, comme si elle n'en avait jamais douté.

Il ôta ses lunettes de soleil et lui sourit, jusqu'aux yeux. Son cœur bondissait dans sa poitrine. Où était passée la soi-disant adulte ?

— Vous aussi, répliqua-t-il, apparemment surpris lui aussi. J'avais peur que vous ne changiez d'avis. Tenez, votre place vous attend.

Il s'écarta un peu, mais l'espace entre eux n'en restait pas moins fort réduit. La bouche sèche, elle s'installa près de lui.

Sa cuisse ne se trouvait qu'à quelques centimètres de la sienne.

La sienne. Pas celle de Savannah.

Cette pensée la réjouit. Qu'est-ce qui lui prenait ? A croire qu'une double personnalité se cachait en elle depuis des années.

Elle entreprit d'ouvrir le sac contenant le déjeuner. « Savannah » n'avait été qu'un rôle dans un fantasme. Sarah-Jane était réelle. Trop réelle. Et elle ne croyait pas aux fantasmes dans la vraie vie.

— J'espère que de la salade vous convient, dit-elle d'une voix joviale. Il y a une pomme aussi, si vous voulez.

Comme elle lui tendait le fruit, il glissa ses lunettes dans l'encolure de sa chemise, dévoilant un pan de peau bronzée.

— Une belle femme qui offre une pomme. Je suis heureux de ne pas être le premier à céder à la tentation, parce que je n'aurais pas pu résister.

Leurs doigts se frôlèrent quand il saisit la pomme rouge et brillante. Puis il croqua dedans, et Sarah-Jane défaillit à la vision de ses dents entamant la chair avec gourmandise.

Il croisa les chevilles, allongea un bras derrière elle sur le dossier du banc.

— C'est le meilleur siège de la maison, ironisa-t-il.

Elle réussit à hocher la tête avant de reporter son attention sur les oiseaux, qui revenaient en masse.

— Il y a moins d'oiseaux autour de l'aire de jeux. Les enfants font trop de bruit, je suppose. Et près du lac, les canards font la loi. J'ai aussi apporté des graines, ajouta-t-elle en exhibant un nouveau sachet, qu'elle posa entre eux.

Elle surprit son regard bleu, pétillant d'amusement.

— Vous êtes ravissante en rouge, Sarah-Jane.

Un petit hoquet lui échappa. Embarrassée, elle tritura son col et baissa de nouveau les yeux vers les oiseaux. Mais son regard ne cessait de revenir sur le visage de Wyatt.

Il n'était pas rasé, et l'ombre soulignant sa mâchoire solide le rendait encore plus attirant.

Voilà sans doute à quoi il ressemble quand il se réveille.

Mieux valait penser à autre chose…

— C'est ma colocataire, Felicity, qui a choisi cette tenue, en fait.

— Felicity a bon goût.

— Un goût onéreux, rétorqua-t-elle avec un petit rire. Quand il s'agit de dépenser mes économies.

Ce qui n'était pas tout à fait juste. Felicity savait dénicher de bonnes affaires. Mais même soldés à cinquante pour cent, les vêtements de Charlene's restaient coûteux.

Wyatt inclina légèrement la tête.

— C'est embêtant de piocher dans vos économies ?

Ses joues s'empourprèrent. Hormis ses parents, personne ne s'était jamais intéressé au fait qu'elle mette de l'argent de côté. Son père, parce qu'il était banquier. Sa mère, parce qu'elle s'imaginait que Sarah-Jane ne trouverait jamais d'homme pour l'entretenir. Non qu'elle en veuille un, d'ailleurs. Avec son master de gestion, elle était capable de subvenir toute seule à ses besoins. De toute façon, à quoi dépenserait-elle son argent ? Elle n'avait qu'un seul vice : les laines précieuses.

Soudain, elle se rendit compte que Wyatt attendait toujours une réponse.

— Non, pas du tout. Et vous ? Quel travail faites-vous à Atlanta qui vous permette de le quitter pour rester un moment à Red Rock ?

— Ce sera plus qu'un moment, précisa-t-il.

Il mordit de nouveau dans la pomme, et une vague brûlante la submergea.

Seigneur ! Elle était toute tourneboulée rien qu'en le regardant manger une pomme. Les doigts tremblants, elle ouvrit un des récipients à salade, réussissant à projeter plusieurs feuilles de laitue sur ses genoux.

D'un geste vif, elle les ramassa.

— Il en manque une.

Elle s'immobilisa tandis que la main de Wyatt entrait dans son champ de vision et cueillait une feuille de laitue échouée pile sur son sein.

Il ne l'avait même pas touchée. Juste la salade. Mais elle eut l'impression d'être brûlée au fer rouge.

Il jeta la feuille de salade dans l'herbe, attirant la curiosité d'un petit oiseau, qui s'approcha en sautillant pour la prendre dans son bec avant de s'envoler.

— Pour répondre à votre question, poursuivit-il comme si de rien n'était, j'espère acheter une propriété à Red Rock.

Surprise, elle se tourna vers lui.

— Pour vivre ici ? Combien de temps ?

— Pourquoi pas ? Red Rock a bien réussi à ma sœur. Elle adore cette ville. A l'heure qu'il est, ajouta-t-il, elle est probablement en train de me chercher une maison.

— Et JMF, alors ?

Son regard se durcit, et elle sentit ses joues s'empourprer une fois de plus.

— Que savez-vous de JMF ?

Maudite Felicity et ses recherches sur internet ! Sarah-Jane avait bien plus d'informations qu'elle ne l'aurait dû, compte tenu du peu qu'il lui avait dit. Elle haussa les épaules avec une désinvolture forcée.

— Rien. J'ai juste entendu dire quelque part que c'est là que vous travaillez. Votre père a fondé l'entreprise, si j'ai bien compris ?

Devant l'expression fermée de Wyatt, elle avait cherché coûte que coûte à sauver la conversation.

— Oui.

Le mot claqua sèchement. Il arracha la queue de la pomme et la jeta vers les oiseaux.

Le sujet semblait mal choisi. Elle décida de revenir sur un terrain moins glissant.

— Quel genre de résidence voudriez-vous acheter ? Une maison ? Un appartement ? Moi, j'aimerais m'acheter une maison, un jour.

La salade ne semblait pas l'intéresser, mais comment le lui reprocher ? Elle-même piqua une rondelle de tomate, puis poursuivit son bavardage, qu'elle savait futile.

— Voilà pourquoi j'économise. Pour réunir un apport décent. Encore six mois, peut-être un an, et je commencerai à chercher.

— Et Felicity ? Vous êtes lassée de la cohabitation ?

— En aucun cas. J'adore vivre avec elle. C'est ma meilleure amie depuis le jour de notre rencontre. Si j'achète, il faudra de la place pour elle.

— Et si un homme entre dans le paysage ?

Elle frissonna, et le mit sur le compte de la brise soudaine.

— Jusqu'ici, les petits amis de Felicity n'ont fait que passer, répondit-elle. Si cela change — quand cela changera —, je serai heureuse pour elle, bien entendu.

— Et vous ?

— Moi quoi ?

— Si un homme entre dans votre paysage ?

Pour une fois, elle soutint son regard direct.

— Je verrai bien, j'imagine, non ?

Un léger sourire aux lèvres, il hocha la tête.

— Nous verrons bien.

Nous.

Elle déglutit. Avec peine.

Wyatt parut alors avoir pitié d'elle, et il finit sa pomme avant de changer de sujet, levant les yeux vers les nuages qui traversaient le ciel bleu.

— Il commence à venter. Je me demande si on ne va pas avoir un orage. Vous avez assez chaud ?

Plus que chaud même, au-dedans comme en dehors, rien que d'être assise si près de lui.

— Oui, tout va bien. J'espère qu'il finira par pleuvoir.

On manque d'eau. Tant qu'on ne subit pas une réplique de la tornade de l'an passé. C'était terrible. Elle a frappé l'aéroport, et des gens sont morts.

— Je sais. Ma sœur a été prise dedans.

— Exact. Je me souviens. Elle était venue pour le mariage de Wendy, n'est-ce pas ?

Il lui adressa un regard intrigué.

— Tôt ou tard, tous les potins parviennent jusqu'au Stocking Stitch, expliqua-t-elle en souriant.

— Alors vous savez sans doute qu'elle rentrait à Atlanta. Essayait de rentrer, en tout cas. De nombreux membres de la famille se trouvaient à l'aéroport ce jour-là. Heureusement, tous ceux qui ont été blessés s'en sont remis.

— Ou se sont mariés, compléta-t-elle avec un petit rire.

Il acquiesça d'un air ironique.

— Très juste. Et vous, où étiez-vous ?

— A des kilomètres. Chez mes parents, à Houston, pour le jour de l'an.

— Vous n'y êtes pas allée cette année, à l'évidence.

— Ils sont partis pour les fêtes. J'aimerais qu'ils le fassent tous les ans. C'est affreux de dire ça, non ? se reprit-elle en grimaçant.

— Tout le monde ne s'entend pas avec ses parents.

Elle faillit lui demander s'il s'entendait avec les siens, mais se ravisa. Une question si personnelle risquait de ramener cette lueur sombre dans ses yeux.

— Les vacances avec ma mère constituent… une expérience, déclara-t-elle.

Il se tourna de biais, et son genou frôla le sien.

— Il faut m'en dire plus. Vous avez éveillé ma curiosité.

Comment réagirait-elle s'il la touchait ? S'il la touchait vraiment ? Ou s'il l'embrassait vraiment ? Pas sur les joues ou le front ou sur les doigts. L'imaginer lui donna le vertige…

— Curiosité à quel sujet ?

Il sourit lentement. Elle était presque certaine qu'il savait quel effet il produisait sur elle, et qu'il en usait délibérément.

— Quel genre d'expérience est-ce de passer des vacances avec votre mère ?

Malgré ses efforts, impossible de détourner les yeux des siens. Elle tenta de répondre d'un ton léger, et plus empreint d'humour que d'ordinaire quand il s'agissait de sa mère.

— Voyons, par où commencer ? Je crois vous avoir dit que je n'avais ni frère ni sœur.

Il opina, et elle lui fut reconnaissante de ne pas rappeler qu'elle prétendait être Savannah lors de cette conversation.

— Bref, je suis la fille qu'elle n'a jamais voulue. Trop grosse. Trop empotée.

— Vous n'êtes ni grosse ni empotée.

Il se pencha assez pour que sa bouche soit toute proche de son oreille, et poursuivit :

— Sarah-Jane, faites-moi confiance. Que vous vouliez l'entendre ou non, vous êtes sacrément bien balancée.

Puis il se redressa, et ignorant la manière dont elle restait là, estomaquée, muette et figée comme la dernière des gourdes, il ouvrit le sachet de graines pour oiseaux dont il jeta une poignée sur l'herbe.

— Demain, même heure ?

Incapable d'articuler quoi que ce soit, elle se contenta de hocher la tête.

7

Wyatt retrouva Sarah-Jane le lendemain au parc, comme promis. Cette fois cependant, elle était arrivée à leur banc avant lui. Et au lieu d'une salade, elle lui avait apporté un sandwich. Ainsi qu'une grosse pomme rouge brillante.

Auparavant, il n'avait jamais eu de raison de trouver une pomme érotique, mais depuis la veille, quand elle la lui avait offerte sur la paume de sa main, il avait révisé son opinion.

Elle lui avait même demandé s'il la voulait. Il la voulait *elle,* bien plus que la pomme !

Comme le temps restait nuageux et venteux, bien que sans pluie, elle portait un jean et un gros pull vert qui lui arrivait à mi-cuisses et rehaussait le brun chatoyant de ses yeux.

— Vous avez renvoyé votre voleuse ? demanda-t-il.

— Pas encore.

Puis, prenant le sandwich posé près d'elle, elle désigna l'espace libre sur le banc.

— Tenez, votre place vous attend.

Il s'assit en souriant.

— Vous ratez un repas bien meilleur à votre hôtel, vous savez, poursuivit-elle en lui tendant le sandwich. Ou n'importe où ailleurs en ville, à vrai dire.

— Si vous voulez bien m'accompagner, on peut aller n'importe où ailleurs.

Ses longs cils se baissèrent sur ses joues rosies. Il tenta de se rappeler quand il avait passé autant de temps à essayer de… quoi ? Attirer une femme dans son lit ? Il n'allait pas se raconter des histoires et prétendre que ce n'était pas ce qu'il voulait. Mais il y avait autre chose : il aimait sa compagnie. Son humour. Son intelligence et son cœur.

En d'autres termes, il lui faisait la cour.

Misère !

Chassant cette idée ridicule, il déballa son sandwich. Sarah-Jane, quant à elle, avait son habituelle nourriture pour lapins non assaisonnée.

— Toujours aucun glucide inutile pour vous, je vois.

— Mais j'ai ajouté des tranches de dinde fumée pour compenser. Et je vous ai apporté une gâterie.

Elle sortit du sac un petit ballotin turquoise, l'ouvrit pour lui montrer quatre grosses truffes au chocolat.

— Cela vous met-il l'eau à la bouche ?

Oui, il avait l'eau à la bouche. Mais pas à cause des chocolats.

— Ils ont l'air délicieux, marmonna-t-il, avant de mordre dans son sandwich à la dinde.

Enorme, le sandwich, comme si elle essayait de se faire pardonner la salade de la veille. Il avait envie de lui dire que ce qu'elle apportait à déjeuner n'avait aucune importance.

Il était là pour elle.

Pas pour la nourriture.

— Vous êtes sûre de ne pas en vouloir un morceau ?

Elle secoua la tête.

— Pas question. D'ailleurs si je devais craquer pour un sandwich, je me goinfrerais carrément de beurre de cacahuète et de confiture.

Elle sourit avant de refermer la bouche sur une tomate. Il trouva la tomate bien moins appétissante que ses lèvres.

— Je n'ai pas mangé de beurre de cacahuète depuis l'enfance, murmura-t-il. J'ai toujours adoré ça.

Et en général, pour en avoir, il devait troquer son déjeuner préparé par la cuisinière contre celui d'un autre gamin.

— Si vous voulez revenir un jour de la semaine prochaine, suggéra-t-elle, sa timidité subitement de retour, je vous en apporterai.

— Et si je n'ai pas envie d'attendre la semaine prochaine ?

Une lueur fugace traversa ses yeux, vite remplacée par une ombre. Elle fronça les sourcils.

— Je ne peux pas ce week-end. Je serai à Houston. C'est l'anniversaire de mon père. Cinquante-cinq ans. Ma mère organise une grande fête.

Ses cheveux étaient détachés, et son visage était encadré des mêmes boucles lâches que lorsqu'il l'avait emmenée à San Antonio. Et comme ce soir-là, il brûlait de les enrouler autour de ses doigts.

— Quand partez-vous ?

— Demain matin. Ma mère m'attend vers 13 heures. Je rentre dimanche soir.

La mine pensive, elle suçota un instant sa lèvre inférieure, la laissant humide et brillante. Certaines femmes le faisaient délibérément. Mais pas Sarah-Jane.

Refoulant le désir d'embrasser cette lèvre, il se concentra sur son sandwich.

— Felicity vous accompagne ?

— Non. Elle travaille d'arrache-pied pour préparer la Saint-Valentin, le mois prochain.

— Donc, vous faites la route seule.

— Je l'ai faite des centaines de fois.

Il voulait lui demander si la voiture dans laquelle elle roulait était fiable. Si elle prenait son téléphone portable.

Si elle voulait de la compagnie. A savoir, la sienne.

Mais d'où lui venaient toutes ces questions ? Il préféra changer de sujet.

— Quelle sorte de trucs étonnants faites-vous au tricot ou au crochet ?

Elle lui jeta un regard intrigué.

— Vous disiez que je serais surpris de tout ce qu'on peut…

— Tricoter, termina-t-elle avec un sourire espiègle. Je me souviens. En dehors d'un pull comme celui que je porte ? Il y a quelques années, une équipe d'Hollywood tournait un film dans le coin. Une des actrices nous a commandé un Bikini sur mesures au crochet.

Lui était-il arrivé de réaliser un tel Bikini pour elle-même ? Il l'imagina dans une telle tenue, au crochet ou non…

— Fascinant, murmura-t-il.

Peut-être devinait-elle ses pensées, car elle détourna les yeux tandis que le rose envahissait de nouveau ses joues. Avec une petite grimace dubitative, elle poursuivit :

— Felicity prétend que je devrais les commercialiser, mais je préfère vendre des motifs. Et vous savez quoi ? lança-t-elle d'un air réjoui, c'est ce que je fais.

Il ne put retenir un rire. Elle semblait si contente. Elle adorait son travail, cela sautait aux yeux.

Jusqu'à la fâcheuse décision de son père, lui aussi ressentait la même chose, songea-t-il.

Stop ! Il avait déjà assez évoqué JMF dans la journée. Shane, en dépit des innombrables arguments de ses frères, était reparti à Atlanta. Il prétendait ne pas revenir au siège de JMF mais, selon Wyatt, ce n'était qu'une question de temps. Son frère serait incapable de rester à l'écart, tout comme le reste d'entre eux s'ils retournaient là-bas.

D'où l'avantage de déménager à Red Rock. Loin des bureaux de l'entreprise familiale.

L'autre avantage se trouvait à côté de lui sur le banc, suscitant son désir avec sa chaude odeur de vanille.

— Votre père n'a que cinquante-cinq ans ? Quel métier exerce-t-il ?

— Directeur adjoint de banque, répondit-elle, écartant une mèche de cheveux plaquée sur ses yeux par le vent.

— Et votre mère ?

Elle baissa les yeux sur sa salade, piqua un morceau de dinde du bout de sa fourchette.

— Mère au foyer. Depuis toujours. Ils se sont mariés juste après les études de mon père, et elle a vite arrêté les siennes pour devenir la parfaite épouse.

— Vous pensez qu'elle aurait dû continuer ses études ?

— Pourquoi cette question ?

Il haussa les épaules.

— Quelque chose dans votre voix.

— Que je le pense ou non n'a aucune importance. Ce qui compte, c'est ce qu'elle pense, elle.

— Et que pense-t-elle ?

Un instant, ses sourcils se rejoignirent. Puis elle répondit :

— En fait, je n'en sais rien.

Elle observa un moment les oiseaux. Seuls quelques optimistes étaient restés, dans l'attente d'une miette. Les autres étaient repartis pour des terres plus fertiles autour du lac tout proche.

— En tout cas, elle m'a poussée à obtenir mon diplôme, finit-elle par ajouter.

— Peut-être parce qu'elle n'en a pas elle-même.

— Plutôt parce qu'elle pense qu'au moins je serai capable de subvenir à mes besoins, répliqua-t-elle avec une moue. Vu qu'aucun homme ne risque de vouloir le faire pour moi. Dans le monde de ma mère, une femme ne termine son éducation que le jour où elle se trouve un mari, conclut-elle en lui glissant un regard.

— C'est un sentiment répandu dans la génération de nos parents.

— Oui, eh bien, moi je suis de la nouvelle génération, marmonna-t-elle avant de mordre le bout de dinde de ses parfaites dents blanches.

Puis elle le fixa. Fixa son sandwich.

Il se hâta d'en prendre une bouchée. Le sandwich était bon, là n'était pas la question. Simplement, elle le distrayait.

— Comment avez-vous atterri à Red Rock ?

Son visage s'éclaira subitement.

— Grâce à Maria Mendoza. Quand j'ai découvert le tricot à l'université, j'ai entendu parler de sa boutique et je suis venue voir. J'ai été séduite par cet endroit. Je ne m'attendais pas à tomber aussi amoureuse de Red Rock. Une fois mon master décroché, je savais que je voulais vivre ici. En fait, j'ai commencé par postuler à la Fondation Fortune.

La Fondation Fortune avait été créée par un parent éloigné du père de Wyatt, Ryan Fortune, décédé dix ans plus tôt. De nombreux membres de la famille travaillaient pour cette œuvre philanthropique en croissance constante.

— Mais ça n'a pas marché ?

— Si. J'aurais eu le poste si je n'avais pas décidé à la place de travailler à temps plein pour Maria. Ma mère a failli en faire une attaque, précisa-t-elle, une lueur espiègle dans les yeux.

— Et votre père ?

— Oh ! mon père, tant que je mets régulièrement de l'argent de côté, je crois qu'il se moque de la manière dont je l'ai gagné. Du moment que c'est légal, bien entendu.

Son humour l'enchantait. Avec une sorte de détachement, il vit sa propre main glisser vers sa joue et en écarter une mèche auburn. La timidité revint dans ses yeux, mais elle ne broncha pas.

— Je suis prêt à sauter dans ce lac glacé si vous avez fait quoi que ce soit d'illégal dans votre vie.

— Vos vêtements resteront secs aujourd'hui. Mais je suis certaine que vous n'avez jamais rien fait d'illégal non plus.

— Je n'irais pas jusqu'à dire ça.

— Ah, fit-elle d'un air sceptique. Quoi, alors ?

— Des bêtises d'étudiant. Impliquant surtout des voitures rapides.

Elle éclata de rire.

— Et un trop-plein de testostérone, sûrement.

Une boucle s'enroula autour de ses doigts. Il tira doucement dessus.

Les lèvres de Sarah-Jane s'entrouvrirent et ses yeux s'agrandirent.

Ce serait si facile de l'embrasser.

Mais si difficile de s'arrêter, aussi.

Alors il tira de nouveau sur ses cheveux, comme il le faisait à sa sœur, et la lâcha.

Sarah-Jane cilla, essayant de rassembler ses pensées.

— Vous avez votre portable sur vous ? demanda Wyatt.

Dire qu'elle s'était imaginé qu'il allait l'embrasser.

Stupide Sarah-Jane qui ne retiendrait jamais aucune leçon.

— Oui. Pourquoi ?

— Je peux le voir ?

Déconcertée, elle lui tendit son téléphone. Il tapa des chiffres sur le clavier, puis lui rendit l'appareil.

— Je veux que vous m'appeliez une fois rentrée de chez vos parents. Mon numéro personnel est enregistré, à présent.

De plus en plus troublée, elle étudia son expression. Mais il plantait de nouveau ses belles dents dans le sandwich.

— Il sera tard quand je rentrerai dimanche, objecta-t-elle.

— Aucune importance. Sinon je vais me faire un sang d'encre en vous imaginant seule sur la route.

Bon, pas de baiser. Mais le fait qu'il s'inquiète à son sujet la laissait perplexe.

— Et vous, que faites-vous ce week-end ?

Une part d'elle espérait qu'il lui propose de l'accompagner à Houston. Une autre part, plus logique, lui intimait de réprimer ce souhait. Quand bien même il le ferait — ce qui ne serait pas le cas —, elle n'avait guère envie qu'il la voie telle qu'elle était réellement. A savoir Sarah-Jane avec ses parents, dont l'un n'était jamais satisfait, et l'autre la remarquait à peine.

Il termina son sandwich, essuya sa bouche et ses mains avec une serviette en papier, puis répondit :

— Victoria veut nous montrer une propriété. Nous passerons sans doute également un moment chez elle. Cela permettra à Jace de se défouler et de jouer avec les chiens.

Elle savait que Jace était son neveu. Il l'avait mentionné pendant leur soirée à San Antonio.

— Ses parents sont divorcés ? demanda-t-elle.

De ses longs doigts, il ouvrit le sachet de graines et en jeta une poignée dans l'herbe, provoquant l'arrivée en masse des oiseaux pépiant.

— Oui. Lynn est partie. Asher élève seul leur fils. Red Rock sera un changement de cadre positif pour eux. Jace insiste pour avoir un cheval.

Jamais il n'avait autant parlé d'un membre de sa famille ! Aux anges, elle faillit lui demander s'il désirait des enfants un jour, mais prit plutôt le parti de sourire.

— Est-ce que tous les enfants ne veulent pas un cheval ? Moi, j'en rêvais.

— Vous en avez eu un ?

— Je n'ai même pas eu droit à un chien ou à un chat, répondit-elle avec une mine contrite.

— Vous n'avez jamais eu *aucun* animal domestique ?

Il fronçait les sourcils, et elle était contente d'avoir les mains occupées par sa salade, sinon elle aurait volontiers effacé ce froncement du bout des doigts.

— Si, un poisson rouge. Gagné dans une fête foraine. Mon père m'y avait emmenée quand j'étais au lycée. C'est d'ailleurs la seule fois qu'il a fait ce genre de chose.

Elle aimait croire qu'il avait tenté de la réconforter après l'épisode du bal de fin d'année, dont il ne pouvait savoir à quel point il avait été humiliant.

Le froncement de sourcil de Wyatt céda la place à un regard plein d'indulgence.

— Que faisiez-vous d'autre au lycée ?

— Je jouais — mal — de la clarinette dans l'orchestre. Je bossais dur. Les trucs habituels, quoi.

Elle haussa les épaules, extrêmement consciente que la main posée derrière elle sur le banc vagabondait de nouveau dans ses cheveux.

— Et vous, reprit-elle, que faisiez-vous au lycée ?

Wyatt esquissa un sourire narquois.

— *Je bossais dur. Les trucs habituels, quoi.*

Elle leva les yeux au ciel en soufflant, et il rit doucement, les doigts errant dans ses cheveux, avant de jeter une nouvelle poignée de graines aux oiseaux.

Elle comprit alors soudain qu'elle pourrait tomber très facilement amoureuse de cet homme.

L'impression ne faiblit pas durant les vingt minutes suivantes. A la fin de sa pause déjeuner. Wyatt insista pour la raccompagner à la boutique.

— Souvenez-vous, insista-t-il en arrivant devant le Stocking Stitch. Appelez-moi une fois rentrée de Houston.

— Promis.

Il lui rendit son sac, qu'il avait porté pour elle, puis tira sur une mèche de ses cheveux.

— Faites attention sur la route.

Et il s'en alla.

Elle le suivit des yeux à travers la porte vitrée.

— Ah, soupira Maria dans son dos. Je vois que tu as passé un excellent moment, n'est-ce pas ?

Sarah-Jane ne pouvait le nier. Mais en regardant Wyatt s'éloigner, elle ne pouvait non plus s'empêcher de se demander combien de temps cela durerait.

Le lendemain, le trajet jusqu'à Houston lui prit trois heures. Lorsqu'elle tourna dans l'impasse bordée d'arbres où elle avait grandi, elle se renfrogna. La rue était déjà encombrée de voitures. Il ne restait même pas une place dans l'allée menant à la vaste maison de plain-pied. Pourtant, elle n'était pas en retard. Au contraire, elle était même un peu en avance.

Elle se gara à l'angle de rue suivant, mais plutôt que de porter son sac de voyage, elle le laissa dans la voiture. Elle prit sur la banquette le cadeau pour son père, un polo de l'équipe des Houston Texans, puis, lissant la nouvelle robe virevoltante que Felicity et Charlene l'avaient convaincue d'acheter, elle remonta la rue.

La musique lui parvint avant même qu'elle atteigne la porte. Les Beatles, groupe préféré de son père.

Elle sourit. Sa mère détestait les Beatles mais, à l'évidence, même Yvette Early était capable de se laisser fléchir quand elle célébrait l'anniversaire de son mari.

Personne ne lui prêta attention quand elle traversa la maison pour gagner le jardin clôturé à l'arrière. La fête battait son plein. Elle aperçut son père au milieu de la foule des invités. Il se tenait près du barbecue, le ventre ceint d'un tablier à carreaux rouges et blancs, armé d'une longue fourchette qu'il agitait tout en parlant à deux hommes, qu'elle reconnut comme étant des collègues de son père à la banque. Côtelettes, cuisses de poulet et saucisses grésillaient sur le gril et l'air embaumait d'odeurs alléchantes. Elle déposa son cadeau sur la table où s'empilaient d'autres paquets et se dirigea vers lui.

— Joyeux anniversaire, papa.

Pivotant sur ses talons, il lui adressa son sourire absent habituel, puis l'embrassa sans la regarder.

— Bonjour, ma chérie. Je suis content de te voir. Ta mère ne doit pas être loin.

Elle dissimula un petit soupir. Hormis cette unique sortie à la fête foraine d'où elle avait rapporté un poisson rouge qui n'avait vécu que deux mois, et un intérêt constant pour le montant des économies de sa fille, Howard Early n'avait jamais été un parent impliqué.

Il était toujours au bureau. Ou au golf.

— Je vais bien la trouver, répliqua-t-elle.

Elle salua ses compagnons d'un sourire. Eux au moins la regardaient avec un air de surprise tout à fait gratifiant pour son ego.

Sans l'insistance de Felicity et de Charlene, qui assuraient que cette robe bain de soleil semblait faite pour elle, jamais elle n'aurait eu le courage d'acheter quelque chose d'aussi bariolé et qui lui laissait les épaules et les bras nus. En fait, elle avait enfilé un fin gilet blanc par-dessus mais, vu l'intensité du soleil, elle craignait d'avoir vite trop chaud.

Abandonnant son père à ses grillades et à sa conversation, elle se fraya un passage parmi les invités et trouva sa mère près du buffet, où elle disposait des piles d'assiettes à côté d'un gigantesque plateau de fruits.

En la voyant s'approcher, Yvette interrompit sa tâche et mit les mains sur les hanches.

— Il était temps que tu arrives, lui dit-elle en guise d'accueil, visiblement en colère. Ton père commençait à se demander si tu n'avais pas oublié son anniversaire.

Réprimant un nouveau soupir, Sarah-Jane embrassa sa mère sur la joue. Son père n'avait eu l'air ni troublé ni heureux de son arrivée. C'est sa mère qui était énervée.

— Bien sûr que je n'ai pas oublié, maman.

Elle estima inutile de signaler qu'elle était même en avance sur l'heure qu'on lui avait donnée. Autant ne pas aggraver la mauvaise humeur d'Yvette.

— Tu es très jolie, ajouta-t-elle.

Ce qui était vrai. Sa mère portait une robe jaune pâle qui s'accordait à ravir avec ses cheveux toujours bruns.

— Oh ! c'est une vieillerie, rétorqua Yvette en faisant la moue. Je voulais aller dans une boutique digne de ce nom, mais je n'ai pas eu le temps. Préparer tout ça pour ton père n'a pas été facile, tu sais, poursuivit-elle en secouant la tête, sans que sa chevelure laquée n'ose broncher.

— Je n'en doute pas, murmura Sarah-Jane. Mais bravo, tout est magnifique.

Elle balaya des yeux les tables rondes couvertes de nappes festives éparpillées dans le jardin impeccable, le buffet sophistiqué dressé derrière sa mère.

Cette dernière émit un petit son dédaigneux.

— Ça ira. Tiens, ordonna-t-elle en lui tendant une assiette. Tu ferais bien de manger quelque chose.

Sans un mot, Sarah-Jane saisit l'assiette et commença à la remplir.

— Tu as vu Barbara Curtis ? reprit sa mère qui n'avait pas bougé. Franchement, elle peut porter n'importe quelles couleurs extravagantes. Enfin, n'importe qui le pourrait, à condition de faire du 36.

Sarah-Jane ajouta des tranches de fromage au raisin à son assiette. Elle voulait garder de la place pour une ou deux grillades. Ce matin, elle avait couru quelques kilomètres de plus pour ne pas culpabiliser si elle s'accordait un peu de plaisir pendant l'anniversaire de son père.

— Non, je ne l'ai pas encore vue.

Elle parcourut l'assemblée du regard et finit par repérer Barbara. L'élégante femme portait un jean rose vif qui moulait ses hanches extrêmement minces, et un pull orange tout aussi vif en équilibre sur ses épaules bronzées.

— Je te trouve plus jolie, assura-t-elle à sa mère.

— Ne sois pas ridicule, Sarah-Jane. Des femmes comme toi et moi ne pourront jamais rivaliser avec des femmes comme Barbara. J'en veux à ma mère. On tient de son côté. J'ai au moins eu la chance de tomber sur ton père.

Elle fixa l'assiette de sa fille et poussa un soupir navré. Devant la pile de nourriture, supposa Sarah-Jane. Heureusement qu'elle n'avait pas pris de salade de chou ni de petit pain.

— Dieu merci, continua Yvette, il t'a appris à économiser de l'argent, même si tu as décidé de gaspiller tes compétences dans cette petite boutique de tricot. Tu mets toujours de l'argent de côté pour ton avenir, n'est-ce pas ?

— Oui, maman. Je continue d'économiser beaucoup d'argent.

Sauf quand elle faisait des excès de shopping, naturellement.

— Bon. Tâche de ne pas perdre trop de temps à manger. Si tu veux te rendre utile, il y a un tas de choses à faire dans la cuisine.

Puis Yvette se dirigea vers un couple qui venait d'arriver.

Prise d'une subite migraine, Sarah-Jane s'installa à une table occupée par des voisins de longue date. Ils l'accueillirent chaleureusement, et elle resta quelques minutes en leur compagnie. Son assiette terminée, elle avertit son père que tout le monde attendait ses grillades, puis gagna la cuisine. Le commentaire acide de sa mère mis à part, elle préférait être utile plutôt que d'essayer de jouer les mondaines.

De fait, elle passa un certain temps dans la cuisine, à remplir, laver et re-remplir des plateaux. Et plusieurs heures plus tard, en regardant par la fenêtre, elle vit que la fête touchait à sa fin.

— Salut, Sarah-Jane !

Martin, le « jeune » collègue de son père qui embrassait si mal, entra tandis qu'elle rangeait des restes du buffet. Il s'appuya au plan de travail avec un sourire concupiscent. Elle lui accorda à peine un regard.

— Bonjour, Martin. Tu veux quelque chose ?

— Pourquoi pas, répondit-il en lui caressant le bras. Tu es jolie, Sarah-Jane. Vraiment jolie. Qu'est-ce que tu as fait ?

Elle s'écarta ostensiblement, se demandant combien de bières il avait bien pu boire. D'ailleurs, il en tenait une entre ses doigts boudinés.

— Tu veux un petit canapé ? proposa-t-elle en interposant entre eux llel plat où elle venait de les empiler.

Mais Martin ignora les canapés.

— Si on partait ailleurs ? Quelque part où on serait seuls tous les deux ?

Elle maîtrisa à grand-peine un frisson de dégoût.

— Chez toi, par exemple ? Il y aura ta mère, non ?

— J'ai ma chambre. Maman nous laissera tranquilles.

Ce type n'avait décidément rien dans la tête !

— C'est l'anniversaire de mon père, Martin, répliqua-t-elle d'un ton patient. Je ne vais nulle part.

Et en aucun cas avec lui…

Elle tenta de le dépasser pour quitter la cuisine, mais il lui barra le passage avec une moue enfantine ridicule.

— Tu ne rajeunis pas, Sarah-Jane. Tu ne crois pas qu'il serait temps que tu te trouves un petit ami ?

Ha !

— J'ai un petit ami, déclara-t-elle sans éprouver le moindre remords à exagérer un tantinet.

Car en vérité Wyatt n'était *pas* son petit ami. Loin s'en fallait, même, vu qu'il ne l'avait jamais embrassée. Néanmoins, elle pouvait le considérer comme une sorte d'ami.

— Un petit ami !

Yvette surgit dans la cuisine, poussant Martin qui trébucha vers Sarah-Jane, laquelle pivota hors de portée.

— Tu ne m'avais pas dit que tu avais un petit ami, Sarah-Jane, poursuivit sa mère, les yeux ronds.

Sur ses talons arrivait son père, une expression tout aussi surprise sur le visage.

— Qui est-ce ? demanda Yvette en fixant Sarah-Jane d'un air totalement incrédule, ce en quoi elle n'avait pas tort.

— Wyatt Fortune. Je sors avec Wyatt Fortune.

Décidément, tous ses mensonges étaient associés à lui.

La voix d'Yvette monta d'une octave.

— Fortune ? Pas de *la* famille Fortune ?

Plus tard, Sarah-Jane aurait sans doute honte du plaisir qu'elle prit face à ces visages stupéfaits, surtout celui de sa mère. Mais, dans l'immédiat, comment ne pas savourer cet instant ?

— Si, maman. Un de *ces* Fortune.

8

— Oh ! j'aurais bien voulu voir la tête de ta mère !

Affalée sur le canapé, Felicity riait aux larmes.

Sarah-Jane fit une grimace. Elle venait d'arriver, peu de temps après son amie, qui avait travaillé comme une folle à True Confections. Si sa migraine persistait, elle avait considérablement diminué depuis qu'elle avait exprimé le fond de sa pensée puis quitté Houston pour rentrer à Red Rock. Là où elle se sentait à sa place. Elle n'avait même pas dormi chez ses parents, mais avait repris la route sur-le-champ.

— Quand même, je n'aurais pas dû dire qu'il était mon petit ami. C'est faux.

— On s'en fiche. C'est un homme, et un ami. Ta mère en est restée estomaquée, et ça valait le coup d'exagérer un peu. Si tant est que ça soit exagéré, d'ailleurs.

— Bien sûr que ça l'est !

Felicity soupira bruyamment, mais s'abstint de discuter.

— Raconte-moi exactement ce que tu lui as dit.

— Je trouve inquiétant que tu y prennes autant de plaisir, protesta Sarah-Jane.

— Pff… Je prends du plaisir au fait que tu aies tenu tête à ta mère pour la première fois de ta vie !

Et qu'Yvette ait été aussi choquée, compléta Sarah-Jane en son for intérieur.

— Je ne lui ai pas vraiment tenu tête. Alors qu'elle était encore sous le choc parce que *je* fréquente un *Fortune*, je lui ai juste dit que j'aimerais qu'elle soit plus contente de ma vie.

— Et… ?

— Et… qu'elle soit aussi plus contente de la sienne.

— Qu'est-ce qu'elle a répondu ?

— Rien, confessa Sarah-Jane. Elle s'est contentée de me dévisager comme si elle ne m'avait jamais vue avant.

Felicity applaudit des deux mains.

— Parfait. C'est exactement ce dont elle avait besoin. Te voir avec un œil neuf.

— N'empêche que j'aurais dû passer la nuit là-bas.

— Pourquoi ? Tu en avais envie ? Tu crois que ça importait à ton père ?

— Non aux deux questions.

Son père jouait au golf tous les dimanches. Rien, ni même une visite de sa fille, ne l'en aurait empêché.

— Donc je répète : pourquoi ?

— Parce que…, commença-t-elle, cherchant en vain une raison valable. Je me sens pourtant coupable.

Felicity devint sérieuse. Elle saisit les mains de Sarah-Jane.

— Ma puce, tu es une des personnes les plus gentilles et loyales que je connaisse. Pendant des années, j'ai entendu la manière dont ta mère te rabaisse, sans que ton père le remarque ou ne s'en préoccupe assez pour l'arrêter. Ils ne te méritent pas. A présent, tu es une adulte et tu as exprimé le fond de ta pensée. Ne fais pas machine arrière en éprouvant une culpabilité injustifiée.

— Mais…

— Stop ! la coupa Felicity, avant de pointer le doigt vers la cuisine. Il y avait quelque chose pour toi sur le seuil quand je suis rentrée tout à l'heure.

Sarah-Jane vit alors une petite boîte en carton sur la table de la cuisine.

— Qu'est-ce que c'est ?

— Je l'ignore. Ton nom est marqué dessus.

Elle se leva pour aller examiner la boîte, qui ne portait ni timbre ni étiquette postale. Rien n'indiquait qu'elle venait de Wyatt. Rien, hormis la petite excitation au creux de son ventre. Et elle reconnut l'écriture de Wyatt dans les lettres capitales tracées sur le couvercle, car elle l'avait déjà vu signer des notes de restaurant.

— Tiens, ouvre-la, ordonna Felicity en lui tendant une paire de ciseaux.

Sarah-Jane s'exécuta, et découvrit, niché au milieu de papier de soie, un minuscule oiseau brun.

Le cœur battant à tout rompre, elle le saisit délicatement. Il était parfait et tenait juste au creux de sa main.

— C'est une bougie, murmura Felicity en touchant la petite mèche qu'elle n'avait même pas remarquée.

Muette, la gorge serrée d'émotion, les genoux flageolants, elle se laissa tomber sur une chaise. Puis déplia la carte de visite glissée sous l'oiseau.

« En le voyant, je me suis rappelé les oiseaux du parc de Sarah-Jane. W. »

Felicity lut par-dessus son épaule.

— Si tu ne tombes pas amoureuse de lui, ça t'ennuie que je le fasse ?

Trop tard, songea Sarah-Jane. Bien trop tard…

— Tu dois l'appeler, dit soudain son amie.

Une brusque angoisse la submergea.

— Il est presque minuit.

— Et alors ?

Elle secoua la tête avec davantage de fermeté qu'elle n'en ressentait.

— Il ne s'attend pas à ce que je rentre avant demain soir. Peu importe si je ne l'appelle que demain.

Mais tu as promis de lui téléphoner dès ton retour, lui rappela une voix intérieure sournoise.

Felicity effleura l'exquise tête de l'oiseau.

— Vraiment ? Tu veux qu'on discute du fait qu'il n'est qu'un *ami* ?

Sarah-Jane referma les doigts sur la ravissante petite bougie et se leva en soupirant.

— Bon, d'accord. Je vais l'appeler dans ma chambre.

— Je ne te demanderai pas de lui transmettre mes salutations, gloussa Felicity dans son dos tandis qu'elle se dirigeait vers l'escalier. A mon avis, vous aurez des choses plus intéressantes à vous dire.

Parvenue à l'étage, elle s'enferma dans sa chambre. Le ventre noué, elle s'assit au bord du lit, considérant l'adorable petit oiseau niché dans sa paume.

Oh ! Wyatt, qu'es-tu en train de me faire ?

Elle n'obtint aucune réponse. Pas de l'oiseau, en tout cas. Finalement, elle ôta ses sandales à talon et sortit son portable.

Avant de perdre courage, elle se hâta de trouver son numéro et pressa la touche d'appel.

Malgré l'heure tardive, Wyatt décrocha à la seconde sonnerie.

— Sarah-Jane ? Tout va bien ?

Le simple son de sa voix profonde lui procura une impression de chaleur.

— Oui, tout va bien. Merci pour l'oiseau.

Son pouce suivait les contours de chaque plume sculptée dans la cire de la petite bougie.

Il resta un instant silencieux, puis demanda :

— Vous êtes rentrée plus tôt que prévu, si je comprends bien ?

— Oui.

— Il s'est passé quelque chose ?

Elle faillit éclater de rire, mais des larmes brûlantes jaillirent soudain dans ses yeux. Jamais il ne saurait quelle piètre opinion sa mère avait d'elle. Elle s'éclaircit la gorge.

— Rien d'inhabituel. J'ai juste décidé de rentrer.

De nouveau, il garda le silence, et quand il reprit la parole, sa voix parut encore plus profonde.

— Donc, je peux vous voir demain.

— Pourquoi pas ? répliqua-t-elle en essuyant ses joues.

— Votre méfiance à mon égard a-t-elle suffisamment diminué pour que je passe vous prendre chez vous ?

Elle sourit faiblement. Quelle méfiance ?

— Oui.

— 10 heures ?

— Parfait.

— Mettez un jean confortable.

— D'accord, mais...

— Bonne nuit, Sarah-Jane. Je suis content que l'oiseau vous ait plu.

Elle entendit un clic et son téléphone devint silencieux.

Serrant l'oiseau contre son cœur, elle poussa un énorme soupir. Puis le reposa sur la table de chevet, bondit sur ses pieds et dévala l'escalier pour rejoindre Felicity, qui se brossait les dents dans la salle de bains.

— Il passe me prendre demain matin à 10 heures !

Felicity lui adressa un sourire plein de mousse.

— Pourquoi une telle panique ? demanda-t-elle.

— Parce qu'il passe me prendre demain matin à 10 heures, répéta-t-elle comme si l'explication était évidente.

Après s'être rincé la bouche, son amie reprit :

— Qu'est-ce que vous allez faire ?

— Aucune idée ! s'écria-t-elle, surprenant son regard affolé dans le miroir. Il m'a juste dit de mettre un jean confortable. Alors je fais quoi ?

Le sourire de Felicity s'élargit.

— Tu mets un jean confortable, suggéra-t-elle.

Sarah-Jane pivota sur ses talons en levant les yeux au ciel.

— Ça m'aide beaucoup, merci !

— Alors, laisse-moi développer, rétorqua Felicity en riant. Mets le jean que tu as acheté chez Charlene. C'est le seul dans lequel tu ne flottes pas. Et avant que tu discutes, confortable ne signifie pas « flottant ». Le jean de Charlene est confortable, pas vrai ?

— Oui. Mais mes vieux jeans sont…

— Hideux, la coupa son amie. Et porte le pull bleu que je t'ai offert à Noël.

— Mais il me fait des seins…

— Sublimes. C'est le genre de pull qui pourrait donner des complexes à des filles comme moi.

— Des complexes ? Toi ? Tu plaisantes !

— J'ai dit « pourrait ».

Puis Felicity ouvrit le placard de Sarah-Jane et farfouilla parmi les cintres. Elle sortit trois autres hauts qu'elle accrocha à la poignée de la porte.

— Ceux-là feront aussi l'affaire. A part tes polos Stocking Stitch dont tu ne te sépareras jamais, j'imagine, et ce que tu as acheté l'autre jour, tout le reste là-dedans mérite d'être donné aux bonnes œuvres, si tu veux mon avis. Et quand Wyatt te fera un compliment, ce qu'il ne manquera pas de faire, contente-toi de battre des cils et de dire « merci ».

Sur ce, elle quitta la chambre, mais s'arrêta sur le seuil.

— Une dernière chose, au fait.

— Oui ?

Felicity lui jeta un sourire malicieux.

— Prends soin de porter en dessous quelque chose que tu n'aies pas honte de laisser voir.

— Felicity !

Son amie éclata de rire avant de disparaître.

Elle portait le jean. Et le pull bleu.

Elle avait aussi détaché ses cheveux. Ainsi, ils couvraient la maille trop moulante du cashmere.

Dieu merci, Felicity, déjà partie travailler, n'était pas témoin de sa nervosité croissante. A dix heures pile, on frappa à la porte. Elle inspira à fond et traversa le salon en frottant ses mains moites sur son jean avant d'ouvrir.

En découvrant Wyatt sur le seuil, elle fut parcourue d'un frisson brûlant. Wyatt portait un jean, une chemise à carreaux bleus et blancs déboutonnée et aux manches roulées sur ses bras vigoureux par-dessus un T-shirt blanc. Plus un chapeau de cow-boy qui semblait aussi usé que ses bottes.

Si elle avait été brave, elle l'aurait saisi par les pans de sa chemise pour l'attirer à elle. Mais elle se contenta de rassembler ses esprits en espérant ne pas passer pour une idiote.

— Vous êtes très à l'heure, dit-elle.

— Vous êtes très belle, répliqua-t-il avec ce sourire charmeur qui la faisait fondre.

Elle se sentit rougir de la tête aux pieds. Puis, se rappelant les paroles de Felicity, elle réussit à esquisser un sourire timide.

— Merci.

Il sourit davantage, puis baissa les yeux sur ses tennis.

— Vous avez des bottes ?

— Euh, oui. Les bottines que je portais à San Antonio. Vous voulez que je change ?

— Elles avaient des talons hauts. Et non, ne changez rien.

Son regard la parcourut de nouveau, accentuant l'impression de chaleur qui la traversait.

— Ne changez surtout rien. D'autres bottes que celles-là ?

— Non. Désolée.

Il repoussa le bord de son chapeau, et ses yeux brillèrent.

— Sarah-Jane, cessez d'être désolée, d'accord ?

Devant son regard plein de gentillesse, pour une fois, elle ne rentra pas les épaules pour tenter de cacher ses seins protubérants.

— D'accord, murmura-t-elle.

— Vous êtes prête ? On part pour la journée.

Toute la journée ? L'idée de passer un jour entier en sa compagnie lui coupa le souffle.

— Où va-t-on ?

— Vous verrez. C'est une surprise.

Il plaça une main au creux de ses reins, et ils se dirigèrent vers le parking. Elle avait l'impression de flotter au-dessus du sol. Au lieu de son habituelle voiture de location, il l'entraîna jusqu'à un gros pick-up noir.

— Tant qu'à être texan, autant conduire un véhicule adapté, déclara-t-il en réponse à son regard interrogateur.

— Wyatt, je suis native du Texas, mais je roule dans une toute petite voiture hybride, rétorqua-t-elle en riant. Ce truc-là n'est qu'un jouet bourré de stéroïdes pour un homme qui a de l'argent à claquer.

Il rit à son tour.

— C'est grosso modo ce qu'a dit ma mère quand je lui ai annoncé que j'avais acheté un pick-up.

Il lui ouvrit la portière et attendit qu'elle ait grimpé sur le luxueux siège de cuir avant de lâcher son bras.

Lorsqu'il s'installa à côté d'elle, le camion parut moins gigantesque. Manifestement, la taille du véhicule lui convenait mieux que la voiture de location. Fût-elle de luxe.

Il posa ses yeux bleus sur elle.

— Tout va bien ?

— Oui, fit-elle, bouclant avec concentration la ceinture de sécurité pour éviter de se lancer dans un bavardage creux. Alors, quand me direz-vous ce que nous allons faire ?

— Ça vous agace, hein ?

— Un peu, oui, je l'avoue.

Les yeux de Wyatt étincelèrent.

— Tant mieux.

Il démarra, manœuvra avec habileté, et bientôt ils se retrouvèrent dans le centre de Red Rock. Elle ne devinait toujours pas son plan, même quand il se gara devant la rangée de boutiques huppées, dont Charlene's.

— Venez, dit-il. On doit d'abord faire un arrêt.

Elle étudia les devantures. Celle de Charlene lui rappela sa tenue. Celle du dessus et celle du dessous.

Wyatt lui prit la main et la guida vers la boutique western, où un homme les accueillit cordialement.

— Bonjour ! Que puis-je pour vous ?

— Des bottes, répondit Wyatt sans lâcher sa main.

— Par ici, s'il vous plaît, répliqua le vendeur en désignant le fond du magasin. Nous avons un choix de première qualité, tant pour hommes que pour femmes. Vous cherchez une marque en particulier ?

Wyatt se dirigea vers un rayon à l'écart du mur qui semblait rassembler une centaine de modèles différents de bottes de cow-boy.

— Castleton, murmura-t-il. Celles-ci devraient convenir.

Stupéfaite, Sarah-Jane se rendit compte qu'il regardait des bottes de femme. Elle se précipita vers lui.

— Euh, Wyatt ? l'interpella-t-elle à voix basse. Castleton est la marque la plus chère du magasin. Je ne peux pas…

Une paire de Castleton coûtait probablement plusieurs mois de loyer, sa part plus celle de Felicity.

— Vous n'avez pas à les payer. Je m'en charge. Je suis un homme qui a de l'argent à claquer, souvenez-vous.

Il s'empara d'une haute botte noire à la tige ornée de délicates broderies turquoise. Il la montra au vendeur.

— Vous les avez en stock ou c'est une commande ?

— Une commande, monsieur.

Wyatt émit un petit « hum » qu'elle trouva alarmant. Puis il se tourna vers elle.

— Vous faites quelle pointure ?

Ce n'était pas tant sa taille de chaussure qui l'inquiétait, mais celle de son mollet. Cela faisait un moment qu'elle avait renoncé à trouver des bottes qui lui aillent. Elle se contentait de bottines.

— Du 38, en général. Mais…

— Quelle pointure, celle-ci ? demanda-t-il au vendeur.

— 39. Mais c'est un exemplaire unique.

— Vous avez l'autre ?

— Bien sûr.

Wyatt tendit la botte à Sarah-Jane.

— Vous voulez l'essayer, juste pour voir si elle va ?

Non, elle n'avait pas plus envie de glisser son gros mollet dans cette superbe botte fine qu'un nœud coulant autour de son cou.

— C'est un exemplaire unique, argua-t-elle.

Il lui adressa un regard déterminé avant de reporter son attention vers le vendeur.

— Vous pouvez obtenir un autre *exemplaire*, si celui-ci va et qu'elle décide de le prendre, n'est-ce pas ?

L'homme battit des cils.

— Oui, monsieur, bien entendu.

Il calculait sans doute sa commission, songea Sarah-Jane.

— Essayez-les, Sarah-Jane, ordonna Wyatt, satisfait. Ou une autre paire, si vous préférez.

Evidemment, il avait sélectionné les plus belles de toutes. Les autres faisaient pâle figure à côté…

— Elles n'iront pas, répliqua-t-elle en se dirigeant néanmoins vers un tabouret.

Glissant les doigts dans les boucles latérales, elle enfonça lentement son pied dans la longue, longue botte.

Le pied, la cheville *et* le mollet s'y logèrent aussi aisément que le pied de Cendrillon dans la pantoufle de vair.

— Un choix de première qualité, assurait le vendeur à Wyatt. Castleton fabrique des bottes exceptionnelles.

Elle écoutait à peine, trop occupée à admirer son reflet dans le miroir. La botte lui allait à merveille, et s'avérait très confortable, malgré le haut talon biseauté. Elle se sentait tout à fait dans la peau de Cendrillon.

— Je peux essayer l'autre ? demanda-t-elle. Par simple curiosité, ajouta-t-elle d'un ton sévère à l'attention de Wyatt devant son air ridiculement satisfait. Pas parce que je vais vous laisser dépenser une telle fortune.

Le vendeur, dont elle imaginait que des dollars clignotaient dans ses yeux, se hâta vers la réserve.

— Ce n'est pas poli de discuter du prix d'un cadeau, remarqua Wyatt.

— Ce n'est pas convenable pour une femme d'accepter un cadeau aussi cher de la part d'un homme.

— *Convenable ?*

Soudain, il jeta son chapeau sur un tabouret puis vint se placer derrière elle, posant les mains sur sa taille pour la tourner vers le miroir. Leurs regards se nouèrent dans leur reflet tandis qu'il approchait la bouche de son oreille.

— Même si je vous offrais le magasin tout entier, je resterais plus convenable que si je vous disais ce que je pense de vous dans ce jean et ce pull, murmura-t-il.

Elle vit ses lèvres s'entrouvrir, ses yeux s'agrandir et le rose envahir ses joues.

Mais surtout, oh, surtout, elle sentit les doigts de Wyatt glisser lentement de sa taille vers ses hanches, puis plus bas. *Et qu'est-ce que vous pensez ?* brûlait-elle de demander, sans être capable de le formuler à voix haute.

— Voilà, annonça le vendeur qui revenait.

Wyatt s'écarta vivement, mais elle gardait l'impression de ses doigts quand il les avait pressés contre ses cuisses. D'un air tranquille, il prit une autre Castleton et l'étudia pendant qu'elle tentait en vain de rassembler ses esprits.

La seconde botte fut aussi aisée à enfiler que la première. Elle tira son jean par-dessus et se leva.

— Quel dommage qu'un jean cache ce magnifique travail de broderie.

— *Votre* jean, corrigea Wyatt.

— Wyatt...

— Ne discutez pas, voulez-vous ?

Il souriait, mais une lueur dangereusement provocante brillait dans son regard.

Pas question. Il lui avait déjà fait un cadeau onéreux — l'étole ivoire.

— Je ne pourrai jamais vous retourner un geste aussi extravagant, chuchota-t-elle avec fermeté.

— C'est le principe des cadeaux, rétorqua-t-il sur le même mode, visiblement amusé. Mais si ça vous tranquillise, tricotez-moi un pull, par exemple. Ou faites-moi un Bikini au crochet.

Sans se départir de son sourire diabolique ni la quitter des yeux, il haussa la voix pour que le vendeur entende.

— On les prend. Et elle les garde aux pieds.

— Très bien, monsieur. Je peux vous proposer autre chose ? Un chapeau de cow-boy pour madame, peut-être ?

Déconcertée, elle secoua la tête malgré le regard de nouveau intéressé de Wyatt.

— Bonne idée. Qu'est-ce que vous avez en matière de chapeaux ?

— Un choix de première qualité, grommela Sarah-Jane à voix basse, juste avant que le vendeur répète ces mots pour la troisième fois. Wyatt, c'est inutile. Je serai grotesque avec un chapeau de cow-boy. Je ne suis pas de ces femmes qui peuvent porter ce genre de chose.

— *Ces* femmes ?

Elle désigna sur le mur un poster de pin-up au regard mutin, vêtue de bottes, d'un chapeau et d'un short minimaliste.

— Je ne suis pas d'accord, objecta-t-il d'une voix calme. A mon avis, vous ne serez pas grotesque du tout. Et je trouve un chapeau indispensable.

— Pourquoi ?

— Quelqu'un vous a-t-il déjà gâtée dans votre vie, Sarah-Jane ? Gâtée au sens positif, bien sûr. Je veux dire…

— Dorlotée, suggéra le vendeur, de retour avec une pile de chapeaux, qu'il déposa sur le comptoir.

Elle avait envie de gifler l'obséquieux bonhomme.

— Je n'ai pas non plus besoin qu'on me dorlote, par pitié ! protesta-t-elle à voix basse.

— Bon sang, ayez un peu pitié de *moi*, s'il vous plaît, et laissez-moi faire, d'accord ? Ne bougez pas.

Sans attendre de réponse, Wyatt contourna le comptoir et revint un instant plus tard avec un chapeau blanc cassé orné d'une fine bande de cuir, qu'il planta sur sa tête. Puis il la ramena presque de force devant le miroir. Ses mains la tenaient par les hanches.

— Regardez-vous, ordonna-t-il d'un ton bourru. Qu'est-ce que vous voyez ?

Elle ne voyait que lui.

Il émit un son rauque et se colla tout contre elle en penchant la tête aussi près de son oreille que le permettait le rebord du chapeau.

— Continuez à me regarder ainsi, et je ne réponds pas de ce qui pourrait arriver.

Elle avait le corps en feu. Même si son unique expérience d'homme en érection remontait à longtemps, elle savait en reconnaître un quand il se pressait contre elle. Certains signes ne trompaient pas…

— Regardez-vous, Sarah-Jane, murmura-t-il. Et dites-moi. Honnêtement, vous vous trouvez grotesque ?

Elle obéit. Le pull moulant faisait ressortir ses seins plantureux, soulignait sa taille et accentuait la courbe de ses hanches. En outre, ses mamelons raidis pointaient sous le cashmere bleu, et le désir assombrissait ses yeux.

Elle avait l'air aussi excitée que lui…

— Je ne m'attendais pas à ça, dit-elle d'une voix faible.

Ignorant à quoi elle se référait précisément. Les bottes et le chapeau. Ou le brasier qui brûlait Wyatt et qu'elle sentait à travers leurs vêtements.

— Je le sais, souffla-t-il en s'écartant. On prend le tout, annonça-t-il au vendeur.

— Wyatt.

Il s'arrêta. Se retourna vers elle. Un muscle battait en rythme sur sa mâchoire.

— Quoi ?

Elle relâcha son souffle et, posant la paume sur son torse, se hissa sur la pointe des pieds pour l'embrasser brièvement sur les lèvres. Son cœur battait la chamade lorsqu'elle retomba sur les talons de ses bottes affreusement chères et incroyablement belles.

— Merci.

Pour les bottes. Pour le chapeau. Pour le sentiment d'être belle et désirée, même si ça ne durerait pas.

— Mais vous voulez bien répondre à une question ?

Il plissa les yeux, ce qui rendit leur bleu plus intense.

— Si je peux, oui.

— Qu'est-ce que vous avez prévu qui nécessite ces achats de bottes et de chapeau ?

— De monter, bien sûr.

— A cheval ?

Avec le recul, elle n'aurait pas dû être aussi surprise.

Lui, de son côté, laissa échapper un rire rauque. Il ramassa son propre chapeau, le remit sur sa tête, le bord abaissé sur ses yeux.

— Oui, à cheval. A moins que vous n'ayez une autre monture en tête.

Son sourire était diabolique.

9

Une heure plus tard, Sarah-Jane rougissait toujours.

Leurs achats réglés, ils s'étaient rendus au ranch Double Crown, qui appartenait à de lointains cousins de Wyatt, Lily et William Fortune. La taille et l'étendue des bâtiments à l'architecture typique du Sud-Ouest l'avaient laissée bouche bée. Wyatt s'était garé devant la maison principale, dotée de plusieurs ailes, mais au style étonnamment simple, et entourée d'un mur de grès ainsi que de magnifiques jardins éclatant de couleurs locales.

Avant que Wyatt frappe à la massive porte de bois, Lily les appela depuis l'angle de la maison. Vêtue d'un jean délavé et d'une chemise en denim, de gants de travail et de bottes poussiéreuses, elle portait un panier empli de roses sauvages et était aussi belle que quelques années plus tôt, quand elle avait reçu Sarah-Jane pour un poste à la Fondation Fortune.

— Wyatt chéri ! s'écria-t-elle. Je commençais à me demander où vous étiez, tous les deux. J'espérais que vous arriviez avant que William et moi partions pour Red Rock retrouver des amis, ou que ces nuages là-haut décident finalement de ruiner tes plans en lâchant une bonne pluie.

Elle l'embrassa sur la joue avant d'accueillir Sarah-Jane d'un sourire chaleureux, puis de la serrer contre elle. Ensuite, elle recula pour l'observer des pieds à la tête.

— Vous êtes ravissante, Sarah-Jane. Soit on vous traite très bien au Stocking Stitch, soit c'est ce chenapan.

Elle décocha un regard affectueux à Wyatt.

La cordialité inattendue de Lily laissa Sarah-Jane pantoise, même si elle l'avait rencontrée à maintes reprises depuis son installation à Red Rock et l'avait toujours trouvée des plus charmantes.

— Tous deux me traitent très bien, madame Fortune, parvint-elle à répliquer, une fois ressaisie.

— C'est tout à fait mérité, j'en suis sûre, déclara Lily. Et s'il vous plaît, appelez-moi Lily. Je vous l'ai déjà dit. Wyatt, tu trouveras ce qu'il te faut dans les écuries. Et si tu as besoin d'aide, Ruben ne sera pas loin.

Sur un signe de la main, elle ramassa son panier et gagna la maison. Puis Wyatt entraîna Sarah-Jane vers les écuries.

Où elle se trouvait à présent, observant un cheval brun qui lui paraissait immense. Monter l'animal, ce qu'elle n'avait jamais fait, lui semblait tout à coup une tâche impossible.

Elle tapota avec précaution le cou luisant du cheval, qui tourna la tête pour la regarder de ses yeux marron placides.

— Wyatt ?

Debout derrière elle, il sellait le monstre doré à la crinière blanche qu'il monterait lui-même. Pour un « vice-président en génie financier de JMF », il semblait tout à fait à son aise dans l'écurie, hissant les selles sur ses larges épaules et démêlant avec habileté le fouillis des brides et des rênes.

— Un problème ?

Elle tenta de vaincre son embarras.

— Comment je monte là-dessus ?

— Vous n'avez jamais monté ? Et vous vous prétendez texane ? Pourquoi ne pas l'avoir dit plus tôt ?

Son embarras s'accrut.

— Croyez-moi, je ne l'aurais pas dit si je savais comment atteindre l'étrier.

Jean confortable ou pas, elle ne voyait pas comment lever la jambe assez haut pour mettre son pied dedans.

Il éclata de rire.

— Ne vous inquiétez pas. Je vous donnerai un coup de main pour vous jucher sur Annabelle dès que j'en aurai terminé.

Elle n'avait plus qu'à s'inquiéter sur la nature du coup de main en question !

Il s'avéra que cela consistait à poser la pointe de sa botte toute neuve entre les mains croisées de Wyatt.

— Bon, maintenant, mettez tout votre poids sur mes mains, je vous hisserai. Tenez les rênes et le pommeau de la selle de la main gauche, l'arrière de la droite, puis poussez sur vos pieds, surtout ne tirez pas avec les mains. Ensuite, vous balancez votre jambe par-dessus la selle, et voilà.

— Je suis trop lourde, marmonna-t-elle.

— Pour l'amour du ciel, mon chou. Vous n'êtes pas trop lourde du tout. Quant à moi, je suis très costaud.

Costaud, oui, il l'était ! Un grand bel homme tout en muscles vigoureux. Elle soupira, résignée. Puis fit exactement ce qu'il avait dit, et se retrouva comme par magie en l'air. Elle balança sa jambe… et atterrit de l'autre côté d'Annabelle, sur le sol recouvert de paille.

Alors qu'elle riait, cherchant son souffle, elle entendit Wyatt jurer. En un éclair, il fut auprès d'elle, la mine soucieuse, tâtant ses membres avec précaution.

— Rien de cassé ?

Elle inspira. Toussa. Laissa échapper un nouveau rire.

— En dehors de ma fierté ? Non, tout va bien.

— Vous m'avez flanqué une de ces peurs !

Elle entreprit d'ôter des brins de paille accrochés à son pull. Maintenant que son cœur retrouvait un rythme normal, il la contemplait, à genoux par terre, les cheveux ébouriffés et les joues roses.

— Il en reste, murmura-t-il.

Sautant sur ses pieds, elle secoua la tête, en fit tomber quelques brins qui s'étaient mêlés à ses longues boucles.

— Où ça ? demanda-t-elle, passant les mains le long de ses cuisses.

Seigneur, quelle torture ! D'ailleurs, il souffrait le martyre depuis qu'elle avait ouvert la porte de son appartement. L'épisode dans la boutique western n'avait rien arrangé.

D'une main sur son épaule et de l'autre sur sa hanche, il la fit pivoter. Puis brossa de la paume les formes parfaites de son fessier émoustillant. Interdire à sa main de s'y attarder lui coûta un effort démesuré.

— Voilà, plus de paille, grogna-t-il.

Elle ramassa son chapeau avant de contourner en hâte la jument. Il nota ses joues empourprées.

— Bon, recommençons, reprit-il.

Cette fois, l'opération réussit, et quand elle lui décocha un sourire radieux, bien campée au milieu de la selle, il la trouva si jolie que son cœur se serra.

— Baissez les talons, ordonna-t-il, de manière que vos bottes ne se coincent pas dans les étriers. Détendez-vous, il suffit de guider Annabelle par les rênes. Elle sait ce qu'elle doit faire.

Tout en parlant, il réglait les étriers. Sarah-Jane ne cessait de sourire, mais écoutait attentivement. Puis il se hissa à son tour sur sa monture et la précéda hors de l'écurie.

Une fois à l'air libre, ils s'absorbèrent dans un silence complice, juste rompu par le craquement des selles de cuir et le tintement des brides. Au-dessus de leurs têtes, de gros nuages jouaient à cache-cache avec le soleil.

Un temps idéal pour une promenade à cheval, ni trop chaud ni trop froid.

— C'est tellement beau, dit-elle tandis qu'ils s'éloignaient du ranch.

— Oui.

Il lui décocha un coup d'œil. Ses yeux sombres semblaient aussi rêveurs que sa voix. Puis il détourna le regard, se rappelant qu'il ne l'avait pas emmenée ici pour la séduire, mais pour se changer les idées. Ses frères et lui avaient passé trop de temps ensemble dernièrement. Il avait besoin de prendre un peu de distance par rapport à eux et ce qui les préoccupait : leur père et JMF.

— Alors, pourquoi êtes-vous rentrée plus tôt de Houston ?

Son air rêveur disparut.

— J'en avais assez, voilà tout.

— De quoi ?

— Vous avez déjà eu le sentiment que, quoi que vous fassiez, quelle que soit votre apparence ou votre attitude, cela ne sera jamais assez bien ? Non, ne répondez pas. Il suffit de vous regarder. Vous êtes… Evidemment, cela ne vous est jamais arrivé…

Elle s'agita sur sa selle, et il se demanda ce qu'elle avait failli dire. Mais peu importait, car elle se trompait. Les agissements de son père tendaient à prouver que ni lui ni ses frères n'avaient été assez bien pour JMF. Le genre de pensée qu'il cherchait précisément à oublier.

— Qui vous donne le sentiment de ne pas être assez bien ? Vos parents ?

Soudain, il éprouvait une réelle antipathie à leur égard.

— Ma mère, répondit-elle en fronçant le nez, confirmant ses soupçons. Mais ça ne fait rien. Le paysage est trop magnifique pour y penser.

— Je me demande ce qui est le pire. Un parent critique ou un qui ne dit rien alors qu'il le devrait.

Bon sang, pourquoi n'avait-il pas tenu sa langue ?

— On dirait que vous parlez d'expérience, remarqua-t-elle. Vos parents sont à Atlanta, n'est-ce pas ? Vous ne vous entendez pas bien avec eux ?

Voilà qui lui apprendrait à faire allusion à des sujets qu'il n'avait pas envie d'aborder. Au lieu de répondre, il fixa l'horizon devant eux. Il y avait peu d'arbres autour de Double Crown mais, d'après Lily, la végétation était plus généreuse dans les collines traversées par une petite rivière.

— J'avais dans l'idée de nous diriger vers ces collines là-bas, à l'ouest. Vous êtes prête à piquer un petit galop ?

Elle le fixa sans ciller, comme si elle lisait en lui.

— Partez devant, finit-elle par répliquer. Je vais continuer tranquillement au pas et rester sagement sur ma selle, merci.

— Tss tss, où est passé votre sens de l'aventure ?

— Avec ma dignité dans la paille de l'écurie, ironisa-t-elle.

— On commencera doucement, promis.

— Formidable ! fit-elle avec une grimace.

Son humour finissait toujours par prendre le dessus sur son manque de confiance, pour lequel il tenait coûte que coûte à faire quelque chose.

D'une pression des talons, il lança Monty au trot, aussitôt suivi par Annabelle. Tressautant sur sa selle, Sarah-Jane oscillait entre rires et mimiques de frayeur. Puis il passa au galop, toujours imité par Annabelle.

— Wyatt ! Vous allez trop vite ! Arrêtez !

— Posez les fesses sur la selle. Le galop est plus facile que le trot. Gardez le dos souple et prenez le rythme du cheval. Comme quand on fait l'amour, ajouta-t-il, s'en mordant aussitôt les doigts.

De manière prévisible, les joues de Sarah-Jane s'empourprèrent, et il l'entendit émettre un son choqué, mais elle n'en cala pas moins son somptueux derrière au creux de la selle. Mieux valait qu'il prête davantage attention au sol qu'ils foulaient qu'au balancement affolant de ces rondeurs, sous peine de tomber à bas de sa monture.

Galopant de concert, les chevaux finirent par atteindre les collines arborées, et s'arrêtèrent quand Wyatt trouva la petite clairière aux rondins couchés dans l'herbe tachetée de soleil que lui avait décrite Lily. Il aida Sarah-Jane à démonter avant de conduire les chevaux au bord de l'eau. Ils n'iraient pas bien loin. Puis il dénoua le sac contenant un pique-nique préparé par l'hôtel et le lui tendit.

— Rien d'extraordinaire, mais ça nous nourrira.

Le cœur de Sarah-Jane continuait de bondir dans sa poitrine après leur chevauchée. Elle s'assit sur l'un des troncs et étira ses jambes lasses. Ensuite, ôtant son chapeau, elle ouvrit le sac et regarda à l'intérieur. Un rire lui échappa.

— Rien d'extraordinaire ?

Elle sortit une bouteille de vin protégée par un astucieux étui matelassé pourvu d'emplacements pour deux verres.

— Je préfère ne pas imaginer ce que vous qualifiez d'extraordinaire !

Comme il ne répondait pas, elle l'observa desseller les chevaux. L'observer faire n'importe quoi la fascinait.

Il étala les couvertures sur un des troncs et déposa les selles à côté avant de se tourner vers elle.

— Je m'étonne que vous n'ayez pas peur de me refaire boire du vin, après l'autre soir, dit-elle en lui tendant la bouteille.

Il eut un petit sourire.

— Je prends le risque. Mais si l'un de nous prétend être quelqu'un d'autre, cette fois ce sera moi. Je plaisante, bien sûr, donc ne rentrez pas sous terre.

Trop tard. Le souvenir de ses mensonges la mortifiait.

— Je sais que vous plaisantez. D'ailleurs, vous n'avez sûrement aucune raison de prétendre être quelqu'un d'autre.

— Vous seriez étonnée, grommela-t-il.

Il s'assit à son tour et entreprit de déboucher le vin, avant de remettre le tire-bouchon dans le sac.

— Il y a aussi de la nourriture, ajouta-t-il comme elle le fixait sans mot dire.

Tout en prenant le sac, elle regretta de ne pouvoir lire dans ses pensées, comme il semblait lire dans les siennes.

— Vous êtes heureux, Wyatt ?

Il hésita un instant. Puis emplit les verres de liquide doré.

— En ce moment, oui, je le suis.

— Ça a l'air de vous surprendre, souligna-t-elle en prenant le verre.

— Pas vraiment. C'est l'effet que vous me faites.

Son ventre se contracta. Elle le rendait heureux ?

Il entrechoqua son verre au sien.

— Chin-chin, Gertrude.

Elle éclata de rire, et lui aussi.

Alors elle sut que, quel que soit le cours de sa vie, elle n'oublierait jamais ce moment.

Puis le rire de Wyatt mourut.

— Si on regardait le reste de notre déjeuner ? suggéra-t-il d'une voix brusquement rauque.

Décontenancée, elle détourna le regard de son visage et lui tendit son verre.

— Tenez-moi ça, voulez-vous ?

Leurs doigts se frôlèrent, et elle sursauta. Tout involontaire qu'il fût, ce simple contact la fit frémir de la tête aux pieds. Fermant les yeux, elle expira lentement, heureuse que ses cheveux tombant sur ses joues dissimulent son expression.

Jurant entre ses dents, Wyatt posa soudain les deux verres par terre et se leva pour partir à grandes enjambées en direction des chevaux.

Inquiète, elle le suivit. Sans croire elle-même à son propre courage, elle posa le bout des doigts dans son dos, entre ses omoplates crispées.

— Wyatt ? Qu'est-ce qui ne va pas ?

Il se raidit davantage encore.

— Sarah-Jane, si vous tenez à déjeuner ici en tout bien tout honneur avant de rentrer au ranch, vous feriez mieux de ne pas me toucher et de me laisser une minute.

Le souffle court, elle recula. Il tourna légèrement la tête, et elle aperçut l'intense éclat bleu de ses yeux sous le rebord de son chapeau avant qu'il les reporte sur la rivière.

— C'est bien ce que je craignais, marmonna-t-il. Vous êtes vierge, Sarah-Jane ?

— Pourquoi cette question ? protesta-t-elle, blessée.

— J'en déduis que la réponse est oui.

Avec une pensée fugace pour Felicity, qui l'était réellement, elle riposta, les joues en feu :

— Eh bien, vous vous trompez. Et vous, vous l'êtes ?

Il lâcha un rire dénué d'humour.

— Plus depuis le lycée.

— Alors nous sommes deux.

Comme il lui jetait un regard incrédule, elle haussa le menton, piquée au vif. Une goutte atterrit sur sa joue. Les nuages s'étaient amoncelés, et un léger crachin commençait à tomber.

— Il s'appelait Bobby, c'était le capitaine de l'équipe de football du lycée, poursuivit-elle.

Inutile de révéler le reste des détails infâmes, lesquels semblaient d'ailleurs perdre toute importance.

— Vraiment ? Et qui d'autre ?

La voix de Wyatt s'était considérablement radoucie.

— Une dame ne raconte pas avec qui elle a couché, répliqua-t-elle avec une moue pincée.

— La dame vient pourtant de le faire, fit-il remarquer, non sans férocité. En ce qui me concerne, elle s'appelait Jennifer et dirigeait la troupe des pom-pom girls.

Evidemment. Elle n'aurait pas eu plus de chances de rivaliser avec une pom-pom girl à l'époque qu'avec une reine de beauté aujourd'hui, songea-t-elle amèrement.

— Sans doute suivie par une ribambelle d'autres Jennifer et Georgianna, j'imagine.

— Aucune ne m'intéresse en cet instant. Sarah-Jane, avez-vous seulement la moindre idée du désir que j'éprouve pour vous ?

Il la considérait de nouveau d'un regard brûlant, suscitant le retour du tressaillement dans tout son corps.

— Peut-être, bredouilla-t-elle. Parfois, j'ai un peu l'impression que vous pourriez…

— *Peut-être*, répéta-t-il d'une voix douce. *Pourriez*. Mon chou, quel que soit le nombre d'hommes que vous avez connus, un seul ou une douzaine, il est évident qu'ils ne vous ont rien appris.

D'un geste nerveux, il arracha son chapeau, le claqua sur sa cuisse avant de fourrager ses cheveux et le remettre, puis, glissant un bras autour de la taille de Sarah-Jane, il plaqua la jeune femme contre lui.

— Et là, votre impression est plus précise ?

Ses mains descendirent sur ses hanches pour se refermer sur ses fesses, pressantes.

Un flot de lave se déversa en elle tandis qu'elle le fixait, incapable de prononcer le moindre mot pour sauver son âme.

Wyatt ferma les yeux un instant, puis murmura :

— Qu'est-ce que je vais faire de vous, Sarah-Jane ?

Bien que frappée de mutisme, ses mains fonctionnaient encore. Elle les posa sur son ventre ferme puis, lentement, remonta le bord de son T-shirt.

Il s'immobilisa. L'observa entre ses paupières mi-closes. Attendit.

Elle osait à peine respirer. Ses mains continuèrent leur ascension jusqu'à ses épaules, entraînant le T-shirt et la chemise. Mais ce n'est que lorsque Wyatt relâcha un peu son étreinte qu'elle put les glisser sous le tissu et promener ses paumes sur son torse puissant, recouvert d'une fine toison. Sensation grisante, qui l'incita à poursuivre son exploration vers le bas.

Soudain, il se raidit, puis saisit ses deux poignets et les écarta.

— Stop, souffla-t-il.

Un mélange de déception, d'humiliation et de désespoir comprima sa poitrine. Qu'avait-elle imaginé ? Libérant ses poignets, elle pivota sur les talons, mue par le besoin urgent de s'enfuir. N'importe où.

Elle l'entendit pousser un juron avant qu'il la retienne par le bras.

— Sarah-Jane, où comptez-vous aller ? Que se passe-t-il ?

Impossible de le regarder. Elle se sentait mourir de l'intérieur. Bien sûr, elle était amoureuse de lui. Mais comment oublier qu'elle était toujours la banale Sarah-Jane ?

— Ne me mentez pas, Wyatt, je vous en supplie.

Il lui prit le menton pour la forcer à lever les yeux.

— Regardez-moi, ordonna-t-il doucement.

Elle obéit, prise au piège de ses yeux si bleus.

— Quel mensonge suis-je censé avoir proféré ?

— Vous avez dit que vous aviez envie de moi, répondit-elle, au bord des larmes. Mais…

— Mais… quoi ?

— Vous m'avez arrêtée, compléta-t-elle d'une voix misérable.

La stupéfaction se peignit sur le visage de Wyatt et il se passa la main dessus, comme pour l'en chasser.

— Sarah-Jane, un de ces jours, il faudra cesser de tirer des conclusions toute seule. Vous êtes nulle, ma chérie.

— Mais vous…

— Mais moi, rien du tout, la coupa-t-il. Je ne *voulais* rien arrêter, Sarah-Jane. En revanche, je ne vous ai pas amenée ici en espérant que ce genre de chose arrive. Non que l'idée ne m'ait traversé l'esprit. Au contraire, je ne pense qu'à ça depuis le premier soir, quand je vous ai vue au Red. Mais il est clair que, quelle que soit l'expérience que vous dites avoir, le sexe pour le sexe n'est pas votre style.

Elle déglutit avant de demander :

— Et vous ?

— Ça m'est arrivé à l'occasion, admit-il avec une grimace.

A l'occasion ? Mon œil, songea-t-elle. Il devait être très en dessous de la vérité…

— Mais pas maintenant ?

Il la prit par les épaules.

— Non. Parce que je ne ressens rien *d'occasionnel* à votre égard ! Et d'ailleurs, vous ne devriez jamais rien considérer d'occasionnel dans ce domaine.

Un bref instant, elle lutta contre un rire idiot qui enflait en elle. Ou peut-être une touche d'hystérie. Il ne ressentait rien d'*occasionnel* à son égard ? Que voulait-il dire par là ?

Plutôt dépassée, elle mordilla l'intérieur de sa joue.

— Ce soir-là, après notre virée à San Antonio, vous m'avez invitée à monter dans votre chambre d'hôtel. C'était une envie... occasionnelle ?

Une envie de Savannah... ?

La question parut le peiner.

— Vous voulez que je mente, maintenant ?

Seigneur, non ! Elle secoua la tête. Au-dessus, les nuages s'assombrissaient, et une nouvelle goutte tomba, cette fois sur le bras de Wyatt.

Il n'y prit pas garde. De ses pouces, il lui massa nerveusement les épaules, hésitant à répondre.

— C'est vrai, j'aurais couché avec vous. Pas cette nuit-là, car vous étiez soûle et que j'ai des principes. Mais à votre réveil, vous auriez été sobre et j'aurais été là, prêt pour vous.

— Pour Savannah.

— Pour *vous*, rectifia-t-il d'un ton ferme. Il me faut plus qu'un prénom pour m'exciter, Sarah-Jane. J'ai passé des heures à vous regarder pendant la réception d'Emily et de Max. J'avais envie de poser ma bouche sur chaque centimètre de votre peau et tout oublier de ma vie hormis la sensation de vos jambes autour de mes reins.

— Et aujourd'hui ? demanda-t-elle, le souffle court, tout juste audible.

— Aujourd'hui, j'ai toujours envie de poser ma bouche sur chaque centimètre de votre peau et de tout oublier hormis la sensation de vos jambes autour de mes reins. Mais je n'en ferai rien tant que j'aurai le sentiment de profiter de la situation.

— C'est moi qui essayais de vous enlever votre T-shirt, souligna-t-elle avec un reste d'amour-propre.

Il caressa ses cheveux, enroulant les boucles autour de ses doigts.

— En effet. Au point de me faire presque craquer. Je crois que vous n'êtes pas consciente du fait que j'ai un mal fou à me contrôler en votre présence.

— Je n'ai pas envie que vous vous contrôliez…

Les mots lui avaient échappé malgré elle, tant son désir la submergeait. Trop tard pour les reprendre. Et comme il fermait les yeux avec un grognement rauque qui la fit frémir, une sorte de courage insensé l'incita à poursuivre.

— J'ai envie de sentir votre bouche sur chaque centimètre de ma peau, murmura-t-elle. De nouer mes jambes…

Wyatt s'empara fougueusement de sa bouche.

Ses genoux la trahirent, mais cela n'avait aucune importance, car il avait abandonné ses cheveux pour poser de nouveau les mains sur ses fesses, la hissant sur la pointe de ses bottes flambant neuves, glissant une cuisse entre les siennes. Un feu d'artifice s'alluma dans son corps, aussi flamboyant et coloré que le reflet des lumières de Noël sur River Walk, ce fameux premier soir. Lorsqu'il écarta sa bouche avec un soupir enroué, elle pressa les lèvres sur la peau palpitante et chaude de sa gorge. Goûta sa saveur un peu salée.

Il l'embrassa de nouveau. Ses mains avides semblaient partout à la fois. Sur son dos. Dans ses cheveux. Sur ses hanches. Sous son pull. Qu'il remonta et fit passer par-dessus sa tête.

Une fois privée de la protection du cashmere, elle frissonna.

— Regarde-toi, chuchota Wyatt, presque avec respect. Comment peux-tu ne pas te voir comme je te vois ?

Du bout des doigts, il effleura la dentelle blanche qui recouvrait ses seins, sans pour autant masquer leur pointe durcie et douloureuse de désir.

La sensation était si exquise qu'elle gémit. Alors, poussant lui-même une plainte rauque, il libéra les mamelons tendus.

— Tu es si belle, murmura-t-il en les caressant du pouce.

Des vagues de plaisir la traversèrent et se succédèrent de plus belle quand il referma les lèvres sur une des pointes et la savoura. Agrippée à sa chevelure épaisse, elle se cambra.

Subitement, il s'assit sur un des troncs et l'installa à califourchon sur ses genoux. Puis reprit le téton dans sa bouche tandis que ses mains glissaient dans son dos. Le soutien-gorge disparut, ses seins emplirent les mains de Wyatt. De la langue, il titillait un mamelon, et d'une main, l'autre. De sa main libre plaquée sur ses hanches, il accompagnait les mouvements de son bassin, mouvements qui s'accélérèrent sans qu'elle puisse les retenir, jusqu'à ce qu'elle se crampone à son cou en criant son nom, emportée par un plaisir foudroyant.

Elle tremblait encore quand il ôta son T-shirt. Leurs deux poitrines se joignirent peau à peau. Dans la sienne, son cœur battait la chamade. Celui de Wyatt aussi, lui semblait-il.

Il attira sa tête dans son cou, le temps qu'elle recouvre ses esprits. Ce qui s'avérait ardu, compte tenu de l'érection pressante de son sexe qu'elle sentait malgré la barrière de leurs jeans.

Elle promena la main sur son ventre ferme, le sentit se raidir lorsqu'elle atteignit la fermeture Eclair. Il l'arrêta.

— Je n'ai pas apporté de préservatif, grogna-t-il.

— Ah non ? fit-elle, consternée.

— Je t'ai dit que je ne t'avais pas amenée ici dans ce but. Voilà pourquoi j'essayais de calmer le jeu. Mais toi, tu ne faisais que me tenter et me séduire, ajouta-t-il avec un bref baiser passionné sur ses lèvres qui lui tourna la tête.

Elle avait sans doute tort de trouver si grisante l'idée qu'elle puisse le tenter et le séduire…

— Je croyais que les hommes avaient toujours un… de ces machins dans leur portefeuille ?

Le petit rire de Wyatt ne fit que rapprocher leurs bassins. Fermant les yeux, il inspira à fond, mâchoire serrée.

Néanmoins, il la gardait fermement tout contre lui, de ses deux mains agrippées à ses hanches.

— Les hommes en quête de conquêtes, peut-être, répliqua-t-il enfin. Et d'après ta réaction, je suppose que tu ne prends pas la pilule ?

— Non. Je… n'ai pas de raison de la prendre.

— Bon.

Une de ses mains parcourut ses fesses avant de se glisser dans la ceinture de son jean.

Elle étouffa un petit cri.

— Tu ne devrais pas arrêter de faire ce genre de chose ?

— Il sera temps d'arrêter quand je serai mort, rétorqua-t-il, léchant une goutte de pluie tombée sur son épaule nue. J'ai envie de te toucher… Et toi, tu en as envie ?

La brise était froide sur sa peau, la pluie fine, plus froide encore, mais tout le reste de son corps, là où elle le sentait contre elle, brûlait. Ses seins écrasés entre eux, électrisés par cette toison brune, lui paraissaient pour la première fois de sa vie parfaits. Tout était parfait. *Il* était parfait. Et son cœur dansait dans sa poitrine.

— Oui, j'en ai envie. J'ai envie de plus, souffla-t-elle.

Le sourire aguicheur de Wyatt revint.

— Moi aussi. Mais ça devra attendre la prochaine fois.

La prochaine fois. Elle sentit sa bouche s'assécher.

Il baissa la tête, effleura sa bouche, à peine…

— Défais ton jean, Sarah-Jane. Pour moi.

Sans réfléchir davantage, elle obéit fébrilement. Elle dut se cambrer pour baisser la fermeture Eclair, et il émit un grognement sourd, les mains crispées sur ses hanches. Aux anges, elle ondula du bassin, exprès.

Il lui décocha un regard diabolique.

— Tu deviens bien audacieuse, non ?

— C'est un peu comme galoper à cheval, répliqua-t-elle sans arrêter, encouragée par son sourire.

— J'aurais mis cela sur le compte du vin, mais on n'en a pas bu une goutte.

— Ne t'en prends qu'à toi-même, murmura-t-elle avant de lui mordiller la lèvre. Touche-moi, Wyatt, poursuivit-elle, étonnée autant de son attitude que de sa nouvelle voix, rauque, sensuelle. Touche-moi partout où tu voudras, mais je t'en prie, embrasse-moi d'abord.

Il la prit doucement par les cheveux, pencha la tête, et posa la bouche sur la sienne. Puis il glissa une main entre eux, franchit la vaine barrière du slip, et ses doigts la trouvèrent.

Elle sursauta, planta les ongles dans ses épaules musclées. La sensation était exquise, intense, à peine supportable.

— Laisse-toi aller, Sarah-Jane. Comme au galop.

Son souffle était chaud contre sa joue. Son oreille. Des frissons d'excitation la traversèrent quand elle sentit ses dents titiller son lobe d'oreille.

Il était beau. Impudent. Irrésistible. Et tandis qu'il la fouillait de ses doigts magiques, ensorcelants, et que l'orgasme la reprenait, elle sut à ce moment-là... qu'elle lui appartenait.

10

Ils ne touchèrent ni au vin ni aux sandwichs que Wyatt avait apportés. Le temps que Sarah-Jane recouvre ses esprits, les rares gouttes de pluie s'étaient muées en averse. Pendant que Wyatt sellait rapidement les chevaux, elle enfila en tremblant soutien-gorge et pull. Puis il l'aida à monter sur Annabelle.

Ensuite, d'un mouvement souple qui la laissa admirative, il se remit en selle à son tour, et ils regagnèrent Double Crown à une allure bien plus soutenue qu'à aller.

Dès que le ranch apparut, les nuages lâchèrent des trombes d'eau. Sarah-Jane éclata de rire.

— Accroche-toi, lui intima Wyatt avec un grand sourire.

Monty et Annabelle accélérèrent encore, et elle agrippa son chapeau d'une main, la selle de l'autre. En fait, tant qu'elle enfonçait les fesses dans la selle, peu importait à quelle vitesse la jument galopait.

Ils atteignirent l'écurie, trempés, et tandis que Wyatt s'approchait pour l'aider à descendre, elle eut l'impression que son visage allait éclater tant elle souriait. Dès que ses pieds touchèrent terre, elle jeta les bras autour de son cou.

— C'était la plus belle journée de ma vie !

— Vraiment ? Moi qui espérais que tu aurais envie de la rendre encore plus parfaite.

Elle sentit son corps s'embraser.

— Ma foi, c'est possible.

Avec un petit rire, il embrassa le bout de son nez puis entreprit de desseller les chevaux.

Sarah-Jane aurait pu rester là des heures à le regarder, mais un adolescent vint soulager Wyatt de sa tâche.

— C'est mon travail, monsieur Fortune, insista-t-il.

Prêt à discuter, Wyatt surprit le regard ébloui que le gamin jetait à Sarah-Jane. Comme toujours, elle paraissait inconsciente de l'attention qu'elle suscitait.

D'où lui venait ce sentiment de possessivité ? En tout cas, il ne voulait pas qu'elle soit l'objet des rêveries nocturnes d'un garçon de seize ans. Aussi ôta-t-il sa chemise pour la draper autour de ses épaules, comme si elle était moins humide que son pull. Ignorant son regard surpris, il l'enlaça avant de l'entraîner vers le pick-up en s'abritant du mieux possible.

— On ne devrait pas passer remercier Mme Fortune ?

— William et elle partaient cet après-midi, souviens-toi.

— Ah, c'est vrai. Ils forment un couple si charmant.

Elle lui sourit quand il ouvrit la portière, et son cœur se serra. Wyatt observa les courbes voluptueuses de ses fesses pendant qu'elle grimpait sur le siège, et enfouit les mains dans ses poches pour se retenir de les poser sur elle.

— Oui, ils sont formidables, grommela-t-il d'un ton absent.

Elle lui jeta un regard intrigué.

— Quelque chose ne va pas ?

— Non.

Sauf que sa réaction devant ses formes appétissantes ne différait guère de celle du jeune palefrenier… Claquant la portière, il essuya la pluie sur son visage et s'installa au volant. Au moment où il démarrait le moteur, son téléphone portable annonça un message. Voyant qu'il venait de sa mère, Wyatt reposa le téléphone sur le tableau de bord.

— Rien d'important ? demanda Sarah-Jane.

— Ma mère.

Les mots étaient sortis tout seuls. A présent, il pleuvait dru, et il actionna les essuie-glaces avant de quitter le ranch.

— Je dois toujours te nourrir, lança-t-il.

Elle lui décocha un coup d'œil en biais.

— Me nourrir, rien d'autre ?

Comme par magie, toute pensée de sa mère et d'Atlanta s'évanouit. Il réprima un petit rire.

— Mon chou, si je devais faire tout ce qui me démange, aucun de nous ne pourrait marcher pendant une semaine.

Elle s'empourpra, et il saisit sa main pour l'embrasser.

— Que penses-tu du Red ? proposa-t-il.

— Bonne idée, si c'est ce que tu préfères. Sinon je peux te préparer quelque chose chez moi. Felicity ne sera pas là. Je suis sûre qu'elle ne rentrera pas de la boutique avant ce soir.

— Elle fait des chocolats ?

— Oui. Pour la Saint-Valentin.

En fait, il se fichait un peu de sa colocataire, et encore plus de la Saint-Valentin.

— Tu me préparerais quoi, Gertrude ?

Elle sourit.

— Ça dépend de ce dont tu as envie.

Si son ton était sage, la lueur dans ses yeux l'était nettement moins… Il eut toutes les peines du monde à ne pas arrêter le pick-up sur le bas-côté de la route.

— Tu es sûre ?

— Oui. Pas toi ? Je veux dire, c'est toi qui es resté, euh…

— Sur ma faim ? suggéra-t-il, pince-sans-rire.

Une fois de plus, le rose envahit ses joues.

Attendri, il caressa le dos de sa main.

— Dans ce cas, allons chez toi. Il faut juste que je fasse une petite course rapide avant. Non ?

Il l'observa en biais. Malgré sa prétendue expérience et ce qui venait de se passer entre eux, il était pleinement conscient de sa naïveté en matière de sexe. S'il décelait le moindre doute de sa part, il ferait machine arrière. Pas question de la forcer à quoi que ce soit.

Le regard qu'elle lui lança était timide. Mais si ardent que le désir l'envahit aussitôt.

— Si, je t'en prie, murmura-t-elle.

Il ne put s'empêcher de sourire. Elle était la personne la plus naturelle qu'il ait jamais rencontrée de sa vie.

— Ah, Sarah-Jane. Ne change jamais.

Surprise, elle battit des cils.

— Je…

La sonnerie du portable l'interrompit. Insistante. Et elle avait déjà saisi l'appareil pour lire l'écran.

— Il y a écrit « Maman ». Si elle est aussi obstinée que ma mère, tu ferais bien de répondre.

Sa mère pouvait être la subtilité même quand elle le voulait. Mais elle avait élevé quatre garçons têtus et une fille qui ne l'était pas moins. « Obstinée » restait très en dessous de la réalité. A contrecœur, il prit le téléphone et répondit.

— Wyatt, j'ai entendu dire que tu comptais acheter une propriété à Red Rock ?

Il fit la grimace.

— Je suppose que tu as parlé à Victoria.

Sa sœur lui avait trouvé l'endroit idéal, qu'ils avaient visité la veille. Le seul problème, c'était que le terrain n'était pas exactement à vendre. Pas encore, du moins. Mais Wyatt pensait pouvoir convaincre la propriétaire, une veuve vivant en Arizona, de le lui céder. Mettre suffisamment d'argent sur la table portait souvent ses fruits.

— En vérité, c'est Jace qui me l'a dit, rétorqua sa mère d'une voix acerbe. Et quand j'ai eu Asher en ligne, il l'a confirmé. Wyatt chéri, il faut à tout prix que tu dépasses cette chamaillerie avec ton père !

— Chamaillerie ? Il nous a tous trahis. Je trouve que ça dépasse le stade de la simple *chamaillerie*.

Cette conversation l'agaçait d'autant plus que Sarah-Jane n'en perdait pas une miette.

— Tu n'as même pas discuté avec lui, répliqua sa mère. D'après James, vous n'avez pas échangé un seul mot depuis que tu es parti pour le mariage d'Emily.

Se rendant compte que sa vitesse avait augmenté, il leva le pied de l'accélérateur.

— Il a eu plusieurs fois l'occasion de s'expliquer, mais ne l'a pas fait. Fin de l'histoire.

— Mais…

— Je suis en train de conduire, maman. Je dois raccrocher.

— Rien ne se résoudra de cette manière, Wyatt, déclara-t-elle après un soupir bruyant.

— Dis-le-lui. Au revoir, maman.

Il mit fin à l'appel en regrettant de ne pouvoir mettre fin aussi facilement au sentiment de regret qui le taraudait. Sa mère non plus n'avait rien fait pour mériter cette situation.

En jetant le téléphone sur le tableau de bord, il surprit l'expression inquiète de Sarah-Jane.

— Ne me pose aucune question.

Sa brutalité la fit tressaillir.

— D'accord. Ça ne me regarde pas.

— Bon sang, ce n'est pas ce que je voulais dire !

Il fourragea nerveusement ses cheveux. Dès qu'il évoquait son père et Atlanta, il devenait une boule de colère qui semblait s'alléger uniquement en présence de Sarah-Jane. Sauf qu'il se trouvait avec elle en cet instant, encore tout excité par les moindres détails de sa personne, de ses longs cils soyeux soulignant ses beaux yeux bruns à la courbe affolante de ses chevilles cachées dans les bottes qu'il lui avait offertes, et que cette boule de colère l'étouffait plus que jamais.

— Juste avant Noël, mon père a annoncé sans crier gare qu'il avait l'intention de vendre JMF, lâcha-t-il entre ses dents serrées.

— Il le peut ?

— Nous sommes une entreprise privée. Propriété de la famille. Contrôlée par la famille. Et il a la majorité. Oui. Il le peut. Il est en train de le faire.

— Pourquoi ?

— Personne n'en sait rien !

Bien qu'il n'ait aucune envie d'en parler, ni même d'y penser, maintenant qu'il était lancé, impossible de s'arrêter.

— S'il avait voulu prendre sa retraite, il suffisait de le dire. Shane est déjà directeur général. On sait tous qu'il prendra le relais un jour. Mais non, le vieux nous annonce ça de but en blanc, sans nous consulter, et il a l'air de croire qu'on va accepter sa décision unilatérale sans broncher.

— Je me suis sentie beaucoup mieux après avoir enfin dit à ma mère ce que je pensais.

— Mon père sait très bien ce que je pense, répliqua-t-il gravement. Ce que nous pensons tous. Ça ne change rien.

— Tu sais à qui il vend ?

Il secoua la tête.

— Quand il envisage de conclure la vente ? reprit-elle.

De nouveau, il fit signe que non. Elle l'étudiait avec attention, mais il préférait quand elle le regardait avec une lueur passionnée dans les yeux.

— Ton poste là-bas ne va pas te manquer, Wyatt ? Cela fait combien de temps que tu travailles pour JMF ? Depuis la fac ?

Bien avant, même. Il s'était toujours considéré autant chez lui dans les bureaux de JMF que dans sa propre maison.

— Mon travail me manque, confessa-t-il. Mais pourquoi rester à JMF dans ces conditions ?

— Il n'a encore rien vendu. Si vous restiez tous, il changerait peut-être d'avis ?

— Quand James Marshall Fortune prend une décision, rien ne le fait changer d'avis.

— Hum. Ça me rappelle quelqu'un…, murmura-t-elle.

Ce n'était pas la première fois qu'on le comparait à son père. L'entendre de la bouche de Sarah-Jane, qui l'ignorait, le frappa plus qu'il ne l'aurait voulu.

— Je sais discerner le bon du mauvais, rétorqua-t-il. Nous sommes tous censés faire partie de JMF. Mais à l'évidence, cela ne compte pas pour lui, sinon il ne ferait pas ce qu'il est en train de faire.

— Ce qu'il *dit* avoir l'intention de faire, corrigea-t-elle.

Ses mains agrippèrent le volant.

— Crois-moi, Sarah-Jane. Le bonhomme pense ce qu'il dit.

— Toi aussi. Tu me l'as répété à plusieurs reprises.

Il n'avait pas envie de discuter. Pas envie que la boule à l'intérieur de lui la touche d'aucune manière.

Après un petit silence, elle demanda :

— Et si tu découvrais qu'il a une bonne raison ? Quel serait ton état d'esprit ? Tu voudrais retourner à Atlanta ?

— Nom d'un chien, Sarah-Jane, je n'ai pas envie de parler de ça !

Comme elle pâlissait, il regretta aussitôt la rudesse de son ton. Il soupira, puis poursuivit d'une voix plus calme.

— Atlanta, c'est fini. Red Rock sera un nouveau départ. Totalement différent de tout ce que j'ai vécu là-bas.

— Moi y compris ? Je sais que je ne ressemble pas aux femmes que tu fréquentes d'ordinaire. Felicity a cherché des infos sur internet, ajouta-t-elle, rougissante.

— Felicity ?

Elle froissa nerveusement sa chemise entre ses doigts.

— D'accord, moi aussi. Tu es mentionné des centaines de fois. Tu sors toujours avec des grandes blondes minces.

Pour une raison ou une autre, il se sentit extrêmement mieux. Elle était jalouse ! Cela sautait aux yeux.

— Je me souviens de quelques petites brunes dans le lot.

— Certes. Squelettiques et semblant sortir des couvertures

de magazines. Alors pourquoi moi ? Je ne me fais aucune illusion sur moi-même, Wyatt. Je ne serai jamais mince.

— Seigneur, j'espère bien ! J'ai horreur des angles vifs et pointus.

Soudain, il se gara sur le côté de la route avant de se tourner face à elle.

Les yeux agrandis, elle le fixait, et dans le balayage rythmé des essuie-glaces, il eut l'impression d'entendre le battement sourd de son cœur. A moins que ce ne fût le sien.

— Je croyais avoir été clair, Sarah-Jane. J'ai envie de *toi*. Toi telle que tu es. J'ai envie de m'enfouir en toi, de sentir une femme dans mes bras et non une brindille que j'ai peur de casser en deux. J'ai envie de remplir mes mains de tes fesses, de sentir de la chair et du muscle, pas des os saillants. J'ai envie de sentir le poids de tes seins quand je les embrasse, leur douceur, leur rondeur, et savoir que tout cela, c'est toi. Juste toi.

Bouche bée, elle le dévisageait.

De nouveau, quelque chose se serra dans sa poitrine.

— Mais plus que tout, je veux entrer là-dedans, continua-t-il en tapotant son front. Entrer jusqu'à ce que tu voies la même chose que moi. Peu importe que tu sois en cashmere, dit-il, glissant un index dans le décolleté de son pull trempé et plongeant dans la vallée chaude entre ses seins, ou dans un de ces horribles polos informes que tu portes à la boutique. Je pourrais t'enfermer dans une chambre et te faire l'amour cinq fois par jour, ou bien t'emmener à travers la ville pour que chaque type qu'on croise te lorgne. Mais cela ne servira à rien tant que tu ne commenceras pas à accepter la vérité. Que tu es une femme belle et désirable.

— Cinq fois par jour ?

Il lâcha un rire étranglé.

— C'est tout ce que tu as retenu ?

Le regard de Sarah-Jane s'écarta du sien.

— Non. Wyatt, personne ne m'a jamais regardée comme tu le fais.

— J'en doute. Tu ne l'as pas remarqué, voilà tout. Un de mes frères t'a décrite comme une « bombe à belle poitrine ». J'aurais dû lui casser la figure.

Elle leva les yeux au ciel, mais rit. Il aimait l'entendre rire. Aimait la regarder rire. La manière dont son nez se plissait et ses yeux étincelaient. Le rire pouvait venir de nulle part et était toujours le même. Ce froncement de nez lui donnait envie de l'embrasser, et cet éclat dans ses yeux lui faisait oublier si facilement le reste du monde autour d'eux.

— Cependant, il ne sait pas ce que je sais, reprit-il en lui saisissant le menton. Que si l'extérieur est aussi affolant, l'intérieur est encore plus fascinant.

— Je voudrais te croire, murmura-t-elle enfin, les pupilles dilatées. C'est juste que… Je n'ai jamais… Wyatt, tu es un homme exceptionnellement gentil.

Il fit une grimace.

— Hé, tu es en train de me jeter ou je me trompe ? « gentil » sonne le glas de notre relation, c'est ça ?

Elle éluda sa remarque.

— Avec toi, c'est si facile d'oublier que tu es beaucoup trop bien pour moi.

— Foutaises, rétorqua-t-il sans ménagement.

Décontenancée, elle cilla. Puis se frotta le visage à deux mains, avant de les tordre sur ses genoux.

— Si je ne fais pas attention, je vais tomber raide amoureuse de toi, répliqua-t-elle sans le regarder. Et alors, qu'est-ce que je deviens quand cette situation avec ton père et JMF sera résolue ?

— Ah, l'esprit tortueux des femmes ! grommela-t-il. Il n'y a rien à résoudre !

A présent, elle le regardait droit dans les yeux.

— Bien sûr que si ! Jusqu'à ce que tu comprennes pourquoi il dit qu'il va vendre…

— Il vendra, la coupa-t-il.

— … comment peux-tu accepter en paix une existence à Red Rock ? termina-t-elle.

— Nom d'un chien, Sarah-Jane, je l'ai acceptée !

Son cri emplit l'habitacle. Elle le dévisagea, tout à fait immobile, hormis le rapide mouvement de déglutition le long de sa gorge adorable.

Jamais il n'aurait dû décrocher son téléphone. Ni laisser échapper le moindre mot à propos de son père. Ils seraient en ce moment même chez elle, en train de faire l'amour comme il en rêvait. Rien, hormis elle, n'aurait occupé son esprit.

Une douleur âpre dans la poitrine, il redémarra sous la pluie battante.

Sarah-Jane n'ouvrit pas la bouche jusqu'à ce qu'ils atteignent son appartement. Wyatt n'avait fait aucun arrêt en cours de route. Cela confirmait qu'il avait changé d'avis et ne comptait pas terminer ce qu'ils avaient commencé au bord de la rivière. Si elle croyait ses dires, il la désirait. *Elle*. Et ne la considérait pas comme la banale Sarah-Jane.

Mais à l'évidence, elle avait mis le nez là où il ne fallait pas. A savoir, dans sa vie.

Et à l'évidence aussi, cela l'emportait sur le sexe. Occasionnel ou non.

Quand il se gara, elle se précipita sur la poignée de la portière.

— Inutile de me raccompagner. Tu serais trempé.

Impossible de le regarder. Si elle le faisait, elle fondrait en larmes.

Il était temps qu'il comprenne qu'elle ne voulait pas seulement qu'il la désire.

Elle voulait tout.

Son cœur, son âme, son corps.

Parce qu'elle était amoureuse de lui.

Le silence s'installa entre eux. Dehors, la pluie tombait.

— Je t'appelle plus tard, finit-il par dire.

Un étau enserra sa gorge. *Il pensait toujours ce qu'il disait.* Elle s'accrocha à cette pensée comme à une bouée de sauvetage et acquiesça avant de descendre du véhicule.

Ce n'est qu'une fois réfugiée dans le sanctuaire de son appartement qu'elle se rendit compte qu'elle agrippait toujours sa chemise à carreaux. Lentement, elle s'adossa à la porte et glissa jusqu'au sol.

Puis, enfouissant le visage dans la chemise, elle laissa enfin libre court à ses larmes.

Il appellera. Il a dit qu'il appellerait.

Il n'appela pas.

Ni plus tard ce jour-là. Ni le lendemain.

Ni le jour suivant.

Malgré l'envie de le faire, Sarah-Jane ne pouvait se permettre le luxe de se rouler en boule au fond de son lit. Au lieu de quoi, elle se força à se lever chaque matin comme d'habitude. Elle enfila sa tenue et partit courir comme elle le faisait depuis des mois. Elle alla travailler chaque jour. Elle enseigna les différents points de tricot à ses élèves. Elle termina même le motif de son pull River Walk et le mit en ligne sur le site de la boutique.

Mais elle fut incapable de retourner au parc pendant ses pauses déjeuner. A la place, elle s'enfermait dans le bureau à l'arrière du magasin, picorant sans appétit sa salade et passant des commandes sur internet.

Malgré tout, la vie continuait. Même quand on sait que l'homme dont on est tombée folle amoureuse ne vous rend pas vos sentiments, la vie continue.

Pourtant, le savoir ne facilitait pas les choses.

Elle en eut la preuve lorsque, presque une semaine plus tard, il l'attendait sur le seuil de son appartement, alors qu'elle rentrait de son cours du jeudi soir.

Son cœur était sur le point d'éclater. Elle comprit qu'il lui faudrait des siècles pour ne plus l'avoir dans la peau.

Sa main se crispa sur le manche du parapluie sous lequel elle s'abritait. Comme par hasard, la pluie avait repris en fin de journée, alors que le ciel était resté radieux depuis la dernière fois qu'elle l'avait vu.

— Wyatt...

Le simple fait de prononcer son nom lui faisait mal.

— Qu'est-ce que tu fais là ? dit-elle en s'approchant.

Il n'avait pas de parapluie. Il était juste assis sur le seuil, laissant les trombes d'eau tomber sur lui.

— Je ne sais pas, finit-il par répondre.

Peu importe qu'il soit en train de lui briser le cœur. Il avait une mine épouvantable.

Elle inclina le parapluie vers lui, bien que cela ne change rien. Il était déjà trempé jusqu'aux os.

— Que se passe-t-il ? Viens, entre.

Elle ouvrit la porte tandis qu'il se levait lentement. Son blouson de cuir dégoulinait. Elle le poussa à l'intérieur, referma le parapluie et le suivit.

— Ne bouge pas. Je vais te chercher une serviette.

Sans attendre de réponse, elle courut dans la cuisine, où elle se débarrassa de ses chaussures et de son imperméable mouillés, et revint avec un torchon propre.

Wyatt se tenait là où elle l'avait laissé, les yeux fixés sur le sol. Des gouttes ruisselaient de sa tête baissée.

Son inquiétude se mua en angoisse. Au lieu de lui tendre la serviette, elle lui frotta vigoureusement les cheveux, comme s'il était un petit garçon. Puis tenta tant bien que mal d'éponger le haut de son blouson, avant de le pousser vers le sofa.

— Allez, assieds-toi.

Le devant de sa chemise ainsi que son jean étaient trempés, mais elle ne pouvait rien pour cela. A moins de lui demander de se déshabiller entièrement, ce qui n'était sûrement pas une bonne idée, compte tenu de la façon dont ils s'étaient quittés.

— J'ai besoin de boire quelque chose, dit-il enfin.

— Bien sûr. Quelque chose de chaud ? Un café ?

Seigneur ! Elle était amoureuse de lui et ne savait même pas s'il buvait du café.

— Non, Sarah-Jane. Quelque chose de fort. De l'alcool.

— Euh… je crois qu'on a une bouteille de whisky, que Felicity a reçue à Noël.

— Ça ira, marmonna-t-il.

— Wyatt, il est évident que tu es bouleversé. Tu es sûr que boire est la solution ?

Il commença à se lever.

— Alors je vais aller dans un bar.

Ce serait une solution encore pire.

— Non, reste assis.

Elle courut dans la cuisine, dénicha la bouteille au fond d'un placard, inentamée. Elle emplit un verre à moitié, sans avoir la moindre idée des doses, ajouta quelques glaçons et revint dans le salon.

— Tiens.

Wyatt prit le verre et le vida cul sec.

— Apporte carrément la bouteille, Sarah-Jane.

Il avait une mine sinistre.

— Wyatt, tu ne bois pas d'habitude. Si tu me disais plutôt ce qui ne va pas ?

— Je n'ai jamais dit que je ne buvais pas. Juste que je ne cherchais pas à rivaliser avec mes frères.

Comme elle ne bougeait pas, il se leva, l'écarta du passage et alla chercher lui-même la bouteille.

Elle le suivit.

— Qu'est-ce qui s'est passé ? Tu es venu ici. S'il te plaît, dis-moi ce que je peux faire pour t'aider.

Car, malgré presque une semaine de silence, il était venu !

Il remplit son verre, puis contempla le whisky sans y toucher avant de se tourner vers elle.

— Voilà ce que tu peux faire.

Sa voix était basse. Rauque. Les mains qu'il posa sur ses épaules étaient contractées. Et sa bouche, impérieuse quand elle recouvrit la sienne.

— Ouvre la bouche, Sarah-Jane.

La tête lui tourna, comme si c'était elle qui venait d'avaler une bonne dose de whisky. Elle obéit sans réfléchir, mêla sa langue avide à la sienne, et il gémit, l'attirant au plus près. Ses doigts agrippèrent farouchement ses cheveux, tirèrent doucement dessus pour qu'elle lève le menton, la tête rejetée en arrière. Puis il promena ses lèvres sur sa mâchoire, le long de sa gorge.

— Wyatt…

Elle enfouit ses doigts dans son épaisse chevelure humide. Toute pensée cohérente semblait la quitter à toute allure.

— J'ai envie de toi, murmura-t-il d'une voix farouche. J'ai toujours eu envie de toi.

Alors où étais-tu passé ?

La question tourbillonna dans son esprit, puis se perdit dans le brasier de leur baiser.

— Où est ta colocataire ? demanda-t-il soudain.

Felicity, se remémora vaguement Sarah-Jane.

— A un salon professionnel. Elle rentrera tard.

— Tant mieux.

D'un geste brusque, il la souleva par la taille, ignorant son hoquet de protestation, et enroula ses cuisses autour de ses hanches. Son souffle était rauque contre son oreille.

— Ta chambre. Où est-ce ?

— En haut. La porte à droite.

Elle peinait à parler tant son cœur battait fort.

Sans la lâcher, il grimpa l'escalier quatre à quatre. En l'espace de quelques secondes, ils se retrouvèrent dans la chambre et il la déposait au centre de son lit recouvert d'un plaid qu'elle avait tricoté elle-même. Elle sentait l'humidité de sa chemise imprégner sa blouse blanche, mais en dessous, la chaleur grisante de son corps. Elle se débattit avec les boutons pour parvenir à toucher sa peau.

Il sursauta au contact de ses doigts, et, enchantée, elle suivit le tracé de sa toison vers le bas, là où elle s'étrécissait, devenait aussi douce que la soie, divisant son abdomen musclé. Avec un grognement sourd, Wyatt saisit ses poignets et les éloigna sur le matelas.

— Pas si vite, souffla-t-il.

Sa voix ardente jouait délicieusement avec ses nerfs, tout comme ses doigts qui se glissèrent entre ses seins pour attaquer les boutons de sa blouse.

Elle resta tout à fait immobile tandis qu'il séparait les pans de tissu comme s'il déballait un cadeau. Puis ses mains glissèrent autour de sa taille, les pouces pressant les côtés de son nombril, avant de parcourir son ventre, d'envelopper ses seins. Le regard brûlant, il la parcourut. L'explora. L'excita. La toucha partout, sauf aux endroits douloureusement tendus sous la dentelle qui les recouvrait encore.

— Touche-moi plus, supplia-t-elle.

Il pressa sa bouche sur sa tempe. Sa joue. Son cou.

— Où ça ? demanda-t-il, les doigts dessinant les contours de son soutien-gorge, les lèvres au-dessus des siennes.

— Tu sais très bien.

— Montre-moi, murmura-t-il contre sa bouche.

Le désir la submergeait, irrésistible, insupportable.

— Là, répondit-elle en plaçant ses mains sur ses seins.

Le regard noué au sien, il dégrafa le soutien-gorge, libérant les globes palpitants, puis se pencha sur la vallée qui les séparait.

Elle enfonça la tête dans le matelas, sursautant aussitôt quand les lèvres et la langue de Wyatt se refermèrent sur ses mamelons dressés, avant de parcourir toute la surface autour, de mordiller sa peau sensible. Agrippant ses cheveux humides, elle le pressa contre elle et gémit son nom, emportée dans un plaisir croissant.

Son excitation était à son comble. Mais alors il s'écarta, donnant un peu de répit aux vagues qui la traversaient, et fit lentement glisser son pantalon le long de ses hanches, de ses cuisses, les yeux toujours rivés aux siens.

Elle se mordit la lèvre, soudain prise d'un besoin inconsidéré d'attraper le plaid pour s'en couvrir. Mais il murmura son nom, et l'envie de se cacher disparut aussitôt. Et quand elle se rendit compte que les doigts qui tiraient sur l'élastique de son slip tremblaient, son propre tremblement intérieur disparut également, ne laissant que ce désir intense, ce feu liquide dans son sillage.

Dans le silence de la chambre, elle entendait son propre souffle haché pendant qu'il la débarrassait de son slip.

Puis sa main remonta le long de sa cuisse, centimètre après centimètre. Elle retint sa respiration lorsque ses doigts la trouvèrent. Sentit son corps entier s'empourprer à l'idée de la moiteur bouillante qu'ils rencontrèrent.

Il ferma les yeux comme s'il priait, murmura de nouveau son nom. Et soudain se releva, ôtant chemise, jean et boxer d'un seul mouvement. Elle ne put s'empêche de le regarder tandis qu'il sortait un préservatif de sa poche et l'enfilait.

Ensuite, il s'allongea de nouveau au-dessus d'elle, le souffle brûlant contre son oreille, les mains plus brûlantes encore sur ses hanches qu'il relevait vers lui.

— Je ne peux plus attendre. Je ne peux pas, Sarah-Jane. Je t'en prie, ne me laisse pas te faire mal.

— Tu ne me ferais mal qu'en arrêtant.

La bouche de Sarah-Jane s'ouvrit sur son torse, sa langue goûta sa peau salée, et alors il la prit d'une seule poussée.

Elle cria quand son sexe vigoureux la pénétra, et il se raidit, commença à reculer, mais elle entoura ses épaules de ses bras, enroula ses reins de ses jambes.

— Ne t'en va pas…

Il agrippa ses cheveux. Sa bouche s'empara de la sienne dans un baiser fougueux.

Ensuite, lentement, si lentement qu'il aurait de nouveau volé son cœur si ce n'était déjà fait, il remua en elle.

S'enfonça tout doucement, se retira presque, revint. L'emplissant tout entière. Encore et encore jusqu'à ce que ses sens s'embrasent, jusqu'à ce qu'elle le sente dans chaque fibre, chaque cellule de son corps. Lorsqu'elle douta de pouvoir survivre à plus de plaisir, il souleva ses jambes, plongea plus loin, plus profond, lui prouvant qu'elle pouvait y survivre. Puis elle l'entendit grogner, entendit son nom sur ses lèvres, et elle s'envola, explosa, éclata en un millier de particules d'une exquise, parfaite… lumière.

11

Il leur fallut du temps pour retrouver la force de bouger. Puis Wyatt finit par rouler sur le flanc afin qu'elle ne suffoque pas sous son poids. La recouvrant du plaid, il effleura ses lèvres avant de murmurer :

— Reste là. Je reviens tout de suite.

Elle sourit. Où serait-elle allée ? Ses os étaient en coton.

Quelque chose s'enfonçait dans son dos. En remuant, elle trouva le coupable. Son ravissant soutien-gorge. Elle le jeta par terre.

Jusqu'à la fin de ses jours, elle serait reconnaissante à Felicity de l'avoir entraînée quasiment de force chez Charlene's. Sans elle, elle aurait porté une banale culotte en coton et un soutien-gorge hideux.

Wyatt revint, visiblement bien plus à l'aise dans sa glorieuse nudité qu'elle ne le serait jamais. Non que cela l'empêche de le fixer, béate, dès qu'il apparut en refermant la porte derrière lui.

Il lui adressa un sourire carnassier.

— Regarde-moi comme ça dans une demi-heure, suggéra-t-il.

— Une demi-heure ? Ça suffira ?

Elle aimait le rose sombre qui colora sa gorge.

Et surtout, elle l'aimait, lui. Et ne savait toujours pas comment elle avait réussi à retenir les mots qui hurlaient dans sa tête pendant qu'il se trouvait en elle.

— Bon, une heure, peut-être, admit-il.

Il saisit le plaid par un coin et le fit glisser de son corps.

— C'est ton œuvre, j'imagine ?

Il parlait de l'épais couvre-lit blanc cassé, tricoté de ses mains, bien entendu, même si c'est *elle* qu'il regardait.

— Oui.

— Superbe, dit-il en souriant.

Et bien qu'elle fut comblée jusqu'à l'engourdissement, le désir se ranima en elle.

Il s'allongea, l'enlaça pour la blottir contre lui, les cuisses repliées derrière les siennes, attirant ses fesses là où il les voulait, puis caressa ses seins, son ventre, son nombril, avant de descendre plus bas.

Paupières closes, elle pressa la joue contre son bras, espérant que ses caresses se fassent plus précises. Se découvrir aussi avide de volupté la choquait presque.

— Tu veux bien me dire maintenant ce qui s'est passé ?

— Ce qui se passe actuellement ne te suffit pas ? répliqua-t-il en pinçant son mamelon avec sensualité.

Elle tressaillit. Dès qu'il la touchait, son désir augmentait. Décidément, il avait des doigts magiques !

Wyatt soupira, puis embrassa son épaule.

— Mon père n'a pas vendu JMF, lâcha-t-il enfin.

Elle tourna la tête vers lui.

— Pourquoi ai-je le sentiment que ce n'est pas une bonne nouvelle, tout compte fait ?

L'expression de Wyatt ne reflétait en effet pas le soulagement qu'elle aurait attendu.

Sans répondre, il s'accouda au matelas. Elle bascula sur le dos pour l'observer. La manière dont il louchait sur ses seins alluma un brasier dans son ventre.

— Wyatt ?

Son regard remonta pour se nouer au sien.

— Il a donné la moitié des parts de l'entreprise.

— Donné !?

— A une femme dont aucun de nous n'a jamais entendu parler.

— Comment l'as-tu découvert ?

— Par les communiqués de presse, grommela-t-il.

— Oh ! Wyatt ! Je suis navrée !

Pas étonnant qu'il ait été dans un état pareil.

— Il doit avoir une liaison avec elle. Ou alors elle a une sacrée emprise sur lui pour une autre raison.

— Que veux-tu dire ? Du chantage, par exemple ? C'est horrible !

— Il est arrivé des choses bien plus bizarres à des Fortune.

— Qu'en dit ta mère ?

Il fit la grimace.

— Elle ignorait son projet de vendre avant qu'on lui en parle. Ça m'étonnerait qu'il l'informe de *ça*. Mais ce n'est sûrement pas moi qui lui apprendrai que son mari la trompe.

— S'il subit un chantage, il ne la trompe pas forcément, suggéra-t-elle d'une voix faible.

— C'est un défaut dans tes gènes, cette manie de trouver des excuses aux gens ?

— Pas une excuse. Juste… une explication raisonnable. Et je ne le considère pas comme un défaut. Plus sérieusement, le but du chantage est de pousser quelqu'un à agir contre son gré en le menaçant de révéler un secret quelconque s'il refuse. Si c'est le cas, ton père préfère sans doute ne rien étaler au grand jour. Tu as dit qu'il refusait catégoriquement de s'expliquer. Pour l'instant, tu ne connais que le résultat. Les raisons qui l'y ont conduit restent totalement inconnues.

— Tu parles comme Shane. Lui aussi continue à chercher une explication raisonnable.

Et son air indiquait sans conteste ce qu'il en pensait.

— Tandis que toi, tu préfères croire le pire de ton père.

— Pour l'instant, la seule chose que je vois, c'est que mes frères, ma sœur et moi devons vivre avec ce fichu résultat. Vendre dans notre dos était déjà un comble. Mais *donner* ?

Le bonhomme a passé son existence à acquérir. Bâtir. Refuser de céder son entreprise à des étrangers. Il nous a tous trahis, de la pire des façons. Pourquoi n'admets-tu pas qu'il nous traite comme des moins-que-rien ?

— Pourquoi n'admets-tu pas qu'il pourrait y avoir des circonstances atténuantes que tu ignores ?

L'expression de Wyatt se ferma.

— Je ne veux pas discuter de ça avec toi. Je suis venu ici parce que…

Elle s'immobilisa. Attendit.

— … parce que je voulais finir ce qu'on avait commencé.

Son ton désinvolte l'incita à penser que ce n'était pas la véritable raison. S'il avait voulu finir ce qu'ils avaient commencé, il aurait pu venir n'importe quand durant la semaine. Or, il ne l'avait pas fait.

Elle était bêtement tombée amoureuse de lui, mais il ne fallait pas la prendre pour une imbécile.

Il était venu la rejoindre parce qu'il allait mal. Pas parce qu'il s'était soudain rendu compte qu'il était aussi amoureux d'elle. Qu'il ne pouvait vivre sans elle.

Wyatt disait ce qu'il pensait. Et faisait ce qu'il disait. S'il y avait une chose qu'elle avait apprise de lui, c'était cela.

Mais, cette fois-ci, ce n'était pas vrai.

N'était-elle pour lui qu'un moyen d'éviter de penser à son père, à JMF ?

Elle le désirait à ses côtés, mais pas uniquement parce qu'il la considérait comme une distraction acceptable.

Voilà le problème avec l'amour.

Il conduisait toujours à vouloir davantage.

Quelle ironie que Wyatt fasse justement partie des rares personnes à la convaincre qu'elle méritait d'avoir plus…

— Wyatt…

— Hé, Sarah-Jane ! Tu ne dors pas ?

La voix joyeuse de Felicity résonna à travers la porte tandis qu'elle frappait avant d'ouvrir.

Wyatt ravala un juron et, en un clin d'œil, réussit à les recouvrir tous deux du plaid.

— Tu ne devineras jamais…

Felicity s'interrompit en les voyant. Ses yeux s'élargirent comme des soucoupes. Leur récente activité ne faisait aucun doute.

— Oups. Désolée. Faites, hum, comme si je n'étais pas entrée.

Pivotant sur ses talons, elle claqua la porte de la chambre.

Mortifiée, Sarah-Jane enfouit son visage dans ses mains.

— Je croyais qu'elle rentrait tard, fit-il remarquer.

— Il *est* tard.

Il jeta un coup d'œil au réveil sur la table de nuit.

— 10 heures, à peine.

— Pour certaines personnes, c'est tard.

Fuyant son regard, elle sauta à bas du lit et décrocha une robe de chambre en flanelle suspendue derrière la porte. On aurait dit qu'ils venaient de se faire surprendre en pleine action par des parents rigides, non par une colocataire adulte. Elle s'enveloppa dans la robe de chambre et se tourna vers lui.

— Que vas-tu faire au sujet de ton père ?

La robe de chambre aurait été hideuse sur sa grand-mère. Sur Sarah-Jane, elle était carrément criminelle.

— Je l'ai déjà fait. Je suis à Red Rock pour y rester.

— Bien sûr, murmura-t-elle. Et une fois de plus, pas de demi-mesure.

— Tu penses que je suis un lâche, c'est ça ?

— Non, pas du tout. Je pense que tu es blessé. Blessé par ce que ton père a fait, parce que tu as l'impression qu'il te rejette, et pour l'encaisser, tu traces cette ligne imaginaire entre vous, avec lui du mauvais côté et toi, fermement campé du bon. Wyatt, je sais ce qu'on ressent quand un parent vous rabaisse. Peut-être ton père est-il aussi mauvais que tu le dis, mais si ce n'était pas le cas ?

J'ai du mal à croire que quelqu'un qui t'a élevé pour faire de toi un homme aussi… honorable que tu l'es, ne possède pas lui-même une bonne dose d'honorabilité.

— Voilà, c'est exactement ça, Sarah-Jane. Tu vois les choses en termes d'honorabilité. Tu ne t'es jamais fait pigeonner, toi.

Elle tressaillit.

— Eh bien, je suppose que le type qui m'a emmenée au bal de fin d'année pour prendre ma virginité ensuite, afin de gagner les cent dollars qu'il avait pariés avec ses copains, m'a *pigeonnée*. J'aurais au moins dû toucher la moitié de la somme, tu ne trouves pas ?

— Bon sang, l'ordure. Comment s'appelait-il ?

— Bo…

Elle s'interrompit, comprenant un peu tard l'aveu qu'elle venait de faire.

— Bobby. Capitaine de l'équipe de football, hein ?

Pas besoin de confirmation orale ; il la lisait dans ses yeux. Et il pariait sa chemise qu'il y avait eu peu, voire aucun autre homme depuis. Faire l'amour à Sarah-Jane ne ressemblait à rien qu'il ait connu auparavant. Mais son inexpérience ne lui avait pas échappé. Elle était trop spontanée pour cacher quoi que ce soit, surtout ses émotions.

Lorsqu'elle avait crié qu'elle l'aimait en plein orgasme, il avait failli craquer.

Sur le moment, perdu en elle, il s'était à peine rendu compte de ce qu'elle avait dit. Et il était presque sûr qu'elle-même ne s'était pas rendu compte qu'elle prononçait ces mots.

— Ton capitaine de football était un enfoiré, et si tu l'as laissé affecter l'image que tu as de toi, tu lui as fait gagner bien plus que cent dollars, et une place en enfer en prime.

Elle s'appliqua à renouer l'épaisse ceinture de flanelle.

— Un homme capable de me dire des choses pareilles devrait aussi être capable d'accorder le bénéfice du doute à son père.

Seigneur. Et sa mère trouvait qu'*il* était têtu ?

Sarah-Jane lui faisait peur.

Attrapant son jean, il l'enfila à la hâte. Sans l'arrivée inopinée de Felicity, il aurait bien passé la nuit avec Sarah-Jane. Avec elle dans ses bras, peut-être aurait-il réussi à dormir.

Mais l'utiliser ainsi dans son propre intérêt, sachant ce qu'elle ressentait, lui vaudrait sans doute aussi une place en enfer, juste à côté de l'ignoble jeune footballeur.

— Tu t'en vas ? demanda-t-elle.

— Que ta colocataire nous entende faire l'amour à travers le mur ne te dérangerait pas ?

De fait, elle n'avait pas été très silencieuse. Et d'ailleurs, il avait tiré grand plaisir de sa réceptivité débridée. Mais cela ne signifiait pas qu'il ait envie d'un auditoire extérieur.

Les joues de Sarah-Jane s'empourprèrent.

— C'est bien ce que je pensais.

Il chercha sa chemise. La trouva en boule avec la culotte de Sarah-Jane au pied du lit. Il saisit le bout de dentelle sexy entre deux doigts.

— C'est à toi ?

Elle lui arracha la culotte, la fourra dans sa poche.

— Quelque chose à l'air de t'amuser, constata-t-elle.

— Absolument pas, bien au contraire.

Il la désirait encore. N'était pas certain d'être un jour repu d'elle. Ce qui n'était pas facile à gérer, surtout après les mots qu'elle avait laissé échapper. Rien ne s'avérait facile la concernant, à commencer par la douloureuse franchise de son regard, qui l'avertissait que ces mots n'étaient pas sortis dans la fièvre du moment.

Pourtant, il ne cherchait pas l'amour. Il voulait la protéger. Et se perdre dans le plaisir qu'il lui donnait.

Réussir les deux relevait de l'impossible, il le savait. Car c'était probablement de lui dont elle devait se protéger le plus.

S'il ne se considérait pas comme un coureur de jupons, il

avait toujours pratiqué le sexe pour le sexe, et rien d'autre. Il ne faisait pas l'amour, il couchait. Certes, il ne fréquentait qu'une femme à la fois. Mais ces autres femmes n'éprouvaient rien de plus sérieux pour lui que lui pour elles.

En comparaison, avec Sarah-Jane, il évoluait en terrain miné. En terrain irrésistible aussi. Et il ne réussissait pas à se convaincre de ne pas l'approcher.

D'ailleurs, il n'était pas certain de vouloir perdre plus de temps à essayer. Il tenait à elle, c'était indéniable. Mais l'aimer ? L'idée même semblait folle.

— A quoi penses-tu ?

Sa voix était douce. Son regard, pénétrant. Au point qu'il se sentit mis à nu, presque vulnérable.

— Je pense que si je ne pars pas rapidement, Felicity va entendre des choses malgré mes intentions initiales.

L'émotion sur le visage de Sarah-Jane ne lui échappa pas. Elle était incapable de la dissimuler, ou bien ne le souhaitait pas. Résolument, il enfila sa chemise et la boutonna. Puis s'assit sur le lit pour se rechausser avant de gagner la porte.

Elle le fixait. Ses cheveux aux reflets de flamme formaient une masse emmêlée sur un côté de son visage. Ses joues étaient rougies par ses baisers râpeux. Jamais une femme aussi belle ne l'avait regardé avec une telle confiance.

— Ça va aller ?

— Je suis un Fortune. Les Fortune vont toujours bien.

Elle ne le quittait pas des yeux.

Sur le principe, avoir quelqu'un qui lise si bien en vous devait être réconfortant. En fait, cela le mettait très mal à l'aise…

— Je suis un Fortune, répéta-t-il, et cette fois, tous deux perçurent le poids que contenait ce nom. Aller mal nous est interdit.

Se haussant sur la pointe des pieds, elle pressa les lèvres sur sa joue. Puis sur l'autre, puis sur son front.

— Seul le fait que tu sois *Wyatt* m'intéresse, dit-elle avec tendresse.

Comme elle hésitait à ajouter quelque chose, il se figea mentalement. Soudain terrifié à l'idée qu'elle prononce les deux petits mots. Maintenant. Non en plein orgasme, mais en pleine conscience.

Car… il craignait de ne pouvoir les lui retourner, ces mots. Il ne les avait jamais dits à une femme autre que sa mère ou sa sœur. N'en avait jamais eu envie. Et à présent, à cause de ces mots coincés tout au fond de lui, il allait la perdre, il le savait avec une certitude désespérante.

Son cœur se serra.

Elle lissa son front crispé.

— Et que tu sois content de tes choix, compléta-t-elle encore plus tendrement.

Il sentit ses genoux le trahir. Il ne valait pas mieux que capitaine Football, tout compte fait. Même l'enfer serait un endroit trop bien pour lui.

— Mon choix, c'est Red Rock.

— Très bien.

Elle reposa les talons au sol. Un petit sourire d'approbation flottait sur ses lèvres, et un monde de désapprobation emplissait son regard. Mais elle ne dit rien d'autre. Elle se contenta de rester là, triturant l'affreuse ceinture de flanelle de sa robe de chambre.

S'il ne partait pas sur-le-champ, ils allaient soit se disputer soit faire l'amour, et l'un comme l'autre était au-dessus de ses forces.

Alors il ouvrit la porte, et elle le suivit dans l'escalier.

Aucun signe de Felicity. Le whisky était là où il l'avait laissé. Il mit son blouson, embrassa rapidement Sarah-Jane sur la joue et sortit dans la nuit.

Une fois dehors, il avala une longue goulée d'air froid, avec l'impression confuse d'avoir échappé à quelque chose. Mais il aurait été bien en peine de dire quoi.

Le lendemain, Sarah-Jane se rendit au parc. Bien qu'elle n'ait pas eu de nouvelle de Wyatt depuis qu'il avait quitté son appartement la veille au soir, elle était absolument certaine de le retrouver à leur rendez-vous habituel.

Mais le seul occupant du banc qu'elle en était venue à considérer comme le leur était un vieillard avec canne et journal. Elle resta assez longtemps dans le parc en attendant l'arrivée de Wyatt pour découvrir que le vieil homme n'était pas là non plus pour nourrir les oiseaux. Chaque fois que l'un d'eux s'approchait en sautillant, il le chassait avec sa canne en grinchant.

Elle éparpilla ses graines sur l'herbe et foudroya l'homme du regard lorsqu'il agita sa canne. Puis se planta de manière protectrice entre lui et les oiseaux jusqu'à ce que ces derniers aient picoré tout leur soûl avant de remporter le sandwich au beurre de cacahuète et la pomme qu'elle avait préparés pour Wyatt à la boutique. Cela lui apprendrait à faire des suppositions…

Elle n'eut pas davantage de nouvelles de Wyatt dans l'après-midi. Ni dans la soirée.

Le samedi, feignant une assurance qu'elle était loin de ressentir, elle appela Wyatt à son hôtel. Mais le téléphone sonna dans le vide, avant de basculer sur le répondeur. Elle raccrocha en hâte, craignant de laisser transparaître son angoisse.

Le dimanche matin, elle appela le numéro de portable qu'il avait mémorisé dans le sien. Il y avait des siècles de cela, lui semblait-il. Il n'y eut pas même de sonnerie ; elle tomba directement sur la messagerie. S'efforçant d'ignorer le gouffre qui se creusait dans son ventre, elle parla très vite. « Salut, c'est Sarah-Jane. Je voulais juste… savoir si ça allait. Ta sœur est passée à la boutique l'autre jour. Victoria. » Elle se frappa le front. Inutile de préciser ! Il n'avait qu'une sœur. « Bref, juste un coup de fil comme ça, en passant. » Elle raccrocha, puis se prit la tête entre les mains.

— Allez, intervint Felicity, pas question que tu restes là à ruminer. Viens au magasin avec moi. Au moins tu seras occupée.

Elle releva la tête.

— Pourquoi pas ? N'importe quoi plutôt que d'attendre pathétiquement que l'homme dont je suis amoureuse me contacte.

— Mais oui. Je suis sûre qu'il est simplement occupé, déclara Felicity d'une voix compatissante. Ou bien qu'il est allé parler à son père. Je sais que tu trouves ça nécessaire.

— Peut-être…

Si elle le répétait assez souvent, finirait-elle par y croire ? L'opinion de Wyatt sur les actes de son père semblait si inébranlable…

Lorsque son portable sonna plus tard cet après-midi-là, elle tressaillit de joie. Mais en mettant l'appareil à son oreille, elle entendit la voix de sa mère, et non celle de Wyatt.

— Autant te dire tout de suite que je suis au courant de cette affaire Wyatt Fortune, lança-t-elle.

Sarah-Jane sortit de la confiserie pour s'isoler.

— Que veux-tu dire, maman ?

— La photo sur internet, Sarah-Jane. Il est en Arizona, avec une grande blonde. J'aurais dû te prévenir, ma chérie, ajouta Yvette dont la voix se radoucit. Les hommes comme lui ne s'attachent pas à des femmes comme nous.

Sarah-Jane ferma les yeux. Elle refusait d'y croire. Il devait y avoir une explication.

— Maman, est-ce qu'un homme de ce genre t'a brisé le cœur avant que tu rencontres papa ?

— Ne sois pas ridicule, Sarah-Jane.

Elle soupira. De toute façon, si cela avait été le cas, jamais sa mère ne voudrait, ou ne pourrait, en parler avec elle.

— Wyatt est là-bas pour affaires, répliqua-t-elle, croisant

bêtement les doigts dans son dos. Bon, je te laisse. Felicity a besoin de moi à la boutique. Au revoir, maman.

De retour à l'intérieur, elle répéta les propos de sa mère à son amie, dont les yeux bleus s'agrandirent.

— Je n'y crois pas, assura-t-elle.

Sa confiance toucha Sarah-Jane.

Mais plus tard, quand elle fut seule dans sa chambre et que le téléphone resta silencieux, elle alluma son ordinateur.

La photo apparut dès qu'elle tapa le nom de Wyatt.

Un article d'un journal de Phoenix, couvrant l'ouverture d'un musée quelconque.

La dernière conquête de Wyatt était blonde. Grande. Mincissime.

Tout ce que Sarah-Jane n'était pas.

La main de Wyatt était posée sur son bras. Il portait des lunettes de soleil et souriait.

Malgré les verres opaques, elle le connaissait assez pour savoir que ce sourire était un vrai sourire.

Lentement, elle éteignit l'ordinateur.

Quitta son lit et troqua la chemise à carreaux bleus et blancs contre un de ses bons vieux polos The Stocking Stitch.

Elle envisagea de jeter la chemise à carreaux. Peut-être se sentirait-elle mieux ? Mais la douleur au fond de son cœur était bien trop profonde pour qu'un geste aussi facile l'apaise un tant soit peu. A la place, elle la mit dans le panier à linge sale. Une fois lavée, elle s'assurerait que la chemise retourne à son propriétaire.

Comme à d'autres rêves, elle s'était accrochée à celui-là trop longtemps.

12

— Sarah-Jane, *niña*, quelqu'un demande à te voir.

Maria parlait à voix basse, car une douzaine de femmes entouraient Sarah-Jane dans la partie atelier. Elles tricotaient tout en échangeant les derniers potins de la ville.

Une cliente, supposait Sarah-Jane, qui rendit aiguilles et premiers rangs de mailles à l'adolescente venue avec sa mère et ses trois tantes depuis Dallas.

— N'oublie pas de compter tes mailles avant de passer au rang suivant, lui recommanda-t-elle. Sinon, tu te débrouilles très bien. J'aurais bien aimé savoir à ton âge à quel point le tricot peut être amusant. Toutes tes copines vont vouloir que tu leur fabriques un tas de trucs. Peut-être même un Bikini au crochet, ajouta-t-elle avec une grimace en se levant.

La jeune fille se concentra sur son ouvrage avec un air à la fois timide et plein d'espoir. Sa mère adressa un sourire reconnaissant à Sarah-Jane.

Maria s'était volatilisée, et Sarah-Jane se fraya un passage vers l'avant de la boutique. Son sourire s'évanouit en voyant qu'aucune cliente ne l'attendait.

Juste Wyatt, dans un costume bleu foncé et cravate rouge, une mallette de cuir à la main.

Toutes les alarmes se déclenchèrent en elle.

Il ne ressemblait pas au Wyatt qu'elle connaissait.

Le Wyatt en jean délavé et chemise décontractée ; avec un vieux blouson de cuir et des bottes usées. L'homme qu'elle pensait comprendre.

186   *Dans les bras d'un Fortune*

Elle chassa cette pensée.

— On dirait que tu reviens d'un rendez-vous d'affaires.

La dernière fois qu'ils s'étaient parlé, son corps palpitait encore de l'amour qu'il lui avait fait.

Il y avait sept jours de cela.

Cela aurait pu être drôle si son absentéisme chronique ne s'avérait aussi douloureux.

— C'est à peu près ça, répliqua-t-il.

Il avait les cheveux peignés en arrière. Si beau qu'il fût, elle lui trouvait la mine lasse.

— Je suis passé à la Fondation Fortune, poursuivit-il. Et je suis allé voir si tu étais au parc. Mais tu n'y étais pas.

Malgré son envie de lui demander ce qu'il avait fait à la Fondation Fortune, elle s'abstint. Elle avait appris la leçon : ne pas lui poser de questions trop personnelles. Ni tout prendre trop personnellement. Il avait dit qu'il n'éprouvait rien d'occasionnel à son égard, et, à partir de là, son cœur stupide avait commencé à tricoter des fantasmes avec du vent.

— On a été plus occupées que d'habitude, ici.

Ce qui était la vérité. Elles n'arrêtaient pas. Surtout depuis qu'elle avait enfin renvoyé Carmen, non sans lui avoir trouvé au préalable un autre travail auprès d'une association locale. La jeune mère pourrait faire plus d'heures et gagner plus d'argent pour aider à nourrir sa famille, au lieu de voler dans la caisse de la boutique, mue par le désespoir.

— J'ai même travaillé pendant mes pauses déjeuner, ajouta-t-elle.

Il n'avait pas l'air de la croire, mais n'insista pas.

— Il y a quelque chose que je voudrais te montrer, dit-il.

— Pourquoi ?

— Pas *quoi* ? Par pitié, Sarah-Jane. Ça ne te prendra qu'une heure. Tu peux abandonner la boutique ?

— Bien sûr qu'elle peut. Elle peut prendre tout son après-midi, même. Une fois n'est pas coutume, pas vrai, *niña* ?

Surgie de nulle part, Maria souriait béatement, sans tenir compte du regard noir que lui jetait Sarah-Jane.

Privée de moyen élégant de se défiler, Sarah-Jane alla chercher son sac et sortit sur le trottoir avec Wyatt. Mais là, elle s'arrêta.

— Désolée, Wyatt. Mais je n'ai envie d'aller nulle part avec toi.

Il parut peiné.

— Je le mérite, je sais. Mais... je t'en prie.

Il fallait qu'elle tourne les talons et s'éloigne. Mais si elle le faisait, il saurait combien il l'avait blessée. Et soudain, ne pas lui donner ça en plus lui parut essentiel. Une autre chose qu'elle avait apprise de lui. Alors elle s'avança vers le pick-up garé devant la boutique. Il lui ouvrit la portière, et elle perçut sa senteur grisante en grimpant sur le siège. Il jeta sa mallette sur la banquette arrière puis s'installa au volant.

Mais il ne démarra pas tout de suite.

— Comment ça allait, cette semaine ?

— Très bien, répondit-elle en fixant le pare-brise et sans une once de regret pour ce mensonge. Et toi ?

— Tu as de grands cernes sous les yeux.

Elle pouvait en dire autant à son égard.

— Charmant de ta part de le souligner.

Certes, elle se montrait un peu vache, mais c'était plus fort qu'elle. Elle soupira.

— Qu'est-ce que tu veux de moi, Wyatt ?

Il démarra et se glissa dans la circulation.

— Plus que tout ce que j'aurais jamais cru, murmura-t-il, davantage pour lui-même que pour elle, du moins en eut-elle l'impression. Je te l'ai dit. Je veux te montrer quelque chose.

Elle n'était pas plus avancée. Elle regarda par la vitre latérale, se rappelant qu'elle n'avait aucune raison d'éprouver moindre plaisir ni espoir du fait qu'il soit revenu. Vu sa propension à disparaître, il serait sans nul doute bientôt de nouveau aux abonnés absents.

— Comment vont tes frères ? demanda-t-elle dans un unique souci de conversation.

— Bien. Je ne les ai pas vus depuis mon retour ce matin. J'étais en Arizona depuis quelques jours.

Elle fronça les sourcils. Une semaine, plutôt. Mais elle se retint de rectifier. Tout comme elle se retint de souligner qu'il aurait mieux fait d'aller à Atlanta résoudre la situation qui l'avait amené à Red Rock.

— Qu'est-ce qu'il y a en Arizona ?

Poser la question revenait à gratter une plaie à vif.

— Une dame de quatre-vingt-dix ans nommée Gertrude.

— Pardon ? fit-elle, pivotant vers lui.

Il haussa les épaules avec un sourire dépourvu d'humour.

— Oui, étonnant, hein ? Gertrude Leyva, en fait. Elle est historienne de l'art, et c'est l'une des femmes les plus entêtées que j'aie jamais rencontrées.

Serrant les lèvres, Sarah-Jane ravala les questions qui la taraudaient et s'absorba dans la contemplation de la route.

— J'aurais dû te téléphoner, reprit-il.

La douleur la transperça avec la délicatesse d'un poignard émoussé.

— Pourquoi ? Tu ne me dois rien.

— Bon sang, Sarah-Jane, tu ne me facilites pas la tâche !

— Quelle tâche ?

Une dizaine de poignards, à vrai dire, songea-t-elle. Depuis qu'elle avait vu cette photo sur internet, son cœur se fracassait lentement mais sûrement. Maintenant, elle sentait les éclats pointus dégringoler.

— Tenter d'arranger les choses avec toi, répondit-il d'une voix tendue.

— Pourquoi ?

Sa mâchoire se contracta. En dehors des cernes sombres sous ses yeux au bleu éclatant, il était incroyablement beau.

— Parce que j'ai besoin de remettre de l'ordre dans ma vie.

Des larmes qu'elle pensait pourtant taries brûlèrent sous ses paupières.

— Je suis une grande fille, Wyatt. Inutile de te préoccuper de moi juste parce qu'on a couché ensemble.

— Peut-être ai-je envie de me préoccuper de toi.

Impossible d'y croire. Ni de trouver une réponse appropriée. Aussi fixa-t-elle de nouveau la route sans mot dire, et se rendit compte qu'ils avaient quitté Red Rock.

En fait, ils prenaient la direction de Double Crown. Elle ne voyait vraiment pas pourquoi il voulait la ramener là-bas, et s'efforça de ne pas y penser.

En fin de compte, il dépassa l'embranchement vers Double Crown et continua de rouler sur plusieurs kilomètres avant de tourner sur un chemin de terre.

Ils le suivirent un moment en cahotant, puis il tourna de nouveau, escalada une petite colline et s'arrêta au milieu de nulle part. Il descendit du pick-up et vint lui ouvrir la portière.

— Qu'est-ce que tu en penses ?

Décontenancée, elle considéra son visage tendu, puis l'immense étendue de terre sous leurs yeux.

— Qu'est-ce que je pense de quoi ?

— Viens, ordonna-t-il en lui prenant la main.

Les nerfs à vif, elle quitta le véhicule et récupéra aussitôt sa main. Avec ses tennis plates, son jean et un nouveau polo rose pâle, elle se sentait minuscule à côté de lui.

Il recula et désigna l'horizon d'un grand geste.

— Qu'est-ce que tu penses de la vue ?

La vue était sublime. Une vaste prairie d'herbe folle dévalait le versant de la colline. D'autres éminences se découpaient à l'est, couvertes d'arbres. Le souvenir douloureux de leur chevauchée lui revint à la mémoire, et elle détourna le regard, fixant un aigle qui fendait l'air d'un vol paresseux.

— Magnifique, répondit-elle d'une voix neutre.

— Alors, notre chambre donnera de ce côté.

Les mots refusèrent de faire sens.

— Pardon ?

Posant les mains sur ses épaules, il la tourna de nouveau face à l'alignement de collines.

— Ce sont nos arbres, Sarah-Jane, murmura-t-il. Je ne peux pas revendiquer un acte de propriété, car ils sont sur la terre de Double Crown, mais ils sont à nous quand même.

— Wyatt. A quoi tu joues, là ?

Du doigt, il pointa l'horizon qui s'étirait d'est en ouest.

— Voilà jusqu'où s'étend la propriété, Sarah-Jane. Il y a de la place pour nous. Et pour mes frères. Pour qu'on construise tous de nouvelles maisons. De nouvelles vies. J'ai juste besoin de savoir si ça te plaît autant qu'à nous.

Les mots « notre chambre » continuaient de résonner dans sa tête, incompréhensibles.

— Tu l'as achetée ?

— Je vais le faire.

Il la lâcha pour prendre son téléphone portable.

— Madame Leyva ? dit-il après avoir composé un numéro. Wyatt Fortune. Elle l'aime, donc marché conclu. Oui, c'est ça. Comptant. Comme décidé ce matin.

Il cita une somme qui la fit flageoler sur ses jambes.

— Mon avocat contactera votre petite-fille pour régler tous les détails de la vente.

Comptant. Seigneur ! Il fallait qu'elle s'asseye de toute urgence. Elle se dirigea vers le pick-up et s'assit en tremblant sur le marchepied.

Wyatt la suivit tout en continuant de parler.

— C'était un plaisir, madame Leyva. D'accord, Gertrude. Vous êtes dure en affaires, hein !

Il gloussa à une remarque de son interlocutrice, puis la salua et raccrocha. Il jeta à Sarah-Jane un regard méfiant.

— Qu'est-ce qui ne va pas ?

— Tu vas vraiment acheter ce terrain ?

— Je l'ai acheté, rectifia-t-il. Gertrude Leyva et moi venons de conclure un marché. Elle a passé la semaine à négocier, et fais-moi confiance, je ne lâcherai pas l'affaire. Il ne reste que la paperasse, et les avocats vont s'en charger.

— Plus une somme faramineuse payée comptant. Tu es si riche que ça ?

— Suffisamment, en tout cas. Pourquoi es-tu si pâle ? Tu m'as dit que tu aimais la vue, non ?

— Wyatt ! Tu disparais pendant une semaine. Une fois de plus !

Pour dire la vérité, il avait été absent de sa vie presque aussi longtemps qu'il avait été présent. Ce qui d'ailleurs ne changeait rien à l'impact qu'il avait sur elle…

— Ensuite, tu réapparais sans crier gare, tu m'emmènes dans cet endroit superbe et tu m'envoies des phrases comme « notre chambre ». Tu as de la chance que je ne sois que pâle, et non écroulée sans conscience sur le sol. Mais qu'est-ce que tu as en tête, à la fin ? cria-t-elle, sautant soudain sur ses pieds et le repoussant à deux mains.

Wyatt étudia l'expression furieuse de Sarah-Jane. Elle fourragea ses cheveux ramassés en queue-de-cheval, et se retrouva complètement ébouriffée.

— Que si tu aimes cette vue autant que moi, c'est ici que je veux bâtir notre maison.

— *Notre* maison. Il faut que tu cesses de dire des choses pareilles.

— Pourquoi ?

Elle le fixa comme s'il avait perdu la raison.

— Parce qu'il n'y a pas de *notre* qui tienne.

Il méritait sa réaction. Mais il avait beau le savoir, cela lui fit l'effet d'une gifle.

— Je pensais que l'idée te plairait.

Elle ouvrit la bouche. La referma. Se détourna, recommença à passer les doigts dans ses cheveux. Arrêtée par l'élastique qui les retenait tant bien que mal, elle l'arracha, et ses boucles souples dégringolèrent sur ses épaules, brillant de mille feux sous le soleil éclatant.

Il avait envie de la toucher. Mais il fourra les mains au fond de ses poches.

Enfin, elle se retourna vers lui. Son visage était plus calme. Elle posa les mains sur les hanches, et il se fit violence pour ne pas regarder le renflement voluptueux de ses seins, ni ses mamelons tendus qui le narguaient sous son fin T-shirt moulant. Qu'avait-elle fait de ses immenses polos informes ?

— Je croyais ne plus jamais avoir de tes nouvelles. Et voilà que tu m'annonces ça. Vouloir vivre avec moi, alors qu'on a juste couché ensemble…

— Je ne veux pas juste vivre avec toi. Je veux t'épouser.

Ses yeux s'agrandirent. Elle devint livide.

Pas tout à fait la réaction qu'il avait espérée…

— Wyatt, murmura-t-elle. Tu ne peux pas me demander en mariage parce que tu fuis ce qui s'est passé à Atlanta.

— C'est ce que tu penses, Sarah-Jane ?

— Qu'est-ce que je peux penser d'autre ? Ne te fatigue pas à prétendre que tu es amoureux de moi !

A son tour, il ouvrit la bouche. La referma. Non, les choses ne se passaient pas du tout comme prévu.

— Pourquoi ? Ce serait aussi improbable que ça ?

Il avait passé toute la semaine loin d'elle, à affronter le fait que oui, il était amoureux d'elle.

Mais le chagrin envahit son visage comme un linceul. Elle ne répondit pas à sa question.

— Ton père t'a expliqué pourquoi il avait donné ces parts de JMF ? demanda-t-elle à la place.

Dans ses poches, ses poings se serrèrent.

— Non.

— Tu as essayé de lui reparler ?

— Il n'y a rien à dire.

— Parce que tu persistes à refuser d'envisager la possibilité qu'il ait une bonne raison de le faire ?

Elle pinça l'arête de son nez, soupira, baissa la main. Lorsqu'elle le regarda de nouveau, ses yeux étaient humides.

— Wyatt, si toi et tes frères voulez refaire vos vies à Red Rock, faites-le. Mais moi, je ne peux pas en faire partie.

— Tu as dit que tu m'aimais.

— Quoi ? fit-elle, consternée.

— Quand on a fait l'amour. Tu as dit que tu m'aimais.

Pas question d'admettre qu'il se soit trompé à ce point…

Elle déglutit en hochant amèrement la tête.

— Si je t'épousais — elle buta sur le mot —, et en admettant que tu n'aies pas *disparu*…

La pique fit mal, mais il la lui accorda. Surtout parce qu'elle n'avait pas nié l'aimer. Elle ne l'avait pas confirmé. Mais pas nié non plus.

— Un jour, tôt ou tard, poursuivit-elle, moi, ou nos enfants serons inévitablement amenés à prendre une décision ou à commettre une erreur qui te déplaira. Que se passera-t-il alors ?

— Tu veux des enfants ?

Son esprit prit aussitôt la tangente, et il s'imagina des petites filles aux yeux bruns aussi désarmantes que leur mère et des petits garçons aussi turbulents qu'il l'avait été.

— Oui, admit-elle dans un souffle douloureux. Mais ce n'est pas le sujet ! Le sujet, c'est : qu'arrivera-t-il si on ne sait pas être à la hauteur de ton idéal du bien ou du mal ? Est-ce que tu nous rayeras de ta vie aussi facilement que tu as rayé ton père ?

— Ça n'a rien à voir, objecta-t-il d'un ton catégorique. C'est ma vie qu'il chamboule.

Elle le fixa avec tristesse.

— Eh bien, ce sera *nos* vies que tu chambouleras si tu refuses de reconnaître que tout n'est pas toujours aussi blanc ou noir que tu le penses. J'ai déjà eu un avant-goût de ce que ça fait quand tu pars sans prévenir, et on n'est même pas réellement engagés l'un envers l'autre.

Ma foi, pour lui, l'engagement était réel…

— Jamais je ne ferai ce qu'il a fait.

— Non. Tu te contentes de t'en aller une semaine de temps à autre. Je ne sais pas quoi penser de toi, Wyatt, ajouta-t-elle en balayant le paysage des yeux. Je n'ai jamais voulu croire que tu…

Elle s'interrompit. Hocha la tête.

— Que je quoi ?

— Aucune importance. Tu ne m'as jamais rien promis. Je le sais. Mais je ne m'étais pas rendu compte de la rapidité avec laquelle tu peux passer d'une conquête à l'autre.

— Une conquête ! Je ne t'ai jamais traitée comme une conquête, Sarah-Jane !

Jamais il ne l'avait considérée en ces termes. Ni aucune femme avant elle, d'ailleurs.

Ses yeux étincelèrent, et avec sa chevelure flamboyante, elle incarnait soudain une sublime déesse de la fureur.

— Alors qui était la grande blonde en Arizona ?

— Quoi ?

Elle serra les dents.

— Celle dont la photo avec ton bras autour de sa taille figure partout sur internet ! Je parie que tout ton discours sur les angles pointus et les os saillants n'était mû que par pitié pour la pauvre banale Sarah-Jane !

— Les seules personnes que j'ai vues en Arizona étaient Gertrude Leyva et sa petite-fille, qui se trouve être aussi son avocate. Et les convaincre de me rencontrer n'a pas été facile, je t'assure. Les convaincre de me vendre le terrain a été encore plus difficile. Nom d'un chien, je ne sais pas quelle photo tu as vue, mais je peux te garantir qu'elle ne me montrait pas avec une conquête !

— Alors, pourquoi ne pas prendre ton téléphone, Wyatt, tout simplement ? Tu vois. Juste un coup de fil. Pour dire, « Salut, je suis en Arizona pour essayer d'acheter un bout de terre. » Je n'ai jamais attendu que tu m'accordes chaque minute de ton temps, Wyatt.

Sa voix se brisa tandis que ses yeux brillaient de larmes.

— Si tu ne voulais plus de moi, il suffisait de me le dire.

— Je viens de te demander de m'épouser. Ça te donne l'impression que je ne veux plus de toi ? C'est toi qui, à l'évidence, ne veux pas de moi comme mari, conclut-il en arrachant sa cravate avant de la fourrer dans sa poche.

— Tu es parti, Wyatt. Comme ça. Sans un mot, rien. Comment as-tu pu faire cela si je comptais pour toi ?

— Parce que tu me faisais peur ! J'avais peur d'admettre à quel point tu comptais pour moi !

Elle baissa les yeux, mordilla sa lèvre inférieure.

— Et je suis censée croire que brutalement, comme ça, du jour au lendemain, tu l'as admis ?

— Quand as-tu compris que tu m'aimais ? rétorqua-t-il.

A peine une semaine plus tôt, il craignait qu'elle le dise. A présent, il craignait qu'elle ne le fasse pas.

— Quand tu m'as emmenée là, répondit-elle d'une voix rauque en désignant les arbres au loin. Sur le moment, je voulais juste que tu me désires. Et ensuite, je me suis rendu compte que je voulais tout.

— Je t'offre tout, Sarah-Jane. Tout ce que je suis. Tout ce que je possède. C'est à toi. Il te suffit de dire oui.

Elle recouvrit sa bouche de la main. Détourna les yeux.

— Je suis désolée, Wyatt. Je… je ne peux pas.

— Tu refuses ma demande en mariage ?

Pourquoi réclamer une confirmation ? Sa réponse l'avait déjà ravagé.

— C'était vraiment une demande en mariage ? Ou un plan d'évasion ?

Il la dévisagea, à l'endroit même où il avait imaginé commencer leur avenir commun. Sauf qu'il n'existait pas d'avenir. Pas avec elle. L'évidence s'imposa.

— Je n'ai plus qu'à te ramener chez toi, si je comprends bien.

Elle ne répondit pas. Se contenta de regarder ailleurs en essuyant ses joues baignées de larmes.

Son cœur se serra.

— Je n'ai jamais voulu te faire pleurer, Sarah-Jane.

Elle refoula ses larmes et cilla. Puis lui adressa enfin un regard brun chatoyant.

— Je sais, Wyatt.

Sur ce, elle regagna le pick-up d'un pas digne et remonta sur le siège passager.

Il avait envie de hurler de rage.

En silence, il la ramena chez elle. Elle saisit son sac, qui paraissait peser des tonnes, et le regarda.

— Prends soin de toi, murmura-t-elle avant d'ouvrir la portière.

— Sarah-Jane, si je t'avais téléphoné, est-ce que tu dirais toujours non ?

Elle ferma les yeux. Mordilla longuement sa lèvre, comme en quête de quelque chose. De force, probablement. Puis elle acquiesça. Une fois. Et descendit en hâte et courut jusqu'à la porte de son appartement.

Elle pouvait lui pardonner sa lâcheté.

Mais elle n'était pas certaine qu'il ne la rayerait pas de son existence comme il l'avait fait pour son père.

13

— Attends une seconde. Tu l'as demandée en mariage ?

Asher dévisageait son frère d'un air outré.

Wyatt jeta sa mallette sur un des canapés de leur suite d'hôtel et répliqua :

— Ça t'est arrivé à toi aussi, si je me souviens bien.

— Regarde ce que ça a donné, rétorqua Asher avec une moue. S'il y a une chose que j'ai apprise, c'est de ne pas pousser une femme avant qu'elle soit prête ! Lynn n'était pas prête pour le mariage, et encore moins pour…

Il ravala la suite en adressant un regard éloquent à Jace, qui coloriait un livre près de la fenêtre.

— Pour le reste, termina-t-il.

D'après Wyatt, un monde de différences séparait Sarah-Jane de son ex-belle-sœur. Sarah-Jane, pour commencer, ne possédait pas une once d'égoïsme. Ce qui n'était pas le cas de Lynn, qui avait quitté non seulement Asher, mais aussi son enfant.

— Tu ne la connais que depuis quelques semaines, plaida son frère.

— Et alors ?

L'envie de hurler de rage le taraudait toujours.

— Alors rien, répondit Asher avec un geste d'apaisement. Simple observation.

— Aucune importance, de toute façon. Elle a refusé. Catégoriquement.

Asher resta un moment silencieux.

— C'est un sentiment nouveau pour toi, j'imagine.

Wyatt ôta son veston. Jusqu'à son départ en Arizona, il n'avait pas porté de costume depuis le mariage d'Emily. Ça ne lui avait pas manqué, à vrai dire. Si accepter le poste que lui avait offert la Fondation Fortune impliquait d'en reporter tous les jours, peut-être y réfléchirait-il à deux fois.

Il sortit de sa mallette les papiers préliminaires à la vente qu'il avait emportés en Arizona et les tendit à son frère.

— Marché conclu, dès que tout le monde aura signé. Le plan de la propriété est à l'intérieur aussi. Faites la répartition comme bon vous semblera.

— Tu veux toujours les deux hectares sur la crête des collines, n'est-ce pas ?

S'il ne partageait pas cette vue avec Sarah-Jane, quelle importance ?

— Répartissez comme bon vous semblera, répéta-t-il en se dirigeant vers sa chambre.

— Wyatt ?

— Oui.

— Pourquoi as-tu demandé à Sarah-Jane de t'épouser ?

— Parce que je suis heureux quand je suis avec elle.

Asher étouffa un juron.

— Tu l'aimes vraiment, frérot.

A quoi bon, même s'il en avait pris conscience trop tard ?

— Elle a refusé, je te rappelle.

— Elle a dit pourquoi ?

Et plus encore...

Apparemment, Asher lisait dans ses pensées.

— Qu'est-ce que tu comptes faire, alors ?

— Il n'y a rien à faire ! Elle a dit non !

Il frappa le chambranle de la porte, et le bois vibra. Comme il lâchait un juron, son neveu lui jeta un regard inquiet.

— Tout va bien, Jace, le rassura Asher. Oncle Wyatt est juste un peu... frustré.

Wyatt s'effondra sur le canapé le plus proche, la tête entre les mains. La frustration aurait été plus supportable que… ça.

— Tu veux un câlin ? offrit Jace d'une petite voix.

La gorge de Wyatt se serra.

— Oui, je veux bien.

N'importe quelle bouée était bonne à agripper en pleine tempête, quand bien même elle prenait la forme de son neveu. Il ouvrit les bras et Jace l'étreignit brièvement, trop brièvement pour répondre à ses besoins, avant de repartir à son coloriage.

— Ash, tu te souviens de la dernière fois que tu as embrassé papa ?

Son frère réfléchit, puis secoua la tête.

— Non.

— Moi, si, murmura Wyatt. Quand il m'a promu vice-président de JMF. Pourquoi nous pousser à diriger l'entre-prise et ensuite la donner à quelqu'un d'autre ?

Asher s'assit sur un canapé en face de lui.

— C'est la question à un million de dollars, pas vrai ?

— Tu crois qu'il a une bonne raison ?

— J'ai toujours pensé qu'il avait une bonne raison, répondit Asher en l'étudiant avec attention. Que le terme « bonne » corresponde à tes standards est une autre affaire.

Sarah-Jane avait plus ou moins dit la même chose.

— Comment faire pour qu'une femme t'aime, Asher ?

Son frère eut un sourire dénué d'humour.

— Je ne suis pas sûr de le savoir. Et même si elle t'aime, tant que tu ne lui donnes pas ce qu'elle veut, ça ne suffit pas.

Sarah-Jane lui avait à maintes reprises dit ce qu'elle voulait. Mais il avait été trop stupide et entêté pour l'en-tendre, persuadé que tout ce qui se rapportait à Atlanta ne concernait que lui.

Soudain, il sortit son téléphone, le considéra un instant avant de composer un numéro.

— Qui appelles-tu ?

— Tanner Redmond, le mari de Jordana. Le moyen le plus rapide de me rendre à Atlanta est d'emprunter un de ses jets.

— File, ordonna Maria en poussant Sarah-Jane hors du bureau. Tu passes trop de temps là-dedans, *niña*. On ne fera pas faillite si tu n'imprimes pas ces commandes dans la seconde. Sors prendre un peu le soleil. Va au parc.

Mais elle n'avait aucune envie d'aller au parc. Ni de prendre le soleil. Elle avait envie d'enfouir sa tête dans le sable et d'oublier qu'elle était amoureuse de Wyatt. Qu'il lui avait tout offert et qu'elle le lui avait jeté à la figure. Elle n'était pas juste la banale Sarah-Jane. Mais la *stupide* banale Sarah-Jane.

— Hier, Wyatt m'a demandée en mariage, lâcha-t-elle tout à trac, alors qu'elle avait été incapable de l'avouer à Felicity.

Les sourcils de Maria montèrent en flèche sur son front. Elle plaqua les mains contre son cœur.

— Pourquoi es-tu si malheureuse, alors ?

Parce qu'elle l'était…

— J'ai refusé.

Maria marmonna un « aïe aïe aïe » chantonnant en tirant une chaise pour s'y asseoir. Puis elle prit les mains de Sarah-Jane dans les siennes.

— Tu l'aimes ?

Elle acquiesça.

— Alors ça marchera, *niña*.

— Wyatt ne pardonne pas facilement les erreurs, Maria.

— Pff, c'est un homme. Parfois, ils apprennent moins vite que nous autres femmes. Ça fait très longtemps que je suis mariée à José. Crois-moi, je sais de quoi je parle.

— José et vous êtes parfaits l'un pour l'autre.

— C'est vrai. Mais il nous est arrivé souvent de l'oublier.

Et puis, ça nous revient. Et on continue. On continue toujours pour quelqu'un qu'on aime. Même si, par moments, on a envie de l'étrangler.

Se penchant en avant, la brave femme lui pressa les mains et poursuivit en baissant la voix :

— Pourquoi crois-tu que je me suis mise au tricot il y a si longtemps ? Je pouvais prétendre enfoncer l'aiguille dans sa gorge, et non dans la laine.

Elle se redressa, la mine satisfaite, car Sarah-Jane souriait.

— Ah. Voilà le sourire que je connais.

Sarah-Jane doutait de la véracité de cette histoire d'aiguilles, mais cela n'avait aucune importance. Elle soupira.

— Oh ! Maria, je me demande ce qu'aurait été ma vie si je ne vous avais pas rencontrée. Je vous aime tant !

Maria lui tapota la joue en souriant.

— Moi aussi, je t'aime, *niña*. Mais maintenant, file ! continua-t-elle en en se levant avec une agilité déconcertante pour son âge. Va au parc. Tu te sentiras mieux après un moment au bon air et au soleil.

Alors Sarah-Jane quitta la boutique. Elle n'avait pas emporté de pique-nique, car elle manquait d'appétit. Mais elle s'arrêta en chemin pour acheter une bouteille d'eau et un petit paquet de graines de tournesol. Les oiseaux, eux, ne manquaient jamais d'appétit.

En entrant dans le parc, elle s'enjoignit de choisir un autre banc. Au bord du lac, par exemple. Les oiseaux y mangeraient tout aussi volontiers ses graines de tournesol. Ou encore près de l'aire de jeux. Elle prit donc cette direction mais, dès qu'elle entendit les cris joyeux des petits qui jouaient, elle repensa à l'expression de Wyatt la veille.

Tu veux des enfants ?

Elle avait failli lui dire qu'elle voulait des enfants de lui. Non, pas l'aire de jeux, tout compte fait.

Elle se dirigea vers son banc habituel.

Quelle idiote de croire qu'elle pourrait en rester à l'écart.

C'était comme de passer devant une voiture accidentée et penser qu'on n'y jetterait pas un coup d'œil morbide… Si le vieil homme à la canne s'y trouvait, elle s'assiérait à côté de lui et lui offrirait des graines à jeter aux oiseaux. Ça vaudrait mieux pour lui que d'agiter sa canne sur eux.

Le banc était occupé.

Mais pas par le vieil homme.

Ses tennis pesèrent soudain du plomb. Sa gorge se serra.

Cet homme-là était jeune. Et têtu. Avec des cheveux d'or sombre qui tombaient sur son front et des yeux bleus étincelants qui savaient voir droit dans son cœur.

— Wyatt.

Il s'était levé à l'instant même où il l'avait aperçue.

— J'avais peur que tu ne viennes pas, dit-il.

Elle sentit des larmes brûler ses paupières.

— Maria savait que tu serais là ?

— Non. Pourquoi ?

A en juger par son expression, il ne voyait pas de quoi elle parlait. Elle secoua la tête. Parfois, elle se demandait si Maria ne cachait pas des talents de magicienne.

— Peu importe.

— Tu veux bien t'asseoir ?

Il n'était pas certain qu'elle accepte.

Les jambes en coton, elle s'approcha du banc. Posa la bouteille d'eau près d'elle et ouvrit le sachet de graines avec des doigts tremblants. Elle en jeta quelques-unes sur le sol, attirant aussitôt une demi-douzaine d'oiseaux.

Eux, au moins, restaient prévisibles. C'était réconfortant.

— Pourquoi es-tu ici, Wyatt ?

Il ne s'assit pas. Mais resta planté là, les mains dans les poches de son jean délavé, ses larges épaules moulées dans une chemise au ton brun doux.

— Je t'ai apporté un déjeuner, répliqua-t-il avec un signe vers le sac de papier posé sur le banc.

— Je n'ai pas très faim, murmura-t-elle. Merci quand même d'y avoir pensé.

Il semblait bizarrement sur les nerfs. Puis il détourna les yeux.

— Comment va Felicity ? demanda-t-il.

— Bien. Pourquoi ?

— Comme ça, grommela-t-il avant de fourrager ses cheveux. Et… toi ? Ça va ?

Elle se sentait morte en dedans.

— Impeccable. La grande forme.

— Tu avais raison, dit-il brusquement.

Ah ? première nouvelle. Au contraire, depuis le moment où elle lui avait menti sur son identité jusqu'à celui où elle s'était trouvée avec lui devant cette magnifique propriété, elle avait tout fait de travers.

— Quand on s'est rencontrés, poursuivit-il comme elle gardait le silence, tu constituais une distraction idéale pour m'éviter de penser à tout ce qui me perturbait.

Elle fixa d'un air absent le sachet de graines dans lequel elle continuait de puiser par automatisme. Elle le savait. L'avait toujours su. Mais l'entendre de sa bouche revenait à l'écorcher vive.

— Il m'a fallu du temps pour admettre que la raison pour laquelle tu étais une distraction aussi efficace, c'était que j'étais tombé amoureux de toi.

Ses doigts se crispèrent sur le sachet. Elle leva les yeux vers lui.

— Moi aussi, je suis tombée amoureuse de toi, Wyatt.

Subitement, il s'assit sur le banc, face à elle.

Quelques graines s'échappèrent sur ses genoux. Elle les brossa mécaniquement de la main.

— Je pensais ce que je disais, Sarah-Jane. Je veux t'épouser. Je veux des enfants de toi. Des petits-enfants.

Sa bouche s'assécha. Toutefois, elle ne prit pas la peine

de saisir la bouteille d'eau. Lui seul pouvait assouvir cette soif-là.

Elle s'immobilisa quand il déplaça sa main, pensant qu'il allait prendre la sienne, mais il s'empara du sac contenant le pique-nique qu'il avait apporté. Puis il noua son regard au sien.

— Je te laisse tout le temps qu'il te faudra pour décider si tu veux de moi. Si tu acceptes de me rappeler à l'odre chaque fois que j'oublierai de regarder toutes les nuances qui existent entre le noir et le blanc. De me rappeler que ce n'est pas seulement le résultat qui compte, mais le chemin entre les deux.

Elle s'efforça de respirer normalement.

— Je sais, murmura-t-il. C'est étrange d'entendre ça de ma part.

— Tout paraît un peu étrange.

Un muscle battit sur sa mâchoire.

— Etrange dans le bon sens ou le mauvais ?

Un instant, elle hésita.

— Le bon.

Il ferma les yeux et relâcha son souffle. Quand il les rouvrit, elle découvrit avec surprise qu'ils étaient embués.

— Cependant, te connaissant comme je te connais, reprit-il d'une voix rauque, je sais que dire quelque chose ne suffit pas forcément à te convaincre. En général, tu as besoin de… preuves. Des preuves que je suis tout disposé à te fournir.

Elle sentit une grande chaleur envahir son corps.

— Donc, poursuivit-il doucement, si je te prouvais que je pensais tout ce que j'ai dit à propos de notre avenir, tu pourrais peut-être me pardonner ces dernières semaines d'erreurs et m'offrir un nouveau départ ? C'est nouveau pour moi. Mais je te promets de faire de mon mieux. Et de ne plus jamais te laisser.

Elle lui offrirait n'importe quoi tant qu'il ne cessait pas de l'aimer.

— Wyatt…

De nouveau, il souleva le sac en papier.

— Tu veux bien déjeuner avec moi, Sarah-Jane ?

Elle eut un rire étranglé. Refoula les larmes qui l'aveuglaient et prit le sac. Dedans, elle découvrit un sandwich. Dès qu'elle le déballa, un autre rire étranglé lui noua la gorge.

— Beurre de cacahuète et confiture.

— Tant qu'à craquer, fais-le bien.

Elle pressa une main sur ses lèvres, se moquant des larmes qui glissaient sur ses joues et de son nez probablement gonflé et tout rouge.

— Je n'aurais pas dû te dire non hier, Wyatt. Je…

— Tu as dit ce qu'il fallait pour nous deux.

Sur ce, il se leva, et, les poings au fond des poches, se balança sur les talons de ses bottes usées.

Elle n'en revenait pas de le voir aussi nerveux.

— Je suis allé à Atlanta hier après-midi, déclara-t-il enfin.

La preuve qu'il avait évoquée, songea-t-elle, bouche bée. La preuve qu'elle avait réclamée.

— Tu as vu ton père ?

Il se mit à arpenter l'herbe devant le banc.

— En chair et en os. Pour la première fois depuis un mois. Il était dans tous ses états. Et n'a toujours pas expliqué son comportement. Mais on a discuté.

— Il restait des choses à discuter ?

— Beaucoup, en fait, répliqua-t-il en s'arrêtant. Red Rock, pour commencer. Il sait que je ne retournerai pas à Atlanta. Mais il sait aussi que ce n'est pas pour les mêmes raisons qu'avant.

Soudain, il désigna le sac en papier.

— Il y a autre chose là-dedans.

Elle n'avait pas touché au sandwich. Manger était bien sa dernière préoccupation, alors qu'à chaque parole qui sortait de la bouche de Wyatt l'espoir en elle prenait son envol. Mais pour lui faire plaisir, elle fouilla dans le sac, et ses doigts rencontrèrent un objet cubique. Elle le sortit, ne baissant les yeux dessus que lorsqu'il détourna son regard.

C'était un écrin.

Subitement, ses yeux s'emplirent de nouveau de larmes.

Wyatt mit un genou à terre, éparpillant les oiseaux qui avaient décidé de profiter tout seuls des graines de tournesol tombées du sachet oublié, et lui prit l'écrin des mains. Il l'ouvrit, dévoilant un diamant qui brillait de mille feux sous le soleil éclatant.

— Il n'y a pas si longtemps, j'ai affirmé à mes frères que jamais je ne me retrouverais dans cette position, un genou à terre, pour faire une demande en mariage.

Sa voix était devenue rauque, et quand il prit sa main, ses doigts tremblaient tout autant que les siens.

— Ensuite, j'ai dansé avec toi sur un pont à San Antonio. Et je me suis assis sur ce banc et t'ai regardée nourrir les oiseaux. A présent, la seule chose qui m'intéresse, c'est de m'agenouiller à tes pieds jusqu'à ce que tu me promettes de me donner une nouvelle chance. Si je veux m'installer à Red Rock, c'est parce que tu y es. Je veux tout t'offrir, Sarah-Jane, parce que tu es tout ce dont j'ai besoin. Acceptes-tu d'être ma femme ?

Elle cherchait son souffle. Son cœur n'avait pas éclaté. Comment était-ce possible, alors qu'il débordait d'émotion ?

— Je ne veux pas que tu t'agenouilles à mes pieds comme le prince qu'un quelconque conte de fées, répliqua-t-elle d'une voix nouée en lui caressant la joue. Nous ne sommes pas dans un fantasme. La vie réelle est tellement meilleure. Je te veux à mes côtés. Tout le temps. Quand on fait l'amour ou quand on se dispute. Quand on rit. Ou quand on pleure, ajouta-t-elle en effaçant du pouce la trace humide au coin de ses magnifiques yeux bleus. Je veux porter tes enfants.

Et gâter tes petits-enfants. Je veux tout, Wyatt. Et je ne le veux qu'avec toi.

Elle se leva, l'incita à en faire autant. Le sandwich au beurre de cacahuète tomba par terre. Le reste des graines de tournesol jonchèrent le sol.

Une multitude d'oiseaux les entourèrent, emplissant l'air de leurs trilles joyeux.

— Il va falloir installer quelques mangeoires à oiseaux à l'extérieur de la fenêtre de notre chambre, tu ne crois pas ? murmura-t-il.

Elle sourit, pressa ses lèvres contre les siennes.

— Oui, Wyatt, j'accepte d'être ta femme.

Il s'empara de sa bouche. Puis rejeta la tête en arrière et éclata de rire, avant de la saisir par la taille pour la faire tournoyer, provoquant un nouvel envol des oiseaux.

Elle rit aussi, si pleine d'amour pour lui qu'elle volait encore plus haut que n'importe quel oiseau pourrait le faire.

Il était là, auprès d'elle. Il le serait toute sa vie.

STELLA BAGWELL

Enivrantes promesses

éditions ✛ HARLEQUIN

Titre original : A DADDY FOR DILLON

Traduction française de ROSA BACHIR

- 1 -

Au ranch Chaparral, la maison était plongée dans l'obscurité quand Laramie Jones entra dans l'atrium qui faisait aussi office de véranda. La vaste pièce emplie de plantes et de chaises confortables était faiblement éclairée, mais il n'avait guère besoin de lumière pour retrouver son chemin jusqu'à la porte de la cuisine. Il connaissait les lieux par cœur. Ce ranch du Nouveau-Mexique était son foyer depuis près de dix-huit ans et, depuis un an, il vivait ici même, dans la maison familiale des Cantrell, les propriétaires.

Alors qu'il s'apprêtait à tourner la poignée, il sentit la présence de quelqu'un derrière la porte, et recula d'instinct. Au même moment, la porte s'ouvrit à la volée, et une minuscule personne se heurta à ses mollets.

— Oh là !

Se penchant, Laramie tenta d'attraper l'enfant qui filait comme une flèche.

— Dillon ! Viens ici, tout de suite !

Une voix féminine, douce mais ferme. Laramie se retourna. Une très jeune femme était apparue dans l'encadrement de la porte. Tandis qu'il la fixait, tentant de deviner qui elle pouvait être, le petit garçon courut vers elle et s'accrocha fermement à sa jambe.

— Je suis navrée, s'empressa-t-elle de dire. D'habitude, mon fils ne m'échappe pas comme ça. J'espère qu'il ne vous a pas fait mal.

Son fils ! Ce petit garçon devait avoir dans les trois ans.

Or elle semblait à peine assez âgée pour être sa mère. La lumière qui filtrait par l'entrée soulignait sa silhouette menue et créait un halo orangé autour de ses cheveux de jais, tirés en arrière. Même si ses traits étaient plongés dans la pénombre, il devinait la forme de ses lèvres généreuses, ses yeux très sombres. Et il nota qu'elle ne souriait pas.

— Rassurez-vous, ce petit bonhomme ne pourrait pas me faire mal même s'il le voulait.

Avançant vers elle, il lui tendit la main.

— Laramie Jones, le contremaître du Chaparral.

Quelle étrange sensation, celle de cette main si petite et si douce dans la sienne…

Mais qui était-elle ? Peut-être une invitée du ranch ? La question l'intriguait. Pourtant Frankie, la maîtresse des lieux, était encore au Texas, en visite chez ses fils, donc cette hypothèse n'avait pas beaucoup de sens. Peut-être avait-elle un lien de parenté avec Reena Crow, la cuisinière de la maison ? Elle était manifestement amérindienne, comme Reena.

— Je sais, dit-elle, je vous attendais. Je suis Leyla Chee. Votre dîner est prêt.

Elle laissa retomber sa main, et retourna rapidement dans la cuisine, son fils sur ses talons. Laramie les fixa tous les deux. C'était elle, la nouvelle cuisinière ? La remplaçante de Reena ? Quelques jours plus tôt, Quint avait mentionné que Reena irait au ranch d'Apache Wells, qui appartenait à son grand-père Abe, pour remplacer le cuisinier qui s'était malheureusement cassé la jambe. Mais Laramie ne s'était pas attardé sur la question. Peu lui importait qui lui préparait ses repas. Surtout ces jours-ci, avec tous les problèmes qui se succédaient au Chaparral. Cependant, il n'aurait jamais imaginé une jeune mère reprendre ce poste. Et où était le mari de Leyla ? Avait-il emménagé dans la maison avec elle ?

Il avait presque envie de lui poser toutes ces questions,

mais Leyla avait déjà disparu dans la cuisine avec son petit garçon. Dérouté, il n'eut plus qu'à prendre la direction opposée afin de rejoindre l'escalier et sa chambre, à l'étage.

Dix minutes plus tard, il revint dans la cuisine, les cheveux encore mouillés après sa douche. Il s'immobilisa sur le pas de la porte : la vue de Leyla lui coupa le souffle. Qu'elle était belle ! Vêtue d'un simple jean noir et d'une chemise blanche aux manches remontées, elle était concentrée sur sa tâche. Ses cheveux d'un noir soyeux, qu'il devinait très longs, étaient rassemblés en chignon tressé sur le sommet de sa tête.

En entendant ses pas, elle se retourna vers lui, et de nouveau il fut frappé par la fraîcheur de son visage. Sous la lumière fluorescente, sa peau avait une magnifique teinte de miel, ses lèvres étaient roses, ses yeux presque noirs. Ses pommettes hautes et rondes étaient rouges. Etait-ce dû à la chaleur des fourneaux ou au fait de le voir ?

Allons, Laramie, pourquoi ferais-tu rougir cette jeune personne ? Elle ne peut pas avoir peur des hommes. Elle a un enfant.

— Dans la salle à manger, dit-elle, désignant la porte qui menait à la pièce principale de la maison. Sassy a déjà fini le ménage, alors j'ai tout installé là-bas.

La salle à manger ? Cette jeune femme le traitait comme s'il était quelqu'un de spécial. Bon sang, il n'était que le contremaître. Peut-être croyait-elle qu'il faisait partie de la famille Cantrell ?

— Euh, écoutez, Leyla, je suis désolé que vous ayez pris toute cette peine. Je prends toujours mes repas ici, dans la cuisine.

Tandis qu'elle avançait vers lui, il remarqua le petit garçon, assis sur le sol près du coin bar. C'était un enfant robuste, aux larges épaules. Ses cheveux couleur chocolat tombaient sur son front en mèches épaisses et bouclées. Un crayon était coincé dans son petit poing, et une feuille de papier à lignes était posée entre ses jambes étendues. Mais il avait tout oublié, crayon et papier, et le regardait d'un air méfiant.

— Reena dit que vous êtes le patron.

Il se surprit soudain à rougir, et, quittant des yeux le petit garçon, il se tourna vers elle. Il avait déjà été appelé « patron », par les employés du ranch, mais jamais par une charmante jeune femme comme elle. Il se sentit surestimé.

— Pas vraiment, en fait. Quint Cantrell, sa mère et sa sœur sont les propriétaires de ce ranch. Je ne fais que le diriger pour eux.

— Donc, vous êtes le patron. Et Reena m'a dit de servir vos repas dans la salle à manger.

Perplexe devant son obstination, il secoua la tête. En réalité, où il prenait ses repas n'avait pas beaucoup d'importance. En ce moment même, il pensait à elle, à elle seulement. Sans s'en apercevoir, il avait posé le regard sur les mains de Leyla, et ce fut alors qu'il remarqua qu'elle ne portait aucune alliance, ni aucune autre bague. Cela signifiait-il qu'elle était célibataire ?

Quel idiot il faisait de se poser autant de questions sur cette inconnue ! Presque à contrecœur, il revint à la réalité et reprit la parole.

— J'ignore pourquoi Reena vous a dit une chose pareille. Je ne prends jamais mes repas dans la salle à manger. Elle est réservée à la famille Cantrell et à leurs invités.

Leyla rougit de plus belle tandis qu'elle se mordillait la lèvre et jetait un coup d'œil vers son fils.

— Je ne sais pas trop pourquoi elle m'a dit ça. Peut-être ai-je mal compris. Ou alors, elle a pensé que Dillon vous dérangerait dans la cuisine.

— Il ne me dérangera pas, assura-t-il. J'aime les enfants.

Même s'il était difficile de déchiffrer son expression, il lut le soulagement dans ses yeux. On aurait dit qu'elle s'était attendue à ce qu'il soit difficile, voire désagréable.

Et, sans qu'il puisse s'expliquer pourquoi, cette idée lui sembla insupportable. Pourquoi ce qu'elle pensait de lui comptait-il autant à ses yeux ?

— Je suis navrée qu'il y ait eu un malentendu. Je vais tout rapporter dans la cuisine.

— Non, ne prenez pas cette peine. Ça ira, je dînerai là pour ce soir.

Il se rendit dans la salle à manger et découvrit que la table de bois, pouvant aisément accueillir vingt convives, était dressée pour une seule personne. Non loin de l'assiette, deux grosses chandelles brillaient, et un grand vase de fleurs fraîches décorait le centre de la table.

Bien sûr, il avait déjà mangé dans cette pièce, en présence de la famille, ou lorsqu'il y avait des invités. Mais prendre un repas seul ici, comme s'il était le patriarche des lieux, lui semblait ridicule. Mais peu importe, il s'accommoderait de la situation, pour ce soir, afin d'épargner à Leyla un supplément de travail inutile.

Il venait de s'asseoir et de remplir son assiette avec un assortiment des différents plats quand le téléphone portable attaché à sa ceinture brisa le silence.

C'était Quint Cantrell. Le propriétaire du ranch Chaparral était son ami depuis de nombreuses années, et leur relation était davantage fraternelle que professionnelle.

— Quoi de neuf, Quint ?

— Crois-le ou non, je suis en route pour l'épicerie. Maura a une envie irrésistible de beurre de cacahuète, or les garçons ont vidé le dernier pot ce matin. En bon époux, j'ai proposé d'aller lui en chercher.

Quint était marié depuis quelques années à une charmante infirmière rousse. Ils avaient deux jeunes fils, Riley et Clancy, qui deviendraient sans doute éleveurs de bétail à leur tour. Maura attendait un autre enfant, qui devait naître à la fin de l'été. Son ami avait une famille aimante et parfaite. Chose que Laramie n'avait jamais connue.

— Tu gâtes trop ta femme, plaisanta-t-il.

— Elle me traite comme un prince, alors qu'est-ce que je devrais faire ?

Il aurait pu répondre à Quint qu'il n'interrogeait pas la bonne personne. Ses relations avec les femmes étaient du genre courtes, et sans complications. A moins que quatre rendez-vous en un mois ne comptent pour du long terme, il n'avait jamais eu d'histoire sérieuse.

— Je dirais que tu devrais faire exactement ce que tu fais.

— Tu es malin, répondit Quint avec un petit rire. Alors, que s'est-il passé au ranch aujourd'hui ? Rien de grave, j'espère.

S'adossant à la chaise, il passa la main dans ses cheveux humides.

— Pas aujourd'hui, Dieu merci. En fait, nous avons retrouvé les trois chevaux manquants. Ils étaient à l'arrière de la propriété. Pas loin de la clôture de Tyler Pickens.

— Comment diable sont-ils arrivés là-bas ? Est-ce que tu as vu des clôtures renversées entre nos terres et celles de Pickens ?

— Non. Mais nous n'avons pas encore eu le temps de vérifier chaque clôture.

— Ça prendrait des jours, dit Quint.

Après une longue pause, il ajouta :

— Et tu n'as pas de main-d'œuvre à gâcher là-dessus pour l'instant. Tu vas avoir besoin de tous les cow-boys pour le rassemblement de printemps. Puisque les chevaux ont été retrouvés, laissons tomber.

Ces derniers mois, le Chaparral avait connu des incidents inexpliqués. Comme du bétail malade, des chevaux disparus, et des machines en parfait état qui tombaient subitement en panne. Laramie et Quint voulaient croire que ces événements étaient dus à la malchance mais, à mesure que les problèmes s'accumulaient, cette idée devenait de plus en plus difficile à accepter pour les deux hommes.

— C'est vrai. Le marquage au fer est plus important. Et il n'y a pas un seul homme sur le ranch qui ne soit pas excité par le rassemblement. Je devrais sans doute affronter une mutinerie si j'en envoyais quelques-uns vérifier les clôtures.

— Pire qu'une mutinerie, approuva Quint.

Après un instant, il ajouta :

— En fait, je t'appelais surtout pour savoir si Leyla était arrivée.

— Je l'ai rencontrée il y a quelques minutes. J'avais oublié que tu avais mentionné la remplaçante. Je ne me souvenais pas que Reena devait partir si vite.

— Fichtre, grand-père s'est donné du mal pour faire venir Reena chez lui. Je ne suis pas sûr qu'elle soit ravie de changer de cadre, mais elle ne veut pas contrarier un vieil homme.

— Abe est du genre grincheux quand il n'obtient pas ce qu'il veut.

— Tu as raison. De toute façon, j'ai assez de problèmes comme ça. Surtout avec la grossesse de Maura. Je n'arrive pas à lui faire lever le pied. Elle a quarante ans, mais elle se comporte comme si elle en avait vingt.

Soudain, il s'interrompit, puis eut un rire contrit.

— Je suis navré, Laramie, assez parlé de moi. Il faut que je te demande si Leyla est bonne cuisinière. Sinon, je devrai trouver quelqu'un qui te convienne.

— Je ne peux pas encore te le dire. J'allais commencer à dîner quand tu m'as appelé.

— Bon sang, il est tard ! s'exclama Quint. Tu aurais dû rentrer il y a deux heures.

— Comme si tu rentrais à des heures décentes !

Quint eut un rire ironique.

— Maura essaie de me raisonner, et je m'applique à rentrer tôt au moins trois fois dans la semaine.

— Je ne me tue pas à la tâche.

Et il allait faire comprendre à Leyla qu'elle n'avait pas besoin d'attendre pour lui servir son repas s'il rentrait tard.

Quint s'éclaircit la gorge.

— Je ne t'en demande pas trop, dis-moi ?

Dérouté par la question de son ami, il fronça les sourcils.

— Tu ne me demandes rien que tu ne ferais pas toi-même. Pourquoi ?

— Ça va sans doute te sembler bizarre, mais j'espère que tu seras gentil avec Leyla.

Il sourit, mais il était intrigué.

— Pourquoi je ne serais pas gentil ? Je ne suis pas exactement un gentleman, mais je sais être courtois.

— Si, tu es toujours un gentleman. Mais je… Eh bien, Maura et moi apprécierions si tu étais particulièrement agréable avec elle. Elle a connu des moments difficiles dans sa vie. Il est temps que quelqu'un la traite bien.

— Oh ! Est-ce qu'elle… — s'inquiétant qu'elle puisse entrer dans la pièce et l'entendre, il baissa la voix — a un mari ?

— Non. La seule famille qu'elle ait à notre connaissance, c'est sa tante Oneida, qui est en maison de repos. Ma belle-sœur Bridget et son mari, Johnny, ont accouché le bébé de Leyla à l'arrière d'une voiture, il y a quelques années. Elle essayait de se rendre seule à l'hôpital de la réserve indienne. La route était couverte de neige, et elle s'est retrouvée coincée. C'est une chance qu'ils l'aient trouvée. Sinon, son bébé et elle auraient pu y rester.

Pendant un instant, Laramie ne sut quoi dire. Il ne pouvait imaginer cette pauvre fille souffrir des douleurs de l'accouchement, bloquée dans un véhicule gelé, sous la neige. Elle avait dû être terrifiée, et se sentir atrocement seule, abandonnée par le monde entier.

— Ça a dû être terrible.

— Oui. Elle a dit à Bridget que sa famille était morte.

Mais nous nous demandons si elle n'a pas des parents quelque part, et si elle n'a pas coupé les ponts avec eux.

— Tu veux dire qu'elle s'est peut-être enfuie ?

— De nos jours, qui peut savoir ? Quoi qu'il se soit passé, il est clair qu'il n'y avait personne pour lui offrir le moindre soutien.

— Je vois.

Mais en réalité, non, il ne voyait pas du tout. Comment une femme aussi jolie pouvait-elle être seule ?

— Et je te promets de ne pas lui donner de fil à retordre.

— Bien. Et maintenant, je te laisse à ton dîner, je te rappellerai demain.

Quint prit rapidement congé, et Laramie attaqua enfin son repas. Mais tandis qu'il dégustait son rôti et ses légumes, ses pensées tournaient autour de Leyla et de son fils.

Même si elle s'était séparée de ses parents, il y avait bien un homme quelque part. Pourquoi n'était-il pas là ? L'enfant avait besoin d'un père. Hélas, il était bien placé pour le savoir. N'aurait-il pas, lui aussi, eu besoin d'un père toutes ces années ?

Mais tu avais un père. Diego Jaime t'avait adopté, d'accord, mais il tenait à toi, il t'aimait exactement comme s'il avait été ton père. Tu n'as pas le droit de te sentir lésé ou de t'apitoyer sur ton sort, Laramie.

Il essayait de faire taire cette petite voix dans sa tête quand il entendit des pas. Il leva les yeux et vit Leyla qui lui apportait un pichet de thé glacé. Son cœur s'emballa. Ressentait-elle la même chose ? Comme une tension électrique qui flottait dans l'air, entre eux ?

Mais elle semblait très calme, presque indifférente…

— Voulez-vous que je vous resserve ? demanda-t-elle.

Il posa son verre près du bord de la table pour qu'il soit plus facile à atteindre pour elle. Quand elle s'approcha, un parfum délicatement musqué s'échappa de ses cheveux et

l'enveloppa, doux et mystérieux. Quelques instants s'écou-
lèrent, le temps s'arrêta. Troublé, il revint à la réalité.

— La nourriture est délicieuse, dit-il. Vous êtes une
très bonne cuisinière.

— Merci.

— Je ne m'étais pas rendu compte que Reena devait
partir si vite. Vous avez dû arriver ce matin, après le petit
déjeuner.

— Oui, monsieur Cantrell était impatient de l'avoir à
Apache Wells. Jim, son cuisinier, s'est cassé la jambe. Ils
ne savent pas combien de semaines cela prendra pour qu'il
se remette. Alors, elle reste là-bas, et moi ici.

— Oui. Quint m'en a parlé.

Elle serra légèrement les lèvres, puis détourna le regard.

— J'avais oublié. Vous êtes le patron. Vous êtes censé
être au courant de ces choses.

Il n'était pas le patron, surtout pas pour elle ! Il n'aimait
pas qu'elle pense à lui en ces termes. Il voulut le lui rappeler,
mais il se tut. Elle avait besoin de temps pour s'habituer à
lui et à son nouvel environnement, sans qu'il la reprenne
à la moindre occasion. Sans savoir pourquoi, il avait envie
de la protéger.

— Vous avez déjà vécu dans un ranch ? demanda-t-il.

— Non. Pourquoi me posez-vous cette question ?

Il l'ignorait, à vrai dire. Peut-être parce qu'elle semblait
un peu perdue ?

— Juste par curiosité. C'est très différent de la vie en ville.

— Cela fait longtemps que je n'ai pas vécu près d'une
ville. Avant que je vienne ici, je vivais dans les montagnes,
à la réserve. Seule, ajouta-t-elle en relevant légèrement le
menton.

Voulait-elle lui faire comprendre qu'elle était capable
de se débrouiller sans l'aide de personne ?

Cette étincelle rebelle le surprenait. Et attisait son intérêt
et son admiration pour elle. Il détourna le regard, troublé.

— C'est bien. Je veux dire, vous devriez vous plaire ici, alors.

Leyla acquiesça d'un hochement de tête, puis tourna les talons et quitta la pièce. Une fois qu'elle fut dans la cuisine, elle rangea le thé glacé dans le réfrigérateur.

Reena lui avait dit que Laramie Jones était un homme gentil, et qu'elle n'aurait aucun problème avec lui. Mais elle ne l'avait pas prévenue qu'il était jeune et séduisant. Avec sa grande silhouette dégingandée, ses cheveux noirs et ébouriffés, il était plus sexy que beau.

Depuis le père de Dillon, elle n'avait jamais regardé un homme avec autant d'attention. Elle avait même remarqué ses yeux. Des yeux d'un mélange incroyable de bleu et de noisette, au fond desquels des lumières et des ombres dansaient, sensuelles.

Et dire que c'était l'homme pour lequel elle allait cuisiner ! Elle devait être prudente avec lui. Et ne pas se laisser aller aux fantasmes et aux rêveries.

Reena lui avait dit qu'il était célibataire et qu'il résidait dans cette grande maison luxueuse. Sa chambre se trouvait à l'étage et la domestique, Sassy, la lui avait montrée, au cas où elle aurait besoin de l'appeler pour une urgence en pleine nuit. Heureusement, c'était Sassy qui s'occuperait de sa chambre et de son linge...

— Maman, maman.

Dillon, son fils de bientôt trois ans, tirait sur sa jambe. Il tenait une feuille de papier qu'il avait découpée dans son livre de coloriage. Les traits orange vif allaient du poney au milieu de la page jusqu'aux bords.

— C'est très joli, Dillon. Tu as colorié le poney en orange. Tu sais dire « orange » ?

Le garçon forma un O avec sa bouche.

— Orr-range. Orr-range.

— Bien. Très bien.

Elle prit sa petite main et le conduisit vers la table.

— Et parce que tu as colorié un si beau dessin, je vais te donner des biscuits et du lait. Ça te dit ?

Enthousiaste, il fit oui de la tête. Leyla l'installa sur une chaise et posa un baiser sur sa joue. Dillon était son espoir et ses rêves, le centre de son monde. Son amour pour lui était si grand que, rien qu'à y songer, elle en avait les larmes aux yeux. Peu importait que son père ait été un mufle doublé d'un menteur. Qu'il ait fui à toutes jambes dès qu'il avait appris sa grossesse. Son précieux petit garçon compensait le fait d'avoir été rejetée, les nuits de solitude et les longues heures de travail pour leur offrir à tous deux de quoi vivre convenablement.

— Biscuits, maman ! Veux manger !

— Doucement, mon bonhomme. Je te prépare ça.

Après avoir servi à son enfant des gaufrettes aux figues et du lait, elle nettoyait les casseroles quand elle entendit un bruit de bottes derrière elle.

Elle tressaillit. Regardant par-dessus son épaule, elle vit le directeur du ranch qui portait son assiette et son verre dans sa direction. Alors qu'il aurait très bien pu la laisser débarrasser la table et monter directement dans sa chambre ! Elle croyait rêver. Dans sa vie, les hommes étaient loin d'être aussi attentionnés.

— Je vous rapporte ma vaisselle, dit-il en posant les plats sur le comptoir. Le repas était délicieux, merci.

Lorsque son regard rencontra le sien, elle sentit son cœur s'emballer.

— Vous n'avez pas à me complimenter sur ma cuisine. Dites-moi juste quand quelque chose ne va pas.

Armée d'un tampon à récurer, elle se remit à frotter une casserole avec vigueur pour masquer son émotion. Il lui avait même fait un compliment ! Décidément, cet homme venait d'un autre monde…

— Aimeriez-vous un dessert, un café ? Ou un autre verre de thé glacé ? proposa-t-elle.

— Je veux bien un dessert, merci beaucoup. Servez-moi ce que vous voulez. Avec un petit café, ce serait parfait. Si ce jeune homme veut bien partager sa table avec moi, je vais m'installer ici.

Leyla regarda son fils, s'attendant à le voir bondir de la chaise pour courir se réfugier dans ses jupes. Mais à sa grande surprise, Dillon resta tranquille à sa place et, curieux, se mit à observer cet homme si grand, assis à côté de lui.

— Tu t'appelles William, hein ? demanda Laramie à l'enfant.

Désorienté et un peu vexé par une question qu'il devait trouver idiote, il répondit presque en criant :

— Dillon !

— Oh. Pardon, je croyais que tu t'appelais William.

Dillon secoua la tête et regarda désespérément sa mère, puis Laramie.

Absorbée par la scène qui se déroulait devant ses yeux, elle avait complètement oublié que le charmant cow-boy attendait son dessert ! Tandis qu'elle préparait une tasse de café et disposait une part de tarte aux pommes sur une assiette, elle entendit derrière elle Laramie rire doucement.

Un rire grave et doux, aussi agréable que le chant d'un oiseau de nuit par une belle soirée d'été.

Cela lui faisait tellement plaisir de voir son fils serein et heureux. Mais comment diable avait fait Laramie pour gagner sa confiance en si peu de temps ? Elle lui jeta un regard à la dérobée. Cet homme était sacrément séduisant… et le voir avec Dillon lui réchauffa le cœur. Elle eut la douce impression d'un père avec son fils. Et, pour un instant, le rêve d'une famille prit forme devant ses yeux : Dillon, Laramie et elle. Ensemble, pour la vie.

— Quel âge as-tu, Dillon ? demanda-t-il.

Tandis que Leyla s'approchait de la table avec le café et le dessert, Dillon agita un doigt à l'attention de Laramie.

— Un an ? Eh bien, j'étais sûr que tu étais plus grand.

En guise de réponse, Dillon tendit deux doigts.

— Tout ça ! Eh bien, tu es grand pour deux ans.

— Techniquement, Dillon a raison, il a deux ans. Mais il aura trois ans dans quelques jours, intervint-elle.

Elle posa la tarte et le café devant lui. Et son parfum — une odeur de chevaux, de cuir, d'herbe et de soleil tout à la fois —, s'insinua en elle, rallumant une flamme qu'elle pensait assoupie à jamais. C'était un parfum très masculin, qu'elle trouvait bien plus attirant qu'une eau de toilette de luxe. Et bien plus enivrant…

— Oh ! C'est bien ce que je pensais. Je lui donnais trois ans, dit Laramie.

Son commentaire la surprit.

— Vous avez de l'expérience avec les enfants, monsieur Jones ?

— Pas beaucoup. Mais Quint a deux garçons, et je les ai vus grandir. Et ne m'appelez pas « M. Jones », tout le monde m'appelle Laramie.

Elle sentit le rouge lui monter aux joues, et recula d'instinct.

— D'accord, Laramie.

— Et, autre chose. La plupart du temps, je rentre tard, bien après la tombée de la nuit. Inutile pour vous de m'attendre dans la cuisine jusqu'à mon retour. Laissez-moi simplement quelque chose dans le tiroir-réchaud du four.

La froideur de ces instructions la blessa. Pourquoi cette distance soudaine ? C'était presque comme s'il lui disait qu'il ne voulait pas de sa compagnie ou de celle de Dillon. Alors qu'il lui avait semblé si accessible… Mais, après tout, certains hommes n'aimaient pas être dérangés par les babillements d'un enfant ou les allées et venues d'une femme. Peut-être que, finalement, il était un de ceux-là. Elle devait arrêter de rêver. Et tout de suite.

— C'est mon travail de vous servir. C'est ce pour quoi Quint me paie. Si je ne fais pas mon travail, autant rentrer chez moi.

— Et c'est où, chez vous ?

Pourquoi cette question étrange ? Elle n'aimait pas la tournure que prenait la conversation. Elle sentit son visage se fermer presque malgré elle. D'ailleurs, sa méfiance devait être tellement évidente qu'elle le vit hausser les épaules, déstabilisé.

— Ça ne fait rien. Vous n'êtes pas obligée de me répondre.

A ces mots, elle se détendit. Ouf, il se contentait de faire la conversation, il ne fouillait pas dans son passé.

— La maison de ma tante se trouve à la réserve. C'est là-bas que je vis.

Il esquissa un petit sourire.

— Alors, je suppose que vous vous sentez tout à fait chez vous, ici, dans les montagnes.

Chez elle ? Non, pas vraiment. Elle n'avait pas ressenti cette impression, celle d'être à sa place, depuis bien longtemps. Elle avait quitté la maison familiale, près de Farmington, il y avait plus de trois ans, alors qu'elle était enceinte de quatre mois. Depuis, elle n'avait plus eu aucun contact avec ses parents. Et elle n'avait parlé à ses sœurs qu'en de rares occasions, au téléphone. Sa mère, Juanita, lui manquait beaucoup, ainsi que ses sœurs, bien sûr. Mais elle n'avait jamais été très proche de son frère aîné, Tanno. Il ressemblait trop à leur père, George, un homme paresseux qui dominait toutes les femmes de la famille. Leyla avait souvent songé à appeler sa mère, surtout depuis la naissance de Dillon, mais elle y avait renoncé. Si son père venait à avoir connaissance de son coup de fil, il se comporterait de manière encore plus mesquine avec sa mère. Pour l'instant, elle devait se contenter du fait que ses sœurs l'avaient informée de la naissance de Dillon. Et surtout, du fait que son petit garçon était en bonne santé et heureux.

— Oui, je me sens bien, ici, dit-elle.

— Vous allez vivre dans la maison ?

— Oui, dans l'appartement de Reena. Le trajet depuis la réserve prendrait des heures. Et ma vieille guimbarde ne tiendrait pas le coup.

Et elle en avait assez dit comme ça, songea-t-elle, tournant les talons et retournant à son évier plein de casseroles. Elle avait beau se sentir attirée par Laramie, elle avait déjà échangé plus d'informations avec lui qu'elle ne l'aurait voulu. Elle ne résiderait au ranch que le temps que Jim se remette de sa fracture. Ensuite, Reena reprendrait son poste de cuisinière du Chaparral.

De son côté, Leyla retournerait à la réserve, et tenterait d'économiser assez d'argent pour entamer des études d'infirmière. Alors, pendant qu'elle était ici, dans cet immense ranch luxueux, elle se concentrerait sur ses projets d'avenir. Un avenir qui n'incluait qu'elle et Dillon.

Un avenir qui n'incluait certainement pas un grand cow-boy aux cheveux ébouriffés, au sourire en coin et aux fascinants yeux bleu et noisette.

Elle lui lança un regard furtif, et ce qu'elle vit la stupéfia.

Dillon, son petit garçon qui ne parlait presque jamais aux inconnus, en particulier les hommes, était assis sur les genoux de Laramie, comme s'il venait de trouver son papa.

— Dillon ! s'exclama-t-elle. Mais qu'est-ce que tu fais ?

— Nous mangeons, expliqua Laramie avec un sourire. Voyez-vous, votre fils et moi avons décidé de devenir compagnons de selle. Et les compagnons de selle partagent toujours leurs repas.

Leyla les observa, ébahie. Cet homme était rentré couvert de poussière et fatigué. Il avait sans doute eu une très longue journée. Pourtant, il avait assez de patience pour donner à son fils un peu d'attention. Cette pensée lui fit monter les larmes aux yeux, et elle retourna rapidement à sa vaisselle, avant que le cow-boy puisse voir qu'il avait fait fondre son cœur.

Oh ! pourquoi ne l'avait-elle pas rencontré avant ? Avant

que son chemin ne croise celui du père de Dillon et que tout devienne si compliqué pour elle ? Avant… quand elle croyait encore à l'amour.

A travers le brouillard de ses larmes, elle regarda Dillon assis sur le genou de Laramie. Il pourrait être un bon père pour son fils. Et en plus, il l'attirait. Mais elle serait folle de s'abandonner à ce genre de pensée. L'amour était un piège, et plus jamais elle ne mettrait sa vie entre les mains d'un homme. Sans compter que Laramie était sans doute quelqu'un de trop bien pour elle. Hors de sa portée. Non ?

Le lendemain, Laramie et Russ Hollister, le vétérinaire du ranch, se rendirent à Ruidoso pour passer en revue plusieurs céréales protéinées vendues dans un nouveau magasin. Ils trouvèrent un bon mélange à inclure dans le programme nutritionnel du bétail.

Sur le chemin du retour, Laramie regarda l'heure sur le tableau de bord du pick-up.

— Tu es pressé de rentrer au ranch ? demanda-t-il au vétérinaire.

— Non. Laurel est à la clinique, en cas d'urgence. Elle peut s'occuper de presque tout.

— Oui. J'ai remarqué. Tu ferais mieux de faire attention, ou tu pourrais perdre ton emploi, plaisanta-t-il.

Russ rit.

— J'ai été un bon enseignant.

Environ deux mois plus tôt, Russ avait épousé Laurel, son assistante de longue date. Elle attendait aussi leur premier enfant, et Laramie n'avait jamais vu de couple plus heureux, en dehors de Quint et Maura. L'amour, le mariage et les enfants faisaient indirectement partie de sa vie depuis plusieurs années. Il était très heureux pour ses amis, pourtant, en ce qui le concernait, il avait l'impression de ne pas être fait pour ce genre de vie. C'était un solitaire. Tout comme Diego.

— J'ai une propriété pas loin de l'autoroute, dit-il. Si ça

ne t'ennuie pas, j'aimerais m'y arrêter quelques instants. Ça m'épargnerait un autre trajet.

— Pas de problème. J'aimerais bien la voir, dit Russ.

Cinq minutes plus tard, Laramie empruntait une route départementale qui traversait des collines couvertes de genévriers broussailleux et de sauge. Le vert des herbes contrastait avec le rouge de la terre.

— Il y a une maison, remarqua Russ. Elle fait partie de ta propriété ?

— Crois-le ou non, je vivais autrefois dans cette maison. Avec l'homme que j'appelais « papa ».

— Que tu *appelais* ? répéta Russ, intrigué.

Laramie gara le pick-up devant une petite maison à l'aspect bien soigné. Le stuc de couleur crème avait été repeint récemment, et les bardeaux de la toiture étaient tous en place. Depuis qu'il avait hérité de la maison, à la mort de Diego, il avait mis un point d'honneur à entretenir la bâtisse.

Il la regarda avec une pointe de fierté mélangée à de la nostalgie, et repensa à Diego. Il poussa un soupir.

— Diego Jaime n'était pas mon vrai père, expliqua-t-il. Mais je n'avais que quelques jours quand il m'a recueilli.

— Vraiment ? Où est-il maintenant ? On dirait que personne ne vit ici.

— Diego est mort quand j'avais à peine seize ans. Il n'était pas marié, alors nous n'étions que tous les deux. Il m'avait toujours dit que, si quoi que ce soit lui arrivait, je devais aller voir Lewis Cantrell. C'est ce que j'ai fait. Je suis allé au ranch Chaparral, et j'ai demandé du travail.

Plongé dans les souvenirs, il détourna le regard.

— Pour une raison que je ne comprendrai jamais, Lewis m'a accueilli comme l'un des leurs. Et je lui serai éternellement redevable.

— Lewis était doué pour cerner les gens, commenta

Russ, troublé par les confidences de son ami. Et je crois savoir que tu as remboursé ta dette plusieurs fois.

Laramie lui lança un regard sceptique. Diego et Lewis avaient tous les deux été très importants pour lui. Hélas, ils n'étaient plus là, et si la tristesse le submergeait immanquablement quand il pensait à eux, il se sentait béni d'avoir fait partie de leur vie.

Mais il fallait maintenant revenir à la réalité. Il chassa les souvenirs et se tourna vers Russ.

— Je vais faire le tour de la maison, pour voir s'il n'y a rien de cassé, dit-il. Reste là, si tu préfères.

— Non, je viens avec toi. J'ai besoin de me détendre les jambes.

Ensemble, ils commencèrent à inspecter les abords de la maison. La journée printanière était chaude, et la neige fondue avait fait monter le niveau des rivières et des ruisseaux à plein bord. Non loin de la maison, le bruit de l'eau se mêlait au chant des oiseaux. Plus loin, une vache appelait son veau. Les images et les sons ramenaient toujours Laramie à l'époque où, jeune garçon, il explorait les montagnes et y jouait. Diego avait toujours possédé quelques vaches, moutons et chevaux. Sans parler des chiens et des chats qui avaient élu domicile chez eux. Les trois quarts de son enfance, il les avait passés au grand air, et il avait été un garçon heureux, dans l'ensemble. Même s'il n'avait pas eu deux vrais parents.

— J'ignorais que nous avions tant de points communs, dit Russ tandis qu'ils contournaient la maison.

— Comment ça ? demanda-t-il, surpris.

— J'ai été élevé par ma mère, et elle est morte quand j'avais dix-sept ans.

Laramie regarda son ami comme s'il le voyait pour la première fois. Il n'aurait jamais imaginé partager avec lui le même passé familial : le rejet, l'incertitude…

— Et ton père ?

— Mes parents ont divorcé. Après ça, mon père a disparu de la circulation.

Son amertume n'échappa pas à Laramie. Il connaissait bien la détresse de l'abandon. Il posa une main sur son épaule.

— Hmm. Au moins, tu sais qui il était.

— Toi aussi, dit Russ avec un sourire. Ton père était Diego Jaime.

— Oui, dit-il, reconnaissant. Tu as raison.

C'était vrai, en plus. Diego avait été un père pour lui, au plein sens du terme. Mais après tant d'années, il lui arrivait encore de s'interroger sur sa mère. Pourquoi avait-elle confié son bébé à un voisin, avant de disparaître et de ne jamais revenir ? Elle l'avait rejeté, et cela lui faisait toujours mal. D'autre part, cette histoire lui avait toujours semblé peu vraisemblable, et il s'était souvent demandé si Diego ne lui avait pas donné qu'une version partielle de la vérité. Mais il n'avait jamais insisté pour savoir. Malgré sa blessure d'enfant abandonné, après tous les sacrifices que cet homme avait fait pour lui, cela aurait semblé très ingrat de sa part de le traiter de menteur. D'ailleurs, si sa mère avait vraiment voulu que son fils fasse partie de sa vie, elle aurait pu revenir. Mais elle ne l'avait jamais fait. Et cela voulait tout dire.

Mieux valait ne pas ressasser le passé… Il y aurait toujours un vide chez lui, un vide que personne ne pourrait jamais combler. Un vide avec lequel il avait appris à vivre.

Cet après-midi-là, Leyla préparait le repas du soir quand Sassy sortit de la buanderie, portant un panier de linge sec.

— Mmm. Ça sent bon. Qu'est-ce que tu concoctes pour le dîner ?

Sassy posa le panier sur la table de la cuisine et rejoignit Leyla devant le long plan de travail.

— Une tourte au poulet. Tu crois que Laramie aime ce genre de plats ?

Elle ne voulait pas le décevoir. Et d'ailleurs… s'il appréciait sa cuisine, peut-être aussi qu'il l'apprécierait, elle. Sassy ne sembla pas s'apercevoir de son inquiétude et haussa les mains dans un geste d'impuissance.

— Aucune idée. Je le vois à peine. Et même quand il est là, il n'est pas très causant. Crois-moi, ce n'est pas faute d'avoir essayé de lui délier la langue !

Pas très causant ? Etrange. Elle l'avait trouvé très bavard hier, d'autant plus qu'il venait à peine de faire sa connaissance et celle de Dillon. Ce matin, au petit déjeuner, il n'avait pas beaucoup parlé, c'est vrai, mais c'était parce qu'il avait passé l'essentiel du repas au téléphone, à donner des ordres à ses employés.

Elle regarda Sassy, qui, du haut de ses vingt-quatre ans, lui semblait bien plus expérimentée qu'elle, qui en avait pourtant vingt. Il ne lui avait pas fallu longtemps pour comprendre que Sassy aimait beaucoup les hommes, et que son statut de célibataire semblait lui convenir parfaitement.

— Oh. Il te plaisait ? lui demanda-t-elle alors, intriguée, pour revenir à leur conversation.

Sassy rit et retourna à la table, où elle sortit un drap du panier.

— Tu plaisantes ? Quelle femme saine d'esprit ne serait pas attirée par ce beau mâle ? Mais il ne m'a fallu que deux jours pour comprendre qu'il n'était pas mon genre et que je n'étais pas le sien. Quoique je ne sois pas sûre que Laramie Jones ait un genre… Personne ici ne l'a jamais vu avec une femme.

Leyla écarquilla les yeux. C'était impossible ! Un homme aussi séduisant, seul ?

— Il doit être très occupé, avança-t-elle. Je crois qu'il tient beaucoup à son travail.

Sassy plissa le nez, sceptique.

— Eh bien, j'aime les hommes qui ont une conscience professionnelle. Mais je veux qu'ils me consacrent un peu de temps aussi. Tu vois ce que je veux dire ? Un homme qui ne pense qu'au travail et ne se détend jamais, ce doit être assommant. Tiens, en parlant d'hommes, il est où ton petit mec, Dillon ?

— Il fait une sieste. Il devrait se réveiller bientôt.

— Ton fils est si mignon que ça me donne presque envie d'avoir un enfant. Presque, ajouta-t-elle avec un rire.

— Tu as déjà été amoureuse ? demanda Leyla, curieuse.

Elle s'en voulut aussitôt. Ce n'était pas son genre de poser des questions personnelles. En fait, ce n'était pas son genre de parler tout court. Mais Sassy, un vrai moulin à paroles, la mettait à l'aise, aucun sujet ne semblait tabou avec elle. Ça lui faisait du bien de converser un peu avec quelqu'un.

Et puis, en quelque sorte, elle l'enviait. Oh ! pouvoir se sentir aussi libre et joyeuse, penser à la vie et aux relations sentimentales comme à une source de plaisir et non de peur… Mais peut-être que Sassy ne faisait que donner le change, avec ses rires brefs et tous ses discours sur les hommes ? Peut-être qu'au fond elle se sentait aussi seule et démunie qu'elle ?

— Oh ! Leyla, j'ai cru être amoureuse une bonne dizaine de fois ! Surtout au lycée. Les filles sont si stupides à cet âge-là.

Elle commença à plier le drap.

— Finalement, non, peut-être que je ne devrais pas dire stupides…, rectifia-t-elle. Disons plutôt, vulnérables. Mes amies et moi, nous croyions que tous les garçons qui nous embrassaient étaient des héros ou des princes. Et chacune de nous était la seule princesse du royaume. Dieu merci, j'ai dépassé ce stade.

Leyla sentit son cœur se glacer.

— Le père de Dillon faisait toutes sortes de promesses, dit-elle d'une voix calme. Et j'ai été assez stupide pour le croire.

Sassy porta la main à sa bouche.

— Oh ! Leyla, je suis navrée. Je ne faisais que bavasser. Je ne parlais pas de toi.

Leyla sentit soudain une vague de tristesse déferler sur elle. La gorge serrée, un petit sourire courageux aux lèvres, elle reprit :

— Ça ne m'ennuie pas d'avouer que j'étais une fille stupide. Heath, le père de Dillon, était un charmeur. Mais ses belles paroles n'étaient que des mensonges. J'ai appris beaucoup de choses avec lui. Des choses que je n'oublierai jamais, dit-elle avec amertume. Notamment qu'une femme doit se débrouiller seule. Parce qu'on ne peut pas compter sur les hommes.

L'air préoccupé, Sassy posa le drap plié sur la table, puis revint près d'elle.

— Ecoute, je ne vais pas te demander ce qui s'est passé. A l'évidence, c'était un salaud, de toute façon. Simplement, je ne crois pas que tu doives détester tous les hommes à cause de lui.

— Je ne déteste pas les hommes. J'ai juste du mal à leur faire confiance, rectifia-t-elle avec un soupir.

— En tout cas, j'en conclus que tu ne veux pas d'homme dans ta vie. Et c'est vraiment dommage.

— Peut-être pour toi. Pour moi, c'est le bon choix, dit-elle avec conviction, du moins pour l'instant, tant que mon fils est petit.

Sassy secoua la tête, et retourna à son linge.

— D'accord. J'espère juste que Reena ne reviendra pas avant un bon moment.

— Pourquoi ? C'est la maison de Reena. Je ne suis ici que temporairement.

— Peut-être, mais j'ai besoin de temps pour te convaincre. Et avant ton départ, tu te chercheras un mari.

— Un mari ! Pourquoi aurais-je besoin d'un mari ? demanda Leyla, perplexe. Elle avait du mal à suivre les pensées de sa nouvelle copine. Ou voulait-elle en venir ?

— Parce que, dit joyeusement Sassy, tu as besoin d'un papa pour Dillon.

Leyla en resta sans voix.

Pour la première fois depuis des semaines, Laramie regagna ses quartiers avant la tombée de la nuit, un exploit qui le faisait presque se sentir coupable. Mais, tandis qu'il garait le pick-up à l'arrière de la maison, il se souvint que le rassemblement du troupeau commençait dans deux jours. Tant lui que tous les autres employés du ranch méritaient de prendre un peu de repos avant la longue semaine de travail qui se profilait à l'horizon.

Lorsqu'il passa le portail, il entendit les rires aigus de Dillon. Il avait souvent entendu les garçons de Quint jouer, mais quelque chose chez cet enfant le touchait profondément.

Il s'avança et aperçut enfin Dillon sur le portique que Frankie avait acheté il y a longtemps, lorsque son premier petit-fils était né. Le petit garçon était assis sur une des balançoires, tandis que sa mère le poussait et le faisait tourner doucement.

— Plus vite, maman ! Plus vite !

— Je ne peux pas aller plus vite. Et puis, je ne veux pas que tu tombes, dit-elle.

Il se dirigea vers eux.

— Allons, Leyla, un peu plus vite, ça ne peut pas faire de mal.

En entendant sa voix, elle se retourna, surprise. Et il fut aussitôt frappé par sa beauté si simple et naturelle. Une longue jupe imprimée de minuscules fleurs rouges tournoyait autour de ses jambes et moulait les courbes de ses hanches tandis que sa chemise blanche contrastait avec sa peau mate. Le soleil brillait dans ses cheveux de jais et peignait une nuance d'un rose doré sur ses pommettes. Comment un homme avait-il pu lui faire un enfant et disparaître ? Cela le dépassait.

— Laramie ! Je ne vous attendais pas si tôt.

Elle fit prestement descendre Dillon de la balançoire et essaya de le ramener vers la maison. Mais le petit garçon, pas du tout content à l'idée d'interrompre son jeu, se braqua, planta ses talons dans le sol et protesta.

— Non ! Laisse-moi ! Veux balancer !

— Allons, Dillon. Nous devons rentrer pour que je puisse servir son dîner à Laramie.

Il s'avança timidement vers eux. La scène virait au drame, mais quel était le problème, au juste ? Il pouvait très bien s'occuper de Dillon, ça lui changerait les idées après sa longue journée de travail. Et puis, au fond, il avait vraiment envie de rester un peu avec lui et de simplifier les choses pour Leyla.

— Laissez-moi le pousser sur la balançoire, proposa-t-il, pendant que vous finissez ce que vous avez à faire.

Il vit la surprise et la méfiance animer le visage de Leyla. De toute évidence, elle doutait de ses compétences en puériculture ! Ou alors, elle ne pouvait simplement pas croire qu'un homme propose de surveiller son fils pendant quelques minutes. Dans un cas comme dans l'autre, autant se l'avouer, elle ne devait pas avoir une haute opinion de lui. Mais pourquoi cela le perturbait-il ? Il détourna le regard.

— Il est dehors depuis assez longtemps, objecta-t-elle. Il peut rentrer avec moi.

— Croyez-moi, Leyla, dit-il avec un sourire entendu, un petit garçon ne passe jamais trop de temps dehors.

Il avait rassemblé tout son courage pour insister, et son argument avait dû la convaincre, car elle lâcha la main de Dillon et le laissa courir vers le portique.

— Comment le savez-vous ? Vous n'avez pas d'enfants, non ?

Sa question le blessa, même si elle n'aurait pas dû. Ces dernières années, il avait essayé de s'imaginer en tant que père. Mais c'était comme imaginer un cantonnier devenir chirurgien cardiologue ou un concierge devenir magnat de la finance. Bien sûr, c'était possible. Les gens pouvaient toujours progresser mais, en cours de route, les erreurs étaient un passage obligé. Or, l'éducation d'un enfant était trop importante pour prendre le risque de se tromper.

— Non. Mais j'ai été un petit garçon et je peux très bien imaginer ce qui se passe dans la tête de Dillon. Je sais comment on est à cet âge-là.

Il sentit ses yeux sombres le balayer doucement, et eut soudain l'impression d'être mis à nu. Voyait-elle qu'il n'était pas à l'aise avec l'idée d'avoir dans sa vie une femme et des enfants qui attendaient de lui qu'il les protège ? Peut-être devinait-elle qu'un cheval rétif ou un taureau enragé ne l'effrayaient pas le moins du monde, mais que les mots *amour* et *mariage* le terrifiaient.

— D'accord, céda-t-elle enfin. Il peut rester. Mais ne le quittez pas des yeux. Il adore explorer tout ce qui l'entoure, et il disparaîtra en un éclair s'il voit quelque chose qui l'intéresse.

— Ne vous inquiétez pas. Je resterai à côté de lui.

Après un bref hochement de tête, elle se hâta de rentrer. Il la regarda s'éloigner puis rejoignit Dillon, qui avait déjà grimpé sur la balançoire.

— Salut, mon grand, dit-il.

En guise de réponse, Dillon afficha un petit sourire timide et hocha la tête. Encouragé par l'accueil du petit garçon, il ébouriffa ses boucles brunes.

— Et si on se balançait tous les deux ? Qu'en dis-tu ? suggéra-t-il.

Prenant le silence de Dillon pour un accord, il s'installa tant bien que mal sur l'étroite assise de bois de l'autre balançoire. Heureusement, elle était assez robuste pour supporter le poids d'un adulte.

— Allez, ordonna Dillon en désignant de l'index Laramie et la balançoire. Haut !

Laramie rit. Apparemment, ce n'était pas la première fois que Dillon faisait de la balançoire.

— D'accord, je commence, mais seulement si tu te balances toi aussi !

Dillon agita aussitôt les jambes pour tenter de mettre la balançoire en mouvement, et il le poussa doucement pour l'aider à démarrer.

— Youpi ! Je balance vite et haut !

— Oh oui, tu vas vite, approuva-t-il en prenant soin d'aller à la même vitesse que celle de Dillon, vitesse qui devait sûrement sembler follement excitante à un petit garçon de trois ans. Tu dois être un jeune homme très fort.

A ces paroles, Dillon sauta de la balançoire, sans doute persuadé qu'il était important de faire une démonstration de sa force, et tout de suite. Se plantant devant Laramie, il tendit les bras et, en serrant les dents, tenta de faire gonfler ses muscles.

— Tu vois. Fort. Maman dit que je suis fort.

Charmé par le petit bonhomme, il se pencha et fit mine de tâter ses minuscules biceps.

— Ta maman a raison. Tu vas devenir un grand homme.

— Grand. Comme toi.

Dillon tapota de sa petite main le genou de Laramie. Ce geste le bouleversa d'une manière totalement inattendue. Chaque fois que les fils de Quint étaient là, ils n'étaient pas avares de démonstrations d'affection. Quand ils ne grimpaient pas sur lui, ils le tenaient par le cou et l'appelaient « oncle Laramie ». Mais Riley et Clancy étaient différents de ce petit garçon. Contrairement aux Cantrell, Dillon n'avait pas un papa aimant qui était toujours là pour le protéger et le nourrir, le guider et le soutenir. Apparemment, ce petit n'avait personne d'autre que sa mère. Tout comme lui n'avait eu que Diego.

Un nœud lui serra la gorge.

— Tu vas être bien plus grand que moi, Dillon.

L'enfant approcha, et Laramie posa doucement les mains sur ses épaules.

— Tu es déjà monté à cheval ?

Il ouvrit ses grands yeux noirs, et secoua la tête.

— Tu sais ce que c'est, un cheval ?

Dillon acquiesça d'un hochement de tête.

— Orange.

Avec un froncement de sourcils théâtral, Laramie demanda :

— Quoi ?

— Orange, répéta Dillon.

— Je ne parle pas d'un fruit, Dillon. Je…

Avant que Laramie puisse finir sa phrase, Dillon attrapait sa main et le tirait hors de la balançoire.

— Cheval. Orange.

Décidément, ce petit devenait de plus en plus intéressant. Et il savait y faire… Très intrigué à présent, Laramie se laissa conduire à l'intérieur. Une fois qu'ils furent dans la cuisine, il s'attendit à ce que l'enfant le lâche et laisse Leyla lui expliquer. Mais Dillon continua à le tirer jusqu'à ce qu'ils soient devant le réfrigérateur.

Plusieurs dessins étaient collés sur l'appareil avec des aimants, et quand Dillon lui désigna un cheval colorié au crayon, Laramie comprit enfin.

— Oh ! Je vois. Tu as un cheval de couleur orange. Eh bien, c'est un très beau dessin, Dillon. Ton cheval a sans doute une couleur entre l'alezan et le châtain.

Dillon secoua farouchement la tête.

— Orange.

Laramie rejeta la tête en arrière et s'esclaffa.

— Il a du caractère, intervint Leyla.

Elle était en train de poser une énorme tourte devant son assiette. Ses mouvements étaient doux et gracieux, et il laissa son regard s'attarder sur la courbe de sa taille et de ses hanches, sur ses seins pressés sous sa chemise. C'était une fille belle et sensuelle. Mais très jeune. Ce ne serait pas sage de céder à son attirance pour elle.

Ce n'est plus une fille, Laramie. C'est une femme, elle a un enfant. Peut-être que tu ne veux pas le reconnaître, parce que tu as peur de te laisser envoûter.

Il lui fallait revenir au présent. Et arrêter ses rêveries. Il poussa un long soupir.

— C'est une bonne chose que votre fils ait un fort caractère. C'est une qualité chez un homme.

Elle fit signe à Dillon de venir vers elle.

— Viens, Dillon, laissons Laramie manger.

— Je veux manger. Manger aussi !

Elle contourna le comptoir et prit son fils par la main.

— D'accord. Nous allons nous laver les mains, et ensuite tu pourras t'asseoir au bar. Mais tu dois rester calme et poli pendant que Laramie termine son repas.

— Pourquoi ne peut-il s'asseoir à la table, avec moi ? demanda-t-il.

Elle lui lança un regard méfiant.

— Je… parce que ce n'est pas chez lui. Vous…

— C'est chez lui, aussi longtemps qu'il vivra ici. De plus nous sommes amis, et les amis partagent leurs repas. Pas vrai, Dillon ?

Le petit garçon hocha la tête avec vigueur, puis lança un regard incertain à sa mère.

— Ce n'est pas ainsi que cela devrait se passer, dit-elle avec un soupir résigné.

Il sourit, détendu, amusé. C'était vraiment agréable de les avoir, elle et Dillon, près de lui.

— Ah bon ? Et comment est-ce censé se passer, Leyla ? Vous et Dillon en train de vous cacher, pendant que je dîne seul ? Ça n'a pas de sens, non ?

— Je n'ai pas été engagée pour…, commença-t-elle, piquée au vif.

— Oui, je sais, vous avez été engagée pour cuisiner mes

repas. Si vous ne voulez pas partager vos repas avec moi, très bien. J'accepterai le fait que vous n'appréciez pas ma compagnie. Mais si en revanche vous et Dillon souhaitez dîner avec moi, alors j'en serais ravi.

Il la regarda et vit un mélange d'émotions conflictuelles passer sur son visage, parmi lesquelles la surprise. Et il comprit soudain que si elle essayait de garder ses distances c'était parce que, dans son passé, on lui avait fait sentir qu'elle était indésirable. Alors, elle supposait naturellement qu'il ne voulait pas d'elle dans les parages. Cette pensée lui fit une peine immense.

— Puisque Dillon et moi n'avons pas encore dîné, dit-elle enfin, je suppose que ce serait agréable.

— Bien. Je vais me doucher et je reviens tout de suite, dit-il.

Quelques minutes plus tard, il était assis à table et mangeait sa part de tourte au poulet, entouré de Leyla et Dillon, dans un drôle de silence. C'était lui ou les hommes en général qui mettaient Leyla sur la défensive ? Car, même si elle avait accepté de dîner avec lui, elle n'avait guère dit plus de cinq mots. Dillon n'en avait pas dit beaucoup plus, mais il supposait qu'elle lui avait donné pour instruction de rester calme. Il l'admirait d'enseigner les bonnes manières à son fils, surtout à table, mais les babillements spontanés de Dillon lui manquaient.

Si Dillon était son fils… Non, Dillon n'était pas son fils, et il devait se souvenir que son éducation ne le concernait pas. Mais cela ne voulait pas dire qu'il ne pouvait pas faire un peu de conversation.

— Dillon, tu aimes les chats et les chiens ?

— Chat, Tommy. Parti, dit l'enfant avant d'enfourner une bouchée de tourte dans sa bouche.

Laramie regarda Leyla, qui serrait les lèvres. Il s'imagina en train de goûter ces lèvres, de les embrasser jusqu'à ce qu'elles soient gonflées et douces contre les siennes.

— Nous avions un chat appelé Tommy, expliqua-t-elle. Mais j'ai dû le donner parce que nous emménagions ici. Dillon n'était pas très content. Mais il doit apprendre qu'abandonner les choses fait partie de la vie.

Laramie secoua la tête. Décidément, cette femme se faisait de drôles d'idées.

— Mais enfin, pourquoi avez-vous pensé que vous deviez donner votre chat ? Il aurait été parfaitement bienvenu au ranch. Nous avons au moins quinze ou vingt chats qui traînent autour des écuries. Il aurait pu les rejoindre pour un dîner de souris.

— Dîner de souris, répéta Dillon avec un sourire éclatant. Moi aussi veux manger souris, maman.

Laramie ne put s'empêcher de rire, tandis que de l'autre côté de la table Leyla semblait toujours tendue. Voire vexée.

— Je ne m'attends pas à ce qu'un employeur prenne en charge mes problèmes, dit-elle. Et je ne demanderai jamais de faveurs.

Mais quelle histoire pour un petit chat ! Seigneur, soit cette jeune femme était très indépendante, soit elle était trop fière pour accepter l'aide de qui que ce soit. Ou alors, elle croyait devoir faire des sacrifices afin que les gens l'acceptent. Son attitude commençait à l'agacer, mais il ne voulait pas la froisser.

— Ecoutez, Leyla, vous devez comprendre qu'ici tout le monde est comme une grande famille, et nous essayons de nous entraider de toutes les façons possibles.

Elle regarda son assiette, et il se sentit soudain très mal. Pas parce qu'il pensait avoir été trop dur, mais parce qu'elle semblait tellement seule.

— Nous ne serons ici que pour un temps, dit-elle. Je n'ai pas l'intention de devenir un membre de cette famille.

Il dut faire un gros effort pour ne pas taper du poing sur la table et lui hurler dessus. Et si Dillon n'avait pas été présent, il l'aurait sans doute fait. Ce qui était fou. Pourquoi le comportement de cette femme ou ce qu'elle pensait l'affectaient autant ? Et pourtant, quelque chose en elle le frustrait, bien plus qu'il ne l'avait été depuis longtemps. Comment faire pour qu'elle se sente la bienvenue ici au Chaparral ?

Il n'était plus question de faire machine arrière. En prenant sur lui pour dissimuler son irritation, il insista patiemment :

— Eh bien, peut-être pas vous, mais Dillon a besoin de faire partie de cette famille. Ce n'est pas parce que vous voulez garder vos distances qu'il doit forcément suivre l'exemple de sa mère.

Levant le menton, elle lui décocha un regard noir.

— Dillon est mon fils. Pas le vôtre.

Il savait que s'il restait à table il allait dire quelque chose qu'il regretterait. Alors, il posa simplement sa fourchette et se leva.

— Merci pour le repas. J'ai du travail.

Il donna à Dillon une tape affectueuse sur la tête, puis quitta rapidement la pièce.

« Dillon est mon fils. Pas le vôtre. »

Leyla l'avait non seulement remis à sa place, songea-t-il tandis qu'il montait lentement jusqu'à sa chambre, mais elle lui avait aussi montré qu'il se comportait comme un idiot. La petite scène domestique de tout à l'heure, la balançoire, le petit garçon, Leyla dans la cuisine qui préparait le dîner, l'avait fait rêver. Rêver d'avoir une famille bien à lui. Mais elle l'avait fait revenir à la réalité à la vitesse de l'éclair. Vraiment, quelle soirée…

Pourtant, elle avait raison : il n'était ni un mari ni un père, et il n'avait aucune intention de le devenir. Alors, il devrait remercier mademoiselle Leyla Chee de lui avoir rappelé ce fait.

Hélas, lorsqu'il entra dans sa chambre et observa le grand lit, il se rendit compte qu'il ne lui avait jamais semblé si vide.

- 3 -

Bien plus tard ce soir-là, Leyla regardait la télévision et s'efforçait de se concentrer sur le programme qui défilait. Mais ses pensées errantes l'empêchaient de suivre l'intrigue.

Très probablement, elle allait être renvoyée. Après deux courtes journées, et tout le dérangement que cela avait occasionné de quitter la réserve pour rejoindre le ranch, elle devrait repartir de zéro. Elle n'avait jamais été licenciée auparavant. Elle avait toujours travaillé dur, suivant les ordres à la lettre, et ne se défilant jamais devant les responsabilités, fière de sa conscience professionnelle. Pourtant, ce soir, elle avait laissé un homme séduisant et bavard la provoquer. Laramie avait sans doute déjà téléphoné à Quint Cantrell pour lui faire savoir qu'il était mécontent de la nouvelle cuisinière, elle en était sûre.

Il y avait toujours une première fois à tout, songea-t-elle, morne, mais elle ne pouvait se laisser abattre. Elle avait connu des épreuves bien plus difficiles. Comme se retrouver bloquée dans une voiture glacée, au milieu de nulle part, en proie à des contractions déchirantes. Durant ces heures terribles, il y avait eu des moments où elle avait vraiment cru que son bébé et elle allaient mourir. Trois années s'étaient écoulées depuis. Mais, parfois, le souvenir de ces instants lui donnait du courage. Après tout, elle avait survécu à cette épreuve, et était devenue une femme plus forte.

Avec un soupir mélancolique, elle se leva du canapé et

entra dans la chambre dans laquelle Dillon dormait sur un petit lit.

Pourquoi diable son fils s'était-il entiché de Laramie Jones ? Jusqu'à hier, il avait beaucoup fui les hommes en général. Même le Dr Kenoi, qui était connu pour sa capacité à se lier avec les enfants, n'avait jamais pu obtenir plus que quelques mots de Dillon. Mais il n'avait fallu que cinq minutes à Laramie pour que son fils s'assoie sur ses genoux et se transforme en moulin à paroles.

Et si c'était justement pour cela que cet homme l'irritait autant ? Elle voyait déjà un lien se construire entre Dillon et lui. Si elle laissait son fils s'attacher au contremaître, quand Reena reviendrait, leur départ serait extrêmement difficile. Mais comment pouvait-elle s'interposer volontairement entre eux sans passer pour une égoïste ?

Se penchant au-dessus de son fils, elle passa les doigts dans ses cheveux, les doutes et la confusion continuant d'assiéger son esprit. Etait-ce mal d'empêcher Dillon de se rapprocher de cet homme ? Son fils avait désespérément besoin d'une présence masculine dans sa vie. Mais il avait besoin d'une présence permanente, et non temporaire.

Quoi qu'il en soit, le problème ne se poserait sans doute plus, de toute façon, songea-t-elle en sortant de la chambre. Elle avait agacé Laramie, et il pouvait certainement faire en sorte que sa mission soit écourtée.

Trop agitée pour regarder la télévision, elle sortit de leur suite et regagna la partie principale de la maison. Si elle devait faire les cent pas, autant le faire avec une tasse de café à la main.

Avant même qu'elle atteigne la porte de la cuisine, elle remarqua de la lumière, et s'arrêta net. Personne d'autre n'était présent dans la maison en dehors de Laramie, alors ce devait être lui, dans la cuisine. Elle n'avait guère envie de l'affronter ce soir, mais s'il prévoyait de se débarrasser d'elle, elle préférait le savoir maintenant.

— Je me demandais si vous alliez rester tapie dans l'ombre.

Le dos tourné, il était assis à table, une tasse de café et une part de tarte devant lui.

Elle s'avança. Plus que quelques pas, et elle serait tout près de lui.

— Comment saviez-vous que j'étais là ?

— Vous n'êtes pas la seule à avoir du sang indien ici.

Ah bon ? Il avait les yeux clairs, et la peau bronzée, comme tous les hommes qui travaillaient en extérieur tous les jours. Mais, à y regarder de plus près, oui, il y avait peut-être une once de sang indien dans ses pommettes hautes et dans la ligne fière de son nez.

— Vous avez des origines indiennes ? demanda-t-elle.

— Il paraît que ma mère était Comanche, et mon père blanc. Mais puisque je ne les ai jamais connus, ma filiation est sujette à caution.

Ne sachant que répondre à cette révélation, elle alla se verser une tasse de café.

Tandis qu'elle ajoutait une pointe de crème, il demanda :

— Vous êtes Apache ?

— A moitié. Du côté de ma mère. Mon père est Navajo.

— Est ? N'aviez-vous pas dit à Bridget et à Johnny que vos parents étaient morts ?

La mâchoire serrée, elle retourna vers la table et s'assit face à lui.

— Je croyais que vous étiez un cow-boy. Pas un flic.

— Ce n'est pas parce que je suis à cheval toute la journée que je suis idiot. Il m'arrive d'entendre quelques mots, ici et là, et de réfléchir, ironisa-t-il.

Une pointe d'amertume perçait dans sa voix.

Elle savait maintenant qu'il était toujours en colère. L'idée la dérangeait. Car, même si cet homme mettait à mal sa tranquillité d'esprit, elle ne pouvait s'empêcher de l'apprécier.

— Je suis navrée, dit-elle doucement. Je ne voulais pas être blessante. Mais Juanita et George Chee, mes parents, sont comme morts pour moi.

Il repoussa son assiette vide, puis se tourna vers elle.

— Pourquoi avez-vous rayé vos parents de votre vie ? Ils n'approuvaient pas le fait que vous ayez eu un enfant hors mariage ?

Soudain, elle sentit le rouge monter à ses joues.

— Ma mère comprenait ma situation. Mais elle ne pouvait pas affronter la colère de mon père. Alors, pour maintenir la paix dans ma famille, je suis partie.

— Où viviez-vous ?

— Dans la réserve navajo près de Farmington.

— Est-ce qu'ils ont déjà vu Dillon ? Est-ce qu'ils savent ce qu'il devient ?

Elle eut envie de pleurer. Après presque trois ans, elle avait cru que la douleur s'estomperait. Mais elle était encore plus vive. Dillon était séparé de ses grands-parents, de ses tantes et de son oncle. La sienne était loin d'être la famille idéale, mais Dillon devrait en faire partie.

— Je ne suis pas retournée à la réserve, dit-elle s'efforçant de contrôler sa voix. Mais ils savent pour Dillon. Juste après sa naissance, j'ai appelé ma sœur Zita pour lui annoncer la nouvelle. De toute façon, même si notre relation avait été bonne, mes parents n'auraient jamais quitté la réserve pour venir nous voir. Et puis, vu comment est mon père, je ne voudrais pas que Dillon soit sous son influence.

Elle le regarda. Ses yeux songeurs étaient fixés sur elle.

— Croyez-vous que c'est juste pour votre mère ?

— Juste ? Qu'est-ce que la justice ? La plupart des hommes oublient ce qui est juste, dit-elle placidement. Et il valait mieux pour ma mère que je parte, plutôt que je gâche la fin de sa vie.

— Peut-être. Mais je suis sûr que perdre sa fille l'a blessée.

Surprise par tant de compassion de sa part, elle hocha tristement la tête.

— Sans doute. Mais, voyez-vous, ma mère est très dépendante de mon père. Et très obéissante. Je n'ai jamais compris pourquoi elle acceptait d'avoir un mari paresseux et dominateur. Surtout que c'est elle qui travaille et qui paie les factures. Mais c'est sa vie, pas la mienne.

S'adossant à sa chaise, il sirota son café, et elle tenta de se concentrer sur sa propre tasse. Mais il lui fut difficile d'avaler une gorgée. Elle ne parlait jamais à personne de sa famille. Comment Laramie avait-il réussi à lui soutirer tant d'informations, à lui faire exprimer tant d'émotions ? Qu'y avait-il donc chez lui qui invitait à se livrer ? Elle ne pouvait répondre à ces questions. Mais il était clair que, quel que soit son pouvoir, Dillon et elle en étaient déjà sous l'emprise.

Il posa la tasse sur la table.

— Vous avez dit que vous avez une sœur ?

— J'ai un frère et deux sœurs, dit-elle, avant de décider que c'était son tour de poser des questions. Et vous ? Vous avez des frères et sœurs ?

Il se tourna vers la fenêtre la plus proche, et son profil lui évoqua celui d'un aigle solitaire. Fort et féroce, mais aussi prudent et méfiant.

— Comme je vous l'ai dit, je n'ai pas connu mes parents. Quelques jours après ma naissance, ma mère m'a laissé à un vieux cow-boy célibataire, qui m'a élevé. J'étais tout ce qu'il avait. Et il était tout ce que j'avais.

Elle eut de la peine pour lui. La famille Chee était loin d'être parfaite, mais, au moins, elle n'avait pas de doutes sur ses racines, même si elle n'en était pas fière. Laramie, lui, n'avait rien, pas de liens, pas de passé.

— Je suis désolée, dit-elle, et elle était sincère.

Il sembla légèrement surpris.

— Il ne faut pas. Diego a été un père aimant et bon.

Quand j'y pense, je m'étonne encore qu'un vieux célibataire comme lui ait élevé un bébé. Je n'aurais pas su le faire.

— On peut s'adapter, même quand on croit qu'on en est incapable.

Elle se leva et alla rincer sa tasse. Ce moment avec Laramie lui avait fait du bien, elle ne s'était jamais livrée de la sorte avec qui que ce soit. Et cela la troublait plus que de raison… Mais il fallait revenir à la réalité. Et savoir ce qu'il comptait faire à son sujet.

— Je suppose que vous allez demander à Quint de trouver une autre cuisinière.

— Pardon ?

Elle se força à se retourner pour lui faire face, et à articuler les mots, bien que sa gorge soit nouée.

— J'ai dit, je suis sûre que vous allez demander à Quint de trouver une autre cuisinière.

Au lieu de répondre, il se leva à son tour. Tandis qu'elle observait sa longue silhouette mince avancer vers elle, elle sentit son cœur palpiter. Il se mouvait avec la grâce et la force d'un félin dangereux. Et elle eut soudain le sentiment que si elle tentait de s'échapper il fondrait sur elle.

— Pourquoi est-ce que je ferais une chose pareille ? J'ai dit que j'appréciais votre cuisine !

Après tout ce qu'elle avait vécu, presque rien ni personne ne la rendait nerveuse. Encore moins les hommes. En ce qui la concernait, ils ne valaient pas les tourments qu'ils infligeaient. Mais Laramie était différent. Quelque chose chez lui nouait sa gorge d'émotion, et affolait son cœur.

Elle serra les mains pour les empêcher de trembler.

— Oui, mais… Après la façon dont je vous ai parlé à propos de Dillon, je…

— Oubliez ça. Vous aviez raison, Dillon est votre fils. Ce n'est pas à moi de vous dire ce dont il a besoin. Ou ce dont il n'a pas besoin.

La tension dans sa voix la poussa à rencontrer son regard,

et les ombres de douleur qu'elle y vit la désarçonnèrent. Elles la touchèrent à un endroit qui était bien trop près de son cœur. Durant ces trois dernières années, elle avait essayé de ne s'attacher à rien ni à personne, en dehors de son fils. Mais Laramie lui faisait prendre conscience à quel point elle était lasse de retenir ses émotions, à quel point elle avait envie de rire et d'aimer de nouveau.

— Je n'aurais pas dû dire ces choses, dit-elle d'une voix rauque.

Il eut un sourire sans joie.

— Vous n'avez pas besoin de dire cela pour garder votre emploi, Leyla.

— Mon travail n'a rien à voir avec le fait que je m'excuse. Je suis navrée parce que je…

Mon Dieu, elle n'allait pas pleurer devant lui, tout de même ! Sentant les larmes lui monter aux yeux, elle retourna vers la table. Les immenses fenêtres donnaient sur la vaste cour du ranch. Les lumières scintillantes de l'écurie et des corrals offraient une jolie vue, et la douceur de la nuit l'apaisa.

Elle poussa un long soupir, puis continua d'une voix plus assurée :

— Vous avez été très gentil avec Dillon. Et je me rends bien compte qu'il a besoin de l'influence d'un homme dans sa vie.

— Mais pas de *mon* influence. C'est ce que vous essayez de me dire ?

Son ton était dur, et elle releva vivement la tête. Quand il s'approcha de nouveau, elle sentit son cœur cogner dans sa poitrine.

— Non ! Ce n'est pas ce que je voulais dire, dit-elle, puis elle haussa les épaules avec résignation. Enfin, si… Mais ce n'était pas dirigé contre vous.

Sa présence la troublait trop, mais elle devait ignorer les émotions qu'il suscitait dans son cœur et qui se bousculaient en elle. Résolue, elle avança vers lui jusqu'à ce qu'il n'y ait plus que quelques centimètres entre eux.

— Ecoutez, Leyla, vous n'avez pas à prendre de pincettes pour me ménager. Je reconnais que je ne suis pas une figure paternelle, loin s'en faut.

Vous pourriez, pourtant ! Elle l'avait vu avec Dillon, il était manifeste qu'il ferait un merveilleux père. Mais d'après ce que Sassy lui avait dit, il ne fréquentait même pas de femmes, du moins pas de manière régulière ou sérieuse. Et considérant qu'il était déjà trentenaire, cela ne pouvait que signifier qu'une chose : il n'avait aucun désir de fonder une famille.

Pourquoi ? Parce qu'il n'en avait jamais eue ?

Elle voulait être sincère avec lui, mais sans le blesser.

— Si vous voulez connaître mon opinion, je crois que vous feriez un très bon père. C'est juste que…

S'interrompant, elle s'humecta les lèvres avant de reprendre.

— Je ne veux pas que Dillon s'attache trop. Nous devrons partir à un moment ou à un autre. Si vous vous liez d'affection tous les deux, ce sera dur pour lui de vous dire au revoir.

Il fronça les sourcils. Elle voyait bien qu'il n'aimait pas le tour que prenait la conversation.

— Pensez-vous que ce soit bon pour lui ? Vous ne croyez pas qu'il a besoin de construire des relations avec des gens autres que vous ?

Sachant que la culpabilité et la honte pouvaient se lire dans ses yeux, elle baissa rapidement le regard.

— Il a besoin de plus que moi, bien sûr, murmura-t-elle. Mais, jusqu'ici, aucun homme n'a été là pour lui. Ni son père ni son grand-père. Et si je ne peux pas compter sur sa famille pour rester dans sa vie de façon stable, sur qui d'autre je pourrais m'appuyer ?

— Sur moi, dit-il, sérieux. Même si vous partez, je serai toujours ici. Dillon pourra venir me rendre visite.

Vous disiez qu'abandonner le chat était une expérience formatrice pour lui. Eh bien, que vous le vouliez ou non, le temps qu'il passera ici au Chaparral en sera une aussi. Vous devez le comprendre.

Elle leva de nouveau les yeux vers lui.

— Je suppose que vous avez raison.

— Comme je l'ai dit, je ne sais rien du métier de père, mais j'ai été un petit garçon. Vivre au ranch donne à Dillon la chance de connaître tous les animaux et de voir le fonctionnement d'une ferme et le travail d'un cow-boy. Est-ce qu'il est déjà monté à cheval ?

— Vous plaisantez ? Il n'a pas encore trois ans !

— Et alors ? Quint a fait monter ses garçons sur un cheval quand ils avaient trois mois.

Ses mots pénétraient en elle et la changeaient, elle le sentait. Comment faisait-il ? Elle n'en savait rien, mais il était en train de lui ouvrir les yeux. Oui, elle devait lâcher du lest, sortir du monde étriqué dans lequel elle s'était enfermée avec son fils. Avant même qu'elle s'en rende compte, elle posa la main sur son avant-bras et sourit.

— Laramie, je ne suis pas habituée à la vie au ranch. Dillon n'est pas le seul qui apprendra des choses. Alors je… j'essaierai de faire de mon mieux pour vous faire confiance. Et je veux que Dillon se fasse des amis. Vraiment.

Quand il était descendu dans la cuisine pour prendre un café et une part de tarte, une rencontre avec Leyla était la dernière chose à laquelle Laramie s'était attendu. Comme il était tard, il avait été très surpris de la voir entrer dans la pièce. Et même là, il s'était attendu à ce qu'elle le batte froid. Au lieu de cela, elle s'était excusée et, maintenant, elle le touchait, et lui offrait le premier sourire vraiment chaleureux depuis son arrivée.

Qu'avait-il dit ou fait pour qu'elle change d'attitude ? il l'ignorait mais, en tout cas, il était soulagé. Il était aussi très conscient de sa présence, du doux parfum de ses cheveux, de la courbe séduisante de sa bouche. La sensation de sa main sur son bras était légère et excitante, comme une brise chaude glissant sur sa peau. Et il voulait être plus près. Tellement plus près d'elle.

— Je suis heureux que vous voyiez les choses ainsi, Leyla.

Sa voix était rauque et intime, alors il s'éclaircit la gorge avant de poursuivre.

— Chaque fois que je regarde Dillon, je vois beaucoup de moi-même. Et je veux que tout aille bien pour lui.

— J'espère que vous le pensez sincèrement.

— Je ne l'aurais pas dit si je ne le pensais pas.

Elle se détourna, mais il avait eu le temps d'apercevoir un éclair d'amertume dans ses yeux.

— Le père de Dillon disait des tas de choses qu'il ne pensait pas.

Ses paroles le blessèrent. Elle le comparait au salaud qui l'avait abandonnée ! Cela lui faisait mal. Mais il ressentait aussi de la peine pour elle, pour les dégâts que les mensonges de cet homme avaient causés, pour la tristesse et la solitude dans lesquelles elle s'était enfermée.

Il se risqua à poser une main sur son épaule, et le fait qu'elle ne fuie pas le contact l'emplit d'un sentiment de joie. Comme quand un poulain effrayé décidait soudain d'avancer vers sa main tendue. Tout était une question de confiance. Oui, gagner la confiance de Leyla serait une entreprise ardue. Mais il y réussirait. Il le voulait.

— Peut-être qu'il est temps d'oublier tout cela, suggéra-t-il avec douceur.

Elle se retourna vers lui et le dévisagea, l'air incrédule.

— Pour que je puisse laisser un autre homme me tromper ? Oh non ! Je n'oublierai jamais.

— Vous avez laissé le père de Dillon gâcher une partie de votre vie. Mais ça n'a pas de sens de le laisser gâcher le reste.

Elle sembla désarçonnée.

— Qui dit que je le laisse gâcher quoi que ce soit ?

Il fit glisser sa main le long du cou de Leyla jusqu'à ce que sa paume se pose sur sa joue.

— Moi. Je le vois dans vos yeux. Sur vos lèvres. Elles devraient être douces. Alors qu'elles ont un pli dur, amer.

— Et je suppose que vous croyez pouvoir me faire tout oublier. Et m'adoucir.

Sa voix était devenue un murmure sensuel qui fut comme une caresse sur sa peau. Il ne devrait pas se trouver si près d'elle. Et surtout, il ne devrait pas la toucher. Mais cela faisait bien longtemps qu'il n'avait pas eu envie d'embrasser une femme, de sentir ses douces courbes se coller à son ventre. Et qu'il le veuille ou non, elle le troublait d'une façon qui allait au-delà des sensations purement physiques.

— Je ne sais pas, dit-il à voix basse. Il faudrait que j'essaie.

Lorsqu'elle entrouvrit ses lèvres crispées, il ne prit pas le temps de réfléchir. Tel un homme affamé, il colla sa bouche à celle de Leyla.

Le contact la fit tressaillir, mais elle ne recula pas. Ses lèvres étaient sucrées, et délicieusement chaudes. Les sensations balayèrent Laramie comme une soudaine bourrasque. Il oublia la raison et ne pensa plus qu'à une chose, l'embrasser éperdument jusqu'à ce qu'il soit totalement empli d'elle.

Juste au moment où il glissait les bras autour de sa taille, le téléphone qu'il avait laissé sur la table se mit à sonner. Il voulait désespérément ignorer l'appel, mais elle reculait déjà.

— Vous feriez mieux de répondre, dit-elle d'une voix étouffée, puis elle tourna les talons et sortit de la pièce à toute vitesse.

Il s'élança derrière elle. Devant la porte de son appartement, il l'attrapa par le bras et lui fit faire volte-face.

— Oubliez le téléphone, marmonna-t-il. Il faut que je vous parle.

Elle évita obstinément son regard.

— Je ne laisserai pas cela se reproduire !

— M'embrasser vous fait perdre le contrôle de vous-même, n'est-ce pas ? Mais moi, dans tout ça ? Est-ce que je suis un idiot, peut-être, d'avoir pensé que vous étiez une femme, une vraie, avec des sentiments et des désirs ?

Manifestement furieuse, elle se dégagea brusquement, et lui claqua la porte au nez.

Il s'apprêta à frapper sur le panneau de bois, mais se ravisa. Il ne voulait surtout pas réveiller Dillon. Ce petit n'avait pas besoin de voir sa mère dans tous ses états.

Avec un soupir résigné, il tourna les talons et se dirigea vers la cuisine. Il en avait déjà bien trop dit et trop fait ce soir. Et le coup de fil venait sans doute d'un employé qui avait besoin de lui. Etre le directeur de ce ranch immense requérait une disponibilité de tous les instants. Mais, pour une fois, il aurait aimé se dire que c'était une femme qui avait besoin de lui. Surtout une femme aux longs cheveux de jais et au regard sombre et meurtri.

Le lendemain, quand Leyla entra dans la cuisine, à l'aube, elle trouva un mot de Laramie sur le réfrigérateur. Il avait dû partir de bonne heure, alors inutile de lui préparer son petit déjeuner, mais il comptait rentrer pour le dîner.

Etait-ce possible de ressentir en même temps de la déception et du soulagement ? Tandis qu'elle froissait le mot et le jetait dans la poubelle, il lui sembla bien que oui. Ou alors, c'était le baiser de Laramie qui faisait encore son effet. Le contact de ses lèvres l'avait balayée et emplie de désir. Elle aurait voulu que leur baiser dure des heures. Alors pourquoi sa raison avait-elle pris le dessus ? Et la prochaine fois ? Comment pourrait-elle résister à cet homme ?

Tentant d'écarter ces pensées angoissantes, elle prépara

du café, puis des flocons d'avoine pour Dillon et elle. Son fils serait bientôt debout, et courrait sans nul doute dans la maison à la recherche de Laramie.

Hier, avant de dormir, il l'avait bombardée de questions sur Laramie. La dernière étant, avait-il un petit garçon, lui aussi ?

L'histoire de Laramie la touchait profondément. Comment une mère pouvait-elle abandonner son bébé ? Cette femme avait-elle prévu de revenir, et en avait-elle été empêchée pour une raison ou une autre ? Si elle n'était pas morte, pourquoi avait-elle laissé son fils aux soins d'un homme qui n'était même pas un parent ?

Laramie avait affirmé qu'en regardant Dillon il voyait un peu de lui-même. Cela l'avait émue, et surprise. En fait, elle n'aurait jamais cru qu'il prête attention à Dillon ou à elle-même. Pourtant, deux jours à peine après leur arrivée, il l'avait embrassée éperdument, et avait promis d'être un ami pour Dillon. Seigneur, comment cela allait-il se terminer ? Quoi qu'il se passe entre eux, bientôt Reena reviendrait, et Dillon et elle seraient forcés de partir. La tristesse l'envahit.

« Il pourra venir me rendre visite. »

Non, les visites, ce n'était pas ce dont elle et Dillon avaient besoin. Ils avaient besoin d'un foyer bien à eux, un endroit que personne ne pourrait leur prendre. Et pour réaliser ce rêve, elle devait reprendre ses études. Dans quelques années, peut-être, elle serait dans une position assez stable pour laisser un homme entrer dans leur vie. Mais pas maintenant.

Alors que Dillon était assis sur le sol en train de jouer avec des animaux de ferme en bois et que Leyla terminait son café, le téléphone sonna.

Quand Sassy était là, elle la laissait toujours répondre,

mais aujourd'hui sa collègue n'était pas encore arrivée, aussi se dirigea-t-elle vers le bar pour décrocher.

— Ranch Chaparral, dit-elle.

— Leyla, c'est Reena. J'appelais juste pour m'assurer que tout allait bien.

— Bonjour, Reena. Oui, tout va bien.

Sauf qu'un cow-boy sexy troublait son cœur, songea Leyla avec une pointe de frustration.

— Bien. J'ai aussi oublié de vous dire que chaque fois que vous faites des courses pour le ranch, vous pouvez tout à fait utiliser la carte de crédit pour vos propres achats.

Mettre la moindre dépense personnelle sur le compte du ranch ? C'était inconcevable pour elle qui était farouchement indépendante, et qui se faisait un point d'honneur à ne jamais rien demander de plus que son salaire.

— Je ne pourrais jamais faire une chose pareille.

Reena rit.

— Leyla, je ne vous suggérais pas d'acheter des diamants ou un vison. Je parle des choses basiques, quotidiennes, dont une femme peut avoir besoin. Elles sont considérées comme des dépenses courantes.

— Merci, Reena, mais je n'ai besoin de rien. Cet endroit est un château. Surtout comparé à la maison de ma tante à la réserve. Là-bas, le toit fuit quand il pleut ou que la neige fond, et l'eau courante ne marche que dans la salle de bains. Alors, vous voyez, j'ai bien plus que ce dont j'ai besoin.

Reena se tut un instant, sans doute déroutée par ce que Leyla venait de lui dire.

— Je suis heureuse que vous puissiez profiter du Chaparral, Leyla. Et je veux que vous vous sentiez chez vous. J'ai beaucoup d'affection pour Laramie. Et je sais que vous prendrez bien soin de lui.

Que penserait Reena si elle savait de quelle manière elle avait pris soin de Laramie hier soir ? Rien que le souvenir de ses lèvres sur les siennes suffit à provoquer une onde de chaleur en elle. Pourquoi l'avait-elle laissé l'embrasser ?

— Ne vous inquiétez pas, Reena. Je promets de prendre soin de votre logement et de ne pas laisser Dillon casser quoi que ce soit. Et Laramie ne semble pas difficile sur la nourriture. Je ne crois pas que j'aurai le moindre problème avec lui.

Du moins, pas sur le plan culinaire, songea-t-elle.

— Euh, Reena, ce matin, je suis descendue à 5 heures, et il était déjà parti. Est-ce que je dois préparer le petit déjeuner plus tôt ?

Reena rit.

— Non, inutile de vous lever avec les poules. Parfois, Laramie doit partir vraiment très tôt. Quand cela arrive, il se prépare quelque chose lui-même ou il mange au dortoir.

Leyla repensa à leur rencontre, deux jours plus tôt. Il avait semblé exténué. Et tant qu'elle serait au ranch, elle le pressentait, elle le verrait souvent dans cet état. Il travaillait très dur. Mais pas pour son compte, ce qui, à ses yeux, était insensé. Si les Cantrell lui faisaient confiance pour diriger leur affaire familiale, cela signifiait qu'il excellait dans son travail. Un homme avec tant de talents pourrait les utiliser sur un ranch bien à lui. Mais il ne voulait peut-être pas d'une maison à lui, songea-t-elle. Pas plus qu'il ne semblait vouloir de famille.

Essayant de le chasser de ses pensées, elle demanda :

— Comment ça se passe pour vous à Apache Wells ?

— Le Chaparral est ma maison depuis quarante ans, alors cela me fait bizarre d'être ailleurs, avoua Reena. Mais Abe est un amour, alors je peux difficilement me plaindre.

Un amour ? C'était un drôle de terme de la part d'une cuisinière pour son employeur.

— Sassy m'a dit que c'était un vieux grincheux.

Reena s'esclaffa, et Leyla détecta un sentiment d'affection

profond dans son rire. Peut-être que le terme *amour* n'était pas si étrange, après tout.

— Sassy est trop jeune pour apprécier un homme comme Abe. Et puis, elle ne reconnaîtrait pas un homme bien même s'il passait juste devant elle.

— Elle est très gentille, en tout cas, rétorqua Leyla pour défendre la domestique.

— Comme vous, dit Reena avec douceur.

Après avoir terminé leur conversation, Leyla raccrocha, songeuse. Est-ce que Reena savait quelque chose sur les parents de Laramie, et ce qui avait bien pu leur arriver ?

Arrête, Leyla ! Oublie que cet homme a grandi sans ses vrais parents. Oublie la façon dont il t'a regardée, dont il t'a touchée. Et surtout, chasse ce baiser de ton esprit.

Quand Laramie traversa l'atrium pour rejoindre la cuisine, il était bien plus de 22 heures. Excepté une veilleuse qui brillait au-dessus du comptoir, la pièce était sombre et vide. A cette heure-ci, Leyla ne l'attendait sûrement pas, mais il s'était surpris à l'espérer. Seigneur, il avait passé toute la sainte journée à penser à elle, et à ce baiser ! Et cela l'irritait fichtrement. Avec les problèmes qui se succédaient au ranch, il devait se concentrer sur son travail, et non sur une charmante jeune femme aux lèvres sucrées.

Il se lava les mains dans l'évier, puis ouvrit le tiroir-réchaud au bas de la gazinière. Il y trouva une assiette de viande à l'étouffée, un bol de pommes de terre rôties et un autre de carottes confites.

Il mangea rapidement, puis rinça les assiettes et les plaça dans le lave-vaisselle. Avec l'intention de prendre une douche et d'aller directement se coucher, sans prendre de café ni de dessert, il sortit de la cuisine pour gagner sa chambre.

Il passait devant la porte de Leyla quand celle-ci s'ouvrit soudainement, et il faillit la recevoir en pleine face.

— Oh ! Bon sang !

— Laramie !

Ils avaient parlé en même temps, et il comprit qu'elle ignorait totalement qu'il était rentré, et qu'il avait failli se faire assommer. Pour la deuxième fois en deux soirs.

— Je ne savais pas que vous étiez rentré, dit-elle, inquiète. Est-ce que je vous ai fait mal ?

Ah bon, elle s'inquiétait pour lui, maintenant ? Car hier soir, en revanche, elle n'avait pas eu l'air de trop se soucier si elle lui avait fait mal, songea-t-il ironiquement.

— Non. Vous m'avez fait peur, c'est tout.

Même si le petit couloir était faiblement éclairé, il vit qu'elle portait un peignoir bleu. Il était noué à la taille, et le col V s'ouvrait sur le creux entre ses seins. Ses longs cheveux étaient lâchés, et tombaient comme un rideau de satin sur ses épaules. Elle était plus que jolie. Elle était tout bonnement sexy.

— J'allais dans la cuisine pour voir si vous aviez mangé, et débarrasser.

— Inutile, j'ai déjà tout mis dans le lave-vaisselle.

Elle eut une moue désapprobatrice.

— Vous n'auriez pas dû. C'est mon travail.

— Ce n'était pas grand-chose, assura-t-il. Merci pour le dîner.

— C'est pour ça que je suis là. Uniquement pour préparer vos repas.

Sa remarque ramena ses pensées capricieuses à la réalité. Elle était en train de lui rappeler qu'elle était là pour faire la cuisine, pas pour le séduire, ni pour le faire rêver à des choses qui étaient hors de sa portée. Il fallait qu'il se reprenne, et tout de suite, s'il ne voulait pas se transformer en idiot amouraché.

— Oui, dit-il, Reena cuisinait pour toute la famille Cantrell. Ces derniers temps, il n'y a plus que moi, puisque Frankie reste auprès de ses fils, au Texas.

— Et ils gardent Reena à leur service juste pour vous ?

— Ce n'est pas si simple. Reena est ici depuis si long-temps qu'elle fait partie de la famille. Et elle veut encore apporter sa contribution au ranch. C'est aussi sa maison, alors le fait qu'elle cuisine pour moi lui donne une raison de continuer à travailler.

Il n'ajouta pas qu'il avait même dit à Quint qu'il pouvait préparer ses propres repas ou manger avec les autres employés. Plus que tout, il tenait à ce que Leyla pense qu'on avait besoin d'elle. D'ailleurs, plus il y songeait, plus il se disait que Quint avait engagé Leyla davantage pour aider la jeune femme que pour faciliter la vie de son contremaître.

— Je vois. Les Cantrell doivent être très loyaux envers leurs employés.

— Oui. Après avoir vécu ici quelque temps, vous mesu-rerez à quel point ils sont loyaux, dit-il.

Il devrait lui dire bonne nuit, et disparaître dans sa chambre. Mais il n'avait qu'une envie, rester là et apprécier la charmante vue que Leyla lui offrait un petit peu plus longtemps.

Elle serra nerveusement les mains devant elle.

— Laramie, en fait, à propos d'hier soir… je suis navrée de m'être si mal comportée. Et je voulais que vous sachiez que je m'en voulais plus à moi qu'à vous.

Il fut surpris qu'elle aborde l'incident.

— Ah, je ne l'aurais pas cru. Mais c'est moi le fautif, Leyla. Je n'aurais pas dû vous embrasser.

Il ne put s'empêcher d'approcher. Ses doigts brûlaient de toucher la peau hâlée et douce exposée par le peignoir entrouvert, de poser ses lèvres à la base de son cou, où il aurait senti sa vie pulser.

— Mais je ne regrette pas de l'avoir fait.

Visiblement troublée, elle déglutit. Tandis qu'elle parcourait son visage du regard, il frissonna. Il avait tellement envie de la prendre dans ses bras, de lui assurer qu'il n'était pas comme l'homme qui l'avait mise enceinte puis abandonnée, de lui dire qu'elle n'avait rien à craindre de lui.

— Je ne suis pas… ça n'a rien de personnel, Laramie, mais je…

Elle se détourna légèrement et fixa un point dans le couloir sombre.

— Eh bien, j'ai des projets pour Dillon et moi. Et je ne suis pas sûre d'être prête à laisser un autre homme entrer dans ma vie pour l'instant.

Il tendit la main et attrapa une mèche de ses cheveux brillants entre ses doigts.

— Je ne me voyais pas avec une femme non plus, dit-il d'une voix rauque. Je doute d'avoir l'étoffe d'un père de famille, Leyla. Mes amis sont tous mariés et ont des enfants, et je mesure à quel point ils ont de la chance. Mais je n'ai pas été élevé dans une grande famille. Et selon moi, être un mari ou un père, ce n'est pas quelque chose qui s'improvise. Mais ça ne signifie pas que je ne veux pas ou que je n'aie pas besoin d'être aimé. Et j'ai le sentiment que vous voulez et avez besoin de ça autant que moi.

Elle leva les yeux vers lui.

— Vous m'avez accusée d'être insensible. Mais c'est faux. Je suis comme n'importe quelle autre femme… Je veux être aimée. Mais je veux que ce soit pour de vrai. Je ne veux pas commettre d'autre erreur.

Il posa les mains sur ses épaules, et sentit la chaleur de sa peau à travers le tissu de son peignoir.

— Je sais, Leyla. Et vous devez comprendre que vous n'avez pas à craindre que je vous fasse du mal.

Une lueur d'inquiétude passa dans son regard, puis elle secoua la tête.

— Vous vous trompez, Laramie. Si j'ai des craintes, c'est parce que je commence à vous apprécier… beaucoup.

Ses mots transpercèrent sa poitrine et lui réchauffèrent le cœur.

— Leyla, dit-il dans un murmure rauque, moi aussi, je commence à vous apprécier beaucoup.

Il avait tellement envie d'elle... Mais il refusait de précipiter les choses et dire ou faire quelque chose qu'il pourrait totalement regretter. Il se pencha pour déposer un doux baiser sur sa joue.

— Bonne nuit, murmura-t-il.

Au prix d'un énorme effort, il laissa retomber ses mains, tourna les talons et se dirigea vers sa chambre. Et il entendit la porte de Leyla se refermer derrière elle avec un bruit sourd.

4

Leyla avait commencé son travail au Chaparral en milieu de semaine, et aujourd'hui tombait un samedi. Reena l'avait prévenue que, souvent, Laramie travaillait sept jours sur sept. Mais, le dimanche, il se débrouillait seul, aussi aurait-elle sa journée de congé.

Ce matin-là, tôt, elle était en train de préparer une pâte à gâteaux quand il entra dans la cuisine, son chapeau noir enfoncé sur son front, et ses éperons dansant à chacun de ses pas. Elle crut qu'il irait droit vers la machine à café, et fut surprise de le voir se diriger vers la porte.

— Désolé, Leyla, je n'ai pas le temps de prendre un petit déjeuner ce matin. On vient de m'appeler pour une urgence. Prenez votre journée, car j'ignore à quelle heure je rentrerai.

— D'accord. Merci, dit-elle, mais elle n'était pas sûre qu'il l'ait entendue car, déjà, il refermait la porte derrière lui.

Ce ne fut que plus tard dans la journée que Sassy réussit à en savoir plus sur l'urgence en question par un des employés de Laramie. Ce matin, avant l'aube, un cow-boy avait découvert que deux des meilleurs chevaux de *cutting*, pour le tri du bétail, manquaient à l'appel. Presque tous les cow-boys étaient à leur recherche.

— Si tu veux mon avis, il y a un traître parmi nous, avança Sassy en sirotant un verre de thé glacé.

— Que veux-tu dire ? Tu crois que quelqu'un au ranch a volé les chevaux ? demanda Leyla.

Sassy grimaça.

— Ecoute, si tu connaissais les écuries, tu verrais que c'est pratiquement impossible pour deux chevaux de passer plusieurs portails. Certains sont assez forts pour faire glisser les loquets, mais pour les portails c'est une autre histoire.

Les deux femmes étaient installées à la table de la cuisine. Leyla voyait la cour du ranch par la fenêtre. Juste après l'aube, il y avait eu un tourbillon d'activité autour des écuries. A présent, tout était calme.

— C'est horrible de penser que quelqu'un au ranch volerait des chevaux ou commettrait un acte de malveillance. Les écuries sont-elles surveillées ?

— Bien sûr. C'est pour ça que je pense qu'il s'agit de quelqu'un en interne.

Fronçant le nez, Sassy se leva.

— Tu peux être sûre que Laramie est fou de rage. Les chevaux sont ses bébés.

En effet, en voyant le regard inquiet de Laramie ce matin, Leyla avait été surprise. C'était un homme si fort et capable qu'il semblait pouvoir parer à toute sorte de problèmes avant même qu'ils ne l'atteignent. L'incident d'aujourd'hui lui montrait qu'il était vulnérable, comme tout le monde. Elle souhaita que tout aille bien pour lui.

— Ses bébés ? Pourquoi dis-tu cela ? Est-ce qu'ils sont à lui ?

Sassy alla poser son verre dans l'évier.

— Avant que Laramie soit promu contremaître, il dirigeait l'élevage de chevaux du ranch. Et aujourd'hui, il continue. Je crois qu'il possède quelques chevaux dans le lot. Mais je ne suis pas sûre que ceux qui ont disparu lui appartiennent.

Avec un dernier regard vers la cour, Leyla se leva et rejoignit Sassy qui lavait son verre.

— Si les chevaux ont été volés, ou même volontairement

libérés, ça voudrait dire que quelqu'un en a après Laramie, ou après une personne du ranch. C'est une idée effrayante.

— Oui, mais ces incidents ne peuvent pas continuer éternellement.

Se tournant vers Leyla, Sassy afficha un sourire espiègle.

— Oublions toutes ces choses inquiétantes. J'ai fini aujourd'hui, et toi aussi tu es en congé. Allons faire du shopping en ville.

Leyla n'avait jamais été du genre à faire des sorties entre filles. Surtout parce qu'à son arrivée dans le comté de Lincoln, elle ne connaissait personne hormis sa tante Oneida. Et la moindre sortie coûtait de l'argent, surtout les sorties qui impliquaient des boutiques.

— Les boutiques ? C'est très gentil à toi de m'inviter, Sassy, mais je ne peux pas. J'essaie d'économiser.

— C'est très bien. Mais une fille doit s'amuser de temps en temps. Et tu n'as pas besoin de dépenser le moindre dollar, tu te contenteras de faire du lèche-vitrines. Qu'est-ce que tu en dis ? Ce serait amusant.

Amusant ? A quand remontait la dernière fois où elle s'était réellement amusée ? Dès l'instant où elle avait découvert qu'elle portait l'enfant de Heath, les divertissements et les plaisirs insouciants avaient disparu de son existence.

— Il faudra que j'emmène Dillon. Et ce ne sera pas drôle pour toi de nous avoir sur le dos, argumenta Leyla.

Posant une main sur son épaule, Sassy la poussa hors de la cuisine.

— Va te préparer. Je vous retrouve Dillon et toi devant la maison dans dix minutes. Et si tu ne te montres pas, je viens te chercher.

Quinze minutes plus tard, les deux femmes voyageaient dans le pick-up de Sassy, Dillon sur son rehausseur bien installé entre elles. L'excursion impromptue faisait étinceler de joie les yeux de son fils, et Sassy le faisait rire en lui racontant l'histoire d'un petit garçon qui lui ressemblait étrangement, et qui avait le don de parler avec les animaux.

Leyla était heureuse que son fils s'amuse. Mais elle n'arrivait pas à oublier Laramie.

— Je me sens coupable de quitter le ranch, dit-elle. Surtout avec les ennuis qui sont arrivés.

Sassy balaya ses arguments d'un revers de la main.

— Ne sois pas bête. Tu ne peux rien faire pour les chevaux disparus. Et puis, Laramie t'a donné ta journée, non ?

Elle poussa un soupir.

— C'est vrai. Mais sortir en ville, ça donne l'impression que ses soucis m'indiffèrent.

— Ecoute, Leyla, tu ne peux pas régler les problèmes de Laramie. Et...

Sassy s'interrompit pour lui lancer un regard.

— Tu t'inquiètes pour lui, n'est-ce pas ?

Elle sentit son cou et ses joues s'empourprer.

— Un peu, avoua-t-elle. Il est très gentil avec Dillon et moi. Et je veux que tout se passe bien pour lui.

— Oh. Je vois, dit Sassy d'un air entendu.

— Qu'est-ce que tu vois ?

— Rien, dit-elle avec un haussement d'épaules désinvolte. A part que tu as très bon cœur, Leyla.

Sassy lui lança un regard furtif avant de s'engager sur l'autoroute.

— Je sais que j'ai dit que je ne parlerais pas de... euh...

Tenant compte de Dillon, elle choisit ses mots avec soin.

— Ton ancien petit ami. Mais je suis curieuse. Etait-ce un gentil garçon ? Je veux dire, au début ?

Avec un soupir, Leyla regarda par la vitre.

— Au début, Heath me traitait comme une princesse.

Un sourire ironique sur les lèvres, elle continua :

— Cela aurait dû m'alerter. Comme tu l'as dit, quand une fille se met à penser qu'elle est une princesse et que son petit ami est un prince, elle est déjà dans le pétrin. Pourquoi me demandes-tu ça ?

— En ce qui concerne les hommes, dit-elle avec un sourire songeur, une femme a besoin de tous les conseils possibles.

— Tu as un petit ami en ce moment ?

— Personne avec qui j'aimerais avoir un bébé. Mais il y en a un à qui... j'offrirais le monde si je le pouvais. Le problème, c'est qu'il ne me voit même pas.

Une fois arrivées à Ruidoso, elles décidèrent de prendre un hamburger au Blue Mesa, le restaurant où Leyla travaillait autrefois. Dillon apprécia particulièrement de s'asseoir à une table à l'extérieur pour son déjeuner. Après le repas, les deux femmes passèrent devant les boutiques animées qui longeaient l'artère principale de la ville touristique.

Leyla limita ses achats à un paquet d'épingles à cheveux pour elle, et à un petit cheval en peluche pour Dillon. Avant qu'elles quittent la ville, Sassy accepta gentiment de faire un détour par la maison de repos, pour que Leyla puisse rendre visite à sa tante.

Oneida avait presque quatre-vingts ans. L'accident vasculaire cérébral qu'elle avait subi presque trois ans plus tôt avait affecté le côté droit de son corps, mais, heureusement, pas sa capacité à parler. Grâce à la rééducation, elle réapprenait à marcher, et elle faisait bien plus de progrès que Leyla ne l'aurait cru possible pour une personne de son âge.

Quand elle entra dans la pièce austère, sa tante était assise sur une chaise rembourrée, en train de regarder un jeu télévisé sur un petit écran. Dès qu'elle aperçut Leyla, son visage s'illumina de joie.

— Ma chère petite, dit-elle en souriant. Je ne m'attendais pas à te revoir si vite.

Leyla embrassa sa tante sur le front, puis s'assit sur le bord du petit lit.

— Une amie m'a emmenée en ville, et je voulais te voir avant de rentrer au ranch.

Sa tante coupa le son de la télévision.

— J'en suis ravie. Où est Dillon ?

— Il est dehors avec elle. Il joue sur la pelouse.

— Alors, comment est ton nouveau travail ? Une des infirmières m'a dit que le ranch appartient à des gens très fortunés. Qu'ils possèdent même une mine d'or ?

— C'est vrai. Mais je ne les côtoie pas. Je ne fais la cuisine que pour un seul homme, le directeur du ranch.

— Peut-être que ce travail se transformera en un poste permanent, dit Oneida avec espoir. Cela me rendrait heureuse de savoir que tu as un toit au-dessus de la tête. Un toit qui ne fuit pas, pas comme le nôtre à la réserve !

Leyla serra la main noueuse de sa tante.

— Oh ! tatie, je veux trouver un endroit à moi, et tu pourras vivre avec nous. Ça prendra du temps, mais j'y arriverai.

Avec un petit sourire, Oneida tapota la main de Leyla.

— Tu es une bonne fille. Mais tu ne pourrais pas t'occuper de moi. Pas dans mon état actuel.

— Chaque jour, ton état s'améliore. Et Dillon et moi avons besoin de toi. Bien plus que tu ne le penses. Si tu n'avais pas été là…

Se mordillant la lèvre, elle détourna les yeux pour que sa tante ne voie pas ses larmes. Pourquoi souffrait-elle encore autant, après tout ce temps, d'avoir été bannie de sa famille ?

— Tu m'as offert un foyer. Tu m'as aimée quand je n'avais personne d'autre. Je ne l'oublierai jamais.

Oneida lui tapota la main de nouveau.

— Quand ma sœur a épousé George, elle a perdu son âme. Elle a tout sacrifié pour lui ! Mais toi, tu ne seras pas comme elle, j'en suis certaine. Tu tiens de moi.

Sa tante s'était mariée avec un homme respectable, qui

avait travaillé dur pour offrir à son épouse une vie décente. Malheureusement, ils n'avaient jamais pu avoir d'enfants. Puis le mari d'Oneida avait été tué dans un accident de voiture à cause d'un chauffard ivre. Se retrouvant seule, elle avait travaillé aussi longtemps que sa santé le lui avait permis. Désormais, elle faisait son possible pour s'en sortir avec une petite retraite. Elle ne possédait aucun bien matériel, mais elle avait sa fierté et sa foi, et elle était heureuse. En un sens, elle était bien plus riche que sa mère.

— Tu as besoin de quelque chose, tatie ? Je reçois ma paie la semaine prochaine. Je pourrai t'apporter ce qu'il te faut.

— Rien du tout, ma chérie, dit-elle en souriant. Le fait de voir ton joli visage me suffit. A présent, parle-moi de mon petit-neveu. Que pense-t-il du ranch ?

Ce n'était pas tant ce que Dillon pensait du ranch, mais plutôt ce qu'il pensait de l'homme qui le dirigeait. Mais elle n'allait pas parler de Laramie à sa tante. Etait-il si important dans sa vie ? Pour le moment, il n'y avait aucune place, puisqu'elle n'était pas disposée à lui en laisser une. Et pourtant, il hantait ses pensées. Car en ce moment même où elle conversait avec sa tante, elle ne pouvait s'empêcher de ressentir la sensation brûlante de ses lèvres… Elle fit un effort pour ne pas s'égarer.

— Il semble heureux. Les petits-fils de la propriétaire ont des tas de jouets dans la maison, et Dillon peut jouer avec. Et il y a un joli jardin avec un immense portique. Depuis la fenêtre, il voit les chevaux, les vaches, et il ne cesse de me harceler pour que je l'emmène les voir de près. Alors, je fais très attention à ce qu'il ne se promène pas tout seul.

— C'est un vrai petit garçon. Il faut qu'il découvre le monde. Tu sauras quand et comment le laisser faire des choses tout seul. Tu es une bonne mère.

Elle secoua la tête, incrédule.

— Comment peux-tu avoir une telle confiance en moi,

tante Oneida, après les terribles erreurs que j'ai faites avec le père de Dillon ?

— C'est justement pour cela, rétorqua-t-elle. Parce que je sais que tu as tiré des leçons de tes erreurs. Tu ne les répéteras pas.

Ça oui, elle avait appris… Mais à quel prix ? Laramie l'avait décrite comme insensible. Et Sassy disait qu'elle se gâchait. Cette image ne lui correspondait pas. Elle voulait que tout le monde voie que Heath n'avait pas tué la femme douce et passionnée qui se cachait au fond d'elle.

Elle conversa encore quelques minutes avec sa tante, puis prit congé. Dehors, Sassy et Dillon observaient un couple d'écureuils qui couraient près d'un arbre.

Leyla s'approcha du banc sur lequel ils étaient installés.

— Comment diable as-tu réussi à faire en sorte qu'il se tienne tranquille ? demanda-t-elle à Sassy.

— Ce n'est pas grâce à mes talents maternels, en tout cas, dit Sassy en riant. Il est fasciné par les écureuils.

Prenant Dillon par la main, Leyla retourna vers le véhicule. Une fois qu'ils furent tous attachés, Sassy prit la direction du ranch.

— Comment va ta tante ? demanda Sassy en s'insérant dans la circulation dense de la ville.

— Elle se remet doucement. Elle peut s'habiller toute seule maintenant, et marcher avec un déambulateur.

En voyant la maison de repos s'éloigner dans le rétroviseur latéral, Leyla se sentit plus résolue que jamais à améliorer la vie de sa tante.

— Son médecin dit qu'elle pourrait rentrer chez elle dans quelques mois. Puisque sa maison est devenue pratiquement insalubre, je vais nous trouver un endroit plus décent.

— Tu vivais dans cette maison il y a encore quelques jours, souligna Sassy.

— C'est vrai. Mais Oneida est fragile. Elle doit être au

frais en été et au chaud en hiver. Il lui faut aussi de l'eau chaude dans la salle de bains.

— Oui, elle a besoin d'aide.

— Je suis la seule aide qu'elle ait. Alors, j'ai prévu de louer une maison pour nous trois. Comme Oneida déteste la vie en ville, je vais devoir trouver quelque chose à la réserve.

— C'est une grande responsabilité, observa Sassy d'un air songeur. Tu ne préférerais pas rester au Chaparral et trouver une auxiliaire de vie pour ta tante ?

Tandis qu'elle secouait la tête, des images de Laramie dansèrent dans son esprit. Une fois que son remplacement au ranch serait terminé, elle ne le reverrait sans doute jamais. C'était une triste perspective.

— Je n'ai pas le choix, Sassy. Quand Reena reviendra, ma mission sera terminée. Et puis, Oneida m'a accueillie quand j'avais désespérément besoin d'un endroit pour vivre. Je ne vais pas l'abandonner. Je l'adore.

— Je suis sûre que Quint Cantrell pourrait te trouver un autre poste au ranch, et il y a toujours des logements vacants pour les employés qui en ont besoin. Oneida pourrait vivre là-bas avec toi. Le secrétariat a toujours besoin d'aide. Tu sais, peu de femmes sont prêtes à effectuer le long et difficile trajet jusqu'au ranch. Sur cette route, une voiture se transforme rapidement en épave. Et beaucoup de gens ne veulent pas vivre dans un endroit aussi sauvage et reculé.

— Toi, tu fais bien le trajet tous les jours, fit-elle valoir.

— Je préfère la vie en ville. Et mon vieux pick-up supporte très bien le trajet, plaisanta Sassy.

Leyla sourit faiblement.

— Eh bien, le ranch n'est pas fait pour moi non plus.

Sassy fronça les sourcils.

— J'aurais cru le contraire. Tu sembles parfaitement à ta place.

Etre à sa place, et faire partie d'une famille... elle en

avait toujours rêvé. Et elle commençait déjà à aimer le Chaparral. Seulement, son travail était temporaire, et d'après ce que Laramie lui avait dit, il ne recherchait pas de relation permanente. Comment croire, dans ces conditions, qu'elle pourrait trouver son foyer au Chaparral ? Elle aurait pourtant tout donné pour un peu de stabilité et d'amour.

Dans son bureau de la clinique vétérinaire du Chaparral, Russ versa deux tasses de café et en tendit une à Laramie avant de s'asseoir à son bureau. Laramie se laissa lourdement tomber dans un fauteuil.

— Ta jument a très bien supporté l'opération, dit Russ. Mais ella avait une vilaine blessure au boulet. Une fois qu'elle tiendra debout, tu pourras la ramener dans son box. Assure-toi de dire aux garçons de garder l'espace aussi propre que possible. Nous changerons son bandage dans quelques jours, mais pas avant.

— Je pourrais arracher la tête de celui qui a fait ça, marmonna Laramie. Si je savais qui c'est.

Avec presque tous les cow-boys, il avait parcouru des kilomètres de terres sauvages avant de repérer la jument pleine et son jeune poulain, à plusieurs kilomètres des écuries.

— Dis-toi que tu as eu la chance de les avoir retrouvés, c'est déjà ça, dit Russ pour tenter de le calmer. Et la jument s'en remettra. Nous devrions nous estimer heureux.

— C'est vrai, grommela-t-il. Mais tu sais comme moi qu'elle sera marquée à vie.

— Certes, mais ce n'est pas comme si la jument était à vendre. Avoir un boulet abîmé ne l'empêchera pas de produire de beaux poulains.

— Oui, mais cela a fait baisser sa valeur de plusieurs milliers de dollars, rétorqua-t-il. Et l'idiot qui les a fait sortir de l'écurie devrait les rembourser.

Russ sirota son café, en observant attentivement Laramie.

— Qui te dit que c'est la bêtise qui est à l'origine de cet incident ?

Il plissa les yeux en réfléchissant à la question.

— Tu crois qu'il ne s'agit pas simplement d'un cow-boy un peu étourdi qui ne veut pas se dénoncer ?

Russ hocha la tête.

— Ecoute, depuis que j'ai découvert que le lait de Josie avait été empoisonné, je pense que quelqu'un de très malhonnête rôde parmi vous au ranch.

Josie était une génisse née à la fin de l'hiver. Laurel l'avait nourrie au biberon et, durant cette période, la bête était tombée gravement malade. Ce n'était qu'après son décès qu'on avait découvert que le lait avait été infecté par une toxine. Jusqu'ici, personne n'avait jamais pu expliquer comment la substance était arrivée dans le lait. Mais, à l'évidence, Russ n'avait pas oublié l'incident.

— C'est une affirmation audacieuse, dit Laramie.

— Je sais.

— Dieu merci, depuis, aucun animal n'a subi le même sort que Josie.

— C'est vrai. Mais pense à toutes ces machines tombées en panne. Le tracteur. Le camion de transport de céréales. La pompe à eau qui alimente les parcs d'engraissement. Les deux moulins sur la prairie à l'ouest.

— Oui, et des chevaux qui se sont enfuis à deux occasions différentes, ajouta Laramie avec dégoût. Bon sang, Russ, tous les ranchs connaissent des périodes difficiles durant lesquelles les problèmes s'enchaînent. J'essaie de me dire que c'est le cas pour nous.

— Je doute que tu y croies plus que moi, rétorqua Russ.

Laramie se mit à faire les cent pas.

— Une chose est sûre : je passe pour un incompétent.

— C'est insensé. Ce n'est pas toi qui crées ces problèmes. Et puis, tu es comme le sel de la terre ici. Tu n'as besoin de prouver ta valeur à personne, et encore moins aux Cantrell.

Russ avait raison. La famille Cantrell lui avait toujours fait confiance, même pour les questions les plus importantes. Mais ce n'était pas l'opinion que les Cantrell avaient de lui qui l'inquiétait. C'était l'opinion de Leyla.

Pourquoi voulait-il tant l'impressionner ? Bien sûr, il la trouvait attirante, il était sous le charme. Mais elle était une employée temporaire du Chaparral, il ne pouvait pas se permettre de tomber amoureux d'elle. Et pourtant, il ne cessait de penser à elle…

La porte qui donnait sur l'écurie s'ouvrit soudain. Laurel, la femme de Russ, entra dans la pièce.

Même si son ventre était bien arrondi par sa grossesse, elle menait sa vie professionnelle avec une énergie étonnante. Ces derniers temps, le fait de voir Laurel et Maura enceintes mais toujours en train de travailler lui faisait penser à sa mère. Diego lui avait dit que Peggy n'avait pas quitté son poste de serveuse dans un café d'Alto jusqu'à ce qu'elle lui donne naissance. Cela n'avait pas dû être facile. Il aurait tant voulu la retrouver un jour ! Non pas pour la juger de l'avoir abandonné, mais pour la remercier de ne pas avoir interrompu sa grossesse. Mais pourquoi n'était-elle jamais revenue le chercher ? Cette question l'accompagnerait pour le restant de ses jours. De même que la souffrance de l'abandon.

— Junebug est réveillée, et elle se tient debout, dit Laurel. Elle s'appuie sur sa jambe blessée. Mais elle a avalé tellement de médicaments, la pauvre, qu'elle n'a pas mal.

— Et durant les prochains jours, il faut veiller à ce qu'elle ne sente pas la moindre douleur, dit Russ. Allons voir si elle peut rentrer jusqu'à son box sans trop de problèmes.

Un peu plus tard, Leyla s'apprêtait à se coucher quand elle entendit les pas de Laramie.

Avait-il faim ? Elle devait s'en assurer. Elle enfila rapidement son peignoir et sortit de sa suite pour l'intercepter.

— Laramie ? appela-t-elle alors qu'il allait tourner à l'angle du couloir.

Il s'arrêta, puis se dirigea vers elle.

— Bonsoir, Leyla.

Il avait l'air tellement épuisé, encore plus que lors de leur rencontre. Des rides de fatigue marquaient son visage, et sa chemise était tachée de sang.

— Vous êtes très fatigué. Je n'aurais pas dû vous déranger.

— Vous ne me dérangez pas. Il y a un problème ?

— Non, je…

Elle s'interrompit, résistant à l'envie de resserrer son col.

— J'étais inquiète. Sassy dit que des chevaux ont disparu. Est-ce que vous les avez retrouvés ?

La tension autour de ses lèvres se dissipa légèrement.

— Oui, au coucher du soleil. La jument était blessée, et le vétérinaire lui a suturé le boulet.

Voilà donc pourquoi il avait du sang sur sa chemise. Quel soulagement ! Au moins, il ne lui était rien arrivé.

— Oh. Elle va s'en sortir ?

— Eh bien, disons qu'elle va vivre. Mais avec sa blessure, c'est comme si une femme aussi jolie que vous avait une vilaine cicatrice sur le visage qui ne disparaîtra jamais.

— Je suis navrée.

Il afficha un sourire en coin.

— Je vois que vous le pensez vraiment.

Légèrement offensée par sa remarque, elle rétorqua :

— En effet. J'adore les animaux.

Son regard intrigué balaya son visage avant de s'attarder sur sa montre.

— Il est tard, et je vous ai donné votre journée. Mais puisque vous êtes toujours debout, est-ce que vous avez quelque chose pour moi dans le réfrigérateur ?

Le fait qu'il le lui demande si gentiment au lieu de le lui ordonner comme à une employée lui donnait l'impression d'être spéciale. Malgré elle, elle lui sourit.

— Il y a beaucoup de restes. Je vais vous les réchauffer.

— Génial. Laissez-moi juste le temps de prendre une petite douche, et j'arrive.

Elle le regarda s'éloigner, puis retourna rapidement dans son appartement. Après avoir vérifié que Dillon dormait profondément, elle jeta un coup d'œil à son peignoir de satin bleu. Elle devrait sans doute enfiler un jean et une chemise, mais elle les avait déjà mis dans le panier à linge et elle ne voulait pas prendre le temps de trouver d'autres vêtements. Après tout, le peignoir la couvrait de manière décente.

D'ailleurs, cela n'avait pas d'importance. Tout ce qui comptait, c'était que Laramie soit rentré sain et sauf. Elle sourit à cette pensée, en marchant pieds nus sur le carrelage pour rejoindre la cuisine.

Tu es folle, Leyla. Tu te laisses troubler par un homme, une fois de plus.

La petite voix dans sa tête lui fit ralentir le pas, mais juste un instant. Non, elle n'était pas en train de tomber sous le charme de Laramie Jones, elle s'autorisait simplement à se sentir femme de nouveau.

Et c'était si agréable…

5

Quand Laramie revint, Leyla avait tout réchauffé et installé sur la table.

Il se laissa tomber sur une chaise.

— C'est très gentil à vous, Leyla.

Tendant le bras vers un un plat de côtelettes de porc, il regarda autour de la cuisine.

— Dillon est déjà en train de dormir ?

— Oui. Il se couche à 20 h 30 et ne se réveille pas avant 6 heures.

— Je ne me souviens pas d'avoir jamais dormi autant.

Il emplit son assiette de viande et de riz à l'espagnole.

— J'avais prévu d'emmener Dillon voir les chevaux et les vaches aujourd'hui. Mais le problème des chevaux disparus m'est tombé dessus.

Cela signifiait qu'elle aurait dû les accompagner, Dillon et lui, songea-t-elle. Or, passer plus de temps avec Laramie n'était pas une bonne idée. Pourtant, elle ne put s'empêcher de ressentir une pointe de déception à l'idée d'avoir manqué cette occasion. Tout compte fait, oui, elle aurait aimé passer quelques heures avec lui. Mais pour Dillon, qui aurait été fou de joie.

Elle s'installa sur une chaise à sa droite.

— Dillon aurait adoré ça, dit-elle. Mais de toute façon, nous avons été occupés, nous aussi. Nous sommes allés en ville avec Sassy, qui voulait faire les boutiques. Moi, j'ai surtout fait du lèche-vitrines.

— Ça ne me surprend pas — que vous ayez surtout fait du lèche-vitrines, ajouta-t-il d'un air entendu.

Elle baissa les yeux vers sa tenue tandis que le rouge lui montait aux joues. Ses vêtements étaient simples, la plupart provenant de friperies. Et le seul bijou de valeur qu'elle possédait était une paire de boucles d'oreilles en argent que sa mère lui avait offerte pour son seizième anniversaire. Les petites colombes ne quittaient ses oreilles que lorsqu'elle dormait.

— Je crois qu'il est facile de deviner que je ne peux pas m'offrir les derniers vêtements à la mode, dit-elle, attristée.

Il eut doux rire.

— Si vous entriez dans cette cuisine en portant le dernier vêtement à la mode, je ne le remarquerais même pas. D'ailleurs, ajouta-t-il avec un regard appréciateur, vous n'avez pas besoin de beaux vêtements pour être jolie.

Elle leva les yeux vers lui. C'était peut-être un cow-boy, mais il savait vraiment ce qu'une femme avait envie d'entendre.

Un cow-boy qui l'intriguait et émoustillait tous ses sens… Mon Dieu, il était si séduisant ce soir, avec la tension de la journée qui accentuait ses traits sombres et anguleux. Une barbe naissante couvrait son menton et sa mâchoire, et ses yeux étaient marqués par de petites rides de fatigue. Il était parti avant l'aube mais, elle en était certaine, son inquiétude pour les chevaux égarés l'avait davantage épuisé que l'énergie physique qu'il avait dû fournir pour les retrouver.

Elle se ressaisit et essaya tant bien que mal de revenir à la réalité.

— Sassy pense que quelqu'un a lâché vos chevaux exprès. Vous êtes de cet avis ?

Il crispa les lèvres.

— Croyez-moi, Sassy n'est pas la seule à le dire. Mais je ne veux pas tirer de conclusions hâtives. Pas encore.

Il était contrarié, elle le voyait bien. Les ragots concernant le ranch le perturbaient sans doute beaucoup. En tant que directeur, le ranch était le reflet de son travail. Et il était clair que son travail était toute sa vie.

— Peut-être que le shérif devrait enquêter.

— Le beau-frère de Quint est l'adjoint au shérif. Mais nous ne pouvons pas appeler Bradly Donovan à moins, Dieu nous en préserve, qu'un accident plus sérieux ne se produise. Le département du shérif a d'autres chats à fouetter...

— Oui. Vous avez sans doute raison.

Le regard de Laramie s'adoucit et, bizarrement, elle eut l'impression de faire désormais partie de sa vie. Elle se sentait bien près de lui.

— Vous n'avez pas peur de vivre ici, Leyla ? Nous sommes à trente kilomètres de la ville, et le voisin le plus proche est Tyler Pickens, à au moins huit kilomètres d'ici. Mais nous avons nos propres gardes à l'intérieur et à l'extérieur du ranch.

— Oui, Sassy m'a dit qu'il y avait des gardes devant les écuries. Mais elle n'a jamais parlé d'un voisin. Est-ce qu'il a un lien avec le Chaparral ?

— Non. Il y a environ dix ans, il a acheté les terres à côté du ranch, et a amené un immense troupeau de herefords. Depuis, il est assez discret. Je ne crois pas qu'il aime les gens. Mais le sentiment est mutuel, à mon avis. Ceux qui travaillent pour lui disent qu'il est dur mais juste, et c'est à peu près tout. Quint et moi le laissons tranquille, et il nous laisse tranquilles.

— Certaines personnes sont mieux seules, voilà tout.

Voyant qu'il avait presque fini son plat, elle alla préparer du café.

Tandis qu'elle emplissait la machine d'eau froide, il lança :

— Alors, j'espère que cela ne vous ennuie pas d'être seule, car je serai absent la semaine prochaine.

Prise complètement au dépourvu, elle fit volte-face. Il

allait partir ! Le vide d'une semaine sans lui se profila à l'horizon.

— Comment ça ? Où allez-vous ?

— Le rassemblement de printemps commence lundi. C'est toujours une période très chargée au ranch. Nous rassemblons tous les veaux de l'année pour le marquage et les vaccinations, ce genre de choses.

— Et cela prend plus d'un jour ?

Voyant que sa question l'amusait, elle fronça les sourcils, vexée.

— Laramie, je ne connais pas les ranchs d'élevage. Surtout un ranch aussi grand.

L'idée qu'il parte pendant plusieurs jours l'avait presque fait sursauter. Même s'il avait un emploi du temps changeant et qu'elle ne le voyait pas toujours, elle savait quand même qu'il était là pendant la nuit, qu'en cas de besoin elle pouvait l'appeler. C'était drôle comme elle en était venue rapidement à compter sur sa présence. Et pas uniquement pour des raisons de sécurité, d'ailleurs.

— Navré, Leyla. Je suis dans le métier depuis si longtemps que c'est devenu une seconde nature pour moi. J'oublie que tout le monde ne s'y connaît pas en élevage de bétail. Mais, oui, cela peut prendre cinq, six, parfois même sept jours. Le printemps étant doux, nous devrons sans doute aller plus haut dans les montagnes et reconduire en camion des vaches avec leurs veaux. Cela prend plus de temps que de rassembler les bêtes en plaine.

En attendant que le café soit prêt, elle retourna à table. Elle sentit le regard de Laramie sur elle. Cela suffit à provoquer une onde de chaleur au creux de son ventre.

— Alors, vous ne rentrerez pas de toute la semaine ? Où dormirez-vous ? Où mangerez-vous ?

— J'essaierai de rentrer quelques fois. Cela dépendra de la façon dont se déroulera le rassemblement. Le reste du temps, je dormirai par terre, dans un sac de couchage, et je mangerai à la cantine ambulante avec les autres. Le Chaparral organise le rassemblement comme les tout premiers ranchs le faisaient il y a plus de cent ans. Nous maintenons cette tradition.

Cela la flattait qu'il lui parle autant de son travail. Cela voulait dire qu'il avait envie de partager des choses avec elle. Contrairement à la plupart des hommes qu'elle avait rencontrés, qui ne l'appréciaient que pour sa beauté, sans se soucier de qui elle était vraiment. Avec Laramie tout était différent.

Il lui expliqua encore quelques détails de son travail, puis il se tut et lui sourit.

La courbe sensuelle et taquine de ses lèvres ramena ses pensées au baiser qu'il lui avait donné. Son propre désir, de l'embrasser encore et encore, l'avait presque choquée. Elle avait voulu enrouler les bras autour de lui et poursuivre leur étreinte avec une telle force qu'elle en avait tremblé. Le souvenir de ces instants ne l'avait pas quittée. Pis, elle avait hâte de réitérer l'expérience.

Elle s'éclaircit la gorge.

— Avec vous et Sassy, j'apprends beaucoup de choses.

Avant qu'il puisse répondre, elle s'empressa d'aller chercher le café.

Quelques instants plus tard, elle revint à la table avec une tasse fumante et une soucoupe pleine de gaufres à la figue.

— Désolée, dit-elle, mais vous devrez vous contenter du dessert préféré de Dillon ce soir. Comme vous m'avez donné ma journée, je n'ai rien cuisiné.

— Si les gaufres sont bonnes pour Dillon, alors elles sont bonnes pour moi, dit-il. Je regrette qu'il soit si tard et qu'il ne puisse pas en manger avec moi.

« Dillon a besoin d'un papa. »

Pourquoi la remarque de Sassy la hantait-elle maintenant ? Laramie n'était pas le genre d'homme à être père. Il avait tout pour, mais il n'en avait pas le désir. Si un jour elle trouvait un papa pour Dillon, il faudrait que ce soit un homme qui veuille vraiment être père. Et si elle en croyait les dires de Laramie, il ne répondait pas à ce critère.

Pour ce soir, elle avait peut-être passé assez de temps avec lui, et il valait mieux qu'elle se concentre sur le présent pour l'oublier un peu. Elle commença à rassembler les plats et les porta dans l'évier. Et soudain il vint derrière elle.

— Ne vous embêtez pas. Je m'en occuperai.

Sa voix grave et chaude lui fit fermer les yeux et lui donna la chair de poule.

— C'est mon travail, dit-elle d'une voix rauque. Pas le vôtre.

— Pas ce soir, murmura-t-il.

Lorsqu'elle se retourna vers lui, il posa les mains sur l'évier, de chaque côté de sa taille. Elle était prise au piège. Un piège très sensuel.

Le cœur battant, elle leva les yeux vers lui.

— Qu'est-ce que vous faites ?

Il lui décocha un petit sourire en coin.

— J'essaie de me faire pardonner.

— Vous faire pardonner ? Mais de quoi ?

— De vous avoir demandé de réchauffer mon dîner. Je suis un grand garçon qui peut se débrouiller tout seul.

Il caressa ses pommettes de ses pouces.

— Mais je voulais avoir un prétexte pour que vous me teniez compagnie.

Elle eut soudain du mal à respirer.

— Laramie… ça n'a pas de sens, parvint-elle enfin à dire.

— Vous avez raison. Je n'avais pas besoin de jouer à ce petit jeu. J'aurais dû vous demander de me rejoindre, tout simplement. Mais j'avais peur que vous refusiez. Alors, je me suis servi de votre travail comme excuse.

Elle aurait dû repousser ses mains. Tout de suite. Elle aurait dû s'esquiver et quitter la pièce. Mais le contact de sa peau, la douceur dans ses yeux lui donnaient envie d'en avoir plus.

— Je n'ai rien de spécial, murmura-t-elle.

— Il se trouve que je pense le contraire.

La gorge nouée, elle sentit des larmes monter. Oh ! sa vie aurait peut-être été si différente, si elle avait rencontré Laramie trois ans plus tôt !

— Je quitterai le ranch bientôt, dit-elle en s'efforçant d'être raisonnable. De mettre une barrière entre elle et lui. Alors, nous ne pouvons être que des amis.

Son regard bleu se riva au sien.

— J'ai des amies. Des amies femmes, je veux dire. Mais je n'ai pas envie de caresser leurs cheveux, de les tenir dans mes bras, ou de les embrasser sur les lèvres. Comme j'ai envie de le faire avec vous.

C'était une chose d'être courtisée par un garçon effronté qui n'avait pas encore appris à être un homme. Mais c'en était une autre de sentir un homme mûr et responsable la désirer autant.

— Il doit y avoir une pénurie de femmes, ici, au ranch, tenta-t-elle de plaisanter.

— Rares sont les femmes qui apprécient de vivre dans un ranch. Et je n'ai pas exactement cherché.

Ses mains se posèrent au creux de son dos.

— Mais vous, je vous ai remarquée.

Le contact de ses mains enflammait ses sens, mais ses paroles l'affectaient encore plus. Ce serait si facile de se laisser étreindre par cet homme robuste, de laisser sa force la réconforter, sa sexualité la satisfaire. Mais elle ne voulait pas se comporter en idiote une seconde fois. Elle devait d'abord penser à Dillon.

— Laramie, je n'ai pas oublié Heath, lança-t-elle de but en blanc.

Il fronça les sourcils.

— Heath ? Etait-ce le père de Dillon ?

Elle eut presque envie de rire. Rien que d'entendre ce nom lié au mot *père* !

— Oui, on peut dire comme ça.

— Vous êtes toujours amoureuse de lui ?

Sa question la décontenança. Mais Laramie ignorait ce qui s'était passé entre Heath et elle. Il n'avait aucun moyen de savoir que ce garçon avait anéanti l'amour qu'elle lui portait par ses mensonges.

— Non ! Notre relation s'est terminée quand il m'a quittée.

— L'amour ne se termine pas toujours parce que l'autre personne vous a fait du mal. Et je n'ai aucune idée de ce que vous ressentiez pour lui. Vous avez dû l'aimer. Sinon, je doute que vous auriez porté son bébé.

Poussant un gémissement embarrassé, elle se dégagea de son étreinte et alla dans l'atrium. Les bornes lumineuses qui longeaient l'allée projetaient une faible lumière sur les plantes et le divan en rotin, mais elle était trop agitée pour s'y asseoir. Alors, elle regarda la pelouse, en se souvenant du soir ou Laramie avait rejoint Dillon sur la balançoire. Elle ne comprenait que maintenant pourquoi le fait de les voir ensemble l'avait à ce point ébranlée.

Elle entendit les pas de Laramie derrière elle, mais elle ne se retourna pas, pas même quand sa main se posa sur son épaule et qu'elle se sentit fondre à ce contact.

— Vous ne devriez pas vous sentir gênée d'avoir éprouvé des sentiments pour lui, dit-il doucement.

Elle tenta d'avaler la boule dans sa gorge.

— J'étais trop jeune pour savoir qu'il se servait de moi. A l'époque… je croyais l'aimer. Je croyais tout ce qu'il me disait, le fait que nous allions nous marier, fonder un foyer et une famille.

— J'imagine que vous vouliez le croire. Que vous aviez besoin de le croire.

Le fait qu'il comprenne cela lui donna le courage de se retourner vers lui.

— En fait, je cherchais l'amour et la sécurité. La vie dans ma famille n'avait jamais été formidable. Mon père disait toujours qu'il travaillerait, mais c'était un vaurien. Maman faisait des ménages en ville pour payer les factures. D'après ce que me disent mes sœurs, ça n'a pas changé.

— Et vous aspiriez à une vie meilleure.

Elle poussa un soupir.

— Ne vous méprenez pas. Quand j'ai rencontré Heath, je ne recherchais pas une vie plus confortable. Je n'avais jamais connu le confort. Ce que je voulais, c'était me sentir en sécurité et protégée par quelqu'un qui tenait à moi.

— Vous n'aviez pas cela chez vos parents ? Avec vos sœurs et frère ?

— Papa n'aime que lui-même. Et maman ne peut pas se démultiplier pour ses quatre enfants. Mes sœurs et moi tenons les unes aux autres. Mais elles ont toujours été jalouses de moi, parce que les gens me trouvaient plus jolie qu'elles. Quant à mon frère, c'est difficile à dire. Il est très réservé.

Il serra son épaule.

— Alors, Heath vous donnait l'impression d'être aimée et désirée.

Elle hocha tristement la tête.

— Jusqu'à ce que je lui parle du bébé. Il a ensuite totalement changé. Au début, il m'a reproché de vouloir le piéger, puis m'a accusée de coucher à droite et à gauche. Il a fini par admettre qu'il était le père, mais qu'il n'avait jamais eu d'intentions sérieuses me concernant. Il m'a dit qu'il ne voulait absolument pas élever un enfant ni payer une pension alimentaire. Ça m'a anéantie. Mais j'ai pris conscience que je ne voulais pas d'un type comme lui dans ma vie et celle de mon fils.

— Comment avez-vous vécu votre grossesse ?

— Au début, j'avais peur, parce que je savais que mon père serait en colère. Il s'est avéré qu'il était si furieux qu'il m'a plus ou moins fichue à la porte et bannie de la famille. Mais cela m'a rendu ma grossesse encore plus précieuse. Parce que ce bébé à venir aurait besoin de moi et m'aimerait.

— Tout cela est derrière vous maintenant.

— Oui. Heath n'est plus qu'un mauvais souvenir. Mais je doute encore de chaque décision que je prends. Et je déteste ça. J'aimerais me laisser vivre simplement, ne plus avoir peur de devenir une de ces femmes qui répètent les mêmes erreurs indéfiniment.

Il plongea les mains dans ses cheveux, et elle sentit son souffle se raccourcir tandis qu'il caressait doucement ses longues mèches. Son geste lui donnait l'impression d'être précieuse, unique. Elle n'avait jamais rien ressenti de plus beau.

— Vous n'avez pas à douter de vous, Leyla. Vous avez fait le bon choix, en venant ici au ranch. Et je vous le promets, je ne vais pas vous mentir, ni vous faire du mal.

De tout son cœur, elle voulait le croire. Mais elle le connaissait si peu. Qu'y avait-il réellement dans le cœur de cet homme ? Tant qu'elle ne l'aurait pas découvert, elle ne pourrait pas mettre son propre cœur en jeu.

Elle ferma les yeux.

— Il est facile de faire des promesses, Laramie. Il est beaucoup plus difficile de les tenir.

— Je suis assez intelligent pour savoir que je devrai gagner votre confiance par des actes, et non par des mots.

Surprise par sa clairvoyance, elle appuya la joue contre son torse.

Il posa doucement les mains sur son dos, comme pour lui dire qu'elle pouvait rester ou s'en aller. Le choix lui appartenait. Et le fait qu'il lui laisse ce choix lui donna le courage de rester, et de laisser le réconfort de son étreinte l'envahir.

L'atrium était si calme qu'elle pouvait entendre le rythme régulier du cœur de Laramie et, pendant quelques instants magiques, elle laissa le son la bercer, et la chaleur de son corps se répandre dans le sien. Mais, très vite, cette chaleur éveilla en elle un désir bien trop dangereux. Effrayée, elle se dégagea.

— Il est tard. Je ferais mieux d'aller voir si Dillon dort toujours, dit-elle.

— Bonne nuit, Leyla.

— Bonne nuit, murmura-t-elle.

Puis elle retourna dans la maison à la hâte, avant que le feu qui brûlait en elle ne la pousse dans les bras de Laramie.

Le lendemain, Leyla ne vit pas Laramie au petit déjeuner. Etait-il absent ou dormait-il encore ? Elle n'allait certainement pas le vérifier dans sa chambre. Et de toute façon, il fallait cesser de penser constamment à lui. C'était dimanche, et elle n'était pas censée lui préparer ses repas aujourd'hui.

Parfois, elle se demandait si elle avait vraiment un travail. A part les repas pour Dillon et elle, ainsi que pour Sassy, elle n'avait pas grand-chose à faire. Au moins, son temps libre lui permettait de lire les manuels médicaux que Bridget lui avait donnés.

Fort heureusement, quand elle avait quitté le domicile familial pour aller vivre avec Oneida, elle avait pu finir le dernier semestre de lycée à la réserve, et obtenir son diplôme de fin d'études. A présent, elle nourrissait le projet de devenir infirmière diplômée, pour pouvoir aider les gens malades comme sa tante. Etait-ce un rêve trop ambitieux pour une jeune mère célibataire comme elle ? Peut-être, mais elle était bien décidée à atteindre son but.

Plus tard dans la matinée, elle changeait les draps de Dillon quand elle entendit des petits coups.

Croyant que son fils frappait ses jouets l'un contre l'autre, elle fut surprise de voir qu'il était occupé avec ses crayons et son livre de coloriage.

— Dillon, c'était quoi ce bruit ? Est-ce que tu frappais quelque chose ?

— Non.

Il secoua la tête et désigna la porte qui séparait leur appartement de la maison principale.

— Bruit, là.

Tandis qu'elle se dirigeait vers la porte, les coups résonnèrent de nouveau, et elle hâta le pas sur le tapis épais. Lorsqu'elle ouvrit et découvrit Laramie sur le seuil, elle en resta bouche bée. Même s'il vivait dans la même maison, c'était la première fois qu'il venait frapper à sa porte.

— Laramie, dit-elle.

Elle tenta de ne pas trop regarder son corps musclé, qui s'encadrait dans l'embrasure de la porte. Tout, en lui, respirait la virilité.

Ce matin, il portait sa tenue de travail habituelle : jean, bottes et chapeau de cow-boy. Il avait simplement troqué sa chemise en jean épais contre une chemise de coton vert mousse. Ses manches relevées dévoilaient ses avant-bras, et la couleur du vêtement rehaussait le bleu de ses yeux. Mais ce fut son sourire nonchalant qui fit tressauter son cœur.

— Bonjour, dit-il. Je commençais à penser que Dillon et vous dormiez encore.

— A 11 heures ? dit-elle en riant. Ce serait une première.

— Euh… Il jeta un coup d'œil par la porte ouverte. Etes-vous occupée ?

Occupée ? Que se passait-il ? Pourquoi était-il venu la voir ? Le cœur tambourinant dans sa poitrine, elle ouvrit la porte en grand.

— Je vous en prie, entrez. Je nettoyais la chambre, et je ne vous ai pas entendu frapper. J'ai appris à Dillon à n'ouvrir à personne. J'imagine que je devrais lui expliquer qu'ici, au ranch, il peut.

— Vous lui avez appris une bonne règle. Inutile de l'embrouiller en la brisant maintenant.

A cet instant, Dillon leva les yeux de son album de colo-riage et vit Laramie. Il se leva d'un bond et courut vers lui.

S'agenouillant pour être à son niveau, Laramie l'encercla de ses bras.

— Comment vas-tu, mon grand ?

— Toi, pas mangé petit déjeuner, dit l'enfant, vexé.

Légèrement surpris, Laramie leva les yeux vers Leyla.

— J'ignorais qu'il m'avait à l'œil.

— Il fait attention à vous, expliqua-t-elle.

Et moi aussi, aurait-elle pu ajouter.

Il reporta son attention sur Dillon.

— Désolé d'avoir manqué le petit déjeuner avec toi, Dillon. Est-ce que tu as mangé ce que ta maman t'a préparé ?

L'enfant fit oui de la tête.

— Moi, tout mangé.

— C'est bien. Ça veut dire que tes muscles vont grandir vite.

Il fit semblant de tester le biceps de Dillon.

— Tu crois que tu es assez fort pour monter un poney aujourd'hui ?

— Laramie ! s'exclama Leyla. Je ne…

Dillon ouvrit de grands yeux.

— Oui, oui ! Monter poney ! Je veux monter poney !

Leyla roula des yeux tandis que Dillon sautillait d'excitation. Laramie lui sourit.

— Faites-moi confiance, maman, tout ira bien. Vous verrez.

« Je devrai gagner votre confiance. » Quand il avait prononcé ces paroles hier soir, quelque chose dans sa voix l'avait émue. Ce serait injuste de ne pas lui laisser une chance.

— Si vous êtes sûr de vous, concéda-t-elle. Dillon n'a jamais approché un grand animal, comme un cheval ou une vache.

— Eh bien, il verra les deux, dit-il en souriant. Allez vous préparer, tous les deux, nous irons aux écuries à pied.

Elle jeta un coup d'œil à l'horloge murale. Il était déjà plus de 11 heures.

— Et le déjeuner? Ne serait-ce pas mieux d'attendre après le repas?

— J'ai déjà prévu le déjeuner pour nous trois.

Il frappa dans ses mains pour les enjoindre de se dépêcher.

— Allez, vite. Le temps file.

Une foule de questions se bousculaient dans son esprit, mais elle ne les formula pas. Dillon trépignait déjà et, pour être honnête, elle aussi était excitée. Hier soir, elle avait dit à Laramie qu'elle aimerait se laisser simplement vivre et profiter de la vie. Il était temps de passer à l'acte. Aujourd'hui, elle allait essayer de le faire.

— Allons, Dillon, dit-elle en prenant son fils par la main. Si tu veux monter sur le poney, tu dois mettre ton jean. Les cow-boys portent des jeans. Pas vrai, Laramie?

— Bien sûr, dit-il. Et les cow-boys ne pleurent jamais non plus.

— Jamais? dit-elle d'un ton sceptique.

— Eh bien, presque jamais, rectifia-t-il avec un haussement d'épaules.

Elle ne pouvait imaginer cet homme fort et robuste verser une larme. Mais il avait eu l'âge de Dillon un jour. Avait-il pleuré une mère qui avait disparu de sa vie? Plus tard, songea-t-elle, son fils grandirait et saurait exactement ce qui lui manquait. Un père. Que lui dirait-elle alors? Elle repensa aux mots de Laramie : « Chaque fois que je regarde Dillon, je vois beaucoup de moi-même. »

Cette phrase, qui l'avait intriguée et émue, voulait tout dire. Mais elle ferait son possible pour ne pas s'attarder sur ces pensées aujourd'hui.

— C'est bon à savoir, dit-elle. La prochaine fois que Dillon aura une crise de larmes, je serai heureuse de vous laisser gérer cela avec lui.

En riant, Laramie adressa au petit garçon un clin d'œil complice.

— J'ai toutes sortes de remèdes pour soigner les crises de larmes.

— C'est bien ce que je crains, plaisanta-t-elle, puis elle conduisit rapidement son fils dans la chambre.

6

Le ciel était clair et le soleil déjà très chaud quand tous trois sortirent de la maison et se dirigèrent vers les écuries, à l'ouest.

Tandis qu'ils marchaient, Dillon tenait la main de Laramie, et s'amusait à sauter par-dessus chaque grosse pierre qui parsemait le chemin. A côté d'eux, Leyla appréciait le soleil sur son visage et le parfum piquant des genévriers et des pins porté par la brise. Le mois de mai était une période splendide au Nouveau-Mexique, encore plus aujourd'hui car elle pouvait en profiter avec Laramie et Dillon.

C'était dimanche, aussi l'activité était-elle réduite au ranch. Quelques chevaux sellés étaient attachés à la barrière d'un corral, et deux hommes chargeaient des bottes de luzerne sur un camion à plateau.

Sur leur passage, les hommes les saluèrent par un signe de la main. Etaient-ils surpris de voir Laramie avec une femme et un enfant ? Si elle en croyait Sassy, il n'amenait pas de filles au ranch. Cela faisait-il d'elle quelqu'un de spécial ? Non. Laramie se montrait simplement gentil avec un enfant qui avait désespérément besoin d'une compagnie masculine. Rien de plus.

Ils avaient parcouru une bonne distance quand Dillon commença à ralentir le pas. Laramie s'arrêta et lui demanda :

— Tu as déjà fait un voyage à dos de cow-boy, Dillon ?

Dillon sembla perdu, et Leyla intervint.

— Il ne sait pas ce que vous voulez dire.

Il la regarda. Dans ses yeux brillait une étincelle de complicité. Il se pencha vers l'enfant.

— D'accord, Dillon. Tu vas grimper sur mon dos, mettre tes bras autour de mon cou et, ensuite, tu vas me serrer fort. Vraiment fort.

L'enfant obtempéra, et quand il se releva de toute sa hauteur, Laramie tint fermement les petites jambes de Dillon.

— Regarde, maman ! Je suis haut ! Tout haut ! s'écria joyeusement Dillon.

Elle sourit à son fils. Grâce à Laramie, les yeux de son enfant étincelaient. Il s'apprêtait à vivre une des plus grandes aventures de sa vie.

— Oui, tu es bien plus grand que moi maintenant, dit-elle.

En parcourant le reste du chemin à une vitesse plus rapide, ils arrivèrent enfin à l'endroit où Laramie avait laissé un poney sellé dans un petit paddock.

Il posa Dillon au sol et le conduisit vers la clôture.

— Dillon, le nom de ce joli poney est Chocolat. Et il aime particulièrement les petits garçons comme toi. Tu veux le regarder de plus près ?

Sans hésiter, Dillon opina, et Laramie porta l'enfant pour qu'il puisse regarder par-dessus la barrière. Laramie appela le poney, et l'animal vint aussitôt au trot pour observer ses visiteurs. Leyla les couvait du regard, enchantée de les voir ensemble. Sereine. Heureuse.

Dillon regarda, émerveillé, Laramie caresser la tête du cheval.

— Tu peux toucher son nez aussi, l'encouragea Laramie. Chocolat aime être caressé. C'est un grand bébé.

Dillon tendit une main hésitante, et toucha la bande blanche sur le visage de Chocolat, puis regarda sa mère et gloussa.

— C'est bébé poney, maman. Tu vois ? Il m'aime bien.

— Le bébé poney a de grandes dents, ne put-elle s'empêcher de dire.

Laramie rit.

— Ne vous inquiétez pas. Chocolat ne mord pas, ne donne pas de coups de sabot, ne se cabre pas, et n'a aucune mauvaise habitude. C'est un des chevaux que Riley et Clancy montent quand ils viennent au ranch. Chocolat est ce que nous les cow-boys appelons un « blindé ».

Elle poussa un soupir de soulagement.

— C'est bon à savoir.

Durant les minutes suivantes, il laissa l'enfant se familiariser avec l'animal avant de le faire entrer enfin dans le corral et l'installer sur la petite selle.

Une fois qu'il fut sur le dos de Chocolat, et que Laramie eut placé ses pieds dans les étriers, Dillon fut au comble de l'excitation. Pourtant, à la surprise de Leyla, il suivit les instructions de Laramie : rester assis, ne pas crier ni agiter les jambes.

— Accroche-toi bien fort. Comme tu t'es accroché à mon cou, dit-il en guidant les mains de Dillon vers le pommeau de la selle. Allez, on y va.

Laramie commença à faire trotter très lentement le poney autour du corral. Tandis qu'elle les observait tous les deux, Leyla sentit les larmes lui monter aux yeux. Son fils montait à cheval pour la toute première fois de sa vie. Et tout cela parce que Laramie avait eu envie de lui accorder du temps et de l'attention. Peu importait ce qui se passerait entre lui et elle dans le futur, Leyla lui serait toujours reconnaissante pour cette expérience.

Perchée sur la clôture, elle lança à Dillon :

— Tu ressembles à un vrai cow-boy.

Laramie arrêta le cheval près d'elle.

— Dillon ressemblera vraiment à un cow-boy quand il aura une paire de bottes et un chapeau, dit-il.

Elle dut étouffer un gémissement. Ne se rendait-il pas compte que Dillon écoutait chaque mot ? Maintenant, il allait la harceler pendant des jours pour avoir des bottes et un chapeau ! Comment allait-elle pouvoir les lui acheter, avec le peu de moyens dont elle disposait ?

Comme s'il avait lu dans ses pensées, Dillon lança :

— Je veux bottes et chapeau, maman. Comme Laramie.

Elle décocha à Laramie un regard réprobateur.

— C'est malin ! Ces choses sont bien au-delà de mon budget, Laramie. Pourquoi avez-vous…

Il haussa la main pour l'interrompre.

— Avant de vous mettre dans tous vos états, laissez-moi m'occuper de cela. Très probablement, Riley et Clancy ont des tas d'affaires qui ne leur vont plus. Je demanderai à Maura si elle a quelque chose qui pourrait aller à Dillon.

Elle n'avait jamais rencontré Maura Cantrell, mais elle savait qu'elle était la sœur du Dr Bridget Chinon, et que les deux femmes travaillaient ensemble à la clinique médicale du Dr Chinon à Ruidoso. Elle serait éternellement reconnaissante à Bridget et à son mari, non seulement pour l'avoir aidée à accoucher, mais pour l'avoir soutenue et lui avoir obtenu un emploi mieux payé au Chaparral.

— Si Maura ressemble un tant soit peu à sa sœur, ce doit être une dame très gentille. Mais je ne veux pas abuser.

— Voilà que vous recommencez. Vous vous souvenez de ce que je vous ai dit, que tout le monde s'entraide ici ?

— Oui, mais il faut que ça marche dans les deux sens. Je ne trouve pas ça juste d'être toujours celle qui reçoit. Et j'ignore si je pourrais faire quoi que ce soit pour aider Maura Cantrell.

— Contentez-vous d'être une bonne employée et une amie. Ça suffira, Leyla. Vous n'avez pas besoin d'argent pour ça.

— Bottes. Je veux bottes. Et chapeau. Je vais être cow-boy.

Le bonheur sur le visage de son fils faisait paraître tout le reste insignifiant, et elle lui sourit.

*
* *

Lorsque Dillon eut fait du poney pendant une bonne demi-heure, Laramie suggéra qu'il était temps de s'arrêter pour déjeuner. Parce que les cow-boys devaient manger pour garder leurs forces, expliqua-t-il à Dillon. Mais le cours d'équitation continua quand il montra à l'enfant comment prendre soin du cheval, en retirant sa bride, sa selle, et en brossant sa robe.

— Chocolat a faim, dit Dillon à Laramie pendant que tous deux sortaient du corral.

— Je suis sûr qu'il serait d'accord avec toi, dit Laramie avec un petit rire. Mais ce n'est pas encore l'heure de manger pour lui. Ça lui donnerait mal à l'estomac s'il mangeait trop.

— J'ai pas mal ici, dit Dillon en frottant son ventre. Faim.

— Moi aussi, mon grand.

Après avoir aidé Leyla à descendre de la clôture, il conduisit la mère et le fils vers un pick-up blanc. Quand ils furent tous trois installés dans le véhicule poussiéreux, Leyla demanda :

— Où allons-nous ? A la maison, pour le déjeuner ?

— Non, nous allons pique-niquer, ça va vous changer un peu les idées, vous êtes tout le temps à la maison. Le déjeuner est à l'arrière, dans une glacière. Le cuisinier de la cantine nous a préparé quelques petites choses.

Depuis qu'elle était venue travailler au ranch, les seules personnes qu'elle avait rencontrées en dehors de Laramie étaient Quint, Sassy et Reena. Elle était curieuse de connaître les gens qui travaillaient avec Laramie, surtout parce qu'elle l'entendait toujours parler en bien d'eux.

— C'est très gentil de sa part, dit-elle. D'autant que nous sommes dimanche.

— Ernesto est un chic type. Il aime rendre service aux autres.

— Vous le connaissez depuis longtemps ?

Il démarra le pick-up.

— Il était déjà au ranch depuis un an ou deux quand je suis arrivé.

Elle voulait en savoir plus sur son passé. Apprendre à le connaître, sans se montrer trop curieuse.

— Depuis quand vivez-vous au ranch ?

— Presque dix-huit ans.

— Vous deviez être très jeune quand vous avez emménagé ici. Et l'homme qui vous a élevé ? Vous ne vouliez plus rester avec lui ?

— Diego avait un diabète à un stade avancé. Quand sa santé a commencé à vraiment décliner, il m'a fait promettre qu'après sa mort, je viendrais au Chaparral pour demander du travail à Lewis. J'avais seize ans quand Diego a disparu. J'étais encore un enfant, à vrai dire. Lewis, le père de Quint, était encore de ce monde à l'époque. Et j'ai eu la chance qu'il me prenne sous son aile. Il m'a donné un travail, et une place au dortoir.

Elle le regarda, essayant de l'imaginer adolescent, seul, sans famille. Une vague de tendresse la submergea. Il semblait avoir envie de partager son histoire avec elle. Etait-elle la première à qui il s'ouvrait, en toute simplicité ? Elle voulait tant le croire...

— Vous vous y connaissiez en élevage ?

— Un peu. Diego a toujours eu des vaches, des chevaux... Il m'avait appris à m'occuper d'eux. Alors, ce n'était pas comme si j'étais un novice. N'empêche que j'avais beaucoup à apprendre. Et au fil des années, j'ai acquis de l'expérience.

Souvent, par le passé, Leyla s'était sentie ignorée et abandonnée par sa famille. Et quand elle s'apitoyait vraiment sur son sort, elle se disait que c'était comme si elle n'avait pas de famille du tout. Cependant, être en froid avec sa famille, c'était bien différent de ne pas avoir de famille du tout. Si elle voulait vraiment voir ses proches, elle pouvait ravaler sa fierté, retourner à Farmington, et affronter son père. Laramie n'avait même pas cette possibilité. Et cette idée la perturbait énormément.

— Alors, adolescent, vous avez vraiment dû vous attacher à cet endroit.

— Au début, Diego me manquait terriblement. En plus de ça, les autres employés étaient un peu plus âgés que moi, alors je ne me sentais pas à ma place. Mais ils étaient tous assez gentils pour accueillir un jeune garçon perdu et, après quelque temps, j'ai commencé à me sentir comme chez moi. A présent, c'*est* chez moi.

— Vous n'éprouvez jamais le besoin de partir ? De bâtir un endroit à vous ?

Il fronça les sourcils.

— Pourquoi le ferais-je, alors que je suis parfaitement heureux ici ?

Il y avait une note de défiance dans sa voix. Manifestement, il n'appréciait pas sa question. Mais elle ne se laissa pas décourager. Après tout, Laramie n'hésitait pas à lui poser des questions personnelles.

— Parce que cet endroit ne vous appartient pas, dit-elle. Il appartient à quelqu'un d'autre. Vous travaillez très dur, et vous êtes très dévoué à votre travail. Mais ce n'est pas vous qui récoltez le fruit de vos efforts.

— Est-ce ça qui est important pour vous ? Posséder des choses ?

— Un foyer, ce n'est pas simplement une « chose », rétorqua-t-elle, sur la défensive.

— Eh bien, ma maison est ici, affirma-t-il, l'air contrarié. Je me fiche du nom qui figure sur le titre de propriété.

Il avait raison, après tout. Il était satisfait de sa vie telle qu'elle était. Et c'était tant mieux pour lui, songea-t-elle. Il méritait d'être heureux. Elle espérait seulement que son propre avenir serait aussi stable que celui de Laramie, et qu'une fois que Dillon et elle quitteraient le ranch ils trouveraient un foyer décent pour les accueillir.

— C'est bien que vous soyez si attaché à ce ranch. Tout le monde a besoin d'un endroit où se sentir à sa place, dit-elle calmement.

Il se radoucit.

— Et si Dillon et vous étiez à votre place ici, vous aussi ?

Sa suggestion subtile fit tressauter son cœur, et elle détourna le regard vers le paysage qui défilait.

— Seulement pour un temps, murmura-t-elle.

Pourquoi avait-elle eu tant de mal à prononcer ces mots ?

Durant les dix minutes suivantes, Laramie roula sur une piste poussiéreuse en direction de la rivière. Il n'avait pas dit un mot, et semblait préoccupé. Leyla eut l'impression qu'il était déçu, pour une raison ou pour une autre.

Peut-être n'avait-il pas apprécié sa question sur le fait de fonder un ranch bien à lui. Ou peut-être s'était-il attendu à ce qu'elle en dise davantage sur ses projets futurs. Elle ignorait ce qu'il pensait, et tentait de se convaincre que ça n'avait pas d'importance. Mais ce serait un mensonge. Il commençait à compter pour elle. Beaucoup.

— Vache, maman ! Vache !

Les cris d'excitation de Dillon la tirèrent de ses pensées. Son fils avait repéré un grand troupeau de vaches rousses aux têtes blanches.

— Ce sont des herefords, dit Laramie. Quand nous aurons déjeuné, j'emmènerai Dillon les voir de plus près.

— Je suis sûre qu'il va adorer, murmura-t-elle.

Quelques minutes après, la piste de terre compacte se fendit en deux directions. Laramie prit celle qui grimpait sur un contrefort couvert de genévriers et de pins parasols. Quand ils atteignirent le haut de la pente, elle laissa échapper un halètement de surprise.

— Oh ! C'est magnifique !

En contrebas, la vallée de la rivière s'étendait sur des kilomètres. A leur droite, la crête des montagnes boisées se dressait comme une sentinelle au-dessus des troupeaux qui paissaient.

— Je me suis dit que Dillon et vous aimeriez manger ici, dit-il. La vue est jolie, et il y a un grand espace que Dillon peut explorer sans risque.

— C'est splendide, Laramie.

Personne ne s'était jamais donné autant de peine pour offrir à son fils et à elle une journée agréable. Puis les doutes l'assaillirent. Pourquoi se montrait-il si prévenant envers elle ? Attendait-il quelque chose en retour ?

Non. Il n'était pas du genre à escompter un paiement en nature en échange d'une gentille attention. Elle devait cesser de s'inquiéter sur ses motivations, et profiter simplement de ce bon moment avec lui et Dillon.

Après avoir garé le pick-up, Laramie sortit la glacière du coffre, et se dirigea vers une zone plate ombragée sur un côté par quelques genévriers. Deux branches tombées formaient un angle perpendiculaire, parfait pour s'asseoir.

— On dirait que quelqu'un a fait des feux ici auparavant, observa-t-elle, remarquant un cercle de pierres noircies.

— Avec quelques hommes, nous nous arrêtons ici parfois, et nous préparons du café. C'est un bon endroit pour faire une pause avant de finir notre chevauchée jusqu'au ranch.

Le ranch était à huit ou dix kilomètres, calcula-t-elle. Comment rester en selle si longtemps ? Cela devait être bien pénible ! Mais il lui suffit de regarder le corps robuste et souple de Laramie pour se dire que pour lui cela devait être une simple balade.

Voir le contenu de la glacière l'arracha à ses pensées : le cuisinier de la cantine s'était donné de la peine, en leur préparant du poulet frit et plein de délicieux accompagnements. Dillon dévora tout ce qu'elle mit sur son assiette en papier, et en redemanda.

Une fois son petit ventre bien rempli, il s'éloigna de quelques pas pour creuser dans le sol poussiéreux à l'aide d'un bâton. Laramie le regarda former une tranchée et l'emplir de petits cailloux.

— Je crois que Dillon s'amuse bien, non ? dit-il.

Il était assis tout près d'elle, et lorsqu'elle tourna le visage vers lui, la distance sembla encore plus courte. Elle sentit son pouls s'emballer et son souffle s'accélérer.

— Beaucoup. En dehors des fois où on est allés au parc, personne n'a jamais pris la peine de l'emmener pique-niquer. Vous lui faites vivre toutes sortes de nouvelles aventures.

Un petit sourire s'accrocha à ses lèvres. Pour un homme aussi viril, il avait des yeux si doux et si tendres, si tentants. Des yeux dans lesquels elle se perdait.

— Et vous ? Vous faisiez ce genre de sorties, enfant ?

— Mes sœurs et moi avions l'habitude de faire des pique-niques dans le jardin. Nous faisions semblant d'être dans le parc d'une grande ville, avec des tas de gens bien habillés qui se promenaient autour de nous. Et on jouait à déguster des plats merveilleux que nous n'avions jamais vus, encore moins goûtés.

Elle poussa un soupir mélancolique.

— Mais nous étions petites, l'argent n'avait aucun sens pour nous, nous ne savions même pas que notre famille était pauvre ! Le fait d'être tous ensemble nous donnait l'impression qu'on ne manquait de rien. Mais tout a changé maintenant.

Il posa sa main puissante sur la sienne.

— Rien ne reste pareil, Leyla. Les enfants grandissent. Un jour, Dillon sera un homme, et il fera sa vie… loin de vous.

— Peut-être est-ce pour cela que ma mère reste avec mon père, dit-elle, pensive. Elle ne veut pas se retrouver seule quand tous ses enfants seront partis.

— Personne ne veut être seul.

La chaleur de sa main et le son doux et rauque de sa

voix la troublèrent. Ses lèvres l'aimantaient, le souvenir de leur baiser l'obsédait.

— Laramie, quand je vous ai parlé de fonder votre propre ranch, je ne voulais pas vous offenser.

Le besoin de le toucher était si impérieux qu'elle posa la main sur son bras.

— J'étais... j'imagine que je suis juste curieuse de savoir pourquoi un homme aussi doué que vous ne crée pas sa propre affaire.

Une lueur étrange passa dans ses yeux, avant qu'il ne fixe la main qu'elle avait posée sur lui.

— Un jour, j'essaierai de mieux vous expliquer pourquoi ce ranch signifie tant pour moi.

— Est-ce parce que vous vivez ici que vous n'êtes pas marié ?

Il reporta son regard sur elle. Elle vit des ombres dans les profondeurs bleues de ses iris.

— En partie. C'est difficile de s'attacher à une femme quand, d'emblée, elle veut me changer, m'éloigner de toutes les choses que j'aime. Je me disais souvent qu'il devait y avoir une femme quelque part, qui m'accepterait comme je suis, et qui serait heureuse de vivre dans un ranch isolé. Mais j'ai cessé de chercher.

— Vous avez dit, en partie. Quelle est l'autre raison ?

Lorsqu'il la fixa de nouveau, elle eut le souffle coupé. Elle s'était attendue à voir de la défiance dans ses yeux, et non pas ce regard perdu qui lui donnait envie de le serrer dans ses bras et de le tenir tout contre son cœur.

— Comme je vous l'ai dit, Diego était un vieux céliba-taire. Il m'a fallu longtemps avant de savoir ce qu'était un mari et, même à cette époque, ce n'était qu'un mot pour l'enfant que j'étais. Je suis passé du foyer d'un célibataire à la vie en dortoir avec d'autres célibataires. Lewis était un mari, mais je ne l'ai jamais vu avec sa femme, Frankie. Je crois que j'ai davantage appris ce que cela signifie d'être un époux quand Quint a épousé Maura. Et c'était il y a quelques années à peine.

— Donc, vous n'avez pas eu de modèle, commenta-t-elle.

— Exactement.

Elle secoua la tête.

— Je croyais que, peut-être, vous n'étiez pas marié parce que vous aviez eu le cœur brisé.

Il serra les lèvres.

— J'ai eu quelques petites peines de cœur. Mais rien qui ressemble à ce que vous avez traversé.

Elle observa Dillon.

— Le fait d'avoir un enfant a changé mon existence, et je ne le regrette pas. Dillon est ma vie. Tout comme ce ranch est la vôtre.

Et elle serait folle de croire qu'ils pourraient unir leurs existences. Elle voulait un foyer pour Dillon et elle. Elle voulait une vie stable et sécurisante. Elle ne rêvait pas de richesses, d'objets de luxe ni d'une belle maison. Elle voulait simplement un foyer. Un endroit que personne ne pourrait lui retirer.

Soudain, elle se rendit compte que sa main était toujours posée sur le bras de Laramie. Etre près de lui semblait presque naturel. Mais où tout cela allait-il la mener ? A une autre peine de cœur ?

A cette pensée, elle se leva.

— Je crois que nous devrions montrer les vaches à Dillon, puis rentrer. D'habitude, il fait une sieste en fin d'après-midi. Il va bientôt être fatigué.

— Bien sûr, dit-il. Allons au bas du contrefort. Il y a sûrement un troupeau juste en dessous de nous.

Une fois qu'il eut garé le véhicule devant le portail arrière et coupé le moteur, il se tourna vers Leyla.

— Est-ce que ça l'ennuiera si je le porte ?

— Il ne s'en rendra même pas compte, assura-t-elle. Je passe devant pour vous ouvrir les portes.

Il blottit l'enfant contre son torse et se dirigea vers la maison, agréablement surpris par le doux contact avec les petits bras et les petites jambes de Dillon. Leyla le conduisit dans une petite chambre dotée de deux lits jumeaux. Il posa Dillon sur celui qu'elle lui indiqua, puis l'observa tandis qu'elle lui retirait ses tennis et les posait au sol.

— Il est vraiment exténué, s'étonna-t-il. J'ignorais que les enfants pouvaient dormir si profondément.

— Je suis sûre que tout cet air frais et cette excitation l'ont épuisé. Il se lèvera tôt demain. Mais ça ne fait rien. Il s'est si bien amusé aujourd'hui.

Elle remonta le fin couvre-lit sur Dillon.

— Et vous ? demanda-t-il. Vous vous êtes amusée ?

— Oui, beaucoup, dit-elle en sortant de la chambre. Voudriez-vous une tasse de café, ou autre chose ? Ou devez-vous aller aux écuries avant que le soir ne tombe ?

— Je dois aller voir ma jument blessée. Mais plus tard. Pour l'instant, j'aimerais bien un café, oui.

Dans le salon, elle lui fit signe de s'asseoir, mais il secoua la tête.

— Pendant que vous préparez le café, je vais aller chercher la glacière. Il y a une boîte de brownies dedans, vous vous souvenez ?

Elle sourit.

— Oui, je me souviens surtout que vous aimez les douceurs.

Et elle avait des lèvres très douces, songea Laramie. Comment aurait-il pu oublier ? L'attirer dans ses bras, l'embrasser, tout de suite… c'était tout ce qu'il désirait. Pourtant, il ne voulait pas prendre le risque de gâcher la journée ou mettre en péril l'intimité qu'il sentait grandir entre eux.

Mais se rapprocher de cette femme, était-ce vraiment ce qu'il voulait, ce qu'il lui fallait ? Que ferait-il si par miracle elle tombait amoureuse de lui, ou lui d'elle ? Lui demanderait-il de l'épouser ? Diable, il ignorait comment être un mari. Il avait déjà été clair sur ce point. Lui offrir une relation sans avenir ? Elle était bien trop précieuse. Mais il la désirait. Et pas seulement sur le plan physique. Il voulait être en sa compagnie, entendre sa voix, voir son sourire, respirer le parfum sensuel de ses cheveux et de sa peau, et faire comme si elle serait toujours auprès de lui.

— Laramie ? Avez-vous changé d'avis pour le café ?

La voix de Leyla pénétra ses pensées, et il se rendit compte qu'elle attendait qu'il revienne à l'intérieur.

— Changé d'avis ? Pas du tout. Allons-y.

Dix minutes plus tard, ils étaient assis dans l'atrium, et dégustaient les gâteaux quand il désigna le magnifique coucher de soleil à l'ouest.

Elle posa sa tasse et alla se poster devant la baie vitrée.

— Comme c'est beau, murmura-t-elle. Toutes ces nuances de rose, d'or et de lavande.

Il la rejoignit et posa une main sur son épaule.

— C'est magnifique, approuva-t-il. Cette journée a été spéciale pour moi. Vous avez peut-être préféré votre journée en ville, mais Dillon semblait se plaire avec les animaux.

— Dillon a adoré, et moi aussi.

Lorsqu'elle se tourna vers lui, ses cheveux effleurèrent ses doigts. Il en profita pour porter une mèche soyeuse à son visage et respirer son parfum subtil.

— Qu'est-ce qui vous fait penser que je suis une citadine ? Je n'ai jamais vécu en ville.

— Je croyais que vous viviez à Farmington, avant d'aller vivre avec votre tante à la réserve.

— La maison de mes parents est à plusieurs kilomètres de Farmington. Elle est sur la même terre que celle de mes grands-parents paternels, aujourd'hui disparus.

— Ah. Je n'ai pas beaucoup voyagé, mais je connais ce coin. Ce sont surtout de hautes plaines désertiques avec des falaises et des rochers. Que faisiez-vous pour vous distraire ?

Il avait envie de tout savoir d'elle, d'imaginer sa vie d'avant. De se donner l'illusion de faire partie de son monde.

Elle haussa les épaules.

— Parfois, mes sœurs et moi allions en ville pour voir un film ou faire du lèche-vitrines au centre commercial. J'ai joué dans une équipe de softball jusqu'à seize ans. Et je cherchais des objets amérindiens avec des amis. Beaucoup de vestiges indiens se trouvent dans cette zone. J'ai pu mettre de côté des morceaux de pots et d'outils, pour pouvoir les montrer à Dillon quand il sera plus grand et lui parler de ses racines.

Cela ne le surprenait pas. Elle était fière de ses origines, et il admirait cela chez elle.

— Quand vous viviez chez vos parents, vous travailliez ?

— Oui, le soir, après les cours. J'étais serveuse dans un restaurant en ville. J'avais mon permis de conduire, mais pas de voiture, alors ma mère ou ma sœur passaient me chercher après le travail. Jusqu'à ce que…

Elle serra les lèvres, et détourna le regard.

— Jusqu'à ce que quoi ? Que vous rencontriez Heath ?

Surprise, elle se retourna vers lui et le dévisagea.

— Comment saviez-vous que j'allais dire cela ?

Il haussa les épaules.

— Ce n'est pas sorcier. A un moment donné, il fallait bien que vous le rencontriez. Cela a dû se passer au restaurant, je suppose.

— Non. J'aurais préféré. Ainsi, je n'aurais sans doute pas prêté la moindre attention à son numéro de charme. Heath était un ami de mon cousin, Alonzo. Ils travaillaient ensemble comme manœuvres dans les champs pétroliers. C'était un beau parleur de vingt-deux ans, et j'ai cru qu'étant ami d'Alonzo il serait digne de confiance. Quand j'ai compris que ce n'était pas le cas, il était trop tard. Je m'étais déjà laissé piéger par ses mensonges.

Il caressa son menton du bout du doigt.

— Leyla, quand je pense à ce que ce vaurien vous a fait, j'aimerais le retrouver et lui casser la figure.

Il secoua la tête avec dégoût.

— Les types comme lui ne sont pas des hommes. Ils sont pires que des serpents.

Elle poussa un soupir.

— Vous ne vous dites pas qu'il était simplement un homme qui n'a pensé qu'à son plaisir ?

— Bon sang, non ! Votre mère ne vous a-t-elle pas appris qu'un homme devrait vous traiter avec respect ? Diego n'a jamais été marié, mais il avait des valeurs, et il me les a transmises. Et il m'a aussi appris qu'un homme doit toujours prendre ses responsabilités.

Elle pencha la tête.

— Je ne suis pas sûre que ma mère sache comment un homme devrait la traiter. Tout ce qu'elle connaît, ce sont des hommes comme mon père.

Relevant la tête, elle le regarda dans les yeux.

— Heath n'est qu'un lâche, et moi j'ai été stupide de me laisser berner. Mais je ne serai plus jamais aussi naïve.

Posant les mains sur ses épaules, il l'attira vers lui. Tandis qu'elle appuyait la joue contre son torse, le besoin farouche de l'aimer et de la protéger lui noua la gorge.

— Depuis, vous êtes devenue une femme, Leyla. Vous devez vous faire confiance autant que vous devez… autant que vous devez me faire confiance.

— J'essaie, Laramie, dit-elle, la voix étouffée par les plis de sa chemise.

Durant presque toute sa jeunesse, il avait été timide et maladroit avec la gent féminine. Plus tard, ses rencontres avec les femmes avaient surtout été des aventures courtes et sans importance. Il n'avait jamais été question de sentiments. Mais avec Leyla, tout semblait naturel, et non maladroit ou forcé. Quand il la caressait, c'était son cœur qui parlait. Et cela le sidérait.

L'attirant plus près, il déposa un baiser sur le sommet de ses cheveux soyeux.

— Je ferais mieux d'y aller, dit-il avec une pointe de regret. J'ai des choses à régler au ranch. Nous partirons avant l'aube, alors je ne serai pas là pour le petit déjeuner.

Reculant la tête, elle le regarda, l'air intrigué.

— Vous partez ?

— Le rassemblement. Vous vous souvenez ?

— Oh. J'avais oublié.

La déception sur son visage lui serra le cœur.

— Nous commencerons par la limite la plus lointaine à l'ouest du ranch, à plusieurs kilomètres. Alors, je ne reviendrai pas avant quelques jours.

Il riva son regard au sien.

— Vous allez me manquer, dit-elle.

Avide de goûter sa bouche, il se rapprocha avec un gémissement. Le désir de lui faire l'amour lui faisait tourner la tête. Mais il devait se maîtriser, s'il voulait qu'elle lui fasse confiance. Il effleura à peine ses lèvres, mais ce contact l'électrisa. Il se détacha d'elle brusquement, tous ses sens en émoi.

Il prit son chapeau et se dirigea vers la porte.

— Vous allez me manquer aussi, Leyla. Vous pourrez expliquer à Dillon pourquoi je ne suis pas là ?

— Promis. Au revoir, dit-elle doucement.

Il lui adressa un petit signe de la main, puis sortit à la hâte, de crainte que le regard perdu de Leyla ne le persuade de rester.

7

Laramie était parti depuis deux jours, et Leyla avait tué le temps en aidant Sassy dans un potager non loin de la maison et en étudiant pour son projet d'intégrer une école d'infirmière. Mais, cet après-midi, Dillon en avait assez d'être à l'intérieur. Cela faisait dix minutes qu'il lui réclamait son attention.

— Je veux voir Chocolat, maman. Voir Chocolat, répétait-il tout en lui tapotant le genou.

Elle posa son livre. Oui, ils avaient tous deux besoin de prendre l'air.

— Tu veux voir Chocolat ? Pourquoi pas ? Nous pourrions aller aux écuries lui rendre visite. Tu crois que tu peux marcher jusque là-bas ?

Dillon, fou de joie, sautilla autour de la table.

— Oui ! Je peux. Je peux. Et Larmee, aussi. D'accord, maman ?

Elle poussa un soupir.

— Non, Dillon. Je te l'ai dit, Laramie est parti, il travaille. Il attache les vaches, leur fait une piqûre et écrit un nom sur leur flanc.

Dillon prit un crayon.

— Ecrire. Je peux écrire nom.

— Oui, tu apprends à écrire, approuva-t-elle. Mais Laramie n'écrit pas avec un crayon. Il t'en parlera plus tard.

— Trouve Larmee, maman. Je veux voir Larmee.

Elle comprenait très bien ce que Dillon ressentait. Laramie lui manquait à elle aussi.

— Ce n'est pas possible. Il est dans les montagnes, et c'est trop loin pour que nous y allions. Mais nous allons voir Chocolat et lui donner une carotte, promit-elle.

Après avoir remplacé le short et les tennis de Dillon par un jean et des chaussures solides, elle l'emmena aux écuries. Cette fois, sans Laramie pour porter son fils à mi-chemin, le trajet prit bien plus de temps.

Quand, enfin, ils arrivèrent au corral où Dillon avait monté le poney, l'animal n'était nulle part. L'air déçu de Dillon lui fit de la peine : son fils s'était attaché au ranch et à toutes les choses que ce lieu avait à offrir à un petit garçon.

— Ne t'inquiète pas. Chocolat doit être quelque part, le rassura-t-elle.

— Mademoiselle, je peux vous aider ?

Elle se retourna vers son interlocuteur. C'était un homme d'un certain âge, portant un Stetson gris taché de sueur et des gants de cuir. Un employé, sans nul doute. Même si presque tout le monde était parti pour le rassemblement, il y avait sans doute une équipe réduite pour les tâches courantes.

— Bonjour, le salua-t-elle. Je suis Leyla, la cuisinière qui remplace Reena. Et voici mon fils, Dillon. Nous cherchions Chocolat, le poney qui appartient aux fils Cantrell.

L'homme afficha un grand sourire.

— Eh bien, enchanté, Leyla et Dillon. Je m'appelle Saul. Chocolat est dans un paddock avec quelques autres chevaux. Suivez-moi, je vais vous y conduire.

Saul les conduisit à l'arrière d'une grande écurie, où un immense enclos s'étendait sur quelques hectares d'herbe verte. Tandis qu'ils approchaient de la haute clôture blanche, Leyla repéra le poney bai qui paissait avec quatre autres chevaux.

— Je peux l'amener et l'attacher à la clôture, dit Saul.

Ainsi, votre petit bonhomme pourra le voir de près et lui donner cette carotte.

Apparemment, Saul connaissait le poney aussi bien que Laramie. Une fois de plus, c'est à lui qu'elle pensait. Et à ce qu'elle ressentait pour lui. Comment lui résister ? Ses efforts pour garder ses distances avaient échoué lamentablement.

— Je ne veux pas vous déranger, dit-elle à Saul.

— Ça ne me dérange pas du tout, assura-t-il. Attendez ici.

Quelques minutes plus tard, Dillon, aux anges, caressait la tête de Chocolat à travers la clôture, en lui parlant comme si l'animal pouvait comprendre chaque mot.

— J'ai entendu dire que Reena était à l'Apache Wells, dit Saul. Ce n'est pas de chance que Jim se soit cassé la jambe comme ça. Ça montre qu'on ne peut pas faire confiance à ces fichus étalons.

— Jim s'est cassé la jambe alors qu'il faisait du cheval ?

— Oh ! Non. Il conduisait l'animal vers son box quand celui-ci s'est cabré et l'a mis à terre. D'après Abe, le cheval l'a frappé assez méchamment.

L'image la fit frissonner. Laramie travaillait avec des chevaux chaque jour. S'exposait-il à ce genre de dangers ?

— C'est terrible.

— Oui, mais ça aurait pu être pire. Au moins, Jim s'en remettra.

Saul l'observa.

— Ça m'a surpris d'apprendre que Quint avait engagé une nouvelle cuisinière. Je me suis dit que Frankie prendrait la relève.

Frankie était la mère de Quint et, d'après ce qu'elle avait compris, elle passait l'essentiel de son temps au Texas avec ses deux fils aînés, nés d'un précédent mariage.

— Laramie ne voudrait sans doute pas que Mme Cantrell fasse un tel sacrifice pour lui, avança-t-elle d'un ton prudent.

Il haussa les épaules et sourit.

— Non, j'imagine. Et les Cantrell ont de l'argent à ne

plus savoir qu'en faire, vous savez. Ils pourraient engager une douzaine de cuisinières sans même voir la différence sur leur compte bancaire.

Désapprouvait-il la richesse des Cantrell ?

— Entendons-nous bien, dit-il, comme s'il avait lu dans ses pensées. Le fait que les Cantrell soient riches est une bonne chose. Aucune famille dans le coin ne le mérite plus qu'eux.

Ne sachant pas exactement comment répondre à cela, elle se contenta de dire :

— Je suis heureuse de travailler pour eux.

— Moi aussi, dit-il avec un sourire. Et je ferais mieux de retourner à mes tâches. Je vais enlever le collier de Chocolat, mais ne vous inquiétez pas, il restera aussi longtemps que votre fils lui accordera de l'attention.

Elle le remercia, et quand il eut retiré le collier du poney, Saul se dirigea vers l'écurie.

Après avoir laissé à Dillon quelques minutes avec l'animal, Leyla lui suggéra de laisser Chocolat retourner brouter, et d'aller voir d'autres animaux.

Par chance, Dillon accepta sans broncher, et ils parcoururent la vaste cour du ranch, entourée par de nombreux bâtiments et un dédale de corrals. Dans plusieurs d'entre eux, des troupeaux de jeunes veaux étaient rassemblés. Dillon et elle s'étaient arrêtés pour les observer quand une grande femme habillée d'un jean, de bottes de cow-boy usées et d'une ample chemise de chambray sortit d'un bâtiment tout proche. Ses longs cheveux châtains étaient noués par un foulard jaune et bleu. Tandis qu'elle approchait, Leyla remarqua qu'elle était très jolie. Et qu'elle était enceinte.

— Bonjour, dit la jeune femme en traversant le corral pour aller à leur rencontre.

— Bonjour, répondit Leyla. Mon fils et moi faisions un tour. J'espère que ça ne vous dérange pas.

— Pas du tout.

Elle retira son gant et lui tendit la main par-dessus la barrière.

— Je suis Laurel Hollister. Mon mari est le vétérinaire du ranch. Je suis son assistante.

— Et moi la nouvelle cuisinière, dit-elle en lui serrant la main. Laramie m'a parlé de vous et de votre mari. Il a beaucoup d'admiration pour vous.

— C'est bon à savoir, dit Laurel en riant.

Laurel reporta son attention sur Dillon, qui s'était détourné du bétail pour l'observer d'un œil méfiant.

— Je dois te faire peur, avec toute cette poussière et ce sang sur moi, dit-elle en souriant. J'étais en train de faire des points de suture à une chèvre qui s'est débattue avec un fil barbelé. Elle n'était pas très contente, alors j'ai dû l'endormir.

— Vous vous chargez de ce genre de choses à la place de votre mari ? demanda Leyla, curieuse.

— D'habitude, non. Mais je le fais quand il n'est pas là. En ce moment, Russ est parti avec les autres, pour le rassemblement.

Laurel sourit et tapota son ventre arrondi.

— Et Russ ne pensait pas que ce serait indiqué que je dorme par terre dans mon état.

— Pas très confortable, en effet, dit Leyla avec un sourire entendu.

Laurel sortit de l'enclos et les rejoignit de l'autre côté de la clôture. Elle prit soin de se présenter à Dillon en bonne et due forme.

— Il est adorable, dit-elle. Vous devez être très fière de lui.

— Oui. Dillon est une bénédiction. Quand doit naître votre bébé ?

— En octobre. Alors, si Dieu le veut, notre enfant sera là pour que nous puissions fêter Noël en famille.

Noël en famille. Depuis le départ d'Oneida en maison de repos, Leyla avait passé les dernières vacances de fin d'année seule avec Dillon. Et malheureusement, elle doutait que cela change cette année, à moins que sa tante ne puisse quitter la maison de repos avant décembre.

— Vous savez si c'est un garçon ou une fille ? demanda Leyla.

— Russ et moi voulons avoir la surprise. Ne pas savoir, cela ajoute à notre excitation.

Oui, manifestement, cette femme était comblée par sa grossesse. A quoi cela ressemblait-il d'être enceinte d'un enfant qui était aimé et désiré par son père ? De savoir qu'un homme serait à ses côtés dans la douleur et dans la joie ? Elle avait manqué tant de choses lorsqu'elle était enceinte de Dillon. Elle avait aimé et désiré son bébé, mais l'incertitude concernant son avenir et le sentiment d'abandon avaient étouffé l'essentiel de sa joie. Et maintenant, elle n'était pas sûre de pouvoir un jour faire suffisamment confiance à un homme pour porter un autre enfant.

— Je vous souhaite bonne chance.

— Merci, dit Laurel avec un sourire chaleureux.

Elle désigna un grand bâtiment sur leur gauche.

— Vous voulez venir voir l'écurie qui nous sert de clinique ?

— C'est gentil de nous le proposer.

— Ce n'est pas gentil, c'est égoïste. Ce n'est pas souvent que j'ai la visite d'une autre femme !

— Sassy m'a dit à quel point vous étiez sympathique, et je voulais vous rencontrer. Je compte devenir infirmière, et c'est un peu le même métier.

Laurel gloussa.

— Oui, on peut dire que je suis une infirmière pour les animaux. Alors, cela nous fait un point en commun.

Elle posa une main chaleureuse sur l'épaule de Leyla.

— Venez, je vais vous montrer quelques-uns de mes patients.

A l'intérieur du bâtiment, elles traversèrent plusieurs

salles de soins avant d'arriver enfin à une grande pièce équipée de box et d'enclos qui couvraient deux murs.

Leyla fut étonné de voir des vaches, des veaux, des chevaux, des chèvres, un chien, et même une chatte qui venait de mettre bas. Quant à Dillon, il était fasciné par tous les animaux.

Il fixait, comme hypnotisé, la chatte et sa portée de chatons blond et blanc nichés dans un lit de paille.

— Tommy, maman. C'est Tommy.

Elle lança un regard à Laurel.

— Tommy est un chat que nous avons dû donner avant de venir ici. Il lui manque.

— Oh. Eh bien, nous pouvons aisément remédier à cela. Nous avons eu plusieurs portées de chatons dans les écuries, ce printemps. Dillon peut choisir celui qu'il préfère et l'emmener à la maison. En fait, vous devriez le laisser en prendre deux. C'est plus facile s'ils ont un frère ou une sœur pour se tenir compagnie.

Affolée, elle songea aussitôt à décliner poliment l'offre, mais, soudain, les paroles de Laramie lui revinrent à la mémoire.

« Nous sommes comme une grande famille ici. Et Dillon a besoin de faire partie de cette famille. »

Il avait raison. Et elle devait commencer à penser aux choses que Dillon et elle pouvaient faire, au lieu des choses qu'ils ne pouvaient pas faire.

— Merci, c'est très gentil. Pourquoi pas ?

Le seul fait d'accepter cette offre lui fit un bien fou, et les minutes suivantes, elle se surprit à rire et à parler comme elle ne l'avait pas fait depuis bien longtemps.

Quand elle annonça enfin que Dillon et elle devaient rentrer, Laurel proposa aussitôt de les reconduire en voiture, mais Leyla déclina, disant que son fils et elle avaient besoin d'exercice.

Sur le trajet, Dillon ne cessa pas de parler des animaux vus à la clinique. Surtout de la chatte et de ses petits.

— Tommy a bébés. Il lèche leur tête.

Elle sourit en son for intérieur.

— Ce n'était pas Tommy, tenta-t-elle d'expliquer. C'était une maman chat. Et elle léchait la tête de ses petits pour les nettoyer. Comme moi quand j'essuie ton visage avec un gant de toilette.

L'air renfrogné, Dillon s'arrêta soudain et tapa des pieds.

— C'est Tommy ! Il est venu ici. Il faut le prendre chez nous !

Mais pourquoi Dillon se montrait-il si obstiné ? Peut-être que d'abandonner Tommy l'avait davantage affecté qu'elle ne l'avait cru. Ou son irritabilité était-elle causée par l'absence de Laramie ? Dillon avait demandé après lui un nombre incalculable de fois.

S'agenouillant pour être à la hauteur de son fils, elle prit ses mains dans les siennes pour obtenir son attention.

— Tu n'es pas gentil, Dillon. Et…

Ses mots s'évanouirent quand un pick-up s'arrêta soudain à quelques mètres d'eux. Elle leva les yeux, et vit Laramie descendre du véhicule. Une vague de bonheur l'envahit, et elle fit rapidement pivoter Dillon pour qu'il puisse voir l'homme qui marchait vers eux.

— Regarde qui est rentré, dit-elle.

— Larmee ! Larmee ! cria Dillon en courant droit dans les bras tendus de Laramie.

Tandis qu'elle regardait Laramie prendre son fils dans ses bras, son cœur s'emplit de joie. Laramie tenait réellement à Dillon, et cela la touchait énormément.

Avec un grand sourire, elle les rejoignit.

— Bonjour, dit-elle.

— Qu'est-ce qui se passe avec vous deux ? Vous êtes perdus ? plaisanta Laramie.

L'étincelle dans ses yeux fit tressauter son cœur.

— Nous sommes venus voir Chocolat, expliqua-t-elle. Saul nous a aidés à trouver son paddock, et Dillon a pu lui donner une carotte.

— C'est bien. Je remercierai Saul.

— On a vu Tommy, intervint Dillon. Et il a des bébés. Maman dit c'est pas Tommy. Mais c'est lui.

Laramie fit un clin d'œil à Leyla, puis s'adressa à Dillon :

— Eh bien, il faudra que j'aille voir ce chat. Mais pour l'instant, je vous emmène ta maman et toi faire un petit voyage. Tu es d'accord ?

Oubliant aussitôt le chat, l'enfant s'écria :

— Oui ! Oui !

— Quel genre de voyage ? s'enquit Leyla.

Il posa une main au creux de son dos et la conduisit vers le pick-up.

— Je vous emmène dîner, Dillon et vous. Un dîner un peu spécial… du style cantine ambulante.

Dans la maison principale, Laramie patienta pendant que Leyla troquait sa jupe et sa chemise contre un jean et un T-shirt. Et parce qu'il l'avait prévenue qu'ils resteraient dehors jusqu'à la tombée de la nuit, quand l'air était plus frais, elle prit des vestes pour Dillon et elle.

Une fois qu'ils furent tous installés dans le véhicule, il prit la direction de l'ouest. Cette fois, il emprunta une piste qui longeait de près de hautes montagnes.

Après presque quarante minutes de trajet, ils traversèrent un ruisseau peu profond puis grimpèrent vers une vaste prairie. La cantine ambulante avait été installée près d'un bosquet de trembles, et non loin un feu de camp brûlait déjà. A l'ombre des arbres, une bonne vingtaine de chevaux étaient attachés à une longue rangée de piquets.

Dillon remarqua d'abord les animaux, et les désigna du doigt avec enthousiasme.

— Chevaux ! Des chevaux !

— Oui, mon grand, dit-il. Nous allons t'emmener les voir de plus près pendant qu'Ernesto finit de préparer le dîner.

Il gara le pick-up à quelques mètres du camp, et aida Leyla à descendre.

— On dirait une scène tout droit sortie d'un western, commenta-t-elle. Quand vous disiez que le ranch faisait le rassemblement de manière traditionnelle, vous étiez sérieux.

— Au fil du temps, nous avons changé la manière de procéder pour certaines choses au ranch, mais pas celle-là, dit-il fièrement.

Une fois qu'ils eurent atteint le camp, il les présenta, Dillon et elle, à Ernesto et au reste de l'équipe. A présent que la journée de travail était finie, plusieurs des hommes s'affairaient autour du feu tandis que d'autres étaient assis sur des branches tombées et des seaux retournés. Le groupe de cow-boys était constitué d'hommes de tous âges. En temps normal, Leyla n'était pas à l'aise quand il y avait du monde, et elle ne s'était jamais retrouvée à être la seule femme dans un groupe d'hommes. Mais ils la saluèrent tous avec gentillesse et courtoisie et, en un rien de temps, elle se sentit tout à fait à l'aise, et même bienvenue.

Quand ils eurent échangé quelques mots avec tout le monde, Laramie suggéra à Leyla d'emmener Dillon voir les chevaux avant qu'il ne fasse trop sombre.

— Ces chevaux ne sont pas des poneys comme Chocolat, dit Laramie tandis qu'ils approchaient des piquets. Parfois, ils donnent des coups de sabot. Alors, il vaut mieux que je te porte.

— Je veux marcher, protesta Dillon. Je suis grand.

Il se mit à courir, mais Laramie le rattrapa avant qu'il ait fait deux pas.

Le prenant dans ses bras, il dit fermement :

— Les grands garçons peuvent être blessés aussi. Alors, si tu veux voir les chevaux, tu dois faire ce que je te dis.

Dillon sembla comprendre que Laramie était sérieux,

et se nicha aussitôt confortablement au creux de son bras. Tous trois longèrent lentement la rangée de chevaux. Parmi la horde, Laramie repéra ceux qui n'essaieraient pas de mordre la petite main de Dillon, et laissa l'enfant caresser leur tête. Quand Dillon eut tapoté le dernier, Laramie suggéra de retourner au camp.

Leyla fut tout à fait stupéfaite quand Dillon fondit aussitôt en larmes et tenta de quitter les bras de Laramie.

— Qu'est-ce que tu as maintenant ? dit Laramie. Tu te souviens quand je t'ai dit que les cow-boys ne pleurent pas ? Eh bien, tu es un cow-boy, non ?

Reniflant fort, Dillon hocha la tête, puis blottit son visage dans le cou de Laramie. La petite scène avait pris Laramie par surprise, et il lança à Leyla un regard dérouté.

Poussant un soupir, elle secoua la tête.

— Je suis navrée, Laramie. Je ne sais pas ce qu'il a aujourd'hui. Je crois que vous lui avez manqué. J'ai essayé de lui expliquer que vous étiez au travail mais, à mon avis, il est en colère parce que vous êtes parti.

— Oh ! dit-il doucement. Je suis désolé de lui avoir manqué à ce point.

Elle lui décocha un sourire timide.

— A moi aussi, vous m'avez manqué.

Il lui lança un regard malicieux.

— Vous n'allez pas pleurer, dites-moi ?

— Non. Je ne pleure que devant les films.

— Dans ce cas, je pourrais vous emmener au cinéma un jour. Il faudra que je prévoie des mouchoirs, dit-il avec un sourire.

Après un dîner constitué de steaks cuits sur le feu, de haricots grillés et de biscuits au levain, Ernesto sortit un sac de marshmallows.

Laramie en fit griller quelques-uns pour Dillon, et n'ayant

jamais goûté à la sucrerie moelleuse auparavant, le petit garçon se régala.

Tandis que le feu s'éteignait et que les discussions autour du camp se tarissaient, un des hommes sortit une guitare et commença à jouer une douce mélodie. Enfin, le repas et la longue journée chargée eurent raison de Dillon, qui s'endormit sur les genoux de Laramie.

— Ernesto a une couverture dans son camion, dit Laramie. Si vous voulez rester un peu, je peux y installer Dillon, il serait bien.

— J'apprécie beaucoup cette soirée, mais je préférerais rentrer, dit-elle. Ça ne vous ennuie pas ?

— Bien sûr que non. Je ne comptais pas vous garder dehors trop tard, de toute façon.

Une fois qu'elle eut remercié Ernesto pour le délicieux repas et dit au revoir aux cow-boys, ils reprirent la longue route jusqu'au ranch. Entre eux, sur le rehausseur, Dillon dormait profondément. Elle regardait par le pare-brise et repensait à sa journée.

— Je suis désolée que Dillon se soit mal comporté, dit-elle après quelques kilomètres.

— Je ne trouve pas qu'il se soit mal comporté.

— Je n'aime pas quand il pleure et qu'il geint.

— Ce n'est qu'un enfant. Et je suis triste à l'idée que mon absence l'ait affecté.

— Il faut qu'il apprenne que les gens ne peuvent pas toujours être là quand il le veut.

Reculant son chapeau, il se passa la main sur le front.

— Vous êtes dure.

Elle eut un sourire chaleureux.

— C'est mieux que de souffrir.

— Oui. J'imagine que tout vaut mieux que de souffrir.

Il lui lança un regard furtif.

— Vous pensiez ce que vous disiez tout à l'heure ? Je vous ai manqué ?

Sa question la fit rougir.

— Oui, dit-elle d'une voix rauque.

— C'est agréable de manquer à quelqu'un, Leyla. Très agréable.

Quand ils arrivèrent au ranch, Laramie aurait dû se sentir exténué. Mais il avait l'impression de marcher sur un nuage. Le fait d'avoir eu Leyla et Dillon avec lui au camp l'avait plus touché qu'il ne l'aurait cru.

Toute la soirée, elle lui avait posé beaucoup de questions sur le rassemblement en général et sur le travail des cow-boys et de leurs chevaux. Elle avait semblé réellement intéressée, ce qui l'avait comblé. Il avait beau se dire qu'il ne voulait pas d'épouse, il continuait de rêver à la famille qu'ils pourraient former tous les trois, et même au frère ou à la sœur qu'ils pourraient donner à Dillon.

Rêver, cela ne pouvait pas faire de mal… Néanmoins, s'il commençait à vouloir que ces rêves deviennent réalité, il pourrait souffrir. Mais, ce soir, il n'allait pas s'attarder sur cette pensée. Ce soir, il voulait montrer à Leyla exactement à quel point elle lui avait manqué.

Une fois dans la maison, il porta Dillon jusqu'à son lit. Et attendit pendant que Leyla retirait les chaussures et les vêtements de son fils, puis remontait la couverture jusqu'à son menton.

— Il rêve sans doute de chevaux, dit-elle quand ils eurent quitté la chambre.

Incapable d'ignorer son désir plus longtemps, il glissa un bras autour de sa taille et l'attira tout contre lui.

— Et moi je rêve de vous, murmura-t-il.

— Laramie.

Elle avait murmuré son prénom, comme une supplique voluptueuse qui réveilla toute sa virilité.

— J'ai eu bien du mal à travailler, car je ne pense qu'à

une chose, vous embrasser, dit-il contre ses lèvres. Vous tenir dans mes bras.

Gémissant doucement, elle se hissa sur la pointe des pieds et s'accrocha à son cou.

— Alors, peut-être que vous devriez m'embrasser, murmura-t-elle.

La prenant au mot, il ferma les yeux et posa les lèvres sur les siennes. Cette fois, la douce saveur familière fut aussi réconfortante que de rentrer à la maison après une longue et difficile chevauchée. Le plaisir qu'il éprouva était un mélange de soulagement et de triomphe.

Tandis qu'il l'embrassait, elle colla son corps au sien, ses seins appuyant contre son torse. Il frissonna, fou de désir.

Il poursuivit le baiser jusqu'à ce que le besoin d'oxygène les pousse enfin à l'interrompre. Mais il ne comptait pas s'en tenir là. Il la souleva dans ses bras, et alla vers le grand canapé de l'autre côté de la pièce.

Une fois qu'il l'eut installée confortablement sur ses genoux, elle protesta doucement.

— Laramie, je suis trop lourde.

Il eut un rire grave et teinté de désir.

— Vous êtes aussi légère qu'une plume, murmura-t-il. Mais vous serez peut-être mieux allongée, après ce long trajet.

La plaçant sur les coussins, il se pencha au-dessus d'elle jusqu'à ce que leurs visages ne soient plus qu'à quelques centimètres l'un de l'autre.

— C'est mieux ? demanda-t-il d'une voix rocailleuse.

En guise de réponse, elle l'attira vers elle et posa les lèvres contre les siennes. Ivre de désir, il approfondit le baiser et se mit à la caresser.

Ce ne fut que lorsque ses doigts se glissèrent sous son T-shirt et commencèrent à effleurer sa peau nue qu'elle s'écarta vivement.

— Laramie, je… je suis désolée, dit-elle d'une voix tendue.

Fronçant les sourcils, il se redressa et passa la main dans ses cheveux.

— Leyla, je ne veux rien faire qui vous mette mal à l'aise. Si c'est…

Elle s'assit et prit sa main entre les siennes.

— Ce n'est pas vous, Laramie. Je…

Avec un gémissement angoissé, elle détourna les yeux.

— Il faut que vous le sachiez, je n'ai laissé aucun homme me toucher depuis…

Il était déçu que leur étreinte se termine si vite, si brusquement. Il aurait voulu… bon sang, il avait envie d'elle ! Mais il comprenait aussi à quel point elle avait besoin d'être rassurée. Il prit une profonde inspiration.

— Le père de Dillon, finit-il calmement.

— Oui. Et je crois que ça me fait peur. Je veux que vous me caressiez et que vous m'embrassiez. J'en ai très envie. Mais quand cela arrive, mon esprit est assailli par tous ces mauvais souvenirs, et c'est comme si je tombais dans un abîme sombre et effrayant.

Doucement, il prit son menton entre son pouce et son index, et tira doucement son visage vers lui, pour qu'elle puisse le regarder dans les yeux.

— Je comprends, Leyla. J'ai connu quelques abîmes effrayants, moi aussi. Vous avez juste besoin de temps. Souvenez-vous que je serai toujours là pour vous rattraper et vous empêcher de tomber.

Fermant les yeux, elle reposa sa joue contre son bras puissant.

— Non, pas toujours. Reena finira par revenir, et mon travail ici sera terminé, fit-elle avec une tristesse infinie.

Cela voulait-il dire que tout entre eux serait terminé aussi ? C'était impossible, il refusait d'envisager cette idée.

— Que comptez-vous faire ensuite ? lui demanda-t-il, la

gorge serrée, soudain incapable d'envisager un seul instant de sa vie sans elle.

Avec un soupir, elle détourna la tête, puis, lentement, se leva.

— J'économise pour me payer une école d'infirmière. Je peux obtenir des bourses pour m'aider, mais j'aurai quand même besoin d'argent supplémentaire pour compenser les heures de travail que je devrai abandonner.

— Qu'est-ce qui vous a donné envie de devenir infirmière ? demanda-t-il, surpris.

Il voulait comprendre pourquoi elle n'envisageait pas de rester au ranch. Qu'est-ce qui l'éloignait de lui, au juste ?

Elle se mit à arpenter la pièce.

— Je voudrais devenir infirmière pour plusieurs raisons. Pour commencer, ma tante Oneida. J'ai pu voir à quel point c'est important d'avoir quelqu'un pour prendre soin de soi, lorsqu'on est malade. Et quand Bridget a mis au monde mon bébé dans des conditions si difficiles, j'ai été impressionnée. Depuis, le domaine médical m'attire. J'ai envie de pouvoir aider les gens à mon tour.

— C'est admirable, tout ça. C'est juste que je ne suis pas sûr que... bon, vous dites que vous êtes endurcie. Mais je ne vous vois pas ainsi. Les souffrances que vous verriez dans le domaine médical pourraient mettre à mal votre cœur sensible.

Confuse, elle le regarda par-dessus son épaule, et tandis qu'il admirait ses longs cheveux noirs, sa taille fine, ses hanches rondes, il rêva de pouvoir l'emmener dans son lit, et de lui montrer qu'elle ne risquait rien en faisant l'amour avec lui.

— En d'autres termes, vous ne me croyez pas assez forte émotionnellement pour ce travail, dit-elle, secouant la tête. J'ai peut-être peur de coucher avec vous et de tomber amoureuse. Mais l'idée de soigner des gens malades ne m'effraie pas.

Elle se tourna vers la fenêtre.

— Et avec un emploi d'infirmière, je pourrai nous acheter une maison bien à nous, à Dillon et à moi. Une maison que personne ne pourra nous prendre.

Après avoir songé à ces paroles quelques instants, il se leva et la rejoignit.

— J'ai le sentiment que vous pourriez trouver votre foyer ici, si vous le vouliez. Quint serait heureux de…

— Je ne veux pas qu'on me fasse la charité, coupa-t-elle.

— Croyez-moi, Quint s'attend à ce que tous ceux qu'il engage travaillent dur. S'il vous engageait, ce ne serait pas par charité.

— Vous allez peut-être me trouver trop indépendante, Laramie, mais je veux une maison bien à moi. Un bien de valeur, que je pourrai transmettre à mon fils. Pour l'instant, c'est mon but principal dans la vie. C'est ce qui me fait avancer.

— Donc, vous pensez que ces choses matérielles vous rendront heureuse ? Je ne le crois pas, Leyla.

Elle virevolta vers lui, et le dévisagea, l'air sonné.

— Laramie, vous plus que quiconque ici devriez savoir ce que c'est que de se retrouver subitement seul. Après la mort de Diego, vous vous êtes sans doute senti perdu, dérouté jusqu'à ce que vous vous installiez ici. Ai-je tort de vouloir un foyer, moi aussi ?

— Un foyer, non. Une maison et un titre de propriété, c'est différent. Vous devez comprendre qu'un foyer peut être n'importe où, tant que vous êtes avec les gens que vous aimez.

— Autrefois, dit-elle, baissant la tête, j'avais un foyer avec ma famille, à Farmington. Puis j'en ai été chassée, et j'ai dû aller vivre chez Oneida. Quand j'ai commencé à sentir que ma tante m'aimait vraiment, et que j'étais à ma place chez elle, elle a eu son accident cérébral. J'ai juste l'impression…

La gorge soudain nouée, elle déglutit.

— J'ai besoin de quelque chose de solide dans ma vie, Laramie.

S'avançant vers elle, il posa une main sur son épaule.

— Je comprends ce que vous ressentez, Leyla. Vous ne pouvez dépendre de personne sauf de vous-même. Mais penser qu'une maison réglera vos problèmes — c'est une idée fausse.

Il vit un éclair de doute passer dans ses yeux sombres, puis, avec un sanglot, elle lui enserra la taille et enfouit son visage contre son torse.

— Je ne veux pas que vous pensiez du mal de moi, Laramie.

Tandis qu'il l'étreignait, Laramie ressentit une vague de chaleur emplir l'espace vide dans son cœur. Sa tête lui tournait… Etait-ce de l'amour qu'il éprouvait ? Pourquoi, sinon, se donnait-il autant de peine pour qu'elle comprenne ? Pour… qu'elle reste ?

— Je ne pense pas du mal de vous, Leyla. Je crois simplement que vous confondez vos désirs et vos besoins.

Et lui aussi, sans doute. Mais il était trop tard pour y remédier à l'instant. Le besoin d'avoir un foyer faisait avancer Leyla. En ce qui le concernait, c'était le besoin d'avoir Leyla dans sa vie qui le faisait avancer. Il venait de le comprendre, et il ne s'arrêterait pas tant qu'il n'aurait pas atteint son but.

8

Lorsque Laramie et son équipe eurent terminé le rassemblement de printemps et revinrent au ranch, l'anniversaire
de Dillon était passé. Laramie s'en voulait d'avoir manqué
cette étape importante de la vie du petit garçon. Surtout
après avoir appris que personne hormis sa mère et Sassy
n'avaient été là pour fêter cela avec lui.

Il avait fêté de nombreux anniversaires sans personne
sauf Diego, et il souhaitait que la vie soit plus joyeuse pour
Dillon. Bien sûr, il n'avait rien à reprocher à Diego, qui
avait été un homme bon, et un merveilleux mentor pour
lui, mais il regrettait de ne pas avoir eu la douceur d'une
mère dans sa vie. Dillon, lui, manquait d'une présence
paternelle, mais, au moins, il avait sa mère. Pour connaître
la sienne, Laramie aurait échangé toutes les fêtes d'anniversaire du monde.

Manœuvrant son véhicule dans la circulation dense de
Ruidoso, il jeta un coup d'œil vers les deux boîtes embal-
lées de papier cadeau sur le siège passager. Au ranch,
une montagne de travail l'attendait, mais rien n'aurait pu
l'empêcher d'aller en ville pour acheter à Dillon un cadeau,
même tardif.

C'était tout de même insensé. Il avait abandonné depuis
longtemps l'idée de trouver une femme à laquelle il tiendrait vraiment. Et jamais il n'aurait imaginé tomber sous
le charme d'une mère célibataire. Après tout, il n'avait
absolument rien d'une figure paternelle. Mais Dillon était

devenu important pour lui. Ainsi que sa mère. Mais jusqu'à quel point était-il disposé à laisser ces sentiments grandir, prendre de la place dans sa vie ?

Depuis le soir où elle lui avait parlé de son projet de devenir infirmière et d'avoir sa propre maison, il essayait de se dire qu'il devait freiner ses élans. Jim n'allait pas porter un plâtre éternellement. Bientôt, Leyla et Dillon s'en iraient, et il se retrouverait seul. Il n'était pas un rêveur. Il savait bien qu'il était insensé d'engager son cœur dans une relation qui ne pouvait durer. Mais son cœur et son corps refusaient d'écouter la voix de la raison. Il voulait être près de Leyla, la toucher, la serrer dans ses bras, lui faire l'amour. Plus encore, il voulait réaliser ses rêves et ses souhaits.

Si cela signifiait qu'il était déjà tombé amoureux d'elle, alors il était dans de beaux draps. A moins qu'il ne puisse la convaincre que la vie au Chaparral, auprès de lui, pourrait lui offrir le foyer qu'elle recherchait.

Ce soir-là, il attendit que tous trois aient fini de dîner avant de présenter ses cadeaux à Dillon.

— C'est pour toi, Dillon. Joyeux anniversaire, mon grand, dit-il.

Les yeux écarquillés, Dillon fixa les boîtes posées au milieu de la table de la cuisine, puis secoua la tête.

— Pas aujourd'hui, rétorqua l'enfant. Mon anniversaire passé.

Laramie lança un regard navré à Leyla.

— Il est assez intelligent pour savoir que ce n'est pas son anniversaire tous les jours.

Il se pencha pour se mettre à la hauteur de Dillon.

— Je sais que ton anniversaire a eu lieu il y a trois jours, dit-il. Je voulais être là, mais je n'ai pas pu. Alors, je te donne tes cadeaux aujourd'hui. D'accord ?

Dillon l'étudia un long moment, puis posa un index sur une des boîtes.

— A moi ?

Laramie rit.

— Oui, tout est à toi. Alors, ouvre-les.

Dillon interrogea sa mère du regard, et quand elle hocha la tête pour accorder sa permission, il saisit rapidement la boîte la plus proche.

Tandis que le petit garçon déchirait le papier, Leyla lança un regard à Laramie.

— Vous n'auriez pas dû vous donner toute cette peine. Le dîner au camp était déjà un beau cadeau pour Dillon. Il parle encore de cette soirée.

— Je suis content que cela lui ait plu. Mais c'était surtout un plaisir pour moi.

Avec un sourire timide, il désigna les boîtes d'un signe de tête.

— Ça, c'est uniquement pour Dillon.

Quatre jours s'étaient écoulés depuis que son équipe et lui avaient fini le rassemblement et, depuis, il avait accumulé les heures supplémentaires. Presque tous les soirs, il était rentré très tard. Résultat, il n'avait vu Leyla et Dillon que quelques minutes au petit déjeuner. Rentrer dans une maison vide et sombre lui avait rappelé à quel point il était devenu attaché à Leyla et à son fils. Et à quel point ils lui manqueraient, s'ils disparaissaient de sa vie.

— C'est très gentil à vous de fêter son anniversaire avec des cadeaux, dit-elle.

Tandis que Dillon tirait sur le dernier morceau de papier, Laramie se rapprocha de Leyla.

— Vous m'avez manqué, avoua-t-il d'une voix grave.

Elle continua d'observer son fils, mais il la vit tressaillir.

— Vous partez tôt et rentrez tard, ces derniers temps.

— Nous essayons de rattraper tout le retard pris pendant le rassemblement. Et puis, à plusieurs reprises, j'ai dû aller voir Quint pour parler de questions qui ne pouvaient pas être traitées au téléphone. C'est un long trajet jusqu'à la mine de Golden Spur.

— M. Cantrell ne pouvait pas venir ici pour en discuter ? Comme c'est le propriétaire, j'aurais pensé qu'il voudrait vérifier les choses par lui-même.

— Quint et moi sommes comme des frères. Il me fait confiance. Et en ce moment, Maura attend leur troisième enfant, alors il n'aime pas la laisser seule avec les garçons en soirée. C'est pourquoi je fais le trajet.

— Oh ! J'ignorais que son épouse était enceinte. Si c'est le cas, alors M. Cantrell est très prévenant. Et vous aussi, ajouta-t-elle d'une voix rauque. Et…

— Bottes ! Maman, regarde ! J'ai des bottes !

Elle se tourna vers son fils qui brandissait une petite botte de cow-boy. En cuir noir, la haute tige était incrustée de motifs rouges et blancs représentant un oiseau-tonnerre.

— Oh ! Seigneur, s'exclama-t-elle. Ce sont…

Emue, elle regarda Laramie par-dessus son épaule.

— C'est trop, Laramie.

Il rit.

— Elles sont assez voyantes, c'est ça ? Mais les cow-boys aiment bien se montrer.

— Ce n'est pas ce que je voulais dire.

L'air gêné, elle secoua la tête.

— Je parlais du prix. Je…

— Je veux mettre bottes, maman. Je peux ?

Avant qu'elle puisse répondre, Dillon s'assit sur la chaise et enleva ses tennis.

Laramie rit.

— Je crois qu'il les aime, Leyla. Espérons qu'elles lui iront. J'ai vérifié sa pointure sur ses chaussures. Mais avec les bottes c'est un peu différent, alors j'ai essayé de deviner.

Impatient, Dillon se mit à trépigner. Avec un sourire, Leyla s'agenouilla pour l'aider. Une fois que les bottes furent en place, le garçon sauta aussitôt de la chaise et marcha maladroitement sur le carrelage de la cuisine.

— On dirait que vous avez deviné juste pour la pointure, dit-elle.

Son sourire s'agrandit tandis qu'il regardait Dillon se pavaner autour de la pièce.

— Elles lui vont bien, non ?

Le tendre sourire qu'elle lui offrit le combla de joie.

— Elles sont très jolies. Merci, Laramie. De lui avoir offert quelque chose de si spécial.

Il avait tellement envie de la toucher… Il posa un bras autour de ses épaules. La douce chaleur de son corps lui donna envie d'être encore plus près d'elle.

— Croyez-moi, Leyla, j'ai autant de plaisir à les lui offrir que lui à les recevoir. Et je veux…

Quittant des yeux Dillon qui sautait à cloche-pied, il se tourna vers sa mère.

— Je veux que Dillon ait une vie plus heureuse que la mienne.

— Il me semblait pourtant que vous aviez eu une enfance heureuse avec Diego, s'étonna-t-elle.

A sa grande surprise, il sentit sa gorge se nouer d'émotion.

— C'est vrai. Mais je crois que de vous voir élever Dillon m'a rappelé toutes les choses que je n'ai pas eues. Il tenait à moi, mais ne me laissait jamais oublier qu'il n'était pas mon vrai père.

Il poussa un long soupir.

— A l'époque, j'ignorais qu'il me manquait quoi que ce soit. La naïveté d'un enfant est une bénédiction, j'imagine.

Les yeux sombres de Leyla s'adoucirent tandis qu'ils balayaient son visage, et il se demanda si elle avait pensé à lui ces derniers jours, si elle avait compris qu'il ne la ferait pas souffrir.

— Oui, je suppose que vous avez raison, murmura-t-elle.

Il soutint son regard mais, bientôt, le besoin de l'embrasser devint si fort qu'il détourna les yeux. Il reporta son attention sur Dillon, qui sautillait et martelait le sol de la cuisine.

— Leyla, pensez-vous que Sassy pourrait surveiller Dillon pendant quelques heures, demain après-midi ? J'aimerais vous emmener quelque part, hors du ranch.

— Dillon ne peut pas venir avec nous ? dit-elle avec une bonne dose de scepticisme.

— Il pourrait. Mais je préférerais que nous soyons juste tous les deux. Il y a quelque chose que je veux vous montrer.

Il se tourna vers elle, et lut le doute sur son visage.

— C'est important pour moi, sinon je ne vous le demanderais pas, Leyla.

L'air songeur, elle observa Dillon.

— Si c'est important pour vous, je suppose que je peux venir. Après tout ce que vous avez fait pour Dillon, je vous dois bien ça.

Posant les deux mains sur ses épaules, il la fit pivoter vers lui.

— Vous ne me *devez* rien. Si vous acceptez mon invitation, j'aimerais que ce soit parce que vous le voulez. Pas parce que vous vous y sentez obligée.

Il l'observa de près tandis que des milliers de questions passaient dans ses yeux.

— Leyla, dit-il doucement. Je vous assure que ce n'est pas un prétexte pour vous voir seule. Après notre discussion l'autre soir, je… eh bien, je pense qu'il y a des choses que vous devez savoir à mon sujet. C'est tout.

Enfin, elle afficha un petit sourire.

— D'accord. Si Sassy ne voit pas d'inconvénient à surveiller Dillon, je serai ravie de vous accompagner.

Il poussa un soupir de soulagement.

— Génial. Si tout se passe bien au ranch, nous pourrons partir vers 13 heures. Comme ça, nous serons de retour avant que Sassy n'ait fini sa journée.

— Ça me va.

Un sourire satisfait aux lèvres, il désigna d'un signe de tête le paquet qui n'était pas encore ouvert.

— Je crois que Dillon est si absorbé par ses bottes qu'il a oublié l'autre cadeau.

— Je m'attends à ce qu'il veuille les porter au lit. J'ai presque peur de voir ce qu'il y a dans l'autre boîte, plaisanta-t-elle, puis elle appela son fils.

Le chapeau de cow-boy que Laramie avait acheté pour aller avec les bottes était également noir. Bordé de cuir, il était orné d'un lien bicolore qui permettrait de le maintenir fermement sur la tête de Dillon.

L'enfant fut tout aussi excité par le second cadeau que par le premier. Tandis que Laramie et Leyla prenaient leur café et leur dessert, Dillon s'amusa à monter un cheval imaginaire dans la cuisine et dans le long couloir.

Mais, bientôt, toute cette excitation l'épuisa, et il grimpa sur les genoux de Laramie. Sa petite tête appuyée confortablement contre le torse de Laramie, il était presque endormi quand le téléphone de Laramie sonna et le fit sursauter.

Leyla s'empressa de prendre son fils pour que Laramie puisse répondre. Dès qu'il aperçut le numéro qui s'affichait, il sut qu'il devait décrocher.

Après un bref échange avec Seth, en charge des jeunes veaux, il se leva à contrecœur.

— Le devoir m'appelle. Il y a eu quelques problèmes avec une clôture, au nord. Des veaux du Chaparral ont atterri sur les terres de Tyler Pickens. C'est la dernière chose dont nous ayons besoin en ce moment.

Elle le regarda avec inquiétude.

— Oh. Vous dites ça comme si cet homme pourrait vous causer des ennuis.

Il enfonça son chapeau sur son front.

— Il est un peu soupe au lait. Je ne pense pas qu'il me cherchera des noises, mais je dois régler ça.

Une fois devant la porte, il lui lança un regard plein de regret.

— Bonne nuit, Leyla.

— Bonne nuit, Laramie, dit-elle. Et soyez prudent.

— J'y compte bien, dit-il avant de sortir.

Le lendemain, après avoir aidé Sassy dans le potager, Leyla était prête et attendait dans le patio quand Laramie revint enfin au ranch. Elle ne l'avait pas vu depuis son départ précipité hier soir, et elle commençait à penser qu'il avait oublié leur rendez-vous.

Ce n'est pas un rendez-vous galant, Leyla. Il veut juste te montrer quelque chose qui compte pour lui. Ce n'est pas comme s'il t'invitait à un dîner aux chandelles.

Elle savait que la petite voix dans sa tête avait raison, mais l'idée d'être tout à fait seule avec lui faisait battre son cœur d'anticipation.

— Est-ce un couple de chatons que je vois dans cette petite niche ? demanda-t-il tandis qu'il approchait. Dillon m'a parlé d'eux hier soir.

Tout de jean vêtu, il semblait avoir travaillé à dos de cheval, si elle en croyait les marques de selle sur son pantalon.

— C'est vrai. Laurel nous a aidés à les choisir et j'ai laissé Dillon leur donner un nom. La femelle, c'est Cookie, et le mâle, c'est Stripes.

— C'est très original pour un enfant de son âge, dit-il en souriant.

— Je lui ai suggéré quelques idées, admit-elle. Cette fois, pas question que Dillon se sépare de ses animaux de compagnie. Quand nous quitterons le ranch, nous les emmènerons avec nous.

Le sourire de Laramie s'évanouit.

— Alors, vous pensez toujours à partir ?

— Ce n'est pas une chose à laquelle je pense souvent, prétendit-elle. C'est juste une réalité.

Une réalité qu'elle devait affronter. Si elle voulait obtenir son diplôme d'infirmière et acheter une maison pour Dillon et elle, il lui faudrait quitter le Chaparral.

Depuis le dîner au camp, elle tentait de se convaincre que lorsqu'il serait temps de quitter le ranch, ce ne serait pas douloureux de dire au revoir à Laramie et de tourner la page. Mais elle se mentait à elle-même, elle le savait. Ce soir-là dans l'atrium, quand il l'avait étreinte si tendrement et qu'elle lui avait avoué ses peurs, quelque chose en elle avait changé. Partager cette partie d'elle-même avec lui avait été comme retirer ses vêtements et se mettre totalement à nu devant lui. Bizarrement, elle se sentait plus proche de lui que jamais. Chaque jour davantage, son corps et son cœur avaient faim de lui.

— C'est une des raisons pour lesquelles je veux vous emmener faire ce voyage aujourd'hui.

Que voulait-il dire avec cette remarque ? Elle n'aimait pas parler de l'avenir. Encore moins depuis que Laramie était entré dans sa vie et qu'il avait recouvert tous ses beaux projets d'un voile d'incertitude.

— Je suis prête, dit-elle. J'ai déjà dit au revoir à Dillon. Sassy joue avec lui, elle s'en occupera bien.

Il se regarda.

— Je devrais sans doute me changer — je sens le cheval —, mais je ne veux pas perdre de temps.

Avec un petit sourire, elle prit le sac posé sur une chaise de jardin.

— J'aime l'odeur des chevaux.

En riant, il lui offrit son bras.

— Eh bien, Leyla Chee, j'ignorais que vous saviez flirter.

Les joues en feu, elle se laissa guider jusqu'au pick-up.

— Je ne flirtais pas, rectifia-t-elle. Je ne faisais que dire ce que je pense.

— Quoi qu'il en soit, c'est bon de savoir que mon odeur ne vous perturbera pas, dit-il en démarrant.

Oh ! Son odeur la perturbait, et comment ! A vrai dire, tout en lui la perturbait, et la troublait, même si elle essayait de ne pas trop y songer. Pendant presque quatre ans, elle n'avait pas laissé un seul homme la toucher. Et maintenant, elle se retrouvait seule avec lui, de son plein gré, pour aller dans un endroit qu'elle ne connaissait même pas.

Tu oublies toutes les bonnes leçons que tu as apprises, Leyla. Tu oublies toutes les souffrances que Heath t'a causées. Voilà ce que tu es en train de faire.

Ses pensées sombres devaient se lire sur son visage, car il demanda :

— Quelque chose ne va pas ?

Se rendant compte qu'elle agrippait le bras de son siège, elle posa sa main sur sa cuisse et tenta de se détendre.

— Non. Pourquoi ?

— Parce qu'on dirait que je vous conduis à la potence.

Haussant les épaules, elle s'efforça de sourire.

— Désolée. C'est juste que, depuis mon arrivée au ranch, je n'ai jamais eu à laisser Dillon.

— Ça lui fera du bien d'être loin de sa mère pendant un moment. Ça vous fera du bien à vous aussi, ajouta-t-il.

— Vous avez raison. En fait, il faudra que je m'habitue à ce qu'il retourne à la crèche.

Comme il l'observait intensément, elle s'agita sur son siège.

— Dillon est toute votre vie, n'est-ce pas ?

— Il est tout pour moi.

Lorsqu'il prit sa main et entremêla ses doigts aux siens, elle sentit son cœur cogner dans sa poitrine.

— J'aimerais me dire que vous avez un peu de place pour moi aussi, dit-il à voix basse. Ou est-ce trop demander ?

Poussant un soupir, elle se tourna vers la vitre.

— Je ne sais pas, Laramie. Quand je suis venue au ranch, je ne projetais pas de rencontrer quelqu'un comme vous.

— Moi non plus, je ne pensais pas rencontrer quelqu'un comme vous, dit-il doucement.

Lorsqu'elle reporta le regard vers lui, elle vit un faible sourire creuser une fossette dans sa joue. Son profil sombre et sexy mit tous ses sens en alerte.

— C'est triste que Jim ait dû se casser la jambe pour que nous nous rencontrions.

Elle sourit.

— J'ai travaillé au Blue Mesa pendant presque un an avant de venir ici. J'y ai déjà vu plusieurs de vos collègues, et M. Cantrell, quelquefois. Mais je ne me souviens pas de vous y avoir croisé.

Sa main quitta la sienne pour retourner sur le volant, et elle libéra le souffle qu'elle retenait depuis tout à l'heure.

— Je ne vais pas en ville, à moins que ce ne soit nécessaire. Et quand j'y vais, en général, je n'ai pas le temps d'aller au restaurant pour déjeuner. Il y a toujours quelque chose au ranch qui nécessite mon attention.

— Le ranch est toute votre vie, n'est-ce pas ? dit-elle en souriant.

Il lui rendit son sourire.

— Il l'a toujours été. Mais, croyez-moi, Leyla, je peux faire de la place pour Dillon et vous.

Ne sachant quoi répondre, elle reporta son regard sur le paysage qui défilait. A présent, ils avaient atteint le long pont de bois qui traversait un bras étroit du Rio Bonito. Au-delà, ils parcourraient encore plusieurs kilomètres sur les terres des Cantrell, avant d'atteindre l'autoroute principale. Le trajet le long du fleuve était particulièrement joli, avec ses saules, ses trembles et ses pins parasols. Des fleurs sauvages égayaient les prairies tandis que les buissons de sauge bordaient la route. Ici et là, des vaches noires broutaient l'herbe d'été. Dire que tout ce qu'elle voyait devant ses yeux appartenait à une seule famille !

C'était le genre de richesse à laquelle elle n'aspirerait

jamais. Tout ce qu'elle voulait, c'était une maison modeste, certes, mais avec des murs bien solides, un toit en bon état, et une plomberie en état de marche. Une maison dans laquelle son fils et elle pourraient être au chaud, à l'abri, sans jamais craindre d'être expulsés.

Soudain consciente du long silence qui s'était installé entre eux, elle demanda :

— Vous voulez bien me dire où nous allons, maintenant ?

— Chez moi.

Chez lui ? Elle le fixa, désarçonnée.

— Je ne comprends pas. Je croyais…

— Je vous expliquerai à notre arrivée, l'interrompit-il.

Visiblement, il ne voulait pas discuter du sujet maintenant, et elle reporta alors son regard sur la campagne. Avait-elle commis une erreur en acceptant d'être seule avec lui pendant les prochaines heures ? Quelque chose en elle lui dit que tout allait bien se passer. Après tout, elle était une adulte à présent. Pas une adolescente qui pouvait être séduite par le premier homme qui lui accorde de l'attention ou la berce de quelques mensonges. Et Laramie était loin d'être comme Heath. Elle devait garder cela en tête, et espérer qu'elle n'était pas en train de se tromper.

9

Une fois sur l'autoroute, ils parcoururent encore une quinzaine de kilomètres avant que Laramie n'emprunte une petite route couverte de gravier. Leyla regardait autour d'elle avec intérêt tandis qu'ils traversaient de basses collines habillées de buissons de sauge en fleur et de genévriers. Les fleurs sauvages aux couleurs pastel penchaient la tête sous le soleil vif de l'après-midi.

— C'est très joli, remarqua Leyla. Est-ce votre terre que nous traversons à présent ?

Il désigna des fils barbelés tendus entre d'épais pieux de cèdre.

— Ma terre commence juste là, à la prochaine barrière.

— Combien d'hectares possédez-vous ?

— Quatre-vingts. C'est assez pour avoir quelques vaches et veaux.

— Oh ! J'ignorais que vous aviez vos propres bêtes.

— Le sujet n'est jamais venu sur le tapis, dit-il avant de lui adresser un bref sourire. Et puis, je ne veux pas vous ennuyer avec mes histoires de bétail.

— Vous êtes si occupé au Chaparral. Quand avez-vous le temps de vous occuper de ces bêtes ?

— Pour l'instant, pendant que les prairies sont vertes, le troupeau ne requiert pas beaucoup d'attention. Mais j'ai un employé qui les surveille de près, surtout quand les vaches mettent bas. L'hiver, il les nourrit tous les jours.

Il ralentit, puis emprunta une allée raide sur la gauche.

Au bout de la colline se dressait une petite maison de stuc blanc à la toiture en bardeaux et aux grands volets de bois. Quoique petite, la bâtisse semblait avoir été fraîchement repeinte, et en parfait état.

Elle se pencha pour mieux la voir.

— Cette maison est à vous, aussi ?

— Oui. Le reste de la propriété se trouve vers l'est, derrière la maison.

Il coupa le moteur et détacha sa ceinture.

— Venez, je vais vous faire visiter.

Il l'aida à descendre. Tandis que sa main s'attardait sur son coude, elle leva le regard vers le sien, et ce fut comme si elle avait été tirée d'un long sommeil. Tout semblait différent autour d'elle. En particulier, lui. Lorsque Heath avait mis le chaos dans sa vie, elle s'était efforcée de s'enfermer dans une bulle, avec Dillon, de se tenir à l'écart du monde. Résultat, depuis, elle n'avait pas vraiment ouvert les yeux sur les gens autour d'elle, sur les joies et les peines qu'ils traversaient.

— Laramie, avant que vous ne me fassiez visiter, je… je veux vous faire mes excuses.

Il sembla surpris.

— Des excuses ?

L'air triste, elle fixa le grand peuplier d'Amérique sur le côté de la maison.

— Pour avoir supposé que vous vouliez seulement travailler pour le Chaparral, au lieu d'avoir un endroit bien à vous. Vous auriez dû me parler de cette terre — de votre bétail.

Il plissa les yeux.

— Cela change ce que vous ressentez pour moi ?

Voyant qu'il l'avait mal comprise, elle fronça les sourcils.

— Pas comme vous le croyez.

— Et qu'est-ce que je crois, selon vous ?

Détournant les yeux, elle déglutit.

— Que je ne pense qu'à amasser des choses matérielles et de la richesse. Que je crois que tout le monde devrait avoir les mêmes ambitions. Y compris vous. Mais c'est faux. Tout ce que j'ai toujours voulu, c'est me sentir en sécurité. Avoir un endroit où j'ai ma place.

Lorsqu'il toucha sa joue du bout des doigts, elle sentit son cœur fondre.

— Quand j'ai dû quitter cet endroit, c'était ce que je voulais, moi aussi, dit-il. Savoir que je serais toujours en sécurité quelque part, à l'abri et au chaud.

Elle poussa un long soupir. Au moins, il comprenait cela, songea-t-elle avec soulagement.

— Oui, c'est exactement ce que je ressens.

Posant une main sur son épaule, il la conduisit vers la petite cour qui entourait la maison. Un mélange de gazon et de mauvaises herbes recouvrait le sol glaiseux ; quelques figiers de Barbarie avaient poussé ici et là. En plus du grand peuplier d'Amérique qui ombrageait le côté nord de la maison, trois trembles s'élevaient derrière. Tandis qu'ils marchaient en silence, Leyla se demanda s'il y avait déjà eu une femme dans cette maison. Une femme qui plantait des fleurs et des légumes, qui élevait des enfants et qui rêvait de vieillir à côté de l'homme qu'elle aimait.

— C'était ma maison jusqu'à ce que j'aie presque seize ans, dit-il, interrompant ses pensées.

Sonnée par cette révélation, elle s'arrêta net.

— C'est ici que vous viviez avec Diego ?

— Oui. C'est ici que ma mère m'a abandonné.

Soudain, la maison, les terres, tout prenait plus d'importance. Quand il avait parlé d'aller chez lui, elle avait simplement pensé que c'était une maison qu'il avait achetée. Mais c'était un héritage, un symbole de son enfance. Elle fut profondément émue.

— Diego vous a légué cette maison ?

— Il n'avait personne d'autre. Il ne s'était jamais marié,

et quand il est mort, ses deux frères étaient déjà décédés. Il me considérait vraiment comme son fils.

La prenant par le coude, il la conduisit vers la porte d'entrée.

— Venez, je vais vous faire visiter l'intérieur.

Elle attendit sur le côté pendant qu'il déverrouillait la serrure.

— Je ne viens pas souvent, avoua-t-il. Alors, ne faites pas attention à la poussière.

— Quand on est habitué à vivre dans une maison avec un toit qui fuit et une plomberie cassée, un peu de poussière, ce n'est vraiment rien.

Posant la main au bas de son dos, il lui fit franchir le seuil étroit, et ils pénétrèrent dans l'intérieur sombre.

— Attendez ici que j'aille chercher une lampe. Puisque personne ne vit ici, j'ai fait couper l'électricité. Ainsi, je n'ai pas à m'inquiéter qu'un court-circuit mette le feu à la maison.

Elle entendit une allumette craquer, puis une faible lumière emplit la pièce. Clignant des yeux pour s'adapter à la pénombre, elle vit Laramie à côté d'une petite table. Il avait allumé une lampe à pétrole. Elle distingua un canapé vert foncé aux coussins affaissés. En face, un grand rocking-chair et un petit repose-pieds trônaient. C'étaient les seuls meubles de la pièce.

Elle avança, et parcourut la pièce du regard.

— C'était comme ça quand vous viviez ici ?

— Non. A l'époque, il y avait davantage de meubles. Et des journaux, des bottes et des cordes traînaient toujours partout. Quelques canettes de bière, aussi. Diego aimait s'en offrir une de temps en temps. Mais il ne buvait jamais trop. C'était un homme bien.

— Vous n'aviez pas besoin de me le dire. C'est évident pour moi.

Il haussa un sourcil, l'air curieux.

— Comment en êtes-vous venue à cette conclusion ?

— Il vous a élevé, dit-elle simplement.

Son compliment lui soutira un sourire modeste.

— Diego vous remercierait. Et je vous remercie, moi aussi.

Une lueur dans son regard lui dit qu'il avait envie de l'embrasser. Tout autant qu'elle.

S'efforçant de chasser la tentation de venir poser les lèvres sur les siennes, de sentir ses bras puissants l'entourer, elle reporta son attention sur la pièce dépouillée et poussiéreuse.

— Diego était-il originaire de la région ?

— Non, de Fort Stockton. A vingt-trois ans, il est venu dans le comté de Lincoln pour trouver un emploi. Il a fini par travailler dans les centres équestres de Ruidoso. Il a fait un peu de tout. Nettoyer les box, entretenir les selles, ce genre de choses. Il a mis plusieurs années pour pouvoir enfin s'offrir une maison. A ce moment-là, il approchait de l'âge auquel la plupart des hommes prennent leur retraite. Mais Diego a travaillé encore longtemps après ça. Il ne s'est jamais considéré comme vieux. J'imagine que c'est pour ça qu'il a accepté d'élever un bébé.

Leyla ne put s'empêcher de penser à son propre père. Il n'avait jamais fait grand-chose dans sa vie. Il n'avait jamais vraiment essayé d'être un père, un employé, ni même un mari. Si cela avait été le cas, la vie de Leyla aurait sans doute été différente. Non pas qu'elle reproche à George Chee les erreurs qu'elle avait commises avec Heath. Non, c'était elle la responsable. Mais un enfant, quel que soit son âge, avait besoin du soutien d'un père. Et elle, elle ne l'avait jamais reçu de la part du sien.

Laramie empoigna la lampe puis lui fit signe de la suivre.

— Venez, je vais vous montrer la cuisine.

Ils entrèrent dans un minuscule couloir qui distribuait trois portes.

— A droite, c'est la chambre et la salle de bains.

Elle le suivit dans la pièce de gauche. Un des murs était meublé de placards beiges tout simples. Au centre du plan de travail usé, l'évier à un bac était marqué par la rouille, juste sous le robinet. Contre le mur adjacent se trouvaient une petite plaque à gaz et un vieux réfrigérateur à la porte ouverte.

De l'autre côté de la pièce, une table de ferme et deux vieilles chaises complétaient l'ensemble. Même meublée, la pièce semblait vide et abandonnée. Leyla trouva cela bien triste. Cette maison avait autrefois été remplie de vie. Un homme et son fils avaient vécu ici ensemble. A présent, il n'y avait plus personne.

— Etre ici doit vous rappeler des tas de souvenirs de votre père, murmura-t-elle tandis qu'elle observait la pièce où Laramie avait pris ses repas, enfant. Cela ne vous fait pas bizarre d'être là ?

Il posa la lampe sur la table.

— Pendant longtemps, je ne pouvais pas entrer dans la maison sans avoir de peine. Juste là, dit-il en tapant son poing contre son cœur. Mais maintenant, je me pose surtout des questions.

Sa voix, que l'émotion rendait encore plus profonde, la toucha, et quand elle s'approcha de lui, sa chaleur et son parfum ajoutèrent à l'attraction puissante de sa présence. Et soudain, elle eut envie de l'enlacer, et d'appuyer la joue là où, autrefois, il avait mal.

— Des questions ? Sur votre enfance ? s'enquit-elle avec douceur.

Il haussa les épaules.

— Sur des tas de choses. D'où je viens vraiment. Et pourquoi Diego a accepté de s'occuper de moi.

Elle étudia son visage.

— Je ne comprends pas. Je croyais que vous saviez pourquoi vous êtes venu vivre avec Diego.

— Je sais seulement ce que Diego m'a dit.

— Et vous doutez de sa parole ?

Poussant un soupir mélancolique, il alla ouvrir une porte qui donnait sur la cour arrière. Leyla se demanda s'il avait besoin de voir le soleil joyeux et d'entendre le gai piaillement des oiseaux pour chasser les pensées sombres de son esprit.

— Comme je vous l'ai dit, Diego était un homme bien. Je ne pensais pas qu'il m'ait menti sur quoi que ce soit. Jusqu'à il y a quelques années, quand j'ai voulu me renseigner sur mes parents. C'est alors que j'ai appris qu'une partie de son histoire concernant ma naissance ne sonnait pas vrai.

— Si je me souviens bien, vous ne connaissiez pas vos parents, et vous ignoriez où ils pouvaient être.

— C'est toujours le cas, dit-il, retournant vers la table. J'ai demandé à plusieurs personnes de la région s'ils se souvenaient de Peggy Choney. Certains, oui. Et ils se souvenaient de l'avoir vue enceinte. Mais ils ne savaient pas du tout où elle était allée. Et dans tous les documents que j'ai pu trouver, elle n'est mentionnée nulle part.

Elle fronça les sourcils, songeuse.

— Vous savez comment Peggy a connu Diego ?

— Elle travaillait comme serveuse dans un petit café d'Alto. C'était un endroit que Diego fréquentait lors de ses nombreux voyages à Ruidoso. Apparemment, ils sont devenus amis, et il l'a aidée à louer une petite maison située pas très loin d'ici. C'est ainsi qu'ils sont devenus voisins.

— La maison est-elle encore debout ? Est-ce que quelqu'un y vit maintenant ?

— Non, elle a été démolie. Quand nous repartirons, je vous montrerai où elle se trouvait. Elle était juste au bord de la route.

— Oh ! Alors, il n'y a pas d'indices de ce côté-là, songea-t-elle à voix haute. Mais si Peggy et Diego étaient si proches, alors il devait sûrement connaître l'identité de votre père ?

— Il m'a toujours dit que mon père s'appelait Calvin Jones. Et que Peggy l'avait rencontré pendant une visite familiale au Texas. Selon lui, elle était tombée enceinte après une aventure d'un soir.

Poussant un lourd soupir, il retira son chapeau et se passa la main dans les cheveux.

— Mais l'histoire ne colle pas.

— Comment le savez-vous ? Avez-vous une preuve ?

— En partie.

— Comment ça ?

Il secoua la tête, et elle se demanda pourquoi il avait décidé de lui dire tout cela maintenant. Il était clair que toute cette histoire l'affectait profondément. Voulait-il aussi qu'elle sache qu'elle n'était pas la seule à avoir souffert à cause de sa famille ? En avait-il déjà parlé à une autre femme qu'elle ?

— Du vivant de Diego, je n'ai jamais remis en question son histoire. Je ne voulais pas insulter l'homme qui avait été un si bon père pour moi en le traitant de menteur. Et à l'époque, je n'avais aucun moyen d'effectuer des recherches sur Peggy ou Calvin, sur internet ou par d'autres moyens. Plus tard, après la mort de Diego, j'étais trop occupé à me faire une place au Chaparral pour songer à mes parents. Mais il y a quelques années, Quint m'a poussé à mener mon enquête.

— Et vous avez trouvé quelque chose, conclut-elle.

— Disons que c'est ce que je n'ai *pas* trouvé qui a jeté une lumière nouvelle sur les affirmations de Diego.

— Comment ça ?

— Calvin était censé avoir fait l'armée, à Fort Bliss. Peu de temps après ma naissance, Peggy a décidé d'informer Calvin qu'il avait un fils. C'est à cette époque qu'elle aurait appris qu'il avait été tué dans un accident pendant un entraînement. L'accident impliquait un hélicoptère, et Calvin avait été sévèrement brûlé. Mais j'ai découvert que tout cela était faux. L'armée n'a aucune trace d'un Calvin Jones à Fort Bliss à cette époque, encore moins d'un accident d'hélicoptère.

Sidérée par cette révélation, Leyla porta la main à sa bouche.

— Oh ! Seigneur. Calvin Jones n'existait pas. Du moins, pas Calvin, le soldat du Texas. Avez-vous découvert le moindre indice sur votre vrai père ?

— Il est assez évident que sans Peggy Choney, je ne saurai jamais, dit-il sinistrement.

Une autre idée vint soudain à l'esprit de Leyla, et elle porta un regard plein d'espoir sur lui.

— Et votre certificat de naissance, Laramie ? Peut-être que certaines des informations qu'il contient pourraient vous donner des indices. Des choses auxquelles vous n'avez jamais pensé auparavant.

Il serra les lèvres.

— Autant que je sache, le document est légitime. Mais, avec assez d'argent, on peut tout acheter. Et je ne comprends pas pourquoi Peggy aurait donné un faux nom. Elle avait le droit de déclarer n'importe quel nom comme étant celui de mon père.

— C'est vrai. Je n'ai pas eu à justifier de l'existence de Heath quand l'hôpital a émis l'acte de naissance. Mais quelque chose m'étonne encore plus, Laramie. Pourquoi Peggy est-elle partie et vous a-t-elle laissé avec Diego ?

Haussant les épaules, il se détourna légèrement, mais Leyla avait remarqué son regard vide.

— Sur ce point aussi, j'ignore si je connaîtrai un jour la vérité. Diego disait que Peggy était si chamboulée en apprenant la mort de Calvin qu'elle a perdu la tête. Elle lui a demandé de garder son bébé pendant quelques jours, le temps de se remettre. Elle a dit qu'elle reviendrait dès qu'elle le pourrait, mais elle n'est jamais revenue.

Il n'y avait ni colère ni amertume dans sa voix. Juste une résignation terrible qui la bouleversa.

— Oh ! Laramie, murmura-t-elle. Il n'y avait pas de Calvin. Alors qu'a-t-il bien pu se passer avec elle ?

— Aucun moyen de le savoir désormais. Mais il est clair que si elle m'a laissé avec Diego au lieu de me confier à l'adoption, il devait bien y avoir une raison.

S'approchant, Leyla enroula la main autour de son avant-bras.

— Laramie, ça me fait penser… Peut-être que Diego était votre vrai père, et que tous deux voulaient garder le secret pour une certaine raison ?

— J'y ai pensé. Mais c'est peu probable. Peggy était très jeune. Elle n'avait que vingt et un ans quand elle m'a mis au monde. A l'époque, Diego avait la soixantaine. Il aimait se considérer comme jeune et en forme. Mais il ne se serait pas lié avec une femme aussi jeune. Ce n'était tout simplement pas sa nature. En fait, les gens du coin qui se souviennent encore de Peggy disent que Diego la traitait comme sa fille.

— Mmm… ça expliquerait le fait qu'il l'ait aidée à louer une maison au lieu de l'installer chez lui. Mais pour quelle raison une femme pourrait-elle abandonner son enfant ? La peur ? L'insécurité ? Je suis mère, et rien ne me ferait abandonner Dillon.

L'angoisse qu'elle lut sur son visage la toucha, et tandis qu'un élan de compassion montait en elle, elle se rendit compte que Laramie était devenu bien plus pour elle qu'un homme sexy et désirable. Bien plus qu'un homme qui se montrait bon pour elle et son fils. Elle voulait qu'il se sente heureux, aimé, désiré, et digne de valeur. Elle le lui souhaitait autant qu'elle le souhaitait pour Dillon et elle.

Oh ! Seigneur, était-elle déjà tombée amoureuse de lui, et s'en rendait-elle compte juste à cet instant ? La réponse à cette question la fit trembler.

Elle posa les mains contre son torse.

— Laramie, je ne comprends pas. Vous m'avez amenée ici juste pour me dire tout ça ? Si c'est le cas, vous avez perdu votre temps. Oui, j'aimerais que vous connaissiez la vérité. Pour que vous ayez l'esprit plus tranquille. Mais c'est l'homme que vous êtes maintenant qui compte le plus pour moi.

En voyant son regard reconnaissant, elle fut soulagée. Elle ne voulait pas qu'il souffre, pour aucune raison. Et certainement pas à cause de son passé.

— Je suis content que vous voyiez les choses ainsi. Mais en fait, je vous ai amenée ici pour une autre raison. Je voulais que vous soyez au courant pour Peggy et l'histoire que Diego m'a racontée. Sinon, vous n'auriez pas compris pourquoi je garde cette maison. Pourquoi elle fera toujours partie de moi. Mais ce n'est pas mon foyer.

— Laramie, je…

Elle s'interrompit quand il prit son visage entre ses mains.

— Leyla, avant que vous ne disiez quoi que ce soit, laissez-moi finir. Il faut que vous compreniez que pendant des années, ici, c'était mon foyer. Nous avions à manger dans les placards, des vêtements sur le dos, et un peu de bétail, mais guère plus. Quand Diego est mort, j'étais perdu, je n'étais qu'un grand enfant sans personne pour me guider. Voyez-vous, cet endroit était vide sans lui.

Quand il la touchait, elle pouvait difficilement se concentrer sur ses paroles. Elle voulait lui dire qu'ils avaient assez discuté. Que tout ce qu'elle voulait, c'était sentir sa bouche sur la sienne, ses bras autour d'elle, pour oublier toutes les épreuves qu'ils avaient traversées.

Luttant contre les pensées qui se bousculaient dans sa tête, elle demanda :

— Vous êtes allé au Chaparral. Mais pourquoi là-bas ?

— A la fin de sa vie, Diego m'a fait promettre d'aller au Chaparral pour demander du travail à Lewis. Lewis était un vieil ami à lui, et il m'avait assuré qu'il serait bon avec moi. Je ne l'ai pas interrogé plus. Et je n'allais certainement pas briser la promesse que j'avais faite à Diego. Quelques jours après sa mort, je suis donc allé au Chaparral.

— Aviez-vous rencontré un des Cantrell auparavant ?

— Non. Quint et moi sommes allés dans le même lycée, et je me souvenais vaguement de sa sœur, Alexa, qui avait eu son diplôme quelques années plus tôt. Mais je ne les connaissais pas personnellement. En fait, quand je suis allé dans ce grand ranch, je n'étais qu'un garçon apeuré à qui il restait deux ans de lycée. Je ne comprendrai jamais pourquoi, mais Lewis m'a pris sous son aile, et m'a aidé à devenir un membre du ranch, et un membre de sa famille.

— Et ensuite, le Chaparral est devenu votre foyer. Je comprends, dit-elle doucement.

Il riva son regard au sien.

— Je crois que ce que j'essaie de vous dire, c'est que… cet endroit m'appartient légalement. Je pourrais y investir de l'argent et en faire un joli petit ranch, mais ce ne serait pas pour autant mon foyer. Comprenez-vous ce que je ressens ?

La gorge nouée d'émotion, elle lui tourna le dos. Pourquoi, depuis qu'elle connaissait Laramie, les larmes semblaient-elles avoir pris le dessus sur elle ? Elle savait pourtant, et depuis longtemps, que pleurer ne servait à rien.

— Je comprends que vous ne quitterez jamais le Chaparral, dit-elle d'une voix émue. Sous aucun prétexte.

Elle l'entendit gémir de frustration, puis sentit ses mains se poser sur ses épaules, et elle dut faire tout son possible pour ne pas se retourner et se jeter à son cou. Elle avait envie de lui dire qu'elle se fichait de l'endroit où elle vivrait ou de ce qu'elle ferait, du moment qu'il était à ses côtés. Mais que se passerait-il si jamais elle prononçait ces paroles ? Tous les rêves auxquels elle s'accrochait depuis si longtemps se briseraient en mille morceaux.

— Leyla, je me rends bien compte que vous voulez une maison qui vous appartienne et…

Fermant les yeux très fort, elle répondit :

— Laramie, ce n'est pas votre problème. Dillon et moi serons bientôt partis, et nous finirons par trouver un endroit bien à nous.

Il serra ses épaules.

— C'est bien là le problème, Leyla. Je ne veux pas que vous partiez.

Lentement, il la fit pivoter vers lui, et son cœur sursauta quand elle vit la lueur brûlante dans ses yeux.

— Je tiens à vous, et je vous désire.

Il tenait à elle. Il n'avait pas parlé d'amour mais, au moins, il était sincère. Elle savait que son affection et son honnêteté étaient bien plus que ce qu'elle avait jamais reçu de quiconque. C'était suffisant pour lui donner le courage d'enrouler les bras autour de sa taille.

— Après Heath, dit-elle en le regardant droit dans les yeux, j'avais juré que je ne laisserais jamais un autre homme me toucher. Mais je…

Un doux soupir s'échappa de ses lèvres.

— Je vous désire aussi, Laramie.

Il scruta son regard quand il fit glisser les mains de ses épaules à ses bras nus. Dans le sillage de ses doigts, des frissons la parcoururent.

— L'autre nuit, vous disiez avoir peur quand je vous embrassais. Je…

— J'*avais* peur, coupa-t-elle. Parce que vous me faisiez ressentir trop de choses. Et je savais que si je me laissais emporter, je… nous irions trop loin.

Lorsqu'il écarta doucement ses cheveux de son visage, une vague de désir la balaya, qui mit ses joues en feu et affola son cœur.

— Oh ! Leyla, murmura-t-il. Serait-ce si mal ?

— Je ne cesse de me dire que je serais stupide de vous

laisser me faire l'amour. Mais être ici avec vous, c'est si bon… si extraordinaire.

Lentement, il avança le visage vers le sien.

— Honnêtement, je ne vous ai pas amenée ici pour vous séduire.

— Je ne l'ai jamais pensé.

Elle resserra son étreinte autour de sa taille et sentit la puissance de son désir appuyer contre elle. Cette sensation lui fit oublier toutes les raisons pour lesquelles elle ne devrait pas faire l'amour avec lui. Et elle sut en un instant que, quelle que soit la souffrance qu'elle avait endurée ces quatre dernières années, elle était toujours une femme. Une femme qui voulait aimer, et être aimée. Une femme qui, à cet instant précis, brûlait de désir. Un désir qu'elle n'avait jamais ressenti auparavant, et qu'elle n'allait surtout pas ignorer.

— Vous n'avez pas besoin de me séduire, Laramie. Je suis déjà dans vos bras.

A travers le voile de ses cils, elle regarda ses lèvres prononcer son nom, juste avant qu'il n'efface la distance entre leurs deux visages. Quand il posa enfin les lèvres sur les siennes, une explosion de sensations secoua ses sens. Elle s'accrocha à lui, et laissa son baiser l'attirer dans un tourbillon de plaisir.

Aussitôt, leurs langues s'emmêlèrent dans un élan torride, incontrôlable, et leurs lèvres cherchèrent à assouvir le puissant désir qui les avait submergés tous deux. Elle n'avait jamais été embrassée si éperdument, si avidement. L'intensité de leur étreinte annihilait sa raison et lui coupait le souffle. Si elle ne s'était pas accrochée à lui, elle aurait perdu l'équilibre.

Lorsque, enfin, il s'écarta, elle était à bout de souffle, et son visage brûlait de cette même chaleur qui consumait son corps.

— Leyla, murmura-t-il, savez-vous ce que ce baiser me disait ?

Il lui laissait une chance de changer d'avis, songea-t-elle. Une chance de sortir de la maison et d'étouffer le désir qui couvait en elle quasiment depuis leur première rencontre. Mais sa décision était toute prise. Si elle arrêtait maintenant, elle ne connaîtrait jamais le plaisir de lui faire l'amour, d'être dans ses bras. Et si elle manquait cette occasion, cela la hanterait pour le restant de ses jours.

— Il vous disait que je veux que vous me fassiez l'amour, dit-elle dans un souffle précipité.

Son regard s'illumina, comme si elle venait de lui offrir un merveilleux cadeau.

— Leyla, murmura-t-il. Douce Leyla.

Il l'embrassa de nouveau. Mais, cette fois, le baiser fut bref. Bien vite, il la prit dans ses bras et l'emporta hors de la pièce.

10

Leyla dans ses bras, Laramie traversa la cuisine, emprunta le minuscule couloir, puis passa une porte sur la gauche. Quand il la reposa à terre, ils se tenaient à côté d'un grand lit. Le matelas affaissé était recouvert par un fin couvre-lit d'un bleu affadi. Deux oreillers aux taies blanches étaient appuyés contre la tête de lit en fer forgé.

— Ce n'est pas l'endroit que j'aurais choisi pour notre première fois, dit-il. Mais nous devrons nous en contenter.

Il alla vers une petite fenêtre et entrouvrit les volets de bois. L'air frais et le soleil pénétrèrent dans la pièce, en même temps qu'une symphonie de chants d'oiseaux. Quand il revint vers elle, il l'attira dans ses bras, et tandis qu'il explorait les contours de son dos, la douce pression de ses doigts fit naître des flammes de désir en elle.

— Je ne suis pas habituée au luxe, dit-elle pour le rassurer.

— Nous pourrions secouer le couvre-lit mais, à mon avis, cela ne ferait qu'agiter la poussière.

Elle afficha un petit sourire. Il lui parlait de poussière ! En ce qui la concernait, être dans une chambre luxueuse sur une île romantique n'aurait pas pu rendre ce moment avec lui plus extraordinaire. Comment avait-elle réussi à résister à cet homme jusqu'à maintenant ?

— Un peu de poussière, ça ne me gêne pas.

Avec un rire où grondaient bonheur et plaisir, il rétorqua :

— Je savais depuis le début que vous étiez mon genre de femme.

Comme hypnotisée, elle regarda le sourire disparaître lentement de son visage. Son cœur battit d'anticipation tandis qu'il penchait la tête et déposait des baisers sur ses joues, son nez, ses paupières à présent closes.

Les douces sensations lui tirèrent des soupirs de plaisir, jusqu'à ce que les lèvres de Laramie brûlent les siennes. Alors, ses soupirs se transformèrent en gémissements profonds et, avant qu'elle s'en rende compte, il se débattait avec la fermeture au dos de sa robe.

Quand le vêtement tomba à ses pieds, elle éprouva un sentiment de liberté, et pas seulement parce qu'elle était presque nue. Elle se sentait libre de ressentir du plaisir, d'être une femme à part entière, de nouveau.

— Tu es si belle, Leyla, murmura-t-il tandis qu'il la dévorait des yeux dans son coordonné de dentelle blanche. Depuis notre première rencontre, je t'ai imaginée mille et une fois, nue, dans mon lit. Mais tu es encore plus belle que dans mes rêves.

Il fit glisser les bretelles de son soutien-gorge le long de ses épaules.

Soudain, ses mains se refermèrent sur ses seins nus, et elle haleta de plaisir. Quand il taquina ses tétons de son pouce et de son index, elle laissa sa tête tomber sur le côté, et les lèvres de Laramie effleurèrent son cou ainsi offert.

Tandis qu'il descendait vers ses épaules, Leyla sentit le désir s'embraser au creux de son ventre et s'étendre jusqu'au point secret et intime entre ses jambes. Elle gémit et plaqua son corps contre le sien. Avec frénésie, elle commença à ouvrir les boutons de sa chemise.

— J'ai besoin de te toucher, Laramie, murmura-t-elle. S'il te plaît, laisse-moi faire.

Avec des mains tremblantes à présent, il repoussa les siennes et sortit les pans de sa chemise de la taille de son jean. Il tira d'un coup sec sur les boutons pression, puis retira prestement le vêtement et l'envoya au sol.

Pendant une seconde, elle se figea, hypnotisée. Son torse large et musclé, qui s'étrécissait à la taille, sa peau lisse et hâlée, ses tétons plats, un ton plus foncé... Elle le désirait tellement, à en perdre la raison. Une fine ligne de poils noirs marquait le creux entre ses abdominaux, puis disparaissait sous la taille de son jean. Incapable d'attendre une seconde de plus, elle posa les mains sur sa gorge, puis glissa lentement vers la courbe de ses muscles pectoraux. Elle taquina ses tétons entre ses doigts, jusqu'à ce qu'ils se transforment en petits boutons durs.

— Oh ! Leyla, chérie, je ne peux pas le supporter.

Sa voix rauque de désir décupla le sentiment de pouvoir qu'elle éprouvait. Le simple fait de savoir qu'elle l'excitait, qu'il pouvait la vouloir à ce point, l'emplissait d'un sentiment de confiance et lui donnait le courage d'exprimer ses désirs par des actes.

Elle mordilla doucement le tout petit bout de chair, puis passa sa langue humide dessus.

Emportée par le plaisir, elle entendit Laramie émettre un gémissement, puis sentit ses doigts tirer les épingles qui maintenaient son lourd chignon en place. Une fois ses cheveux libérés, il attrapa une poignée de mèches et amena son visage vers le sien.

Les lèvres contre les siennes, il murmura :

— Si tu continues, je ne tiendrai pas longtemps. Je ne peux plus attendre, Leyla.

— Je ne veux pas que tu attendes.

Il l'embrassa de nouveau, mais dès que le baiser échappa à leur contrôle, il glissa la main sous son slip de dentelle. Une fois le sous-vêtement retiré, il la fit s'étendre sur le lit et lui ôta ses sandales.

Le cœur battant d'anticipation, elle le regarda pendant qu'il s'asseyait sur le côté du lit pour retirer ses bottes. Après le second bruit sourd sur le sol, il se leva et retira à la hâte le reste de ses vêtements.

Tandis qu'il s'étendait à côté d'elle, elle eut le temps de se dire qu'elle devrait ressentir une sorte d'embarras en voyant Laramie nu, et en sachant qu'ils allaient faire l'amour. Mais lorsqu'il l'attira dans ses bras et que son corps se colla au sien, elle ne ressentit rien qu'un plaisir intense.

Lorsqu'il posa la bouche sur la sienne et qu'il explora de ses mains gourmandes les courbes de son corps, elle oublia tout, hormis lui.

Alors elle glissa la jambe au-dessus de sa hanche et plaqua le bas de son corps contre lui, mais son invitation silencieuse le fit interrompre leur étreinte.

— Leyla, pardon de te demander ça, mais dois-je porter un préservatif ? Je n'avais pas prévu que nous…

Posant la main sur sa joue, elle plongea son regard dans le sien.

— Depuis que j'ai eu Dillon, je prends la pilule. Pas parce que j'en avais besoin, mais parce que j'avais peur. Peur de ne pas avoir retenu la leçon. Peur de rencontrer quelqu'un, et d'avoir un moment de faiblesse. Ou de rencontrer quelqu'un qui ferait semblant de tenir à moi.

La mainde Laramie se figea sur sa hanche.

— Tu ne te faisais pas confiance. Ni aux hommes. Et maintenant ? Avec moi ?

Un désir brut lui serra la gorge. Pas seulement le désir d'unir son corps au sien, mais aussi de l'aimer de tout son cœur.

— Je n'ai pas le choix, Laramie. J'ai trop envie de toi.

Une lueur tendre et douce éclaira son regard. Les lèvres contre sa joue, il prononça doucement son nom. Se sentant fondre, elle s'accrocha à son cou et resserra son étreinte.

Lorsqu'il la fit rouler sur le dos et s'étendit au-dessus d'elle, elle écarta les jambes, l'invitant à partager le désir presque douloureux qui pulsait en elle. La tête rejetée en arrière, le regard rivé au sien, il pénétra les replis secrets et moites de sa féminité. Le choc du plaisir la secoua, tels des ricochets sur un étang lisse.

— Leyla. Ma douce, dit-il d'une voix grave et vibrante.

Sentant les larmes lui monter aux yeux, elle ferma les paupières et enfouit le visage contre son épaule.

— Fais-moi l'amour, Laramie.

Il commença à bouger en elle, lentement d'abord, puis de plus en plus vite. Elle suivit son rythme effréné, et la friction de leurs deux corps fut comme une bourrasque sur un feu de forêt. Il était impossible d'empêcher les flammes de les consumer. La seule façon de mettre un terme à leur exquis supplice était de laisser le feu s'épuiser tout seul.

Elle s'accrocha à lui tout en lui rendant ses baisers avides, avec une témérité qui la surprit. Alors qu'elle grimpait de plus en plus haut vers les cimes du plaisir, elle se rendit compte que son désir pour lui allait bien au-delà de la jouissance physique. Elle l'aimait. L'aimait avec chaque fibre de son corps. De toute son âme.

La révélation la frappa en même temps qu'elle s'atomisait dans une explosion de lumières. Le plaisir et les émotions se mêlèrent, la faisant sangloter et crier son nom, encore et encore.

En guise de réaction, il la serra contre lui et enfouit le visage dans ses cheveux. Elle se sentit flotter vers une douce contrée, où Laramie et elle étaient seuls au monde, ensemble. Pour toujours.

Plus tard, le corps couvert de sueur et le souffle saccadé, il se détacha d'elle, mais garda une ferme emprise sur sa taille. Il ne voulait plus la laisser partir. Plus jamais.

Il ne savait pas vraiment ce qui venait de se passer entre eux. Même s'il avait pensé à faire l'amour à Leyla un million de fois, il n'avait certainement pas prévu que cela se produirait aujourd'hui. A dire vrai, il avait cru qu'il faudrait un miracle pour qu'elle partage un jour un lit avec lui. Mais dès l'instant où ils avaient quitté le ranch pour venir ici, il avait perçu quelque chose de différent, dans la façon dont elle le regardait, le touchait. Ensuite, quand ils s'étaient embrassés, c'était comme si le monde autour d'eux avait explosé. Elle avait enfin baissé sa garde, et pour sûr, elle s'était laissée aller à ses désirs, à l'instant. Seigneur, la manière dont elle avait réagi, se donnant tout entière… Il sentit un puissant désir monter de nouveau en lui.

Avoue-le, Laramie, ce n'est pas seulement son corps qui t'a ébranlé. Quand tu l'as étreinte, quand tu t'es déversé en elle, ton cœur s'est ouvert, et elle s'est glissée à l'intérieur. Tu l'aimes. Si tu ne le savais pas avant, tu le sais désormais.

Il n'essaya même pas de faire taire la petite voix dans sa tête. Il était inutile de nier. La question était, que comptait-il faire à présent ?

— Je suis désolé, Leyla.

Ses mots étaient un murmure étranglé, mais elle les entendit, et se tourna vers lui. Il la regarda. Ses yeux assombris étaient humides, ses lèvres gonflées de ses baisers. Des gouttes de sueur perlaient sur son front et son nez. Elle était si jolie ! Si douce et tendre. Elle était tout ce qu'il avait toujours voulu chez une femme et, en la voyant ainsi à ses côtés, il avait l'impression de rêver.

— Tu regrettes ce qui s'est passé ?

Il roula sur le côté pour lui faire face.

— Pas du tout. Je suis désolé que ce soit arrivé ici, dans cette vieille maison poussiéreuse au lieu d'un endroit exceptionnel. Tu mérites ce qu'il y a de mieux, Leyla.

Un petit sourire se dessina sur ses lèvres, et il ne put s'empêcher d'y déposer un doux baiser. Un parfum musqué et sensuel s'échappait de ses cheveux et se mêlait au parfum féminin de son corps.

— C'est toi qui es exceptionnel, Laramie. Tu ne le sais toujours pas ?

Il recevait souvent des compliments sur son travail, sur ses chevaux, et sur le dévouement qu'il témoignait à ses amis. Mais personne ne lui avait jamais dit ce genre de choses, et encore moins une femme. Le fait que cela vienne d'elle rendait ce compliment encore plus unique et précieux.

Le cœur empli d'une tendre émotion, il effleura sa joue de ses lèvres.

— Je ne trouve pas les mots pour décrire ce que tu me fais ressentir, Leyla. Ces dernières heures seront gravées à jamais dans ma mémoire. Je ne les oublierai jamais. Jamais.

Comme elle ne répondait pas, il rejeta la tête en arrière pour pouvoir voir son visage. A son grand désarroi, des larmes avaient empli ses yeux, et cela le toucha profondément. Il ne voulait pas qu'elle pleure ou souffre, en aucune circonstance. Sa douce Leyla… elle avait déjà bien trop souffert dans sa jeune vie.

— Qu'est-ce qui ne va pas ? J'ai tout gâché, n'est-ce pas ? Je t'ai blessée…

Elle secoua farouchement la tête, et il la fixa, médusé par ce soudain changement en elle.

— Tu ne m'as pas blessée. Je pensais juste à… des choses. Toi et moi. Et Dillon.

Soudain, elle ferma les yeux, puis s'assit au bord du lit.

— Nous ferions mieux de partir, tu ne crois pas ? dit-elle d'une voix tendue. Sassy va nous attendre.

Il ne voulait pas partir. Il voulait la prendre dans ses bras et lui faire l'amour de nouveau. Il voulait entendre ses cris de désir, sentir son corps lui dire à quel point elle avait besoin de lui. Mais il avait soudain l'impression qu'ils se trouvaient sur les rives opposés d'un lac très profond.

Se levant, il se passa les mains dans les cheveux et tenta de reprendre ses esprits. En quelques minutes, il était passé de l'euphorie à la confusion.

— Si c'est ce que tu veux, dit-il.

— Ce que je veux n'a rien à voir avec ça. J'ai un fils. Des responsabilités.

Un accès de colère l'envahit.

— J'ai des tas de responsabilités, moi aussi. Et j'imagine que quand je rallumerai mon téléphone, je serai bombardé d'appels et de messages par des gens qui ont besoin de moi. Mais ça ne veut pas dire que toi et moi ne méritons pas quelques instants ensemble.

Clignant des yeux pour refouler ses larmes, elle ramassa sa robe sur le sol.

— Nous venons de passer du temps ensemble, Laramie, et j'aimerais avoir quelques minutes de plus à partager avec toi, de cette façon, mais je ne peux pas rester.

Elle enfila le vêtement, et Laramie remonta sa fermeture à glissière. Puis il appuya les mains sur ses épaules.

— Leyla, laisse-moi te poser la même question que celle que tu m'as posée il y a quelques instants. Est-ce que tu regrettes ce qui s'est passé ?

Avec un gémissement douloureux, elle se retourna et enfouit son visage contre son torse. Il ferma les yeux et la serra fort.

— Non ! Je ne regrette pas, Laramie.

Elle le regarda.

— Je crois que j'ai peur. Peur de ce que tu commences à signifier pour moi.

Il secoua la tête.

— Tu n'as pas à avoir peur. Je te l'ai dit, Leyla, je ne te ferai jamais de mal.

Elle se mordilla la lèvre et détourna le regard.

— Ce n'est pas exactement ce qui me fait peur. Tu n'es pas comme Heath, je le vois bien. Mais je vois aussi que ta vie est au Chaparral. Et le ranch est si loin de l'école d'infirmières, et de toutes les choses que j'ai prévues pour mon fils, ma tante et moi.

Il aurait voulu la faire asseoir, lui expliquer que ce qu'ils avaient partagé dans ce lit était bien plus que de délicieux ébats pour lui. Il avait besoin de lui dire qu'il était tombé amoureux d'elle, que sa vie ne serait jamais complète à moins qu'elle et Dillon n'en fassent partie. Mais ce n'était ni le lieu ni l'endroit. Quand il lui révélerait ses sentiments, il voulait que ce soit au Chaparral. Parce que le ranch était sa maison. Et si elle ne pouvait pas faire de ce ranch son foyer, alors leur relation avait peu de chances de s'épanouir.

— D'accord. Nous en reparlerons plus tard. Allons voir Dillon, maintenant.

Il déposa un baiser sur son front.

— Si tu veux te rafraîchir avant que nous partions, il y a de l'eau dans la salle de bains.

— Merci, murmura-t-elle, puis elle prit ses sandales et quitta la pièce.

Sur le trajet de retour, Leyla observait en silence le paysage, perdue dans ses pensées. Il était clair que leurs moments d'intimité étaient terminés. Du moins pour l'instant. Avant qu'ils quittent la petite maison, Laramie avait rallumé son téléphone, et tandis qu'il conduisait le pick-up sur la route poussiéreuse et rude, l'appareil ne cessait de sonner.

Au début, il l'ignora. Comme Leyla, il n'était pas vraiment d'humeur à discuter, mais elle finit par lancer :

— Il doit y avoir un problème. Tu devrais peut-être répondre.

Décidant qu'elle avait sans doute raison, il prit le téléphone. C'était Quint.

— Je suis là, dit-il après avoir décroché. Qu'est-ce qu'il y a ?

— Et là, c'est où, bon sang ? tonna Quint. Ça fait une heure que j'essaie de te joindre !

Laramie ne laissa pas la colère de Quint l'atteindre. Il avait appris depuis longtemps que Quint fonctionnait différemment. Son patron et ami s'emportait et s'irritait en un clin d'œil, mais Laramie était de nature plus calme et posée.

— J'avais quelque chose de personnel à faire. J'ai éteint mon téléphone pendant quelques instants.

Un silence passa. Son explication devait avoir surpris Quint. Ce n'était pas souvent qu'il prenait du temps pour des raisons « personnelles ». Et Quint était bien placé pour le savoir.

— Bon, je suis au Chaparral, je t'attends. Je dois aller au ranch de Pine Ridge pour essayer d'arrondir les angles. J'ai besoin que tu viennes avec moi. Tu pourras parler à ce salaud plus raisonnablement que moi.

— Oui, tu as sans doute raison. Sinon, tu pourrais finir en prison pour agression.

Quint rit, et après une pause ajouta :

— Pardon de t'avoir aboyé dessus. J'ai beaucoup de problèmes en ce moment.

— Ce n'est rien. Je sais que tu as beaucoup de choses à gérer ces derniers temps. Tu peux aboyer tant que tu voudras. Je serai là dans vingt minutes.

— Tu me trouveras à la clinique vétérinaire.

Après avoir raccroché, Laramie rangea le téléphone dans un compartiment du tableau de bord. Tandis qu'il appuyait sur l'accélérateur, Leyla demanda d'un air prudent :

— Quelqu'un a des ennuis ? Tu parlais de prison.

Il sourit.

— C'était une blague. Les ennuis ne sont pas si graves. Du moins, je ne pense pas.

— J'espère que non, dit-elle, l'air anxieux.

Il poussa un lourd soupir. Avant qu'elle n'entre dans sa vie, il n'avait jamais été gêné par la place qu'avait prise le travail dans son existence. Mais Leyla était en train de le changer, de lui faire prendre conscience qu'il avait besoin d'autre chose que de diriger une équipe de cow-boys et de veiller à la santé de quelques milliers de bêtes.

— Un de ces jours, nous trouverons le responsable de tous ces actes de sabotage, dit-il calmement. Et ce jour-là, il paiera, crois-moi.

Du coin de l'œil, il vit son air inquiet. Peut-être n'aurait-il pas dû parler de ses problèmes. Mais s'il voulait qu'elle comprenne sa vie, elle devait être au courant de tout ce que cela impliquait. Et pour l'heure, certaines choses n'étaient pas belles à voir.

— Tu n'as pas peur que ces incidents, ou quel que soit le nom que tu leur donnes, mène à des événements plus dangereux ?

— Pour te dire la vérité, Leyla, je m'y attends presque. Quelqu'un capable d'empoisonner une bête qui vient de naître est forcément très perturbé. Jusqu'ici, il s'en est sorti. Alors, ça le rendra plus téméraire. Mais, selon moi, le mal finit toujours par se détruire lui-même.

— C'est vrai, approuva-t-elle. Mais qu'est-ce qui se passe en attendant ?

Devant son regard incertain, il lui prit la main.

— Je ne veux pas que tu t'inquiètes, Leyla. Pour quoi que ce soit. Surtout pas à propos de moi ou de toi. Ou de nous.

Elle lui lança un regard sceptique.

— Y a-t-il vraiment un *nous*, Laramie ?

— En ce qui me concerne, oui.

Elle secoua la tête, puis détourna le regard.

— Je n'aurais jamais dû coucher avec toi, dit-elle calmement.

Sans s'en rendre compte, il leva le pied de l'accélérateur, et le véhicule ralentit. Un sentiment de rage et d'impuissance l'emporta. Il explosa.

— Pourquoi dis-tu cela ? Tu m'as dit que tu ne regrettais pas !

— Je sais. Je ne regrette pas. Mais je... je ne m'attendais pas à ce que, soudain, tu penses à nous comme à un couple !

La frustration faillit lui faire faire une embardée. Il voulait la prendre dans ses bras et lui dire tout ce qu'il ressentait, tout ce dont il rêvait et qu'il espérait pour eux trois. Mais il ne pouvait pas s'arrêter maintenant. Quint l'attendait.

— Nous reparlerons de tout cela, Leyla, dit-il fermement. Dès que Quint et moi reviendrons de Pine Ridge.

Un quart d'heure plus tard, ils arrivaient au Chaparral, et il déposa Leyla devant le portail de la cour arrière. Quand elle entra dans la maison, la cuisine était vide, aussi se dirigea-t-elle droit vers son appartement. Elle trouva Sassy en train de regarder la télévision, et Dillon profondément endormi sur le tapis.

— Te voilà enfin, dit Sassy. Je commençais à croire que Laramie et toi aviez quitté le pays.

Elle se sentit rougir.

— Nous sommes restés un peu plus longtemps que prévu. J'espère que tu n'étais pas pressée de partir.

— Pas du tout, dit-elle avec un geste de la main. J'adore être avec Dillon, et puis, il n'y a rien qui m'attend chez moi.

— Merci. Je te revaudrai ça, promis.

Sassy rit.

— Le plaisir de manger tes tartes et tes gâteaux me suffit.

Leyla désigna Dillon d'un signe de tête.

— Est-ce qu'il dort depuis longtemps ?

— Environ cinq minutes. J'ai voulu le porter sur le canapé, mais il semblait si bien que je n'ai pas voulu le déranger.

— Tu as bien fait. Il aime dormir à même le sol.

Elle regarda les petits jouets éparpillés autour de son fils.

— Est-ce qu'il t'a causé des problèmes ?

Le sourire que Sassy afficha était plein d'affection.

— Pas un seul. Nous avons joué aux cow-boys. Dillon voulait être le patron. Comme Laramie.

Peu importait où elle allait et ce qu'elle faisait, Leyla ne pouvait échapper à cet homme. Pis, elle n'en avait pas envie. Elle alla s'asseoir sur le canapé.

— Ça ne m'étonne pas, dit-elle.

— Il parle constamment de lui. Tu as remarqué ?

Dillon parlait de Laramie autant que Leyla pensait à lui. Et maintenant, Dieu lui vienne en aide, elle était tombée amoureuse de lui. Elle lui avait offert son corps comme si elle comptait vivre avec lui jusqu'à la fin des temps.

Où avait-elle eu la tête ? Il n'avait jamais parlé d'amour, de mariage ou de relation durable. Mais il avait laissé entendre qu'il voulait qu'elle reste au ranch. Et elle savait d'instinct qu'il ne voulait pas qu'elle reste juste pour avoir une aventure torride. Ce n'était pas ce genre d'homme. Néanmoins, même s'il la demandait en mariage, comment pourrait-elle accepter ? Le ranch était à des dizaines de kilomètres de Ruidoso, la ville la plus proche. Or, pour devenir infirmière, elle devrait aller dans une ville encore plus éloignée. Il y avait aussi sa tante à prendre en considération. Celle-ci aurait bientôt besoin d'une maison et de quelqu'un pour veiller sur elle. Comment Leyla pouvait-elle s'attendre à ce qu'un homme, célibataire endurci, endosse tous ces problèmes familiaux d'un coup ?

— J'ai remarqué, dit-elle.

Sassy empoigna la télécommande et éteignit la télévision. Puis elle afficha un sourire narquois.

— Je ne te demanderai pas où vous êtes allés tous les deux. Mais je te demanderai si tu t'es bien amusée.

Leyla sentit ses joues s'empourprer. Les instants que Laramie et elle avaient passés sur ce vieux lit en métal n'avaient pas été « amusants », mais plutôt sauvages et incroyables.

— Oui. C'était agréable, se contenta-t-elle de dire.

Essayant de paraître aussi détendue que possible, elle ramena les jambes sous elle et lissa sa jupe. Heureusement, avant qu'ils ne quittent la petite maison, elle avait pris le temps de se recoiffer. Elle était sûre qu'en apparence elle était la même. C'était à l'intérieur qu'elle avait changé.

N'avait-elle pas été comme brisée en mille morceaux, puis reconstruite dans une forme qu'elle ne reconnaissait pas ? En l'espace de quelques petites heures, elle avait appris tant de choses sur Laramie et sur elle-même. Pourtant, il y en avait encore beaucoup d'autres qu'elle ignorait. Et ses doutes sur l'avenir ne lui laissaient pas de répit.

— Laramie voulait me montrer sa propriété.

Le froncement de sourcils de Sassy était presque comique.

— En plein après-midi ? Avec tout ce qui se passe au ranch, ce devait être fichtrement important ! Quint est passé à la maison tout à l'heure, il cherchait Laramie. Il semblait assez perturbé.

Pourquoi Laramie avait-il soudain eu à cœur de l'emmener voir l'endroit que Diego lui avait légué ?

Il voulait que tu en apprennes assez sur l'incertitude entourant sa naissance, et sur sa vie dans la petite maison de stuc. Et surtout, il voulait te montrer que le Chaparral est sa maison, maintenant. Une maison qu'il ne quittera jamais.

Se forçant à se concentrer sur la remarque de Sassy, elle répondit :

— Laramie et lui sont allés au ranch de Pine Ridge. Je crois que cela a à voir avec le bétail qui s'est égaré sur les terres de Pickens.

Sassy grimaça.

— Mmm… Eh bien, la plupart des éleveurs sont assez compréhensifs quand cela arrive mais, d'après ce que j'ai compris, Pickens est du genre nerveux.

Elle comprit alors pourquoi Laramie avait parlé de prison et d'agression. Quint et lui devaient s'attendre à des ennuis de la part de leur voisin. L'idée la fit frissonner. Si quoi que ce soit arrivait à Laramie, cela l'anéantirait, et Dillon serait dévasté. Son fils ne comprendrait pas. Tout comme il n'avait pas compris quand Laramie était parti pendant des jours pour le rassemblement de printemps.

Une autre pensée lui vint soudain à l'esprit.

— Sassy, comment sais-tu tant de choses sur le ranch ? Est-ce que tu sors avec un des cow-boys ?

Sassy plissa les yeux.

— Pas régulièrement. Comme je te l'ai dit, celui que je veux ne sait même pas que j'existe.

Leyla l'étudia de près.

— Tu parles de Laramie ?

Rejetant la tête en arrière, Sassy éclata d'un rire généreux.

— Inutile d'être jalouse. Laramie est très bel homme, pas de doute. Mais il est bien trop calme et sérieux à mon goût. Je veux un homme qui me fasse rire. Qui m'amuse et me fasse oublier mes soucis.

C'était drôle que Sassy dise cela, songea-t-elle. Laramie ne lui faisait pas seulement oublier ses soucis ; il lui faisait tout oublier.

— Oh ! Au fait, continua Sassy, Reena a téléphoné pendant ton absence. Jim se fait retirer son plâtre la semaine prochaine.

Même si la température dans l'appartement était agréable, elle eut soudain froid, et s'enserra la taille sans s'en rendre compte. La semaine prochaine ! Quand Quint lui avait parlé de ce poste, il lui avait dit de prévoir au moins deux mois de travail. Dans un coin de sa tête, elle pensait avoir encore quelques semaines avec Laramie. A présent, il semblait que ce temps pourrait être raccourci.

La déception qu'elle éprouvait devait être visible, car Sassy s'empressa d'ajouter :

— Mais je ne pense pas que Reena revienne bientôt. Elle a dit que le médecin avait besoin d'autres radios pour s'assurer que tout était bien remis en place, et qu'ensuite, Jim aurait besoin de séances de rééducation.

Quand bien même, il était clair que Jim se rétablissait rapidement. Reena reviendrait dans un futur pas très lointain. Quand cela arriverait, Leyla ne serait plus utile ici. Mais elle était venue ici en connaissance de cause. Ce n'était pas parce qu'elle était tombée amoureuse de Laramie que cela changeait la situation.

Poussant un soupir, elle se leva et se mit à ramasser les jouets que Dillon avait parsemés autour de la pièce.

— Eh bien, j'ai accepté ce travail en sachant qu'il était temporaire. Le directeur du Blue Mesa m'a promis de me garder une place quand j'aurai fini ici.

Serrant les jouets contre son cœur déchiré par tant de doutes, elle s'efforça de sourire.

— Tout ira bien. Je vais juste partir plus tôt que prévu.

Sassy semblait aussi déçue qu'elle.

— Tu vas devoir retourner dans cette maison insalubre à la plomberie défaillante. Tu as déjà cherché une nouvelle location ?

— Non. Je me demande si ce ne serait pas plus sage financièrement de faire réparer la maison d'Oneida. Avec un peu de chance, je pourrais obtenir un prêt pour les travaux. Ça ne pourrait pas être plus cher qu'un loyer. Et comme ça, quand ma tante quittera la maison de repos, elle pourra retourner dans sa propre maison.

Sassy secoua la tête et se leva.

— Ce serait bien pour ta tante. Mais, Leyla, comment pourras-tu vous faire vivre tous les trois avec un salaire de serveuse ?

Elle n'était pas du genre à enfoncer la tête dans le sable et à faire comme si tout allait bien. Mais elle refusait de laisser les problèmes anéantir son esprit combattif.

— Je vais y arriver, d'une manière ou d'une autre, assura-t-elle avec un sourire.

Tandis qu'elle l'aidait à ramasser les derniers jouets, Sassy demanda :

— Et Dillon ?

Lançant un regard prudent à son amie, Leyla déposa sa brassée d'animaux en plastique dans une caisse à jouets.

— Comment ça ?

Sassy jeta à son tour les autres jouets dans la caisse en bois.

— D'après ce que je vois, il s'est vraiment attaché à Laramie. Et il adore être ici.

Leyla réprima un soupir.

— J'y pense tout le temps, Sassy.

— Et tu ne te dis jamais que ton fils a besoin d'un père ?

Se renfrognant, Leyla se dirigea vers la porte de l'appartement.

— Je vais me chercher un café, marmonna-t-elle.

Sassy lui emboîta rapidement le pas et la rejoignit dans la cuisine déserte.

— Ecoute, Leyla, je ne veux pas me mêler de tes affaires, mais je ne te comprends pas. Ou peut-être ai-je tort de penser que tu es tombée amoureuse de Laramie ?

Leyla tourna sur elle-même et fit face à son amie. Depuis son arrivée au Chaparral, elle s'était beaucoup rapprochée de cette rousse pétillante. Mais elle n'avait certainement jamais parlé de ses sentiments pour Laramie ! Comment Sassy avait-elle deviné ? Cela se lisait-il sur son visage ? Oh ! Seigneur... Et si Sassy avait compris qu'elle avait passé une partie de l'après-midi à faire l'amour avec le contremaître du ranch ?

— Amoureuse de Laramie ? Je ne suis ici que depuis trois semaines !

— Quand on est devant l'homme idéal, on le sait en trois heures ou en trois jours, fit valoir Sassy. Ça ne devrait certainement pas prendre trois semaines.

— Je ne suis pas comme toi, Sassy. D'ailleurs, je ne cherche pas à avoir une relation à long terme avec Laramie. Il est...

— Fou de toi !

N'osant pas regarder Sassy, Leyla s'affaira autour de la machine à café. En effet, Laramie lui avait fait l'amour comme s'il avait des sentiments pour elle. Mais sans doute confondait-elle sentiments et plaisir physique...

— Tu ne peux pas le savoir. Tu ne nous as jamais vus ensemble dans la même pièce !

Elle soupira.

— Désolée, Sassy. Je ne voulais pas être cassante.

— Et je ne voulais pas être indiscrète. Je veux juste que Dillon et toi soyez heureux, c'est tout. Et si Laramie t'offre une place dans sa vie, alors que demander de plus ?

Tournant toujours le dos à son amie, elle déglutit.

— Il ne m'offre pas une place dans sa vie, Sassy. Alors cesse de rêver. Moi j'ai arrêté il y a longtemps.

Et pourtant, pourquoi continuait-elle d'espérer ? Cette fois, elle le savait, elle n'aurait pas droit à l'erreur : elle devait faire les bons choix, pour Dillon et elle. Même si ces choix allaient lui briser le cœur.

11

Une fois que Laramie eut enfin fini avec Quint et leur voisin irascible, il dut encore s'assurer que les cow-boys avaient réparé toutes les clôtures et que chaque animal égaré était revenu au bercail. Quand il revint à la maison, il était déjà tard.

Dans la cuisine, les odeurs des plats planaient encore, mais il ne s'arrêta pas pour remplir son estomac vide. Leyla occupait toutes ses pensées, et il ne dormirait pas tant qu'il ne lui aurait pas parlé.

A son grand soulagement, il aperçut un rai de lumière sous sa porte, et frappa doucement. Elle vint lui ouvrir tout de suite. La voir debout sur le seuil, les courbes de son corps enveloppées dans un simple peignoir de coton, fut un régal pour ses yeux.

— Puis-je entrer ?

— Bien sûr.

Elle ouvrit la porte plus grand et l'invita dans le petit salon.

— Est-ce que tu as trouvé ton dîner ?

— Je n'ai pas pris la peine de chercher. Dillon est déjà couché ?

— Oui. Je ne le laisse jamais veiller aussi tard. Pourquoi cette question ? Tu voulais le voir ?

Secouant la tête, Laramie l'attira tout contre lui.

— Non. C'est toi que je voulais voir. Je n'ai pu penser qu'à toi. Et à cet après-midi.

— Il est si tard que je ne pensais pas te voir ce soir, avoua-t-elle. Est-ce que tout s'est bien passé avec Pickens ?

— Je ne veux pas en parler maintenant.

Ses mains explorèrent son dos, ses doigts jouant avec ses longs cheveux soyeux.

— En fait, je ne veux pas parler du tout.

— Laramie, tu as dit…

— Je compte dire beaucoup de choses. Mais plus tard, murmura-t-il contre sa bouche.

Pendant une fraction de seconde, il crut qu'elle allait protester, mais elle baissa les paupières, et entrouvrit les lèvres avec appétit.

Avec un soupir de plaisir, il l'embrassa. Le contact fut si explosif qu'il perdit presque l'équilibre, et quand elle enfonça les doigts dans ses cheveux, il sut qu'elle éprouvait le même désir irrépressible.

Le seul fait de l'embrasser l'excitait, l'emplissait d'un besoin ardent d'être en elle. Il n'avait jamais rien connu d'aussi fort et d'aussi profond, et l'intensité de la sensation l'effraya presque.

Détachant les lèvres des siennes, il murmura contre son oreille :

— Tu as une autre chambre ? En plus de celle dans laquelle se trouve Dillon ?

Hochant la tête, elle le prit par la main et le conduisit à l'autre bout de la pièce, où une porte donnait sur une chambre avec vue sur le patio. A travers les rideaux écartés, il vit un croissant de lune suspendu au-dessus d'un bord découpé de montagne, et une lumière argentée briller à travers des branches de pin.

Elle alluma une petite lampe sur le chevet. Une lumière dorée se répandit aussi sur un grand lit recouvert d'une courtepointe en patchwork et de deux oreillers aux taies de dentelle. Il était impatient de la faire étendre sur le lit, et de sentir son corps doux et chaud sous le sien.

En deux enjambées, il fut à côté d'elle, et dénoua la ceinture de son peignoir, mais elle l'arrêta.

— Attends, chuchota-t-elle. Je vais fermer la porte. Juste au cas où Dillon se réveillerait.

— Il se réveille souvent la nuit ?

— Jamais. Il joue tellement la journée que cela rend son sommeil lourd, j'imagine.

Lorsqu'elle revint vers lui, il éteignit la lampe.

— Je veux te voir baignée par le clair de lune, dit-il tout bas.

Il fit glisser le peignoir sur son corps. Sous le vêtement, elle était tout à fait nue, et la vision de ses courbes sensuelles lui arracha un gémissement de plaisir.

— Quint m'a accusé d'avoir bu ce soir. Et je ne pouvais pas lui en vouloir. J'avais un mal fou à suivre sa conversation, et j'ai dû le faire répéter une demi-douzaine de fois.

Ses mains caressèrent sa peau douce et chaude, explorant les pentes et les vallées qui constituaient son corps.

— Je ne pouvais pas lui expliquer que j'étais ivre de toi. Que tout ce à quoi je pouvais penser, c'était à te reprendre dans mes bras. Je te désire tellement, Leyla.

Lorsqu'il l'eut allongée sur le lit, il se débarrassa rapidement de ses vêtements puis la rejoignit. Elle se cala dans ses bras en soupirant et, sans attendre, il posa les lèvres sur les siennes. Il l'embrassa jusqu'à en perdre haleine et que le désir qui s'était emparé de son corps devienne trop violent à supporter.

Quand il la fit rouler sur le dos et vint sur elle, elle le regarda avec des yeux brillants et tendres qui firent fondre son cœur. Elle devait l'aimer. Il le fallait. Sinon, sa vie serait vide.

Cette pensée angoissante assaillit son esprit tandis qu'il unissait son corps au sien. Mais quand il se fut enfoncé profondément en elle, il ne pensa plus qu'à une chose, les emmener tous deux loin, vers cet endroit unique qu'il n'avait jamais visité avant cet après-midi, lorsqu'elle l'avait laissé entrer dans un monde inconnu, merveilleux et secret.

Bien plus tard, quand la chaleur de leur passion s'estompa, il la prit tout contre lui et murmura d'une voix épuisée :

— Maintenant je peux parler. Nous pouvons discuter.

Il avait une main sur son ventre, et elle entrelaça ses doigts aux siens.

— Je croyais que c'était ce que nous faisions, dit-elle.

Souriant, il enfouit son visage dans ses cheveux soyeux.

— C'était le langage de la passion. Maintenant, je dois dire les choses que j'aurais dû te dire dans ma maison, avant que nous… eh bien, que nous…

Elle se tourna vers lui, et ses petits seins fermes appuyèrent contre son torse.

— Avant que nous ne couchions ensemble, finit-elle pour lui.

Déçu, il la regarda d'un air blessé. Une vague de tristesse le submergea.

— Ce n'était pas « coucher ensemble ». Pas pour moi. C'était *faire l'amour*.

Elle l'observa d'un air méfiant.

— Ça fait une grosse différence, Laramie ?

Poussant un soupir, il retira ses doigts des siens et s'en servit pour écarter les cheveux sur son front.

— Il faut que tu comprennes, je ne suis pas venu uniquement pour coucher avec toi. Je t'aime, Leyla.

Dans la pénombre, il vit ses yeux scruter son visage, comme si elle y cherchait une explication.

— Tu m'aimes ? Oh ! Laramie, es-tu sûr que tu sais ce que tu dis ?

Il fronça les sourcils.

— Plus sûr que je ne l'ai jamais été. Pourquoi ? Tu ne me crois pas ?

— Si, je te crois. Je suis juste surprise, c'est tout. Tu

pourrais avoir toutes les femmes que tu veux, Laramie. Surtout une femme qui n'a pas d'enfant d'un autre homme.

— Le fait que tu sois mère te rend encore plus attirante pour moi, rétorqua-t-il.

Elle le regarda à travers des yeux embués.

— Tu es un homme extraordinaire, Laramie. Mais cela signifierait pour toi assumer un lourd fardeau. Tu pourrais trouver mieux.

Il se redressa, posa les mains sur ses épaules nues, et appuya la joue contre la sienne.

— J'ai du mal à croire qu'une femme aussi belle, gentille et exceptionnelle que toi soit entrée dans ma vie. Et pour ce qui est de faire mieux, avant que tu ne viennes au ranch, j'avais abandonné l'idée de trouver une femme pour partager ma vie. Au cas où tu ne l'aies pas remarqué, je ne viens pas d'une famille fortunée. Et je n'ai certainement jamais rencontré de femme qui envisagerait de fonder un foyer avec moi ici, au ranch, à tant de kilomètres de la ville la plus proche. Mais, selon moi, tu es différente. Je pense que tu aimes être ici. Que mon histoire familiale ne t'effraie pas. Et surtout, je crois que tu tiens à moi. Plus que tu ne veux l'admettre.

Penchant la tête, elle renifla et essuya ses yeux humides.

— Oui, je tiens à toi, Laramie. Je...

Elle s'interrompit et agrippa soudain ses bras.

— J'ai plus que de l'affection pour toi. Je t'aime.

En entendant ces mots, Laramie sentit son cœur déborder d'une joie qui irradia dans tout son être. Il serra Leyla dans ses bras, et tenta d'exprimer tout ce qu'il ressentait dans un long baiser.

— Oh! Leyla, chérie, s'exclama-t-il enfin. Je veux que tu m'épouses. Bientôt! Je veux que nous formions une famille tous les trois. Et je ne veux pas que nous nous arrêtions là. Je veux avoir d'autres enfants. Des enfants qui perpétueront notre amour.

— A t'entendre, c'est si facile et merveilleux, dit-elle avec un soupir mélancolique.

Il sourit.

— Ça le sera. Tout ce que tu as à faire, c'est dire oui.

Elle afficha un air triste.

— Tu me demandes de prendre une décision capitale, qui impliquerait toutes sortes de changements. Des changements qui affecteraient Dillon, ma tante et moi.

— C'est vrai, dit-il honnêtement. Je te le demande. J'espère que tu m'aimes assez pour envisager ces changements.

Bouleversée, elle détourna les yeux pour fixer la fenêtre aux larges vitres. Le clair de lune illuminait son profil délicat, et aussi charmante soit-elle à cet instant, il prit conscience qu'il n'était pas seulement amoureux de sa beauté. Il aimait aussi sa nature douce et affectueuse, sa force calme et solide.

— Oh ! Laramie, c'est si… soudain. Je me sens tiraillée pour l'instant.

Il se pencha pour déposer un baiser sur sa tempe.

— Pourquoi ? Si tu m'aimes, tu ne devrais pas te sentir tiraillée par quoi que ce soit.

Nerveuse, elle appuya la tête contre son épaule, et il en profita pour caresser les longs cheveux qui lui arrivaient au milieu du dos.

— Laramie, comment peux-tu être si certain de vouloir te marier ? Tu as quoi… trente-trois ans ? Tu es célibataire depuis longtemps. Après réflexion, tu pourrais décider que le mariage ne te convient pas.

— C'est vrai, je suis célibataire depuis longtemps. Mais j'ai bien réfléchi, Leyla, et je suis sûr de ce que je veux, affirma-t-il. C'est toi qui as des doutes, à l'évidence.

— Nous nous connaissons depuis peu de temps. Il est logique que je sois prudente, se défendit-elle.

Tentant de contenir sa frustration croissante, il ferma les yeux, et prit une grande inspiration.

— L'amour doit-il toujours être logique ? rétorqua-t-il. Tu mérites de t'accorder une chance d'être heureuse. De donner à Dillon…

— Justement. J'ai Dillon à prendre en compte et…

Il l'écarta de lui.

— Et tu veux trouver un homme qui puisse être un vrai père pour Dillon, c'est ça ? Tu ne crois pas qu'un enfant abandonné comme moi soit assez bien pour…

— Ce n'est pas ce que je pense !

Sa réponse évasive mit à mal ses émotions déjà blessées.

— Ecoute, Leyla, je pensais autrefois que je n'étais pas assez bien pour être père. Parce que je n'avais pas eu un vrai père et que je ne venais pas d'une famille traditionnelle, je croyais que je ne saurais pas comment être le père dont un enfant a besoin, que je ne saurais pas comment l'aimer ou le protéger. Mais ensuite je vous ai rencontrés, Dillon et toi, et tout a changé. Je me suis mis à rêver, et puis j'ai commencé à croire que ma vie pourrait être vraiment différente.

Prenant son visage entre ses paumes, il la fixa avec une ferme conviction.

— Ma mère et mon père sont sortis de ma vie, et sachant la douleur que ça m'a causé, je ne pourrais jamais abandonner Dillon ni aucun autre enfant que nous aurons peut-être le bonheur d'avoir.

Le regard de Leyla s'embua de nouveau.

— Laramie, je pense que tu ferais un père fantastique.

— Vraiment ? Alors qu'est-ce que…

S'écartant de lui, elle se leva et ramassa son peignoir sur le sol. L'esprit en plein chaos, il la regarda l'enfiler et nouer la ceinture autour de sa taille.

— J'ai d'autres responsabilités. Comme tante Oneida. Je suis la seule famille qu'elle ait. Bientôt, elle pourra quitter la maison de repos. Elle aura besoin d'un endroit où vivre, et il faudra que je prenne soin d'elle.

— Nous pouvons nous occuper de cela ensemble.

— Comment ? En l'amenant ici ?

Rejetant ses cheveux par-dessus ses épaules, elle lui lança un regard plein de défi.

— Tu ne peux pas installer une étrangère ici, avec Dillon et moi, par un claquement de doigts. Pas de manière permanente. Tu n'es pas propriétaire de cette maison.

Enfin, il comprit la raison de sa résistance. Il se leva d'un bond et empoigna son jean. Tandis qu'il l'enfilait, il tenta de réprimer la colère et le découragement qui menaçaient de le submerger.

— Je vois, marmonna-t-il d'une voix rauque. Pour toi, je suis un simple cow-boy qui se prend pour ce qu'il n'est pas, car cette maison ne m'appartient pas. Mon nom ne figure pas sur l'acte de propriété du Chaparral. Car c'est tout ce qui compte pour toi, n'est-ce pas ?

Elle resta bouche bée, l'air indigné.

— C'est totalement injuste. Tu ne comprends pas du tout. Je…

— Je comprends tout à fait, au contraire.

Attrapant sa chemise, il ne prit pas la peine de la remettre, et se dirigea vers la porte. Une fois sur le seuil, il se retourna et lui lança :

— Je suis navré, Leyla. C'est moi qui ai commis une erreur. Je croyais que nous étions sur la même longueur d'onde. Aujourd'hui, dans la petite maison, j'ai cru…

Il secoua la tête avec tristesse et résignation.

— Oublie ça. Oublie tout.

Le lendemain matin, dans la cuisine, Leyla serrait sa tasse de café, et se disait qu'elle n'aurait pas dû prendre la peine d'aller se coucher la veille. Après le départ si abrupt de Laramie, elle n'avait pas fermé l'œil de la nuit. Elle était restée allongée, fixant le plafond, en pensant à lui, à eux, en se demandant ce qu'elle allait bien pouvoir faire pour éviter une nouvelle souffrance.

En entendant les petits pieds nus de Dillon sur le sol de la cuisine, elle se retourna vers son fils et se força à afficher un sourire éclatant tandis qu'il approchait d'elle.

— Bonjour, trésor.

L'attirant vers lui, elle déposa des baisers sur ses deux joues.

En riant, il essuya les traces avec son poing.

— Je suis pas trésor, maman. Cow-boy.

Poussant un soupir, elle se leva et alla vers les placards.

— Et un cow-boy très mignon, dit-elle. Tu es prêt à prendre ton petit déjeuner, cow-boy ?

— Je veux mes bottes et mon chapeau. Je veux porter maintenant. Pour que Larmee me voie.

Il se mit à courir en cercle dans la pièce, mais Leyla l'interrompit rapidement.

— Attends, Dillon. Laramie ne va pas prendre son petit déjeuner avec nous ce matin. Il a dû partir travailler très tôt.

Du moins, c'était ce que le court message disait. Celui qu'elle avait trouvé sur le réfrigérateur ce matin. Il était possible qu'il ait vraiment dû partir avant l'aube. Ce ne serait pas la première fois, bien sûr. Mais, en l'occurrence, Leyla pensait qu'il se servait du travail comme d'une excuse pour ne pas la voir. L'idée ne fit qu'ajouter à la souffrance et aux regrets qu'elle éprouvait déjà.

Traînant des pieds à présent, Dillon alla vers la table et grimpa sur une chaise. Le menton baissé, il resta silencieux. La déception de son fils à cet instant n'était qu'un aperçu de ce qu'il ressentirait lorsqu'ils quitteraient le ranch et que Laramie sortirait de leur vie pour de bon.

Elle serra ses épaules affectueusement.

— Tu peux quand même porter tes bottes et ton chapeau si tu veux.

Il secoua la tête, et renifla de manière significative. Elle lui releva le visage du bout de l'index.

— Qu'est-ce que c'est que ça ? demanda-t-elle. Tu ne te souviens pas de ce que Laramie t'a dit ? Les cow-boys ne pleurent pas.

Hochant la tête, il se frotta les yeux de ses poings, puis demanda avec enthousiasme :

— Larmee rentre ce soir ?

Le cœur serré, elle fit de son mieux pour afficher un sourire encourageant.

— Je suis sûre que oui. Et je suis sûre qu'il voudra te voir.

Si Laramie laissait la dispute entre eux l'éloigner de Dillon, alors, il n'était pas du tout l'homme qu'elle pensait.

Plus tard dans la matinée, Sassy arriva pour commencer sa journée, et Leyla se prépara à de nouvelles questions sur Laramie. Mais, à sa grande surprise, Sassy ne fit aucune allusion à lui. Elle lui en fut reconnaissante. Elle n'était pas d'humeur à encaisser les conseils bienveillants de son amie.

Lorsque les deux femmes s'arrêtèrent pour déjeuner, Sassy aborda le sujet du retour de Reena.

— Tu n'as pas eu de nouvelles d'elle aujourd'hui, n'est-ce pas ? demanda Sassy en glissant une tranche de saucisson dans un morceau de pain.

De l'autre côté de la table, Leyla se forçait à manger une petite portion de salade au thon.

— Non, dit-elle. A-t-elle dit qu'elle rappellerait ?

— Pas exactement. Mais si je me souviens bien, le rendez-vous de Jim était prévu ce matin. Pourquoi tu ne l'appellerais pas ? Elle a peut-être des nouvelles sur ses radios.

Cela l'aiderait certainement de savoir combien de temps encore elle pouvait espérer rester, songea Leyla. Mais l'idée d'appeler Reena et de l'assaillir de questions la mettait mal à l'aise.

— Je ne sais pas si je devrais. Elle pourrait mal interpréter mon appel.

Sassy avala le reste de son pain et se leva.

— Ne sois pas ridicule. Elle n'interprétera rien du tout. Je vais l'appeler moi-même.

Prenant le téléphone près du placard, Sassy s'exécuta. Leyla tenta de ne pas écouter et reporta son attention sur Dillon, qui s'amusait à émietter des crackers dans sa soupe aux pâtes alphabet.

Après une conversation assez longue, Sassy reposa enfin le combiné sur la base et revint à table. Leyla jeta un coup d'œil au visage tendu de son amie, et se demanda ce qui se passait.

— Les nouvelles de Jim sont bonnes. L'os est ressoudé. Il n'a plus son plâtre, et il commence la rééducation demain.

Elle ignorait si elle devait pleurer ou crier de joie. La raison lui soufflait que plus vite elle quitterait le ranch et mettrait de la distance entre Laramie et elle, mieux ce serait. Mais ses sentiments n'écoutaient pas la voix de la raison. Elle aimait Laramie. Si elle le quittait, ce serait comme si on lui arrachait le cœur.

— Oh ! C'est une bonne nouvelle.

Sassy ne sembla pas remarquer la note prudente dans sa voix.

— J'ai demandé à Reena quand elle pensait rentrer. Mais elle n'a pas été très claire.

Tentant de masquer son angoisse, Leyla demanda :

— Comment ça ?

— Je ne sais pas trop, dit Sassy en haussant les épaules. Elle a commencé par dire qu'Abe avait vraiment besoin d'elle là-bas, et qu'elle n'était pas prête à rentrer au Chaparral tout de suite. En fait, j'ai eu le sentiment qu'elle n'avait pas envie de quitter le vieil homme, tout simplement.

Elle regarda Leyla et laissa échapper un rire incrédule.

— Ce serait dingue, non ? Reena et Abe. Qui l'aurait cru ?

— La dernière fois que je lui ai parlé, elle a dit que c'était « un amour ». Mais je croyais qu'elle parlait de façon générale.

Elle marqua un temps avant de demander :

— Il y a une grosse différence d'âge entre eux, non ? Je n'ai pas rencontré le plus âgé des Cantrell, mais sa photo est dans le bureau. Il semble plus vieux que Reena.

Sassy rit.

— Un peu, oui ! Je crois qu'Abe a dans les quatre-vingt-six ans. Mais pour être honnête, il ne les fait pas du tout. Il a la forme d'un quinquagénaire.

Une expression rêveuse passa sur le visage de Sassy.

— N'est-ce pas romantique ? Reena est une femme si charmante, et elle est seule depuis si longtemps. Penser qu'elle est tombée amoureuse ! C'est juste merveilleux, non ?

— C'est surprenant, répondit Leyla.

Contrariée par son attitude, Sassy la regarda.

— Leyla, tu n'as pas l'âme romantique. Et j'ai du mal à comprendre pourquoi, alors que Laramie est à l'évidence fou de toi.

Leyla porta son assiette dans l'évier.

— Je n'ai pas envie de parler de lui, dit-elle fermement.

Une longue pause passa.

— Eh bien, dit enfin Sassy, tu n'as pas à craindre de quitter le ranch bientôt. Ni de le quitter un jour. Parce que, franchement, je doute que Reena revienne au Chaparral.

Cela changerait-il les choses pour Dillon et elle ? se demanda Leyla, l'esprit en ébullition. Laramie lui avait demandé de l'épouser. Presque toutes les femmes à sa place seraient sur un petit nuage. Au lieu de cela, elle était pétrifiée par ses doutes et ses craintes.

Quand elle lui avait avoué son amour, les mots étaient venus droit de son cœur. Mais de là à se marier ! Si elle l'épousait, elle devrait oublier définitivement son projet de devenir infirmière. Du moins, pendant un moment. Et puis, il ne prendrait pas seulement en charge une épouse. Dillon et Oneida seraient aussi sous sa responsabilité. C'était beaucoup demander à un homme qui avait été célibataire toute sa vie. Et si la pression de tout cela étouffait son amour pour elle ?

Mais peut-être devrait-elle davantage lui faire confiance. Il avait eu à gérer toutes sortes de lourdes responsabilités dans sa vie. Peut-être qu'il pourrait assumer la charge d'une famille toute prête : femme, enfant, tante…

Oublie ces questions, Leyla. Tu as sans doute déjà réussi à tuer les sentiments qu'il avait pour toi, quels qu'ils soient. Il croit que tu veux pêcher un plus gros poisson. Il pense que tu ne cherches qu'à posséder des biens matériels. Que l'amour ne t'intéresse pas.

Oh ! Seigneur, qu'allait-elle faire ?

— Leyla, quelque chose ne va pas ?

La voix de Sassy interrompit ses pensées, et, comme dans un brouillard, elle la vit se lever et s'approcher.

— Non, je réfléchissais, c'est tout.

Elle s'efforça de sourire avant de dire :

— Je crois que je ferais bien d'aller voir ma tante demain. Tu aimerais aller en ville avec moi ?

— Bien sûr. Nous nous arrêterons au Blue Mesa, j'achèterai une grosse glace à Dillon, et nous mangerons de la tarte.

Leyla roula des yeux.

— Ça t'arrive de ne pas penser aux desserts ?

Sassy rit.

— Seulement quand je pense à un homme.

La nuit tombait quand Laramie gara son pick-up à l'arrière de la maison. Dès qu'il passa le portail, il repéra Dillon qui se roulait dans l'herbe avec ses chatons, Cookie et Stripes.

Il s'arrêta pour l'observer. Peu importait ce qui s'était passé entre Leyla et lui, cet enfant était déjà comme son fils. Si elle l'emmenait, ce serait comme si on lui arrachait un bras ou une jambe. Il survivrait, mais ce serait diablement difficile.

Au bout d'un instant, l'enfant le vit sur l'allée de pierre, et Laramie fut submergé par un sentiment d'amour profond et sans limites quand Dillon courut vers lui.

En riant, il prit Dillon dans ses bras.

— Comment vas-tu, mon grand ?

Avec un grand sourire, l'enfant serra son cou.

— Ça va ! Tu vois mes bottes ? Maman me laisse porter. Mais je peux pas salir. Elle sera pas contente.

Laramie fit mine d'inspecter les bottes de Dillon.

— Je crois qu'elle sera contente. Elles me semblent assez propres.

Laramie voulait dire à Dillon que les bottes des cow-boys étaient faites pour être salies. Mais il n'avait pas le droit d'aller contre les instructions que Leyla avait données à son fils. Sans nul doute, elle lui en voudrait. Comme elle avait mal accueilli sa demande en mariage, songea-t-il sombrement.

Toute la journée, il avait essayé d'oublier les raisons pour lesquelles elle refusait de l'épouser, d'oublier le vide qu'il avait ressenti en quittant son appartement hier soir. Mais rien, pas même des heures à cheval ni le fait de s'occuper d'un moulin cassé n'avait pu chasser sa détresse.

Il ne voulait pas la perdre. Il l'aimait. Plus qu'il n'avait jamais imaginé pouvoir aimer une femme... Mais elle préférait posséder sa propre maison au fait de vivre avec lui, et cela lui faisait mal. Etait-il fou, ou juste trop faible ? Il s'était posé cette question toute la journée. Et plus il y pensait, plus il se disait que la réaction de Leyla à sa demande en mariage n'avait rien à voir avec une maison, ou Dillon, ou sa tante malade. Cela avait tout à voir avec la confiance. Elle avait peur de lui faire confiance, et de se donner une chance d'être heureuse.

Voilà pourquoi il ne pouvait pas jeter aux orties tous

ses projets avec elle. Il ne pouvait pas lui tourner le dos et oublier tout le plaisir et les merveilleux rêves qu'elle avait fait entrer dans sa vie. Mais comment lui ouvrir les yeux, lui montrer ce qui importait vraiment, pour tous les deux ?

Lorsqu'il entra dans l'atrium, avec Dillon encore perché au creux de son bras, il demanda :

— Est-ce que maman est en train de cuisiner ?

— Elle cuisine, répondit l'enfant. Tu manges aussi, Larmee ?

Laramie serra l'enfant un peu plus fort.

— Bien sûr. Nous allons manger ensemble.

Dans la cuisine, il chercha rapidement Leyla des yeux. Comme elle n'avait pas remarqué leur présence, il l'observa tandis qu'elle posait méthodiquement les assiettes et les couverts sur la table. Elle était si délicate, si féminine, avec sa longue natte et sa robe en vichy noir et blanc qui dansait contre ses genoux. Sa beauté le surprenait toujours, mais maintenant qu'il avait exploré les merveilles de son corps, maintenant qu'il savait quels plaisirs l'attendaient dans ses bras, l'effet fut particulièrement fort.

Avalant la boule dans sa gorge, il posa Dillon au sol. L'enfant courut aussitôt vers sa mère.

— Larmee mange aussi, maman ! Tu vois ! Larmee est rentré !

Quand elle l'aperçut, elle entrouvrit les lèvres de surprise, mais ce fut la seule émotion qu'il put lire sur son visage.

— Oh. Je ne m'attendais pas à ce que tu sois là si tôt. Je vais aller chercher une autre assiette.

— Désolé, dit-il d'un ton raide. J'aurais dû te faire savoir que je rentrerais à une heure normale. Mais avec mon emploi du temps ces derniers temps, je ne sais jamais où je vais être et jusqu'à quelle heure.

Elle se dirigea vers les placards. Il la rejoignit, Dillon sur ses talons.

— J'ai trouvé ton mot ce matin, dit-elle en sortant une assiette.

Oui, quand il avait quitté son appartement la veille il était bouleversé. Mais à quoi bon essayer de l'éviter ? La battre froid ce matin n'aurait rien résolu. Cela n'aurait fait que lui prouver qu'il était difficilement capable d'être un mari ou un père de famille.

Il devait maintenant abattre le mur qui s'était élevé entre eux. Sinon, il deviendrait fou.

D'un ton faussement dégagé, il lui raconta pourquoi il avait dû partir si tôt.

— Une génisse avait des problèmes pour mettre bas. Je suis allé à la clinique vétérinaire pour aider Russ. Les cow-boys avaient travaillé si dur que je ne voulais pas en réveiller un, alors que je pouvais faire le travail moi-même. Il s'est avéré que la génisse a eu besoin d'une césarienne.

L'air penaud, elle se tourna vers lui.

— Je… j'ai cru… que tu étais allé prendre ton petit déjeuner à la cantine.

— Je suis désolé que tu n'aies pas cru à mon message.

Elle regarda Dillon, qui souriait, heureusement incapable de remarquer la tension entre Laramie et sa mère.

— Tu étais fâché contre moi hier soir, expliqua-t-elle.

— *Déçu* est un terme plus précis.

Se léchant nerveusement la lèvre, elle le regarda, et il fut frappé par la confusion et la souffrance qui se peignirent sur son visage. Il aurait tellement voulu la prendre dans ses bras, lui dire qu'il était inutile qu'ils souffrent, et qu'ils trouveraient un moyen de faire fonctionner leur relation.

— Laramie, j'ai besoin que tu comprennes.

Avec Dillon calé entre leurs jambes et écoutant chaque mot, il fut obligé de donner à sa réponse un ton neutre.

— Je crois que je comprends, dit-il d'une voix rauque, en prenant la main de Dillon. Viens, mon grand. Allons nous laver les mains.

Pendant le dîner, elle fut très calme, mais Dillon compensa le manque de conversation avec ses incessants babillements. Durant les dernières semaines, il avait remarqué que l'enfant avait de plus en plus confiance en lui. Pour sûr, le nouvel environnement avait aidé Dillon à s'épanouir et à grandir. Il n'était plus l'enfant timide qu'il avait été à son arrivée au Chaparral. Mais Leyla avait-elle remarqué tout ce que le ranch apportait à son fils ? Et si oui, cela comptait-il pour elle ?

Finalement, donner à Dillon un père ne semblait pas figurer au sommet de sa liste de vœux, songea-t-il sombrement. Comparé au fait d'acheter une maison pour son fils, cela n'était même pas une de ses priorités !

Tu n'es pas totalement juste, Laramie. Tu ne t'es jamais retrouvé sans toit, tu n'as jamais vécu dans une maison dépourvue des commodités les plus élémentaires. Si tel était le cas, tu comprendrais peut-être ce que vit Leyla. Et elle ne veut pas simplement une maison. Elle rêve de devenir infirmière, et aspire à une vie meilleure.

« J'ai besoin que tu comprennes. »

Il y avait une note suppliante dans sa voix quand elle avait prononcé ces mots. Soudain, il comprit que durant ces dernières années, c'était la peur qui avait été le moteur de Leyla, la peur qui avait formé et dirigé chaque choix qu'elle avait fait concernant sa vie et celle de son fils.

Alors, comment allait-il changer cela ? Il l'ignorait. Il savait seulement que, d'une manière ou d'une autre, il devait l'aider à oublier ses craintes une bonne fois pour toutes. Sinon, ils ne pourraient jamais avoir d'avenir ensemble.

12

Après le repas, Leyla préparait du café pour accompagner le dessert quand Laramie fut de nouveau appelé à la clinique vétérinaire. Cette fois, l'urgence concernait un cheval blessé, et il resta jusqu'à ce que Russ prenne des radios et soit sûr que l'animal survivrait.

Lorsque, enfin, il retourna à la maison, il se faisait tard, et Leyla s'était déjà retirée dans son appartement.

Quand il frappa à sa porte, elle répondit presque aussitôt, et tandis qu'il la suivait dans le salon confortable, il retira son chapeau et se passa la main dans les cheveux.

— Je commençais à me dire que tu n'allais pas rentrer, dit-elle, lui faisant signe de prendre place.

— Dillon est déjà au lit ?

En s'asseyant à un bout du canapé, il remarqua plusieurs manuels sur la table basse, et un bloc-notes avec une page noircie. Il était clair qu'elle n'avait pas oublié son projet de devenir infirmière. Cela dit, il n'avait jamais voulu qu'elle abandonne ses rêves parce qu'il lui avait demandé de l'épouser. Il aurait dû être plus clair sur ce point. Il aurait dû lui assurer qu'il ne serait jamais un époux dominateur ni exigeant.

— Il a essayé de t'attendre, dit-elle en s'asseyant à côté de lui. Mais j'ai fini par le mettre au lit il y a une heure.

— Il a fallu du temps pour que Russ fasse les radios et établisse un diagnostic. Je voulais rester pour savoir si le cheval allait s'en sortir ou s'il devait être piqué.

— Est-ce qu'il va s'en tirer ? demanda-t-elle, visiblement inquiète.

— Russ est en train de l'opérer en ce moment, pour enlever un éclat d'os dans son genou. Après un long repos, il ira bien.

— Alors, ce n'était pas un autre de ces mystérieux accidents ?

— Non, Dieu merci. Juste une blessure de travail dans les pâturages.

Soulagée, elle poussa un soupir.

— Tant mieux, dit-elle.

Elle passa nerveusement les mains sur sa robe, puis se leva soudain.

— J'ai fait du café. Je vais aller t'en chercher.

Il attrapa son poignet avant qu'elle puisse s'éloigner.

— Non. Maccoy en avait préparé dans le bureau de Russ, j'en ai déjà pris. Et puis, je veux que nous discutions avant que quelque chose d'autre nous interrompe.

— Je crois qu'il n'y a plus rien à dire, Laramie. J'ai réfléchi et…

— C'est justement ça, interrompit-il, tu réfléchis trop avec ta tête au lieu de réfléchir avec ton cœur.

Il la vit fermer les yeux et déglutir. A l'évidence, elle était perdue. Peut-être n'était-elle même pas sûre de l'aimer…

Bon sang, Laramie, si elle t'aimait vraiment, rien d'autre ne compterait. Ni une maison ni une propriété. Ni sa tante malade ou rien d'autre. Elle te serrerait dans ses bras et ne te laisserait plus jamais partir. Et si tu l'aimais, tu lui dirais que ce ranch et ce travail ne sont rien comparés au fait de l'avoir dans ta vie.

Il relâcha son poignet et poursuivit :

— Et je commence à penser que je t'en ai trop demandé. Je m'attendais à ce que tu fasses tous les sacrifices. J'ai pensé à tout ce que je voulais, alors que j'aurais davantage dû écouter ce que toi tu voulais.

Elle sembla intriguée.

— Qu'est-ce que tu veux dire ?

Tandis qu'il observait son joli visage, l'envie de la prendre dans ses bras et de lui faire l'amour le submergea, mais ce n'était pas le moment de l'emmener au lit. Il fallait tirer les choses au clair d'abord.

— Ce que j'essaie de te dire, Leyla, c'est que si vivre ici est un problème pour toi, alors je quitterai le ranch.

— Quitter le ranch, répéta-t-elle d'un ton incrédule. Laramie, ce n'est pas une solution. C'est insensé !

— Il n'y a rien d'insensé à vouloir que nous soyons ensemble, fit-il valoir calmement.

Quand il vit ses yeux s'embuer, il eut le cœur serré.

— Non. Mais l'idée que tu quittes ce ranch, si. Le Chaparral est ton foyer. Où irais-tu ? Que ferais-tu ?

— Nous pourrions aller vivre à Las Cruces ou à Albuquerque. Une ville où tu pourras suivre tes études d'infirmière.

Perplexe, elle hocha lentement la tête.

— Mais que ferais-tu dans une ville ? Tu te sentirais étouffé ou malheureux, souligna-t-elle.

— Il y aura des ranchs dans la campagne proche. Je pourrais me faire engager dans l'un d'eux et faire les allers-retours. Quel mal y aurait-il à cela ?

Elle se leva d'un bond, comme si elle avait désespérément besoin de mettre de l'espace entre eux. Quand elle fut à l'autre bout de la pièce, il alla se poster devant elle, pour l'empêcher de fuir.

— Réponds-moi, Leyla, dit-il avec une note de défi dans la voix.

Levant le menton, elle soutint son regard.

— D'accord. Tu veux une réponse, je vais t'en donner une. Tu serais mal dans cette situation, dit-elle d'une voix tendue. Toi et moi nous savons que pour diriger un ranch, tu dois vivre dans ce ranch.

Il soupira.

— Je ne suis pas obligé de travailler comme directeur. Je…

— Non ! Tu ne vas pas te rabaisser à travailler comme simple cow-boy ! Pas plus que je ne te laisserai abandonner ton foyer. Tu crois sincèrement que je serais heureuse en sachant que tu as tout abandonné uniquement pour me faire plaisir ?

Un grondement de frustration pure monta en lui.

— Je ne sais pas ce que tu veux, ni ce que tu attends de moi, Leyla. Tu ne veux pas vivre ici. Tu ne veux pas que je vive ailleurs. Peut-être que c'est là la clé de l'énigme ? Peut-être que tu ne veux pas de moi comme mari, en aucune circonstance.

Etouffant un sanglot, elle leva les mains pour se couvrir le visage, mais il eut le temps de voir ses traits se tordre d'angoisse.

— Ce n'est pas vrai. Je t'aime. J'adorerais être ta femme.

Laissant retomber ses mains, elle soutint son regard.

— Mais j'ai peur, Laramie. Dans ma vie, rien n'a jamais duré. Et le fait que tu m'aimes me semble trop beau pour être vrai. Trop beau pour durer.

Il posa les mains sur ses épaules.

— Oh ! Leyla, il peut t'arriver de bonnes choses dans la vie. Tout ce que tu as à faire, c'est les accueillir, et croire que nous pouvons réussir ensemble.

Les larmes voilaient toujours ses yeux.

— Ma mère nous a toujours dit, à mes sœurs et à moi, qu'il ne faudrait pas nous attendre à avoir une vie merveilleuse. Elle disait que nous devions être réalistes, tenir compte de nos limites, et nous contenter du minimum.

Pourquoi ressentait-il de la tristesse pour la mère de Leyla, qu'il n'avait jamais rencontrée, ni même jamais vue en photo ? A l'évidence, c'était une femme qui, usée par la vie, avait transmis ses déceptions et ses peurs à ses filles.

Peut-être que sa propre mère avait été ainsi. Peut-être que Peggy avait fui son fils et sa vie dans ce comté parce que personne ne lui avait jamais dit qu'elle pouvait faire mieux, aspirer à mieux. Avec un soupir, il revint au présent.

— Elle veut que ses filles soient comme elle, conclut-il.

— Ma mère a toujours été trop faible pour se défendre. Et je ne veux pas être comme elle. J'ai ma fierté, et je ne compte laisser personne m'écraser comme mon père l'a fait avec ma mère.

Il secoua la tête.

— Leyla, si je t'épousais, je ne te prendrais jamais ton indépendance. Tu pourras toujours être infirmière, ou ce que tu veux. Tant que nous sommes ensemble.

— Sassy a parlé à Reena ce matin. Jim n'a plus son plâtre, et il commence sa rééducation. Sassy doute que Reena revienne avant un moment. Mais je pense le contraire.

Quint n'avait pas parlé de Jim à Laramie. Et la nouvelle de son rétablissement lui fit l'effet d'un coup dans le ventre. Il devait absolument convaincre Leyla de l'épouser : c'était maintenant ou jamais car, si elle quittait le ranch, il la perdrait pour toujours, il en était sûr.

L'étudiant de près, il demanda d'une voix tendue :

— C'est ce que tu veux ? Retourner à la réserve ?

Comme si la question la tirait du sommeil, elle cligna des yeux.

— Non. Mais je me dis que ce serait peut-être mieux.

D'une main, il lui caressa les cheveux, puis dériva vers sa joue et le dessous de sa mâchoire.

— Pourquoi ?

Elle posa les mains sur son torse, puis, lentement, sensuellement, glissa jusqu'à l'ouverture de son col, là où ses doigts pouvaient toucher sa peau nue.

— Parce que quand tu es près de moi, je n'arrive pas à réfléchir. Parce que tout ce que je veux, c'est te faire l'amour. Dire oui à tout ce que tu me demandes.

Il prit ses mains dans les siennes.

— Tu n'as pas à t'inquiéter de cela, Leyla.

Elle fronça les sourcils.

— Tu veux dire que tu ne veux pas que nous...

Il lui épargna la fin de sa question en lui donnant un baiser brûlant et avide.

— Bon sang, si, je veux que nous fassions l'amour ! marmonna-t-il quand il eut détaché les lèvres des siennes. Mais pas comme ça. La prochaine fois que je t'amènerai dans mon lit, ce sera en tant que ma femme, ou rien.

Une lueur de colère brilla soudain dans ses yeux, et il la sentit se raidir entre ses bras.

— A quoi joues-tu ? Tu essaies de me faire du chantage pour que je t'épouse, en me privant d'amour et de sexe ? Quel genre de mufle arrogant es-tu ?

Elle se dégagea de son étreinte. Il réagit en lui attrapant le poignet et en la ramenant vers lui.

— Le chantage, la contrainte, la force. Aucune de ces choses n'a à voir avec ça, gronda-t-il. Tout à l'heure, tu disais que tu avais de la fierté. Eh bien, moi aussi, Leyla. Et les hommes ne sont pas différents des femmes. Ils ne veulent pas être utilisés.

— T'utiliser ? Je ne me servirais jamais de toi, Laramie ! Comment peux-tu penser une chose pareille ?

Avec un gémissement étouffé, il l'attrapa par les épaules et la ramena dans ses bras.

— Ecoute, Leyla, hier, il n'a pas été question de sexe, pour moi. Je t'ai fait l'amour. Je t'ai donné une partie de mon cœur. Je ne peux pas continuer à donner autant de moi-même si tu t'en vas et que tu emmènes tout avec toi.

Il déposa un baiser sur son front, puis, pour la seconde fois en deux jours, quitta l'appartement.

La semaine suivante passa comme dans un brouillard pour Leyla. Même si Laramie la traitait avec un respect poli, rien n'était plus pareil entre eux. Et elle doutait que leur relation puisse jamais revenir à ce qu'elle avait été, comme ce jour merveilleux où ils avaient fait l'amour, dans sa petite maison blanche.

Quand elle avait admis avoir peur, elle s'était avoué ses craintes à elle-même autant qu'elle les avait avouées à Laramie. Mais son aveu n'avait pas fait disparaître sa peur, pas plus qu'il ne lui avait donné le courage d'aller voir Laramie pour lui dire qu'elle voulait devenir sa femme.

Mais pourquoi avait-elle encore des craintes ? Il était prêt à abandonner son emploi et cette magnifique maison rien que pour elle. Cela prouvait qu'il l'aimait très fort. N'était-il pas temps de lui prouver qu'elle l'aimait tout autant ?

Quatre jours plus tôt, elle avait rendu visite à sa tante Oneida, et même si elle aurait aimé parler avec elle de ses sentiments pour Laramie et de sa demande en mariage, elle n'en avait rien fait. Elle ne voulait pas que sa tante s'inquiète pour elle. Et elle ne voulait surtout pas qu'Oneida craigne que sa nièce se marie et l'oublie.

En dehors d'Oneida, elle n'avait pas de famille à qui se confier. Certes, si elle le voulait vraiment, elle pouvait entrer en contact avec sa mère. Mais si son père l'apprenait, il passerait sa colère sur sa mère. Leyla avait le numéro de sa sœur Zita. Mais depuis qu'elle avait quitté la maison, Zita n'avait guère fait d'efforts pour garder le contact. En fait, les quelques fois où elle avait parlé avec Zita, elle avait eu l'impression que sa sœur lui reprochait la situation de sa mère. Et cela la blessait. D'aussi loin qu'elle s'en souvienne, Juanita avait toujours été malheureuse. Le fait qu'elle tombe enceinte et qu'elle quitte la maison n'avait été qu'une déception de plus pour Juanita.

Mais c'était le passé et, durant quatre ans, elle avait été assez forte pour prendre soin de Dillon et d'elle-même. Elle était assez forte pour bâtir une vie sans Laramie, et gérer les complications qu'une vie de famille impliquait.

Mais Laramie la croirait-il quand elle lui dirait qu'elle avait enfin mesuré ce que leur amour mutuel signifiait pour elle ? Elle s'était montrée si butée qu'il avait peut-être déjà décidé qu'elle ne valait pas la peine qu'il se donne tant de mal pour elle.

— Maman, on va voir Tommy. Il veut nous voir.

Au son de la voix de son fils, Leyla leva les yeux du chou qu'elle coupait. Dillon se tenait au milieu de la cuisine. La journée était très chaude, aussi lui avait-elle enfilé un short et un T-shirt, mais il avait insisté pour porter ses bottes et son chapeau. Depuis quinze bonnes minutes, il courait dans la pièce, à califourchon sur un balai.

— Pour l'instant, je suis occupée, dit-elle.

Elle avait depuis longtemps cessé de vouloir convaincre son fils que le chat de la clinique vétérinaire n'était pas Tommy. Il était sans doute plus facile pour lui de croire que son premier animal de compagnie vivait encore près d'eux.

— Et Tommy est sans doute en train de chasser une souris pour nourrir ses chatons.

Dillon pencha la tête sur le côté.

— Alors, on va voir Chocolat. Je veux lui donner une carotte et monter dessus.

— Laramie doit être avec toi chaque fois que tu montes Chocolat. Et il est au travail.

Dillon galopa sur son faux cheval jusqu'à sa mère.

— On va voir Larmee. Lui me laisse monter Chocolat.

Oui, songea-t-elle, émue, Laramie avait patiemment et affectueusement laissé Dillon faire tant de choses. Il avait changé la vie de son fils et, ce faisant, avait changé sa vie à elle aussi, et… Mon Dieu, elle avait été vraiment stupide ! Il était peut-être trop tard, elle avait peut-être perdu l'homme de sa vie ! Pourquoi attendre pour lui dire ce qu'elle ressentait pour lui ? Son cœur lui dictait de courir vers lui aussi vite que ses jambes le lui permettaient.

Laissant tomber le couteau sur la planche à découper, elle regarda son fils.

— D'accord, Dillon, laisse-moi le temps de changer de chaussures, et nous allons essayer de trouver Laramie.

Dillon criait de joie au moment où Sassy entra en trombe dans la cuisine, l'air troublé.

— Leyla, il y a quelqu'un à la porte qui veut te voir. Je l'ai invité à entrer, mais il a refusé.

Elle sentit son cœur s'accélérer.

— Il ? Comment s'appelle-t-il ?

— Tanno, ou quelque chose comme ça. Tu le connais, ou est-ce que je devrais le renvoyer ?

Sous le choc, elle se cramponna au plan de travail.

Que s'était-il passé pour que Tanno vienne ici ? Quelqu'un était-il blessé, ou, Dieu les en garde, mort ?

— Oui, je le connais. C'est mon frère.

Elle s'essuya les mains sur une serviette, puis se dirigea vers l'entrée de la maison, écrasée par un sombre pressentiment.

Quelques années plus tôt, Quint avait fait construire un bâtiment séparé pour accueillir une équipe de secrétaires et d'archivistes, afin de gérer toute la partie administrative requise pour faire fonctionner un ranch de cette importance. Résultat, Laramie avait rarement à s'occuper de la paperasse, et il n'utilisait son bureau, situé à un bout de l'écurie, que pour rencontrer certains visiteurs ou passer un appel au calme.

En tant que propriétaire du ranch, Quint ne se considérait certainement pas comme un visiteur mais, après un rapide passage en revue du ranch cet après-midi, il avait conduit Laramie dans le petit bureau poussiéreux et lui avait demandé de s'asseoir.

— Pourquoi n'allons-nous pas dans le bureau de la maison pour discuter ? suggéra Laramie. Je suis sûr que

Leyla nous préparerait du café, et elle a toujours un bon dessert en réserve.

— Impossible. Elle est la raison pour laquelle je veux te parler ici. Je ne veux pas qu'elle puisse surprendre notre conversation.

Inquiet à présent, Laramie s'assit sur une chaise face à la fenêtre. Si une grange ne lui bouchait pas la vue, il aurait pu voir l'arrière de la maison, et le jardin dans lequel Dillon jouait souvent.

— Pourquoi veux-tu me parler de Leyla ? Elle a fait quelque chose de mal ? Elle a dépassé le budget des courses ?

— Loin de là. Elle ne touche même pas à ce que nous lui allouons chaque semaine pour ses dépenses person- nelles. Avec quoi te nourrit-elle, d'ailleurs ? Saucisson ou nouilles chinoises ?

— Non ! Elle concocte de délicieux petits plats.

Laramie tapota son ventre, tout en essayant d'afficher un air détendu.

— Je suis étonné de ne pas avoir pris de poids.

Quint lui décocha un regard sérieux.

— Eh bien, je n'ai aucun reproche à faire au travail que fournit Leyla.

Il était de plus en plus décontenancé.

— Alors, tu veux me parler de Jim. Leyla m'a déjà informé qu'on lui avait retiré son plâtre. Reena est sans doute en train de faire ses bagages pour rentrer, c'est ça ?

Roulant des yeux, Quint secoua la tête.

— Tout le contraire. Je ne crois pas que Reena reviendra au Chaparral un jour. Du moins, pas en tant que cuisinière.

Surpris, il se pencha vers Quint.

— Qu'est-ce qui se passe avec Reena, bon sang ? Ici, c'est sa maison depuis bien avant ma naissance.

— Il n'y a aucun problème. Sauf qu'elle est amoureuse de mon grand-père, et que c'est réciproque.

Sonné, il dévisagea l'homme qui était son patron et qu'il considérait comme son frère.

— Tu plaisantes ?

— Pas du tout.

— Mais Reena et Abe se connaissent depuis des années. Pourquoi maintenant ? Tout d'un coup ?

Quint haussa les épaules.

— Maura pense que c'est parce que c'est la première fois qu'ils se retrouvent sous le même toit sur une aussi longue période. Je crois que ça leur a donné l'occasion de… disons, de se rapprocher. Toi et moi savons à quel point Abe aime les femmes. S'il n'avait pas été si dévoué à la mémoire de grand-mère, il se serait sans doute remarié il y a des années. Reena est une femme charmante. Et grand-père…

— Est un charmeur, finit-il. Est-ce que leur histoire te contrarie ? Est-ce pour cela que tu me racontes ça ?

Posant son chapeau sur ses genoux, Quint se passa les mains dans les cheveux.

— Au début, j'étais inquiet mais, maintenant, je vois à quel point il est heureux.

Il fixa Laramie.

— Je te dis cela parce que je m'attends à ce qu'ils se marient et…

— Abe ? Se marier ?

— Oui, c'est bien de lui qu'on parle, non ? s'impatienta Quint. Apparemment, tu ne m'écoutes pas.

— Je t'ai entendu. Mais je croyais qu'ils avaient juste une aventure, pas une relation sérieuse.

Quint fronça les sourcils.

— Grand-père est un homme honorable. Et toi aussi.

— Moi ? s'étonna-t-il. Quel rapport avec moi ?

— Eh bien, je pense que tu es amoureux de Leyla. Et ce changement dans les projets de Reena aura des répercussions sur ceux de Leyla. Tu penses qu'elle va rester ? Tu le lui as demandé ?

Un sentiment de malaise lui noua le ventre, et à la façon dont Quint le regarda, il supposa que son teint cuivré avait pâli.

— Je lui ai demandé de m'épouser. Mais elle m'a repoussé. Je…

Il fut interrompu par des coups à la porte, suivis de la voix haletante de Sassy.

— Laramie ? Vous êtes là ?

Avant que l'un d'eux ait eu le temps d'ouvrir la porte, Sassy entra en trombe.

Quint, le plus près de la porte, se leva d'un bond et l'agrippa par le bras pour l'empêcher de tomber.

— Sassy ! Que se passe-t-il ?

Elle lança un regard affolé à Laramie. Présumant le pire, il se leva à son tour.

— Il faut que vous veniez à la maison ! Vite !

— Qu'y a-t-il ? tonna Laramie.

— Quelqu'un est blessé ? demanda Quint.

Sassy secoua violemment la tête, et ses boucles rousses volèrent.

— Non. Mais j'ai peur que quelque chose n'arrive. Le frère de Leyla est ici. J'ai peur qu'il ne la force à partir avec lui ! Je l'ai entendu dire à Leyla de faire ses bagages. Dépêchez-vous ! Il faut que vous les arrêtiez !

Le frère de Leyla ! En dehors de sa tante et de ses sœurs, Laramie ne pensait pas qu'elle ait été en contact avec d'autres membres de sa famille depuis bien longtemps. En fait, les quelques remarques qu'elle avait faites sur son frère n'avaient pas été très gentilles. Il doutait que ce soit elle qui l'ait invité à venir au ranch. Alors que faisait-il ici ?

— Calmez-vous, Sassy. Quint, je dois y aller.

Leyla se tenait devant son frère, et se demandait pourquoi l'envie de rire la tenaillait. Il n'y avait rien de drôle dans l'apparition de Tanno, et dans le fait qu'il lui ordonne de faire ses valises. Et rien d'amusant dans le fait d'entendre que son père prétendait lui avoir pardonné, et voulait qu'elle revienne à la maison ! Tous deux connaissaient la seule raison pour laquelle George Chee voudrait la voir revenir était : qu'elle travaille et paie les factures, pendant qu'il trouverait des excuses pour rester à la maison à boire des bières.

— Comment as-tu su où me trouver ? demanda-t-elle tandis que Dillon, muet, se tenait à côté d'elle, en s'agrippant à sa robe.

Elle le fixa, méfiante. Son frère, un grand jeune homme aux cheveux noirs et aux traits ciselés, les dévisageait à son tour, elle et Dillon, d'un air impatient. Tanno ne l'avait jamais jugée, elle le savait. Mais il ne l'avait jamais soutenue non plus. La plupart du temps, il se faisait discret, et essayait d'éviter les colères de leur père. Il était venu aujourd'hui, elle en était persuadée, uniquement parce que George l'avait forcé à faire le déplacement.

— Maman a appelé tante Oneida pour lui demander comment te joindre, dit-il. Pourquoi ? Tu essayais de garder le secret ?

— Non, peu importe. Ce n'est pas comme si j'avais été étouffée par la présence d'une famille se faisant du souci pour moi, ces dernières années, dit-elle sèchement.

— Nous pensions tous à toi, et nous nous demandions comment tu t'en sortais. Surtout maman.

Soudain, elle se sentit très triste. Pas pour elle-même, mais pour sa mère. Elle avait trouvé le courage d'avancer. Juanita ne le trouverait jamais.

— Oui, dit-elle d'un ton ironique, elle se le demandait tellement qu'elle est venue ici voir sa fille et son seul petit-fils pour s'assurer qu'ils allaient bien.

Visiblement sonné par sa franchise, Tanno l'observa sans mot dire. Elle se rendit soudain compte à quel point elle avait changé, à quel point elle était différente, comparée à la jeune fille effrayée qui avait grimpé dans un bus à Farmington avec un petit sac de toile et quelques dollars en poche.

— Tout cela n'a plus d'importance, dit Tanno. Papa veut que tu rentres. Tu seras la bienvenue. Tout redeviendra comme avant.

Elle poussa un gémissement de frustration.

— Oh ! Tanno, pourquoi voudrais-je revenir à ma vie d'avant ? Pourquoi ne dis-tu pas la vérité ? Papa veut de l'argent, c'est ça ? Il veut que je rentre pour pouvoir me prendre mon salaire ?

Son frère eut un air gêné.

— Eh bien, il ne peut pas payer les factures. Et maman ne peut pas suivre. J'essaie de l'aider, mais j'économise pour aller à l'université. Zita et Tawnee ont quitté la maison il y a quelques semaines. Elles louent un appartement en ville.

— Oh ! je vois. Les revenus sont en baisse dans la maison familiale, alors papa t'a envoyé pour me ramener là-bas.

Tanno semblait totalement abasourdi.

— Papa ne changera jamais, Leyla. Je croyais que tu voudrais rentrer, pour maman.

À quoi bon discuter ? Elle ne pouvait pas s'attendre à ce que son frère voie les choses comme elle les voyait désormais. Depuis qu'elle avait quitté la réserve navajo, elle avait dû se battre pour survivre. Et pendant cette bataille, elle avait changé, et mûri. Elle était devenue une femme. A présent, elle était bien différente de la jeune fille qui avait autrefois fait un mauvais choix. Elle était forte. Et capable de se débrouiller seule. Et à partir de maintenant, elle ne regarderait plus jamais en arrière.

— Maman est quelqu'un de bien, et je l'aime beaucoup. Mais je ne peux pas passer ma vie à payer pour ses erreurs ou pour la paresse de papa. Je ne retournerai pas à la réserve avec toi.

Il se passa la main sur le visage, comme pour se tirer d'un mauvais rêve.

— Mais qu'est-ce que je vais leur dire ? Tu ne comptes jamais retourner les voir ?

Elle poussa un long soupir, et sentit son cœur s'apaiser.

— J'amènerai Dillon en visite, pour qu'ils fassent la connaissance de leur petit-fils. Ensuite, je verrai comment les choses se passent. Mais en ce qui concerne mon avenir et celui de mon fils, je vais épouser un homme que j'aime très fort, et fonder un foyer ici au Chaparral, avec lui.

— Leyla !

La voix de Laramie la fit se retourner brusquement. Il avançait à grands pas vers Dillon et elle. Et la surprise sur son visage lui indiquait qu'il avait entendu les derniers mots qu'elle avait prononcés. Que pensait-il, que ressentait-il ? Allait-il dire à Tanno que le mariage était annulé ? Qu'elle avait attendu trop longtemps pour recouvrer la raison ?

Son cœur battait si fort qu'elle pouvait à peine parler.

— Laramie ! Qu'est-ce que tu fais ici ?

Il était à côté d'elle à présent, mais avant qu'il puisse dire quoi que ce soit, Dillon poussa un cri de joie et s'accrocha fermement à la jambe de Laramie.

Posant une main protectrice sur la tête de Dillon, Laramie répondit :

— Sassy est venue à mon bureau pour m'informer que tu avais de la compagnie. Je voulais faire la connaissance de ton visiteur, dit-il en observant Tanno avec curiosité.

Elle désigna d'un signe de tête son frère.

— Laramie, voici mon frère, Tanno Chee.

Laramie serra la main du jeune homme.

— Laramie Jones, se présenta-t-il. Ravi de vous rencontrer.

Elle vit que Tanno était stupéfait. Son frère ne l'avait-il pas crue quand elle avait affirmé qu'elle allait se marier ?

— Vous êtes l'homme que ma sœur va épouser ?

Laramie observa Leyla, et ce qu'elle vit dans son regard

emplit son cœur d'une telle joie qu'elle en eut les larmes aux yeux.

— Oui, dit-il.

— Et vous vivez ici ? Dans cette maison ?

— C'est ça. Je suis le directeur de ce ranch.

Tanno regarda sa sœur, puis Laramie, comme s'il ne savait que dire ou penser. A cet instant, elle mesura à quel point elle aimait son frère, et à quel point elle espérait que sa vie s'améliore.

— Alors, vous n'avez pas à vous inquiéter pour votre sœur, monsieur Chee. Je compte prendre bien soin d'elle.

En disant les derniers mots, il enlaça sa taille, et elle lui sourit, le cœur débordant de bonheur.

— Dillon et moi allons être très heureux, ajouta-t-elle.

Laramie l'enserrait toujours de son bras quand il proposa :

— Voulez-vous entrer ? Vous avez sans doute besoin d'une pause. Venez prendre un rafraîchissement, et vous pourrez faire connaissance avec votre neveu.

Tanno observa Dillon, et Leyla vit un sourire mélancolique passer furtivement sur son visage.

— Merci, monsieur Jones. Peut-être une prochaine fois.

— J'espère qu'il y aura une prochaine fois, Tanno. Leyla et moi vous accueillerons toujours ici avec plaisir. Souvenez-vous-en.

Tanno hocha la tête.

— Je m'en souviendrai. Pour l'instant, je ferais mieux d'y aller.

La gorge nouée d'émotion, elle avança et déposa un baiser sur la joue de son frère. Les marques d'affection physiques étaient rares chez les Chee, aussi son geste prit-il Tanno totalement par surprise, mais elle espérait qu'en retournant à la réserve il y penserait, ainsi qu'à tout ce qu'elle lui avait dit.

— Au revoir, Tanno.

Tanno leur lança un dernier regard avant de descendre

les marches du perron et de grimper dans un vieux pick-up. Ce ne fut que lorsqu'ils lui eurent fait un signe de la main que Laramie reporta son attention sur Leyla.

— Tu étais sérieuse, dis-moi ? Quand tu as dit à Tanno que tu allais m'épouser, et fonder ton foyer ici ?

Elle glissa les bras autour de sa taille.

— Je pensais chaque mot, murmura-t-elle.

— Qu'est-ce qui t'a fait changer d'avis ? Le fait de voir Tanno ?

Elle caressa sa joue.

— Non. Tu ne vas peut-être pas me croire, mais juste avant qu'il n'arrive, j'allais venir te trouver pour te dire que j'avais été bête, et que j'étais malheureuse. Tu étais prêt à tout abandonner pour moi, Laramie. Moi aussi, je peux tout abandonner pour toi. Parce que je t'aime.

Penchant la tête, il lui donna un baiser plein de promesses.

— Tu verras, Leyla. Nous n'allons rien abandonner. Nous allons tout gagner.

Apparemment las d'attendre que les adultes le remarquent, Dillon se mit soudain à tirer sur la jambe de Laramie.

— Larmee ! Larmee ! Je veux monter Chocolat !

Laramie et elle se mirent à rire.

— Attends que nous ayons deux ou trois enfants pour tenir compagnie à Dillon, avertit-elle avec un sourire. Tu auras besoin de toute une ribambelle de poneys pour les satisfaire.

— Il me tarde, dit-il d'une voix pleine d'amour.

Puis, le bras autour de la taille de Leyla et la main fermement posée sur l'épaule de Dillon, il conduisit sa famille dans leur foyer.

Epilogue

Un mois plus tard, Laramie et Leyla se marièrent au cours d'une cérémonie simple et émouvante, dans la même petite église où Diego avait fait baptiser Laramie et qu'il avait fréquentée avec lui. La fête au Chaparral fut très belle et tous les cow-boys, les amis et les voisins y assistèrent. En ce jour particulier, Leyla eut réellement l'impression d'être devenue un membre à part entière du Chaparral.

Six semaines après leur mariage, Oneida quitta la maison de repos pour s'installer au ranch. Leyla et Dillon ayant emménagé dans la maison principale avec Laramie, ils avaient décidé que la suite vacante de Reena serait parfaite pour Oneida. Ainsi, elle pouvait avoir son intimité tout en étant proche de sa famille en cas de besoin.

Jusqu'ici, la vieille dame se portait bien, et se déplaçait seule à l'aide d'un déambulateur. Elle adorait vivre à la campagne, et sous le même toit que sa nièce. Surtout sous un toit qui ne fuyait pas, plaisantait-elle souvent.

Quant au reste de sa famille, Leyla avait été très surprise de recevoir, quelques semaines plus tôt, un appel de sa mère pour la féliciter pour son mariage. Non seulement cela, mais ses sœurs Tawnee et Zita étaient venues lui rendre une longue visite. A présent, elle se sentait davantage encline à reconstruire une relation avec ses proches et, dès que Laramie aurait un jour de libre, ils comptaient aller voir ses parents. Elle n'était pas assez naïve pour penser que son père avait soudain changé, mais elle voulait essayer de renouer un lien avec lui ; et qui sait, maintenant que ses enfants quittaient la maison, George prendrait peut-être enfin conscience de ses défauts.

Depuis qu'elle avait rencontré Laramie et qu'elle était devenue sa femme, elle voyait l'avenir avec des yeux différents. Avant d'accepter de l'épouser, elle s'était accrochée à son projet de devenir infirmière mais, maintenant, elle se rendait compte qu'elle ne voulait pas être loin de son mari et de son fils le temps d'acquérir un tel diplôme. D'autant plus qu'ils voulaient avoir d'autres enfants. Alors, en attendant, elle trouverait une solution qui lui permette de travailler dans le domaine médical tout en restant auprès de sa famille. Dans quelques semaines, elle commencerait une formation brève à Ruidoso pour devenir aide-soignante. Ensuite, elle pourrait utiliser ses compétences pour soigner des patients à domicile, comme sa tante Oneida, et ne travailler qu'à temps partiel.

Soudain consciente du bras qui s'enroulait autour de sa taille, elle regarda par-dessus son épaule, et vit que son mari l'avait rejointe devant la longue table couverte de mets appétissants et variés.

— Encore devant le buffet ? plaisanta-t-il.

Ce soir, une fête avait lieu dans la grande maison : les Cantrell et leurs amis s'étaient réunis pour célébrer le futur mariage d'Abe et Reena.

Le buffet avait été confié à un traiteur, et Sassy avait gentiment proposé de garder les enfants de la famille : Dillon, les deux fils de Quint, et le fils et la fille d'Alexa, la sœur de Quint. C'était une charmante fête, et Leyla était impatiente de danser dans les bras de son mari avant que la nuit ne tombe.

— J'avais envie d'un autre dessert. Tu sais à quel point je suis gourmande.

Il posa la main sur son ventre.

— Oh ! je croyais que tu allais me dire que tu mangeais pour deux.

En portant avec précaution une assiette contenant du cake, elle se retourna vers lui.

— Pas encore. Alors, il faudra que nous continuions d'essayer, chuchota-t-elle d'une voix sensuelle.

Heureux, il déposa un baiser sur son front. A cet instant, Alexa s'avança vers eux.

— Pardon de vous interrompre, mais Quint m'a envoyée vous chercher. Il vous attend dans le bureau.

— Nous deux ? s'étonna-t-elle.

— Que se passe-t-il encore ? dit Laramie, l'air préoccupé. Heureusement, notre mariage s'est passé sans incident. J'espérais que nous pourrions aller au bout de cette fête sans mauvaises surprises.

Avec un sourire rassurant, Alexa fit un signe de tête négatif.

— Rien à voir. Il a quelque chose pour toi. Allons voir ce que c'est.

Quand ils entrèrent dans la pièce luxueusement meublée, Quint était déjà assis derrière le vaste bureau en merisier. Sa mère, Frankie, était installée dans un fauteuil de cuir. Debout à côté d'elle, Abe et Reena se tenaient par la taille. Maura était assise sur un long canapé, et le regard qu'elle posait sur Quint exprimait le même amour éternel que Laramie ressentait pour Leyla.

Quint brandit une enveloppe de papier kraft.

— Laramie, tu aurais dû recevoir ceci le jour de ton mariage, en présence de toute la famille. Mais parce que maman était malade à ce moment-là et qu'elle n'avait pas pu venir, nous avons dû attendre jusqu'à maintenant pour te donner cette enveloppe.

Tenant toujours fermement la main de Leyla, Laramie, inquiet, alla vers le bureau. Pourquoi toute la famille Cantrell était-elle réunie dans la pièce ?

— Qu'est-ce que c'est ? demanda-t-il d'un ton amusé. Un cadeau de Noël avant l'heure ? Tu penses que j'ai besoin d'aide pour payer la lune de miel que Leyla et moi allons prendre le mois prochain ?

Quint lui tendit l'enveloppe.

— Je n'ai aucune idée de ce qu'il y a à l'intérieur. Aucun de nous ne le sait. Cela fait quinze ans qu'elle était conservée par un avocat du Chaparral.

Abasourdi, Laramie regarda les visages autour de lui, mais personne ne riait. En fait, personne ne semblait le moins du monde amusé.

Il prit l'enveloppe tandis qu'un sentiment de malaise montait en lui.

— Quinze ans, dit-il, dérouté. Je n'avais que dix-huit ans à l'époque. Je ne comprends pas.

— Ouvre l'enveloppe, chéri, dit Leyla. Ainsi, nous serons tous fixés.

Il était inutile de faire attendre tout le monde… Il déchira le papier kraft. A l'intérieur se trouvait un document à l'air officiel, constitué de plusieurs pages. Il ne prit pas la peine d'essayer d'en déchiffrer le jargon juridique, et il examina alors les autres papiers, en quête d'une explication plus simple. Il la trouva sous la forme d'une lettre manuscrite. Au fur et à mesure qu'il lisait les mots qui noircissaient la page, il sentit son sang quitter son visage, et ses oreilles bourdonner.

— C'est incroyable ! parvint-il enfin à dire en laissant retomber sa main qui tenait la lettre. Je n'arrive pas à le croire.

— Quoi ? s'enquit Maura. Tu es tout pâle !

— Lis la lettre, Quint, ordonna Abe à son petit-fils. Sinon, je serai mort avant que nous ayons une réponse.

— Oh ! Abe, ne parle pas comme ça ! le réprimanda Reena. Et puis, tu ne vois pas que ce pauvre Laramie est sous le choc ? Que quelqu'un lui apporte une chaise.

— Non, merci, je n'ai pas besoin de m'asseoir.

En secouant la tête, il tendit les documents à Quint.

— Ce n'est pas possible, dit-il. Regarde. Peut-être que j'ai mal lu.

Quint passa rapidement en revue la page manuscrite, puis observa les autres documents de près. Quand il eut fini, tout le monde s'était réuni en cercle étroit autour de Laramie, Leyla et Quint.

Levant la tête, Quint regarda Laramie droit dans les yeux et sourit. Son regard brillait d'émotion.

— Maintenant, je n'ai plus à me demander pourquoi je t'ai toujours considéré comme mon frère. Tu *es* mon frère.

Frankie émit un halètement de surprise, et Laramie se tourna rapidement vers la veuve de Lewis.

— Je suis navré, Frankie, je…

Quint l'interrompit.

— Non, Laramie. Tu ne devrais pas t'excuser pour quelque chose dont tu n'es pas responsable !

Abe se fraya un chemin dans le groupe jusqu'à ce qu'il soit face à Laramie.

— Qu'est-ce que dit cette fichue lettre ? Que Lewis est le père de Laramie ?

Quint tendit rapidement la lettre à son grand-père, et Abe la lut à haute voix.

Mon cher fils,

Je t'écris aujourd'hui parce qu'on ne sait jamais ce que l'avenir nous réserve. Et rien ne garantit que je sois là le jour où tu seras devenu un homme et que tu te marieras. Si je suis présent le jour de ton mariage, alors je t'aurai expliqué les circonstances de ta naissance, et cette lettre n'aura pas d'importance.

À l'instant où je t'écris, tu es au ranch depuis presque deux ans. Plus les jours passent, plus je suis fier de toi. Il est déjà évident pour moi que tu deviens quelqu'un de bien, et de bon. Diego, mon vieil ami, a été un merveilleux père pour toi, et je lui en serai éternellement reconnaissant.

Ma relation avec Peggy Choney n'était pas prévue. C'était une fille seule et en manque d'amour, et je me suis laissé embarquer dans une aventure sans aucun avenir. Je regrette d'avoir chamboulé sa vie et trahi ma famille, mais je n'ai jamais regretté de t'avoir enfanté. Je ne peux qu'espérer que, lorsque la vérité sera enfin révélée, à toi et au reste de la famille, vous me pardonnerez tous.

Dieu sait que j'aurais dû avoir le courage de t'accueillir dans la famille dès ta naissance. Il était évident que Peggy était instable et incapable d'élever un bébé, alors que ma chère Frankie était, et est, une mère si bonne et si aimante. Je me plais à penser qu'elle t'aurait pris dans ses bras et t'aurait traité comme son fils. Mais je n'ai pas réussi à prendre le risque de la blesser ou de te perdre.

Le mensonge est une chose horrible, et il m'accompagne depuis bien trop longtemps. Le jour de ton mariage, je veux que ta femme et toi commenciez votre vie sans secrets entre vous. Et, en ce jour spécial, je te cède un quart du ranch Cantrell. Je sais que mon présent ne compensera jamais les erreurs que j'ai commises, mais j'espère que ce ranch sera toujours une part importante de toi, et qu'il demeurera toujours ton foyer… auprès de toute ta famille.

Lewis

Tandis qu'Abe laissait retomber la lettre, Laramie entendit des reniflements, et se rendit compte que Leyla s'essuyait les yeux. Elle n'était pas la seule.

— Leyla, chérie, dit-il doucement, pourquoi pleures-tu ? Elle lui adressa un sourire voilé de larmes.

— Parce que je suis si heureuse que tu aies enfin découvert la vérité sur ton père. Et que tu saches enfin qu'il t'aimait.

Oui, Lewis l'avait aimé. Il était encore sous le choc. En même temps, cette lettre expliquait tant de choses. Le fait que Diego l'ait élevé, et que sur son lit de mort, il lui ait fait promettre d'aller au Chaparral. Le fait que Lewis ait tout fait pour qu'il se sente le bienvenu, et qu'il l'ait formé pour qu'il puisse diriger le ranch un jour. En dehors de ce que Peggy Choney était devenue, beaucoup de questions avaient enfin trouvé leurs réponses. Un tourbillon de sentiments contrastants, euphorie, soulagement, incrédulité, voltigeait dans son cœur, qui tambourinait dans sa poitrine.

— Tu ne le croiras peut-être pas, Laramie, intervint Frankie, mais je suis très heureuse aussi. Pendant longtemps, je me suis demandé si tu étais le fils de Lewis. Mon mari t'aimait beaucoup, à l'évidence. Et parfois, dans tes yeux, je vois les mêmes étincelles bleues que celles qu'il avait dans le regard.

— Alors, vous n'êtes pas en colère contre lui? Ou contre moi?

En guise de réponse, elle avança et le serra dans ses bras.

— J'avais mes secrets, dit-elle. Tout comme Lewis avait les siens. Malgré tout, nous nous aimions beaucoup. Et comment pourrais-je lui en vouloir? Il m'a donné un autre fils merveilleux.

Avant qu'il puisse répondre quoi que ce soit, Abe intervint avec un sourire joyeux.

— Diable, ça ne va rien changer! Tu es un petit-fils pour moi depuis des années. Ça ne fait qu'officialiser les choses. Et maintenant que tout est dévoilé, je vais demander à nos avocats de te donner des parts de la mine de Golden Spur. Ce n'est que justice. Je crois que je parle au nom de toute la famille quand je dis que c'est ce que nous voulons tous. Ce que Lewis aurait voulu.

Tout le monde approuva joyeusement et bruyamment tandis que Laramie secouait la tête, ébahi.

— Je ne sais pas quoi dire.

— Tu n'as pas besoin de dire quoi que ce soit, assura Abe. Nous t'aimons tout autant qu'avant.

Au milieu du groupe, Alexa frappa des mains avec une joie enthousiaste.

— J'ai un autre frère ! Il faut que je le dise à Jonas ! Quelle idée il a eu d'aller voir les enfants juste maintenant !

Elle sortit en courant du bureau pour aller trouver son mari, et les autres continuèrent d'acclamer Laramie et de le serrer dans leurs bras. Il se laissa submerger par tout leur amour. En ouvrant son cœur à Leyla, il n'aurait jamais cru qu'il ouvrait aussi sa vie à tant de bonheur.

Enfin, Abe leur rappela que leurs invités étaient encore en train de faire la fête dans le salon. Tous sortirent du bureau mais, quand ils furent dans le couloir, Leyla attrapa Laramie par le bras pour le retenir.

— Oui ? demanda-t-il. A en juger par ton sourire, j'imagine que tout va bien.

— Je voulais juste te dire à quel point j'étais heureuse que nous ne sachions rien de tout cela avant notre mariage.

— Pourquoi donc ?

— Parce que tu es un héritier désormais. Tu aurais cru que je t'épousais pour ta richesse. Je tenais tellement à ce que tu aies une maison à toi et...

— Oh ! Mais je sais pourquoi tu m'as épousé.

— Ah oui ? demanda-t-elle timidement.

Penchant la tête, il lui donna un doux baiser.

— Bien sûr. Tu m'as épousé parce que tu m'aimes. Tout autant que je t'aime. Et que vous le vouliez ou non, madame Jones, vous faites partie de la famille Cantrell à présent.

Elle ouvrit soudain de grands yeux.

— Laramie, ton nom... notre nom... Ce n'est pas Jones. C'est Cantrell. Allons-nous en changer ?

— Je vais en parler au reste de la famille, dit-il calmement. Pourquoi ? Cela t'ennuierait ?

Elle enroula les bras autour de sa taille.

— Pas le moins du monde, murmura-t-elle.

Il était sur le point de l'embrasser quand, à l'autre bout du couloir, Quint s'écria :

— Laramie ! Viens vite ! Il y a le feu !

Laramie et Leyla coururent vers la sortie. Dehors, dans la cour où la famille et les invités s'étaient rassemblés, une lumière orangée s'étendait à l'horizon, au nord du ranch.

— Oh ! Laramie, le feu semble si près ! murmura-t-elle d'une voix effrayée.

— On dirait que ce n'est pas loin du ranch Pine Ridge, dit-il d'un air sombre.

A quelques pas de lui, Quint appelait le bureau du shérif. Au même instant, un des pick-up du ranch s'arrêta devant la clôture et Seth, le responsable des veaux, en sortit.

Il courut vers Laramie.

— Il y a quelques hommes là-bas en ce moment, dit-il en tentant de reprendre son souffle. Ils viennent de m'appeler, et disent que c'est un sacré brasier. Il brûle les terres du Chaparral et celles de Pickens.

En jurant, Laramie se tourna vers Leyla.

— Chérie, il faut que nous allions déplacer les bêtes.

Elle hocha la tête au moment où Quint raccrochait.

— Brady envoie la division forestière pour lutter contre le feu, l'informa-t-il. Avec tout ce qui se passe ici, il pense déjà à un incendie criminel. Il a confié l'enquête à Hank et à Rosalinda.

— Bien. Peut-être que le salaud qui est derrière tout cela va enfin être arrêté, dit Laramie en donnant une tape sur l'épaule de son frère. Allons-y. Nous ne pourrons sans doute pas éteindre le feu, mais nous pouvons sauver le bétail.

— Tu as raison. Je te retrouve à l'écurie.

Laramie se tourna vers Leyla et, voyant son regard anxieux, la prit dans ses bras.

— Leyla, chérie, n'aie pas peur. Je reviendrai très vite.

Prenant son visage entre ses mains, elle afficha un sourire courageux.

— Bien sûr. Tu es un Cantrell à présent. Tu as toute une nouvelle famille à laquelle penser.

Il approcha les lèvres de son oreille.

— C'est agréable d'être un Cantrell, Leyla. Mais Dillon et toi êtes ma vraie famille, mes espoirs et mes rêves. Et ce sera toujours ainsi.

Elle guida sa bouche vers la sienne.

— Et c'est la même chose pour moi, mon amour.

Il l'embrassa avec fougue, puis courut vers l'écurie pour retrouver Quint et les autres cow-boys.

Le 1ᵉʳ février

Passions n°447

De feu et de glace - Robin Grady
Série : «Secrets à la Maison-Blanche»

Dans les bras de Daniel McNeal, Scarlet, bouleversée, sent les larmes lui monter aux yeux. Car, sans le lui avoir avoué, elle a recouvré la mémoire après son accident. Maintenant elle le sait : il n'est pas son fiancé, comme elle l'avait cru à son réveil, mais simplement l'Australien séduisant à couper le souffle qui l'a secourue. Et la Scarlet passionnée et sensuelle qui s'est enfuie avec lui n'existe pas. La vraie Scarlet, froide et rationnelle, a une famille riche et influente, des amis très haut placés et un travail exigeant qui l'attendent à Washington. Hélas, elle va devoir rentrer chez elle. Même si cela signifie perdre Daniel à jamais...

Trop près de son ennemi - Rachel Bailey

Lucy a l'impression de manquer d'air : elle a rencontré beaucoup d'hommes puissants... mais aucun comme celui qui se tient devant elle ! Captivée par l'énergie virile qui émane de Hayden Black, elle rêve soudain de savourer le goût de ses lèvres... Mais que lui arrive-il ? A-t-elle oublié la raison de leur rencontre ? Il faut qu'elle se ressaisisse, et vite. Car, dans le tourbillon du scandale qui secoue la Maison-Blanche, Hayden est l'enquêteur nommé par le Congrès pour faire la lumière sur les malversations dont on accuse son beau-père. Dans ces conditions, comment pourrait-elle tomber sous le charme de l'homme qui veut du mal à sa famille ?

Passions n°448

L'espoir d'Alex - Merline Lovelace

Alex Dalton, encore sous le choc, regarde émerveillé le bébé qu'il tient dans ses bras. Les yeux bleus de Molly l'ont déjà conquis, et, pour son sourire craquant, il serait prêt à la reconnaître officiellement sur-le-champ ! Seulement voilà, il faut qu'il se raisonne : car Molly, abandonnée sur le pas de la porte de la riche demeure des Dalton, pourrait être tout aussi bien la fille de son frère jumeau Blake. Comment s'en assurer ? Il faut qu'il retrouve à tout prix la mère de cette adorable petite fille. Soudain, le souvenir de Julie Bartlett lui revient à l'esprit ! Qu'est-il arrivé à cette femme enchanteresse après leur rencontre aussi brève que fulgurante ? Et si Molly était le fruit de leur nuit torride, inoubliable ?

Le défi de Blake - Merline Lovelace

Depuis que la petite Molly a fait irruption dans sa vie, Blake Dalton ne vit plus que pour ce bébé. Ce bébé abandonnée par sa mère, et dont il voudrait tellement être le père... Hélas, les analyses ADN n'ont pu déterminer avec certitude la paternité de Molly. Et si c'était son frère jumeau Alex le papa ? Mais Blake, troublé, a d'autres raisons de se faire du souci. Car Grace, la nounou qui s'occupe du bébé, semble le fuir : comme si elle cachait un secret. Un secret, il le soupçonne, peut-être lié à Molly... Et pourtant, malgré la méfiance qu'elle lui inspire, elle l'attire irrésistiblement : ses yeux couleur cannelle, son parfum mystérieux, ses courbes parfaites...

La révélation qu'elle attendait - Catherine Mann
Saga : «Un serment pour la vie»

Jayne, furieuse et bouleversée, ne sait plus quoi faire. Elle a fait ce long voyage jusqu'à Monte-Carlo pour obtenir enfin de Conrad le divorce qu'elle lui demande depuis longtemps – Conrad Hughes, qu'elle a tant aimé, le mari qui se disait fou d'elle et qui, pourtant, avait pour habitude de disparaître inexplicablement pendant de longues périodes... Hélas, dès qu'elle l'a revu, toutes ses résolutions ont volé en éclats : malgré leur séparation, l'attirance qu'elle ressent pour Conrad est toujours aussi irrésistible. Et quand elle découvre que le désir est réciproque, elle comprend que lui dire adieu pour toujours va se révéler encore plus difficile qu'elle ne l'avait prévu...

Prisonnière de son regard - Stacy Connelly
Si Kara est venue jusqu'à Clearville, c'est pour trouver le père de Timmy, son neveu. Non qu'elle ait envie d'affronter Sam Pirelli, loin de là : Timmy est maintenant toute sa vie, et elle tremble à la seule idée de risquer de le perdre. Mais, elle l'a décidé, elle doit accomplir la dernière volonté de sa sœur disparue, et permettre au petit garçon de rencontrer son père, qui a ignoré son existence pendant quatre ans. Seulement voilà, une fois devant Sam, envoûtée par l'éclat vert de ses yeux, c'est tout juste si son cœur ne s'arrête de battre. Elle n'avait pas prévu de tomber sous son charme! Pourtant, elle doit lui résister à tout prix. Car Sam pourrait briser son cœur. Ou, pis, la priver de Timmy...

Le dilemme d'un Fortune - Susan Crosby
Fasciné, ravi, séduit... Michael Fortune ne se reconnaît plus. Depuis sa rencontre avec Felicity, rien n'est plus pareil : son sourire et sa fraîcheur illuminent ses journées, son corps qu'il imagine doux et soyeux, hante ses nuits. Serait-il... amoureux ? Impossible ! Tout les oppose : elle mène une vie tranquille à Red Rock, alors que lui tient les rênes de la prestigieuse entreprise familiale à Atlanta. Elle rêve d'un amour éternel, lui préfère les aventures sans lendemain. Mais alors pourquoi se surprend-il à l'imaginer dans sa vie ? Est-elle différente des femmes qu'il a connues ? Il n'y a qu'une seule façon de le savoir : la convaincre de le suivre pour une escapade romantique...

Les prairies de la passion - Kathleen Eagle
Lily n'avait jamais imaginé retourner un jour chez elle, dans ce coin perdu du Montana. D'autant plus que ces lieux sont habités par un seul souvenir : celui de son départ précipité quatorze ans auparavant, seule, enceinte, effrayée. Et pourtant, maintenant qu'elle a perdu son travail, s'installer temporairement dans le ranch de son père lui a semblé une solution évidente. Mais elle partira vite, très vite, dès qu'elle pourra offrir à sa fille Iris un toit et une vie confortable. Seulement voilà, ce qu'elle n'avait prévu, c'était de succomber au charme de Jack McKenzie, le bras droit de son père : beau, séduisant, sûr de lui, Jack suscite en elle un désir enivrant, effréné. Hélas, inutile de songer à une aventure : parce qu'elle ne restera pas. Et, puis, elle se l'est juré, elle ne laissera plus jamais un cow-boy meurtrir son cœur...

Le plaisir pour seule loi - Janelle Denison

Ce mariage, c'est l'occasion rêvée pour Conor de séduire, enfin, Rebecca Moore. Cette fois, elle ne lui échappera pas. Et, quitte à utiliser les moyens les plus déloyaux, il libérera le feu et la passion qu'il devine sous son déguisement de jeune femme trop sage...

Surprise par le désir - Kimberly Raye

Travail, voiture, fiancé, c'est décidé : Cheryl change tout pour révéler enfin la femme sophistiquée et libérée qui sommeille en elle. Mais lorsque le dit fiancé décide de la reconquérir, elle comprend qu'elle ne sait en vérité rien de Dayne. Et que cet homme, qu'elle croyait connaître, a des talents insoupçonnés, et délicieux...

Brûlant défi - Lori Wilde

Pour prouver à son chef qu'elle mérite mieux que de couvrir des événements mondains, Olivia est prête à tout - et même à s'associer à Nicholas Greers, l'homme le plus arrogant et le plus détestable qu'elle connaisse - pour décrocher le scoop du siècle. Mais comment se concentrer sur son travail quand chacun des regards, chacun des gestes de Nicholas, éveillent en elle un feu brûlant ?

Une nuit de fantasmes - Leslie Kelly

Tous les jours, Sarah appelle Steve Wilshire pour lui transmettre les messages téléphoniques que ses clients ont laissés pour lui. Et toutes les nuits, elle rêve que sa voix chaude lui murmure des mots brûlants. Aussi, lorsqu'elle apprend qu'une femme que Steve n'a jamais vue en personne vient d'annuler son rendez-vous, elle décide de ne pas transmettre le message et de prendre sa place. Cette nuit, elle vivra tous ses fantasmes...

Un parfum de péché - Jacquie d'Alessandro

« Tu veux savoir qui jouait le rôle principal dans mes rêves classés X, Lacey ? Toi. » Lacey n'en revient pas. C'est bien Evan Sawyer, cet homme si conformiste et guindé qui vient de prononcer ces mots ? Elle pourrait en rire, si ses propres nuits n'étaient hantées par l'image torride de leurs corps nus, enlacés...

BestSellers

A paraître le 1er janvier

Best-Sellers n°593 • thriller
Indéfendable - Pamela Callow

Lorsqu'Elise Vanderzell bascule par-dessus la rambarde de son balcon par une belle nuit d'été, ses enfants se réveillent en plein cauchemar. Leur mère est morte. Et c'est leur père qu'on accuse du meurtre.

Kate Lange, jeune avocate, sort tout juste d'une période personnelle très noire dont elle garde de profondes cicatrices. Elle sait ce que c'est que de vivre un cauchemar, aussi accepte-t-elle de défendre Randall Barrett, son patron – mais également un être très cher –, soupçonné du meurtre de sa femme. Elle découvre alors un dossier complexe, car Randall est le suspect idéal. En apparence, tout l'accuse : son ex-femme l'a trompé, il a la réputation d'être un homme impulsif et violent, il s'est disputé avec la victime quelques heures avant sa mort… Confrontée à une famille hostile, meurtrie par le doute et les conflits, Kate sait qu'elle n'a rien à attendre non plus des légistes d'Halifax. Ceux-ci préfèrent à l'évidence voir Randall en prison, plutôt que de défendre l'indéfendable. Et elle est désormais la seule à pouvoir prouver l'innocence de Randall. Il y a urgence, car dans l'ombre, un personnage silencieux attend le moment propice pour porter le coup fatal.

Best-Sellers n°594 • suspense
Les secrets de Heron's Cove - Carla Neggers

Une collection de somptueux bijoux russes, mystérieusement disparue quatre ans plus tôt, serait sur le point de refaire surface à Heron's Cove ? Quand Emma Sharpe, agent du FBI spécialisé dans le trafic d'oeuvres d'art, apprend cette incroyable nouvelle, elle est aussitôt convaincue que cette affaire est liée à celle dont s'occupe Colin Donovan, son collègue au FBI, qui revient tout juste d'une périlleuse mission d'infiltration auprès de trafiquants russes… Certes, elle se serait bien passée de collaborer avec Colin, pour lequel elle éprouve des sentiments ambigus, très déstabilisants. Mais elle sait pourtant qu'elle n'a pas le choix : ce n'est qu'en joignant leurs forces qu'ils parviendront à déjouer les plans de ces dangereux criminels…

Best-Sellers n°595 • suspense
La demeure des ténèbres - Heather Graham

L'adolescent surgit de la forêt et s'arrêta au milieu de la route. Il était nu. Et couvert de sang…

Le jeune Malachi Smith a-t-il massacré les membres de sa famille à coups de hache ? Sam Hall, le célèbre avocat qui a choisi de le défendre, exclut cette hypothèse : jamais cet adolescent malingre et inoffensif n'aurait pu commettre un crime d'une telle violence. Tout comme il refuse de croire que Malachi ait été – comme tous le murmurent dans les ruelles de la vieille ville de Salem – possédé par le démon… Non, Sam en est persuadé : le véritable meurtrier court toujours, et il doit à tout prix le démasquer. Voilà pourquoi il a accepté l'aide que Jenna Duffy lui propose. Bien sûr, il ne croit pas un seul instant au don que cette rousse incendiaire prétend posséder – et qui lui permettrait de communiquer avec les morts. Mais Jenna est un agent reconnu du FBI. Et puis, comme lui, elle est prête à tout pour faire éclater la vérité…

Best-Sellers n°596 • thriller
Dans les griffes de la nuit - Leslie Tentler

Des cadavres de femmes aux ongles arrachés, marqués d'un chiffre gravé à même la peau... L'agent du FBI Eric Macfarlane en est convaincu : après avoir passé plusieurs années à se faire oublier, le Collectionneur – ce psychopathe qu'il n'est jamais parvenu à arrêter et qui, prenant un plaisir malsain à le provoquer, à le défier, a été jusqu'à assassiner sa femme – vient de sortir de sa tanière... Mais cette fois, une de ses victimes a réussi à lui échapper. Et bien qu'elle soit frappée d'amnésie suite aux mauvais traitements qu'elle a subis, Mia Hale est la seule à avoir vu le visage de son tortionnaire... Alors, qu'elle le veuille ou non, elle devra l'aider, pour qu'il puisse enfin mettre un terme aux agissements de ce tueur fou qui l'obsède jour et nuit depuis trois ans...

Best-Sellers n°597 • roman
L'enfant de Kevin Kowalski - Shannon Stacey

Après une folle nuit d'amour dans les bras du sublime Kevin Kowalski, Beth est contrainte de redescendre de son petit nuage. Même si elle totalement sous le charme, même si elle frissonne de désir dès que Kevin pose les yeux sur elle, que peut-elle attendre de ce don Juan impénitent, qui collectionne les conquêtes sans jamais penser à l'avenir ? Seulement voilà, trois semaines plus tard, Beth apprend que cette nuit qu'elle pensait sans lendemain va en réalité changer toute sa vie : elle est enceinte de Kevin.

Déjà très déstabilisée par cette nouvelle qui remet en cause tous les choix qu'elle a faits jusqu'à présent, Beth a la surprise de constater que Kevin semble plutôt bien accepter l'idée de devenir père. Et qu'il est même prêt à l'épouser et à vivre avec elle ! Loin de l'apaiser, l'attitude de son amant d'une nuit la perturbe encore un peu plus : comment pourrait-elle accepter ce qu'il lui offre uniquement pour le bien de leur enfant ?

Best-Sellers n°598 • historique
La comtesse amoureuse - Brenda Joyce

Cornouailles, 1795
Désespérée, la comtesse Evelyn d'Orsay doit se rendre à l'évidence : la mort de son mari la plonge dans le dénuement le plus total. Et dans ces conditions, qu'adviendra-t-il d'Aimée, sa petite fille adorée ? Le comte d'Orsay a bien laissé une fortune en France, avant de fuir les affres de la Terreur, mais comment la récupérer dans ce pays en proie à la guerre ? Evelyn n'a plus qu'un recours : faire appel aux services du célèbre contrebandier John Greystone, qui les a aidés à quitter la France quatre ans plus tôt. Pour l'amour de sa fille, la comtesse devra remettre leur sort entre ses mains. Mais n'est-ce pas folie de confier son destin à un homme que l'on dit espion, traître à sa nation ? Pire, de s'exposer à l'irrépressible désir que lui inspire ce hors-la-loi...

www.harlequin.fr

OFFRE DE BIENVENUE

2 romans Passions et 2 cadeaux surprise !

Vous êtes fan de la collection Passions ? Pour prolonger le plaisir, recevez gratuitement **2 romans Passions** (réunis en 1 volume) **et 2 cadeaux surprise !**

Une fois votre colis de bienvenue reçu, si vous souhaitez continuer à recevoir nos romans Passions, cela se fera automatiquement. Vous recevrez alors chaque mois 3 volumes doubles inédits de cette collection au prix avantageux de 6,98€ le volume (au lieu de 7,35€) auxquels viendront s'ajouter 2,99€* de participation aux frais d'envoi.

*5,00€ pour la Belgique

▶ **Vous n'avez aucune obligation d'achat et cette offre est sans engagement de durée !**

Les bonnes raisons de s'abonner :

✦ Aucun engagement de durée ni de minimum d'achat.

✦ Vos romans en avant-première.

✦ - 5% de réduction systématique sur vos romans.

✦ La livraison à domicile.

Et aussi des avantages exclusifs :

✦ Des cadeaux tout au long de l'année qui récompensent votre fidélité.

✦ Des réductions sur vos romans par le biais de nombreuses promotions.

✦ Des romans exclusivement réédités pour nos abonné(e)s notamment des sagas à succès.

✦ L'abonnement systématique à notre magazine d'actu ROMANCE.

✦ Des points cadeaux pouvant être échangés contre des livres ou des cadeaux.

Rejoignez-nous vite en complétant et en nous renvoyant le bulletin !

N° d'abonnée (si vous en avez un) ⊔⊔⊔⊔⊔⊔⊔⊔⊔⊔

| RZ4F09 |
| RZ4FB1 |

Mme ☐ Mlle ☐ Nom : .... Prénom : ....

Adresse : ....

CP : ⊔⊔⊔⊔⊔ Ville : ....

Pays : .... Téléphone : ⊔⊔⊔⊔⊔⊔⊔⊔⊔⊔

E-mail : ....

Date de naissance : ....

☐ Oui, je souhaite être tenue informée par e-mail de l'actualité des éditions Harlequin.

☐ Oui, je souhaite bénéficier par e-mail des offres promotionnelles des partenaires des éditions Harlequin.

Renvoyez cette page à : Service Lectrices Harlequin – BP 20008 – 59718 Lille Cedex 9 - France

éditions **H HARLEQUIN**
www.harlequin.fr

Lecture
en ligne
gratuite

**Des romans à lire gratuitement sur notre site.
Découvrez, chaque lundi et chaque jeudi,
un nouveau chapitre sur**

www.harlequin.fr

OFFRE DÉCOUVERTE !

2 ROMANS GRATUITS et 2 CADEAUX surprise !

Vous souhaitez découvrir nos collections ? Recevez gratuitement **2 romans et 2 cadeaux surprise !**

Une fois votre colis de bienvenue reçu, si vous souhaitez continuer à recevoir nos romans, cela se fera automatiquement. Vous recevrez alors chaque mois vos romans inédits en avant première.

Vous n'avez aucune obligation d'achat et cette offre est sans engagement de durée !

☛ COCHEZ la collection choisie et renvoyez cette page au
Service Lectrices Harlequin – BP 20008 – 59718 Lille Cedex 9 – France

❏ **AZUR** .... ZZ4F56/ZZ4FB2 ....6 romans par mois 23,64€*

❏ **HORIZON** .... OZ4F52/OZ4FB2 ......2 volumes doubles par mois 12,92€*

❏ **BLANCHE** .... BZ4F53/BZ4FB2 ......3 volumes doubles par mois 19,38€*

❏ **LES HISTORIQUES** ...... HZ4F52/HZ4FB2 ....2 romans par mois 13,12€*

❏ **BEST SELLERS** .... EZ4F54/EZ4FB2 .... 4 romans tous les deux mois 27,36€*

❏ **MAXI** .... CZ4F54/CZ4FB2 .... 4 volumes triples tous les deux mois 26,51€*

❏ **PRÉLUD'** .... AZ4F53/AZ4FB2 ....3 romans par mois 17,82€*

❏ **PASSIONS** .... RZ4F53/RZ4FB2 .... 3 volumes doubles par mois 20,94€*

❏ **PASSIONS EXTRÊMES** ..... GZ4F52/GZ4FB2 .... 2 volumes doubles tous les deux mois 13,96€*

❏ **BLACK ROSE** .... IZ4F53/IZ4FB2 .... 3 volumes doubles par mois 20,94€*

* +2,99€ de frais d'envoi pour la France / +5,00€ de frais d'envoi pour la Belgique

N° d'abonnée Harlequin (si vous en avez un) ⊔⊔⊔⊔⊔⊔⊔⊔

Mme ❏ Mlle ❏   Nom : _____

Prénom : _____   Adresse : _____

_____

Code Postal : ⊔⊔⊔⊔⊔   Ville : _____

Pays : _____   Tél. : ⊔⊔⊔⊔⊔⊔⊔⊔⊔⊔

E-mail : _____

Date de naissance : _____

❏ Oui, je souhaite recevoir par e-mail les offres promotionnelles des éditions Harlequin.
❏ Oui, je souhaite recevoir par e-mail les offres promotionnelles des partenaires des éditions Harlequin.

Date limite : 31 décembre 2014. Vous recevrez votre colis environ 20 jours après réception de ce bon. Offre soumise à acceptation et réservée aux personnes majeures, résidant en France métropolitaine et Belgique, dans la limite des stocks disponibles. Prix susceptibles de modification en cours d'année. Conformément à la loi Informatique et libertés du 6 janvier 1978, vous disposez d'un droit d'accès et de rectification aux données personnelles vous concernant. Par notre intermédiaire, vous pouvez être amenée à recevoir des propositions d'autres entreprises. Si vous ne le souhaitez pas, il vous suffit de nous écrire en nous indiquant vos nom, prénom et adresse à : Service Lectrices Harlequin BP 20008 59718 LILLE Cedex 9.

Harlequin® est une marque déposée du groupe Harlequin. Harlequin SA – 83/85, Bd Vincent Auriol – 75646 Paris cedex 13. SA au capital de 1 120 000€ – R.C. Paris. Siret 31867159110069/APE5811Z.